國家圖書館藏清人詩文集稿本叢書

第七輯

三

陳紅彦　主編

北京大學出版社
PEKING UNIVERSITY PRESS

玉井山館詩

許宗衡撰。稿本。四册。

許宗衡(一八一一—一八六九),初名鯤,字海秋,江蘇上元(今南京)人,曾居揚州。少孤,從母學。道光十四年(一八三四)舉人,咸豐二年(一八五二)進士,選庶吉士,授内閣中書,咸豐八年任起居注主事。工詩文,擅作詞,與張惠言、周濟等並稱「清詞後七家」。與魯一同、黄雲鵠、葉名澧、徐志導等人交好。咸豐年間與朝鮮使臣有交往,存唱和之作數篇。著有《拳峯館詩》二卷《詞》一卷、《玉井山館詩》十五卷《詩餘》一卷《文略》五卷《文》三卷、《玉井山館筆記》一卷等。書齋名「拳峯館」「意隱齋」「玉井山館」等。《(同治)續纂江寧府志》卷十四之八有傳。

此稿本以緑絲欄稿紙鈔寫,卷端鈐「海秋稾」之印,爲寫樣待刻本,有朱墨筆批注選刻字樣及部分删修改動痕跡。書中所收入詩自道光十一年起,至咸豐六年止,存數首同治年間《玉井山館詩》刻本未收詩。集中多羈旅行役、酬唱題贈之作,對江南風物多有描摹,對太平天國戰亂亦有所反映。

許宗衡在道光、咸豐年間頗有文名。李汝鈞稱其詩「高古沉鬱,哀厲以長」。此稿本可輯録佚詩並以此對稿本中詩歌的增删改動進行進一步研究。

許宗衡通音律,好昆曲,尤好《桃花扇》,除《玉井山館筆記》《玉井山館詩餘》等集中多有觀劇的記載之外,此書中如《大雪飲瑤華閣屬主人歌孔云亭桃花扇傳奇訪翠一曲主人自按拍余爲擫笛因書二詩於壁當纏頭云》等詩亦有所反映。

(賈雪迪)

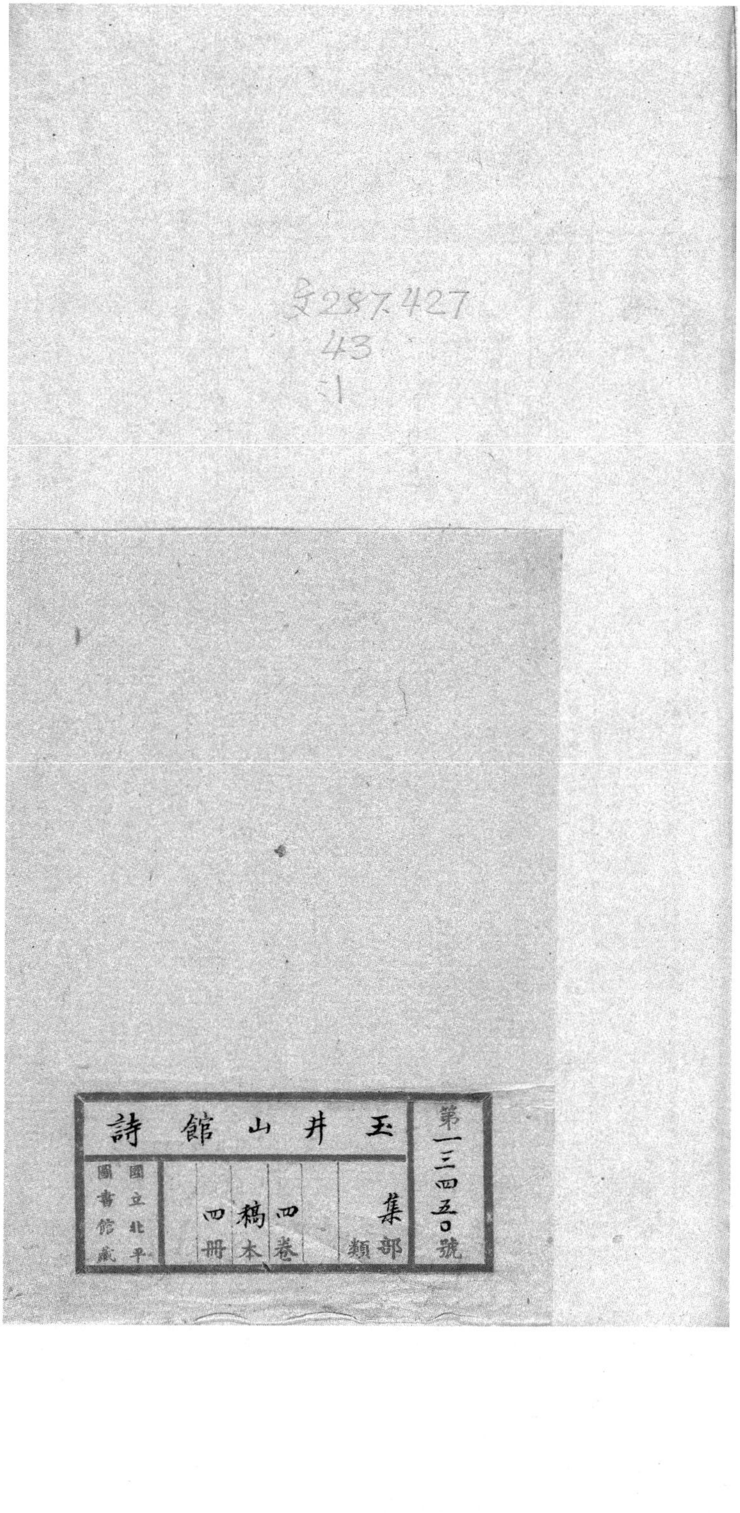
玉井山館詩
第一三四五〇號
集部
類
四卷
稿本
四冊
國立北平
圖書館藏

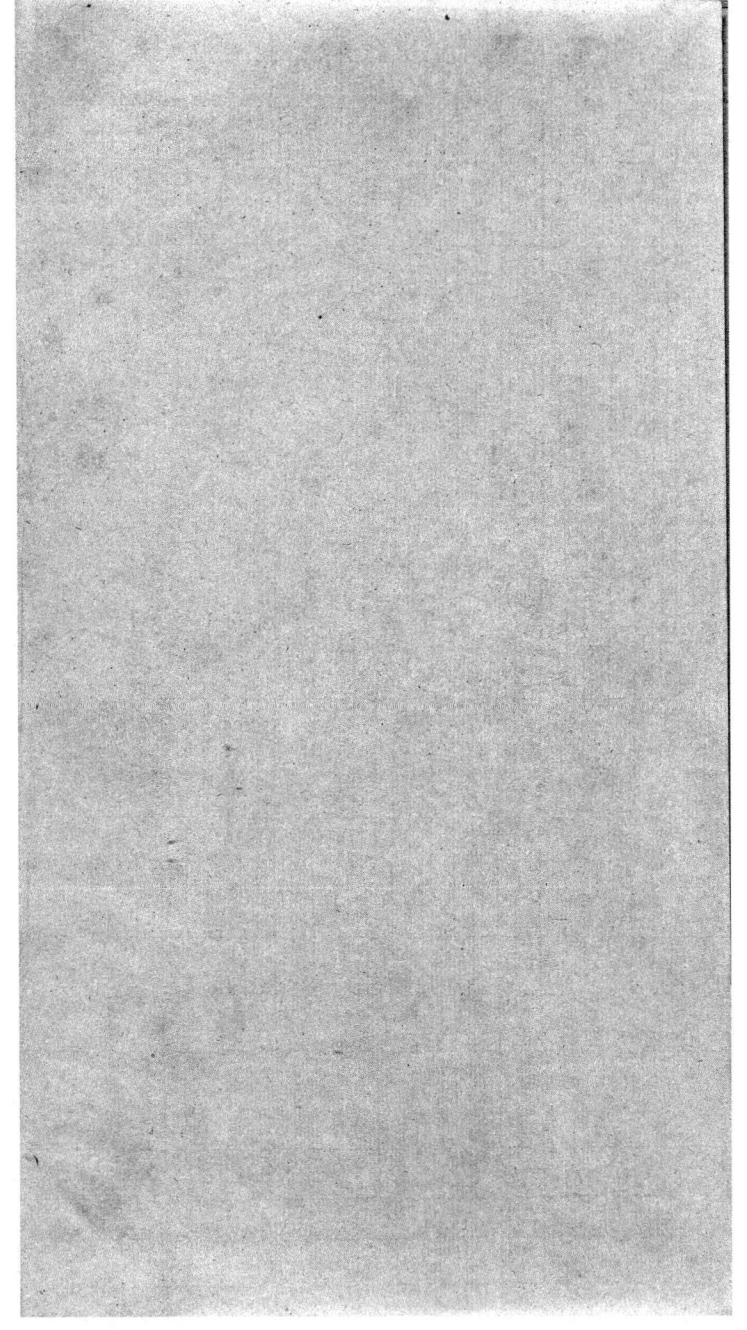

拳峯館詩卷一

玉井山館

辛卯　上元　許宗衡　海秋

古意四首

高梧鮮繁柯蒼松褎勁節落落風塵中天地同生滅豈無桃李花菀枯隨時別菀者競欣賞枯者忽棄絕安得鳳與鸞棲息永相結

飛雲無留影留者惟甘霖着物罔愛憎浩浩培植深生成而長養鬱勃千畝陰顧念勾萌初誰其使至今春暉不可報難泯寸草心

江流日向東大海罔所盈時亦有風波出没魚龍爭一雨
衆壑滿滄桑倏變更豈不勤堰瀦而乃覆與傾君看水無
異以所止為程
彼駴八尺翹未是轅下材悲鳴嚙芻草伯樂何不來非無
客愛賞所賞鞍與枚鞍枚豈不美彼馬中心哀千金市駿
骨吁嗟燕昭臺

霓裳引

雨步雲行發長嘯九霄浩蕩孤鸞呌赤霞飛捲迴紫瀾江
山影入銀河倒披衣欲叩閶闔歌知音難得天女笑殘聲

飛滿桂宮寒落花黃濕香堆帽海水西流天欲明茫茫波湧烏輪曜君歸玉笛莫輕吹霓裳不是人間調

蟄龍簽鳳解

蟄龍蜿蜒不如蚓簽鳳襹褷不如隼人亦有知明貴賤奈何謂龍不如蚓謂鳳不如隼吁嗟乎非人之無知維蟄與簽不得時吁嗟乎非人之有知維龍與鳳不得時

雜詩三首

飛鳥鮮羈維落花多汙泥物豈有定在而亦分高低自君之出矣南北與東西一身萬千里空房人慘淒慘淒復慘

凄淚下沾修袿何不同天涯徒為甘重闈重闈人槁枯愁

過前山谿

怒馬而華裾彼少年者誰不惜珊瑚鞭長安道旁遺豈不
惜珊瑚美人門中窺一見乃如此千金何吝揮千金不吝
揮少年殞且癡疇昔餉飯人遂逐忘報施

桃李炫春色芙蓉悲秋風榮衰隨所遭天同時不同俯仰
易寒暑狥時難為容回黃與變緑無主術必窮柯葉不改
易請君觀長松

春日感興

由高王破四首後
據[illegible]晉以下[illegible]
[illegible]二[illegible]日

老屋有豪想春來花一庭侵晨忽聽雨昨夜獨看星小草
不禁綠亂苔相與青隣鐘能破寂未易説忘形
奇情不可極今古幾滄桑靜坐覺春盎風花紅一墻忽驚
隣燕過飛入我家梁未必新巢好何分謝與王
明月忽到樹棲烏啼數聲風枝低老屋烟影暗春城良夜
宜孤詠吾懷淡世情漆園猶化蝶有夢未能清
風日閉門永飄蕭任柳花古苔常石隙芳草自天涯種菜
且藏拙讀書能在家綠陰清似水身外總泥沙

○[illegible]
妾薄命

此首未入[redacted]集中

十三學得琵琶成背人撥絃初發聲春寒澀指彈不動羨
人又弄簫頭鳳十五調箏聽者稀低掩銀甲流音微十七
嫁與城北徐誰知貌美中不如酒酣月落壓羅襦夢中有
聲猶呼盧明日將妾去換馬相君未是封侯者騎馬仍赴
蹋踘場投幘一擲驚空囊馬亦不在金亦亡累妾來作邯
鄲倡

野塘

浮鷗拍拍盪春烟楊柳依依青可憐本不通潮莫惆悵歸
舟無路到門前

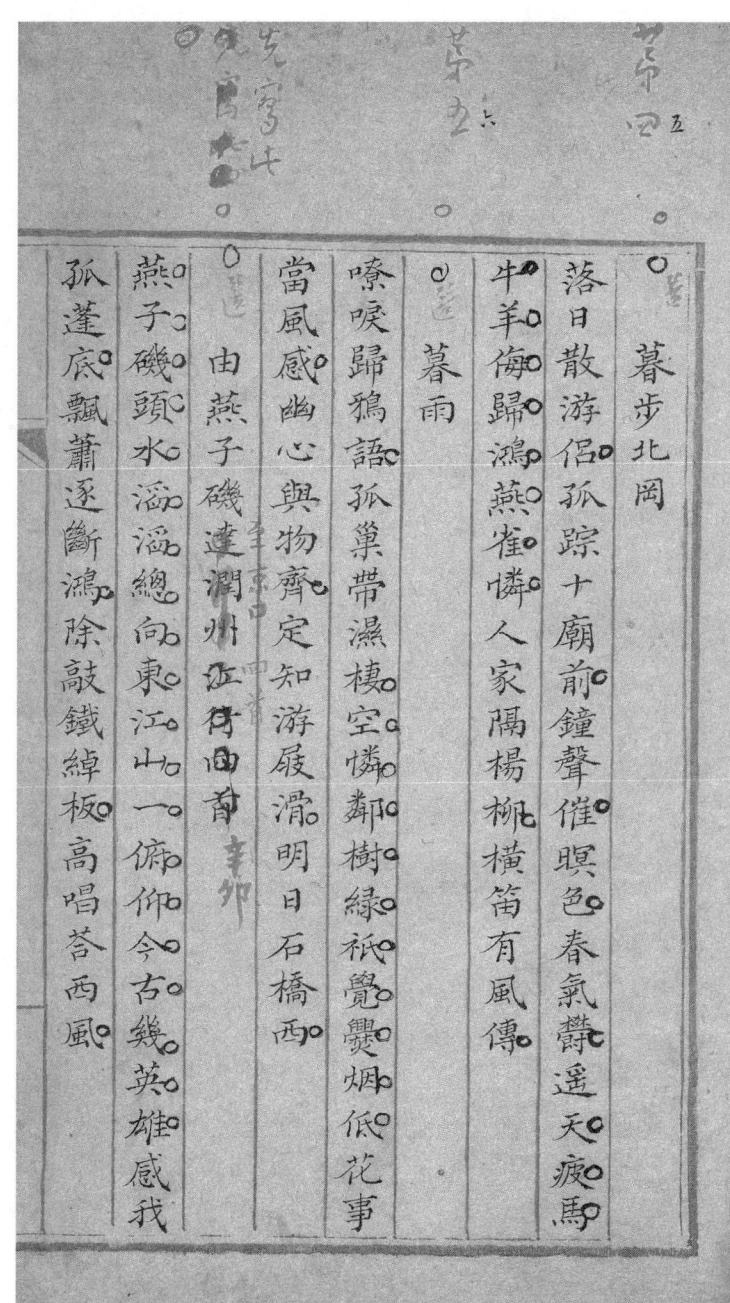

暮步北岡

落日散游侶孤踪十廟前鐘聲催暝色春氣鬱遙天瘦馬牛羊侮歸鴻燕雀憐人家隔楊栁橫笛有風傳

暮雨

嘹唳歸鴉語孤巢帶濕棲空憐鄰樹綠秖覺爨烟低花事當風感幽心與物齊定知游屐滑明日石橋西

由燕子磯達潤州江行回首

燕子磯頭水滔滔總向東江山一俯仰今古幾英雄感我孤蓬底飄蕭逐斷鴻除敲鐵綽板高唱答西風

補

暮雨江流急迷濛隔世闤鷗情安險浪龍氣暗諸山鐵戟
沉何處滄波去未還老漁無客感吹火坐蘆灣

擊楫歎中流茫茫獨客舟波濤何處宿書劍少年愁急響
沉津鼓蒼烟起戍樓倚蓬問前路片月海東頭

岧嶤鐵甕城旆影颭風輕夜氣與山合鐙光出寺明收帆
初得岸吹笛不成聲誰識空江客淒淒覊旅情

秋江夜泊

海色催潮斷岸平孤舟時怯峭寒生敗蘆風折雁驚起荒
浦月來雞誤鳴忽有詩成惟客夜絕無人處覺秋聲披衣

自啟蓬窗坐。漁火星星戍角清。

曉雨初過解纜赴瓜州

遥山隱約氣氤氳雨過孤蓬響尚聞殘夢乍驚離岸櫓薄涼猶怯隔江雲一時風水帆初健今日陰晴曉未分漭瀁潮痕回柁處荒州蘆雪白紛紛

步紅板橋側

羣鳥噪禿樹枯枝暄秋陽雲開塔孤瘦屹然前山岡幽草沿溪生霜痕初頹黄步緩手屢頁望遠頭時昂此景亦常得繭縛塵緣忙及時覔好句百轉忘饑腸

補

與陳少蒼夜話 大鋐

嵇呂交情未可忘文章騷雅入憂傷那能有母甘貧賤莫道謌詩易慨慷亂柝秋聲風似水空庭寒色月如霜與君共抱聞雞感起舞真愁夜未央

冬日秦淮舟中

鑄錯難成亦慘神莫從桃葉問迷津春鐙燕子今誰唱白髮崔郎定有人

寒潮作意盪詩懷短艇長歌亦自佳輸與籠鐙俠年少貂裘扶醉月明街

壬辰

○選 夏日小蒼山望隨園 壬辰

萬竹蟬聲隱一山三層樓閣白雲間不知當日陶宏景可
憶吹笙化鶴還

○選 雞鳴埭望後湖

圓靈一鏡倒湖光山色陰陰障女墻萬柄紅蓮千點鷺料
無漁父夢齊梁

○選 秋日雲居寺同王西澗姊夫 清瑞作

禪堂那有六朝僧一杵霜鐘悟上乘了不相干獨惆悵看

他飛鳥到孤藤
破冢誰家古道旁白楊蕭颯太淒涼一雙野蝶自飛去翁
仲無言天夕陽

○出門

別母將出門未哭心已酸碎那知遊子衣先有慈親淚親淚
有時乾子心無時安吁嗟心當安其如身留難

○峭帆

斜曳峭帆燈上遲客心陡絕忽成詩紛紛涼月一江白記
此柁回山轉時

日暮次潤州

官舫銅鉦過雄城鐵甕高桅燈驚戍卒山雪射朱旗擬打回帆鼓難爭到岸篙儒生真失笑江廣不容刀

吹笛

浮玉山前鐵甕旁孤蓬夜火海潮涼祇疑過雁聞吹笛故作哀音較短長

侵曉開帆赴瓜州四首

殘雪連城白羣山入海紆此間經百戰重鎮扼三吳岸陡江聲急峯多雁影孤看人爭曉渡篙響出荒蘆

一磬傳蕭寺烟開塔影驕健看僧汲水冷合客吹簫雲走
天如海樓空佛對潮翻憐楊子驛前度雨瀟瀟
龍種皆天授難容異姓王誰言宋武帝真似漢高皇舊宅
微時在新洲此日荒倚蓬長太息何處問興亡
社鼓神鴉散荒祠別佛貍山揺帆影動氷響櫓聲移酒薄
愁難敵江寬路未歧嚴關回柁到出樹見風旗

○荒日

孤艇大河水蕭蕭寒欲冰凍雲低去雁荒日下饑鷹暮色
極千里遥林忽一鐙未知投泊處迢遞憶親朋

望狼山 宋時改狼為琅今仍曰狼

一塔孤雲外雲根青欲昏暮天峯獨峙雄鎮海重門寺窈無鐘出風巖有雪屯桃花古時峽磨劍定留痕

憶白門諸同學

不能皆入夢顛倒故人多已悔作游子從誰發浩謌一天同雨雪千里獨關河蕭瑟殘年感還應念澗阿

到家

一笑衝寒入依然去日身庭闈前夜夢書劍獨歸人恐見別時淚不彈襟上塵翻因風雪苦歡喜告慈親

癸巳 ○湖上桃花 癸巳

那有春風解送迎了無消息過前津劉郎惆悵漁郎惱從古桃花慣誤人

月夜獨飲有懷諸同學

蒼涼鐙影上簾鈎有酒翻添客裏愁今夜不知誰憶我滿天明月在揚州

浩歌

蟾蜍戀東如月何跛烏戀西愁日矬古來魯陽揮大戈安能常令朱顏酡有酒不飲來浩歌黃昏風雨壁可呵蒼蒼

者天爾髮鬖愯爾老大還蹉跎爾車未敝馬未羸何不遠走離坎軻名花如錦如綺羅出門一笑春風多䅨玉山頭來仙娥當壚莫厭千回過曷為一日千回過昨日少年雙髻鬌

柬少蒼

雨如綆縻三月中但見飛燕無飛鴻故人不來庭草綠鄉思忽熾書鐙紅哦詩欲寄意無盡嚼墨未噴神先通偶一回憶出門日破帆短艇荒烟籠

四月十一日自揚州還白門同人飲倪益堂自求家

醉後示王雨嵐章朱偉君琦

離合感尊酒歡與春風聯庭前婁尾開良會懼欲湮耦耕
亦所願奈此豪情頹我從渡江後趣尚山林韋擾擾禺筴
區縞紵空自憐由來淮南士多財以為賢食淡既不可染
指遂見遷蘭鮑易變更仰天念歸旋悲歌亦徒爾發憤多
詩篇君等欝壯懷所尚久未宣勿因行路難情素遂嗒然
屯雲抱時雨遇風盪高天將牢敢自寬醉中輕逃禪

○送與雨嵐飲酒聯句

崴崴三萬觚剛腸似撐刳章吻吸傲鯨長睥醉羞馬瞎衡

醪傾甕浮千樂奏竅隔八章奮袖矯以飛罵座狂欲殺衡

槊橫肉雨散槍勁酒兵𪇰章磊塊銷芒芴斗石逞狡猾衡

汁無借煮烹醨不費飲齕章露頂帽翻風脫手杯澆月衡

洋洋灑故紙森森貫短札章剪燭光猶龍看劍勢摩鶻衡

孤軍縮項倒餘勇鼓聲囋章刁射一心死拇戰十指竭衡

先生大人嗤義膽忠肝揭章腔滿血熱耳巾漉氣薰髮衡

武庫未甘闕文壘不可揠章縱橫逞雄談崚嶒露奇骨衡

筆枯紙破繭墨黷硯凹鐵章稿脫室鬼瞰燈閃壁影凸衡

汲泉沸鼎鐺燎火爆榾柮章哭豈羞牛衣營不屑兎窟衡

自今藴大册茲往勒華碣 章鳳凰千仞翔魑魅一掃没 衡

心貞定舟楫腸轉動倚相 章德抱玉田種詩泯金谷罰 衡

耵聹飛塵浸耵聹積垢汰 章任運口咀肋樂道體滋肭 衡

驚心已蜚鴻到耳復嘶蛩 章弔屈獨醒憂留髡大笑發 衡

超世侶雲靄攷古鄙軒頡 章洗盞酌更酣倒冠興猶勃 衡

交期身相於裯懼口貽厥 章胸豁蛇疑消舌戰雞聲忽 衡

秀色魁三吳才膽控百越 章嚼墨噴餘醺江海肆滂渤 衡

雨嵐來揚州一宿即歸詩以誌感

萍梗無定蹤風輪盪寒潮天涯眉睫前障面千里遥入門

笑忘言舊雨疑相招意外得奇創塵中豁窒寥疇昔着征衣慷慨詢歸橈歸橈乃未發作客同遥迢陳迹黯相因風雨欝蕭條熱酒狂沾襟論學羞譊譊天地罔終極花月閑無聊嘉會不屢逢歡樂宜今宵粒粒剥鳧豆細細咀菜苗瞥爾孤舟中高燭誰同燒

○少年樂用昌谷原韻 甲午

氍毹十丈紅粘地華堂醉暖春風裡醉跨青驄徑出門玉鞭斜映横塘水横塘女兒當户窺鬟雲微鬌欹不起少年下馬牽香袂欲拭螺痕指山翠

有所思

門前轍迹春草平去年君從此處行牽裾淚掬盈素手拔劍不顧上車走君走妾獨留夜夜彈箜篌夢到遼西送懷抱見君君言顏色好黃鶯啼醒妾心惱起對菱花復枯槁感茲惻惻淚霑衣日望君歸君不歸君不歸腰減圍身不能如鴻雁飛檢點寄君羅裙褘

步北岡同偉君

一杵鐘聲定琳宮橫翠微寒蟬穿樹墮孤鳥破烟歸同志幽能賞豪情冷不飛江山自雄麗登眺惜斜暉

○大風雪偕少蒼泛舟至紅橋而返

風雪紅橋路衝寒載酒來荒涼吾欲醉飄泊爾偏才凍合湖天色幽生竹石哀未應窮所往茲地少强臺

○長安少年行

春風寶馬飛香塵長安陌上花枝新玉鞭斜壓驕視人夜歸不畏金吾嗔千金厭買笑翻求燕姬釀酒酣仰屋歌醉巾大笑人如籠中鷄云胡不樂乃憂貧

○烏夜啼

烏夜啼寒月滿城霜滿谿有雛不哺聲慘淒非不哺雛悲

孤棲君昔去冀北今聞居遼西久何不歸期難稽君不聞烏夜啼

折楊柳

昨日同君遊柳花飛似雪今日送君行柳枝堅似鐵柳豈堅似鐵欲折不忍折君出玉門關凄凄塞草寒妾如柳花欲飛去春風不度空心酸羌笛一聲天漫漫

甲午

移家來揚州

奉母看明月何辭別六朝萬山輕撒手一劍獨隨腰載酒

妻同醉囊詩婢代挑草堂貲莫慮已有主人招

唐補卿惇培農部師自京師寄詩有詩才竟欲摹唐格文律端能放鄭聲之句又云城南寄語徐夫子桃李叢中着意看蓋謂松泉培深侍御師也雖未敢當不能無感

詩才文律待如何已是江湖悔浩歌有母祇應勤負米無家猶復苦牽蘿近時聲價科名貴賤日心情感激多桃李春風兩知己一般青眼到巖阿

謁龔季思守正侍郎師之澄江以京口水涸遂揚帆

由焦山順流而東入孟河時甲午十月二十日卯
刻

星光忽黯雲下横江氛侵嶺暗復明蛟龍睡熟喑未鳴不
知有客身上行朔風吹檣俄一程蒲牢聲隱猶餘鏗霧縠
倏散天光清大波紅熱朝陽呈海門東望心摇旌怒濤雷
震跳珠驚孤棹勢急爭相迎砰訇浪負舟欲傾鳧漂鷗泛
百感并一壺千金身轉輕忽然椗定如再生狂言猶道能
騎鯨

乙未

○選 黃河 乙未

自鑿龍門險泡泡萬古流春荒天欲合沙走地能浮倉卒
瓜皮用隄防瓠子愁時清無濁浪何事寸膠投

曉發壩頭

斜月隱雲没孤烟抱樹齊寒驚殘夢破行趁客星低曙色
明鴉背波聲碎馬蹄回看投宿處村遠不聞雞

○選 次雄縣車中口占

虹梁宛宛度征驂倒影天光欝蔚藍日暮愁心渺春水真
疑趙北似江南

刪

三月二十六日招同楊季子亮李夢湘宗沆陳星來毓燕唐伯華恩壽黃伯厚元培厲伯符雲官研秋恩官昆季飲南西門外酒肆

憶少蒼金陵

一别三千里江南獨憶君倘非交刻骨翻免悔離羣淮水又新漲燕山空暮雲遥知見明月念我亦殷勤

自得幽燕氣詩情便不同幾番書客况一併托征鴻落葉共聽雨殘花獨怨風昨宵夢君别春水大江東

○選

長干行

妾生多別離少小失瞻依嫁君居長干謂可常團圞君言萩水缺忍淚與君別大江多風波長途多雨雪雨雪與風波君行可奈何慘懷涉遠道安得不枯槁不愁君枯槁愁君歸不早歸遲妾可待堂上人垂老

選

野鴛鴦曲 江亭作

野塘水碧風淒淒並肩影入波光迷忽拋蓮子驚雙棲君不見鴛鴦雙棲復雙飛飛鳴拍拍行相依有酒不飲何言歸

夜感寄懷王大雨嵐

宣南城頭明月光照見顏色生秋霜雄雞喔喔殘鐙黃夢回擁被驚夜涼言念之子居異鄉燕山雲冷淮水長去年握手悲河梁欲留不能中心傷枯樹着花生異香春風黍谷回真陽自謂寶劍無久藏一朝催折如干將又若九霄之鳳凰有時垂翅羞迴翔負君翹首中夜望儼疑棘刺置我腸紙窗欲白星斂芒披衣起視心茫茫不能縮地空徬徨詩成曉日來東方

秋日步法源寺

車輪盤愁腸動轉苦形役商飈森骨寒惻惻感萍跡拋書
不可耐步出户庭北一逕達崇刹草枯醬雙屐古瓦鉒蒼
蘚老樹欝寒碧坐聽蒲牢鳴聲聲沁心魄
歲時一刹那寒燠何錯愕積雨峭涼生忽顧羅衣薄幽院
森秋花鳥啄時零落對兹感塵世飄忽身何托便聚骨月
歡瞬息亦驚矍出門况惘惘天涯類行脚

丙申

正月十八日同人飲伯符寓齋

東風動林薄晴雲漾空碧酒人覺春氣手尊足尋繹京師

文讌場夜夜似今夕何圖主客賢裙屐不勞擇迢遥黃金臺月出忽到席請看松稍明歡喜此蟾魄萬事委如唾杯酒不相下斂兹英雄心淋漓啜殘炙天街好燈火誰復覔清暇吾曹九州心不待一車駕飲闌出門去摩肩衆人詫甘受醉尉呵嬉笑勝怒罵

偕伯華飲江亭

蘆筍棘花旁高亭倚夕陽山光分樹綠雲氣入霞黄對景共杯酒懷人思故鄉颯然林薄響一鳥破空翔

○讌集詩

寸祿與斗儲內外缺然歎隻身京雒懸歡樂乃無憚賞心多良知卓犖詞賦冠嘉時懼蹉跎杯酒極把玩和風吹衣袂塵緇久不憾春歸贖花柳客心冰未泮欲言愁腸枯臨軒弄柔翰

微醺看落日林木絢紺碧一鳥怍隨衆背風竭雙翮君子愛良時羈人感終夕九衢冠蓋場步趨慎途擇與物忘機心虛名勿尋繹同遊歡醵多何如托松柏直節凌風霜詎效求榮客

將歸揚州留別諸同人

輕風吹浮雲奄忽去千里仰空時咄咄慘懷見行李願言謝僕馬驪駒聲動耳別恐儕偶泣歸知骨月喜燕山阻中途感此艱行止

冀北多龍媒伯樂苦不逢安能欝欝居言旋甘途窮良時永相待努力慎持躬功名作早達孝養懷深衷春江富烟景秋寺沉霜鐘卯園安足樂讀書求明通

孤鳥辭高枝飛鳴猶相依京洛一朝別不醉安能歸歡笑極今日詰朝相見稀曩昔共游讌此景已豫知陌草待轍迹薰風吹綠肥倘復念故侶毋忘登車時

轅傍燈滅惜破紙曉風吹散柝聲止烏輪照驚城角鴉馬蹄踏出麥根雉孤井偶遇汲婦立斷堠甫見老兵起樹背殘月黃入霞草頭朝氣白浮水舉目川原莽寥濶觸心碑碣雜悲喜便欲下車一捫讀僕夫壓足睡方美

騎馬少年行

午飯南沙河有少年騎馬從南來繫馬門外槐樹上入門立呼酒不三白徑擲金傭酒者欲行畀其忙遽也趨詢之少年畧道數語匆匆上馬去感不能已濡敗筆演其語為詩書壁上至花字韻僕夫

促行余亦襆筆登車出門望少年則渺不知其處
矣

手中七寶鞭跨下八寶鞍桃花馬快生衣單柳風吹帽香入簪陌上飛塵雜烟起少年何為行不已為言舊識柳枝娘於今墮入邯鄲倡昨日有書催歸裝上言苦相思早來莫畏路途長中言沙吒利蓄意欲拆雙鴛鴦鴛鴦雖死當同歸安能便向他家飛郎來能解圍不解以死隨阿母愛錢不愛妾他家已辦迎桃葉郎既非無錢郎亦非無楫有錢有楫計莫差來遲空有古押衙來遲況無古押衙誰向

東風護落花

以書寄研秋附贈一首

揮手春明門燕山何突兀倏隔二千里生世感飄忽迢迢鎮海樓北望天遼濶離踪慘萍梗良時易蜩螿薰風何温燠悠然吹毛髮曩昔中郎琴寥落一朝歇願言托豪素翔鴻遠為達無暇致相思省書期奮發莫但奬元瑜翩翩好筆札

江行薄暮

霞光不到處雲鋪一星明帆影忽依水江流時有聲月來

沉萬籟山欲感生平背我鷗飛去茫茫不可盟

夜泊黃天蕩

侵人寒氣有無間獨倚孤蓬扣劍鏍午夜鐘聲烟外寺一江秋色月中山地經爭戰潮猶怒鐙入蒼涼影亦閑惆悵乘風明日去又留幽夢在蘆灣

歲暮感興七首

歲華轉飈輪飛塵孰狂煽心驚急景馳萬象引瞻戀身居大化中寒暑隨其變無術挽逝水莫從捉閃電俛焉讀書史努力安貧賤

第二 [redacted]

此首已入[redacted]集中

出門多荆棘人心於海深壁立把一卷廓然萬籟沉所見
古事多一半不宜今慨焉仰蒼旻孤鴻流哀音
李邕能文章鬻之鉅萬利方干好詩篇悒悒不得志錢刀
亦有命況乃據爵位吾生自徜徉憂患因識字纍纍訣墓
金灑灑窮途淚讀書富於貲固已非初意浩然自下帷用
或有時至
去年走燕京百事不稱意登臺攬高秋簫雲不如驥隅絕
二千里閭閈蹙縮地憂端湧春潮遂有丈夫淚古來行路
難黃金不可棄

第三

此首已入[redacted]集中

[redacted]

梅花香空山孤鶴何依依一朝思飲啄乃向塵寰飛嗟哉
軒雖乘祇以療其饑雞蟲爭得失所見亦已微志既在溫
飽身心因相違仙方可辟穀何不翩然歸
孤鷹盤黃雲健兒彎弓伺一矢不輕遺成名敢偉致蘇子
面黧黑屈原色憔顇學疎見用難忠孤召讒易君子培其
原因以行吾志
龍馬自西來風雲隨奔馳闊然遇伯樂帖耳甘縶維士為
知己用不在黃金貽水火所弗避死生一報之勿謂杯羹
輕酬者冥不辭旨哉靖節詩語激心何悲

丁酉

短劍歌

長劍能倚天短劍能殺人蠶蠋化龍不可量風雨夜過延

平津仗君封侯在隻手天山月黑骷髏走健兒合圍勇獨

當屈信豈不如干將三寸之鐵百鍊鋼有用安能匣內藏

君不見塵芥易鏽澀鉛刀何足寶摧折可懼養鋒難莫慮

吾儕彈鋏老

偕益堂少蒼遊莫愁湖

涼風約萍湖水秋三年不來添飛樓人家飼鴨僧狎鷗鵰雕

藂影落波光柔遥山勢湧雲欲浮斜陽忽下枯荷愁蕭蕭疎柳横漁舟峭寒暮禁潛鱗游徘徊短帽捱簾鈎鷺飛客燕聲啾啾我亦呼朋毋逗遛愛兹好景當再遊

偕少蒼飲秦淮酒肆

非因狂醉見天真豈有吾儕是酒人如我文章能駭俗諸君身世莫辭貧江山雄麗杯中影花月消磨鏡裏春安得歌詩入騷雅不應輕哭楚靈均

戊戌

夜坐

不許風搖佛火深梵宫幽迥夜沉沉月光墮地出花影雲
意在天生雨心一吉能消凶悔吝百年已悟去來今禪門
畢竟非枯寂尚有疎鐘荅苦吟

刪 為支蘭伯題李留卿小像有序

日暮大槐樹牕下

槐影落牕晴夕陽蒼暝中高雲疑抱雨殘笛忽隨風身孄
惟應醉詩狂不歎窮塵沙暫消歇新月在墻東

泣鳳引有序

鳳有美德然文彩暴於外君子不韜晦者類焉歲
戊戌余留京師七月十八夜與同年生甘泉李夢
湘論鳳因歎文足累德故鳳有簽者夢湘乃泣下
余擬騷為詩命曰泣鳳引
龍門高兮忽飛落枯桐半死兮安可托四顧泬寥兮無一
枝媿夫鷦鷯兮慙巢鵲彼黃雀兮寄籬若紫燕兮棲幙曾
朝暮兮不能終肯垂翅兮附冥鴻孤鶴饑瘦兮隨雞羣慘
如大鵬兮因樊籠烏何尊兮踆日鵩何健兮盤風凡鳥高
飛兮毛羽豐碧鸞轉驚夫傷鎩兮拭杜鵑之淚紅將一舉

兮矯翼耻六月兮同息矗千仞兮有罔贖九苞兮無色見鴟鴞兮頌為祥聞鵂鶹兮聲肆揚鳴翽翽兮罔聽砭聾俗兮無方托鷗盟兮波莽蒼猝雉羅兮羅畢張戒貪餧兮素守何籠檻兮多創丹山遼遠兮不可見崩雲屑雨兮天窔偏徊重闋兮疇開方鴆毒兮乘便鸑鷟貴兮賤其身鸚鵡巧兮鈍其脣鳩繫茗兮危於髮雁棲蘆兮摧為薪六鷁退飛兮歸無垠媥鷟颷於盯䁥兮孰能轉夫風輪彼弋人兮狡譎乃斨物兮斷絕肆機械兮虛空誤美瑞兮妖孽得罔償兮彈珠錯莫鑄兮羞鐵謂獲禽乃以謝責兮網仍漏而

補

空設文彩焜燿兮為禍胎嗟乎寃哉兮不可說已矣哉瞻嵯峨兮天閽莽風沙兮昒昏刹烏舞兮鷯烏奔鳳兮鳳兮長顑頷以誰援痛鷹擊兮善下籍鵩問兮罕暇鶡雞善竄兮地險鷄鶡欲避兮禍嫁羡鷓鴣乃以隨陽兮鳳兮鳳兮獨迷迷而守此長夜噫吁嚱鳳何塞兮遇枳棘兮鳳何枉兮在羅網兮鳳心傷兮雌雉難翔鳳運回兮金雞能來鳳兮鳳兮德未衰阿閣依然兮養修翮而來綏

六月十七夜

庭院有秋意夜涼衣上生殘雲浮雨色背月隱雷聲析靜

此句當略改

靜樹陰濃。風疎花。氣清。一鐙暗虛室。客思倍分明。

夢醒

夢醒失歸路氣清含夜心鐘疎僧意嬾鐙隱佛光深殘月到牀白孤蟲棲壁吟塵沙猶未起秋露暗相侵

欲去

欲去何堪願屢違靜中振觸景都非耐寒蝶抱孤花宿失熱蠅如敗葉飛計左秖餘詩未悔夜長私冀夢能歸門前久不聞車馬誤認天涯旅客稀

送夢湘之關中時余亦將還揚州

燕山匽白日商飇響林末君言西向秦策馬聲叱撥斯須
為我立浮雲倏奄忽丈夫閑門居幽憂莾膠轕大笑出門
去拔劍易為別宕崑蓮花峯高空倚秋月努力一登眺矚
我南歸轍
手尊摇酒波蕩漾生古歡抑此悽惻心蛩語何辛酸君今
別我去我亦催歸鞍驪駒同在門歧途堪長歎願言加餐
飯毋輕摧腸肝人心多荊棘遑歌行路難薄醉看飛鳥分
振風中翰
身世安可說離別何能辭長歌易悲慨短歌多憂思君抱

丈夫志去去毋淹遲我懷遊子心草草為此詩關山莽烟樹衣裳分塵緇揮手一為别涕洟庸輕垂狂笑各登途百年多此時

落日 戊戌 丁酉

秋衣冷不敵風沙落日荒原薄笨車病亦尋常猶有母歸非容易實無家璞真未涸懷中鼠劍好翻成袖裏蛇莫怪關山獨惆悵馬蹄如雨悔天涯

己亥

春日靜中二首

春雲影在初花枝薄陽不炙和風吹蝶來花外心先癡繞
闌欲采飛故遲海燕不解雙剪施穿樹疾掠搖離披各緣
性近心無私遇者乃以分安危
孤琴塵壁時日深相安無復求鳴心非為調變彈傷今成
虧渾化何悄悄傍佩以劍響未沉夜深壯士時悲吟春風
吹絃仍古音劍吾所賞琴吾欽

近懷

花月江山總耐愁十年飄泊賦登樓是誰冷眼還相賞火
色鳶肩一馬周

讀史事皆如昨日看花春又負今年向來不識升沉易便欲銜杯一問天

夜心

四圍無樹一樓空黄月推雲屋角東獨坐夜心孤似佛自聞鐘響不關風

偶成二首

幾日黄梅雨蝸痕篆蘚青常懸簾待月偶拂劍垂星春去尚留蝶夜深時見螢幽懷每孤往獨自説忘形

飯罷枕書卧興來時浩歌病能忘酒渴貧不厭詩魔巷僻

市聲遠心閒舊感多出門誰與伴隨意撫庭柯

述懷詩寄少蒼時少蒼自晉歸白門

匏星在天巔在波半生搖盪當奈何不能射鵰兼殺虎閉門刻楮幽憂多翻身獨據連錢馬傷離惜別何為者去年料峭東風寒其時正到燕臺下黃金散盡春草深未逢伯樂無知音橫腰但留劍焦尾難名琴長安十丈飛黃塵荊卿市上愁殺人願解纏頭買歌舞秖宜醉夢哭無補若使握手君飛來便當剖腹一傾吐君不來空徘徊江南遙寄一枝梅知君將向雁門走歸來不道落君後送君未能折

楊柳涼秋九月病已久病中接君西來書讀之霍然疑病
無康樂之詩陳琳檄頭風口臭能捐除離合間風雨升沉
易今古丈夫不作兒女言語皆落落行踽踽便欲驅車過
太行君之異鄉吾故鄉宛轉牀席體薄弱咄咄仰卧看屋
梁境何足論宜徜徉非君誰與言衷腸人當善處或辯鼠
牢如先補奚亡羊男兒讀書期遠大不合雕蟲矜文章君
今歸白門我猶居廣陵江山何阻修欲見還未能孤鴻流
天鯉入水兩次傳書情不已五窮二豎共歡喜羊腸路在
蠶叢裏以我度君臆對言非指喻指鈎其元詩成大笑寄

君讀不是長歌能當哭

○選 意中老松歌示西澗 戊戌

世上應有此老松未見時復藏意中意中所有世無有天矯不獨如神龍忽然充眼見其影不在空山不高嶺埃壒自獨松自清春能感燠冬耐冷雷聲到頂霜到皮衆始猛省松未知日月明白青天下出羣何待倉猝時初無種者厚灌溉太和保合得元氣獨立非望人忽賞孤生那許鸛來慰吁嗟此松老益彊未解娬媚顏堅蒼與我神會古心契不欲松知終兩忘

秋夜坐樓上

秋晴晚更佳疎星帶初月風徐覺到臂鐙涼暗森髮身疑因樓尊心欲與天接浮雲且鮮見囂塵那待絶今夜倘成夢應在廣寒闕

惜少紅葉樹為我作秋聲空有四圍壁杳無一蛩鳴月作雲内白山來心中青林壑待雙屐風露凄一鐙默坐萬籟寂屋角長河明

撲滿

富翁抱小器錢神主中闓泥污竊模範銅臭蒸混屯相悖

忘出入欲斂始節撙省用探手艱少有鼓腹穩積耐零星
勞欲嫌計日緩阿堵勤運甓爾室恃免鍵繞牀呼笑王空
囊羞傲阮飛固難化蚨盈終易似飌撼默度多寡投屢試
深淺五中已偪塞一竅礙開壑漲酷豕形肖耽偉虎視遠
懼散冀長存既溢究弗免一童足傾敗五窮共扑偃粉碎
驚忽空泉流惜不返破儼椎心痛悔實張拳晚偽貧守口
堅失勢禍身顯虧與盈相因利即害之本多藏必厚亡惟
滿則招損緩請君入甕君其急自反

秋夜涼曲

秋花入瞑烟光顫西風莫起芙蓉院夢路心迷舊帳深愁
天音滿荒琴怨安能倚枕到遼西意中先有黃鶯啼金蠶
粉匣憐僵卧玉燕釵涼耐冷棲星光帶鶴同孤醒露氣團
蟲作淒哽忽變箜篌裊日聲難尋簟筦攏時影鑪中心字
爇名香灰燼鐙殘半臂涼添衣更憶關山月照見征人鬢
上霜

擬飲馬長城窟

長城窟中寒波聲健兒飲馬椎古冰鐵衣照作雪色白蕭
蕭絕漠風有稜高天不見雁飛影長城之高與天等秦皇

漢武今何存草根滿地霜痕冷咄哉朔方此健兒力殺單于夜合圍據鞍勇出嫖姚上不願封侯任數奇豈無金印大如斗空使創瘢生兩肘論功殿遠不可登祇須痛飲葡萄酒醉後飲馬看馬毛髮枯鬣齗宜萊蒿甘心同老長城下落日黃金臺更高

一雁

一雁晴雲邊轉側迎西風高爽江南時日暮天微紅洲渚盪淺水下有菰米叢吹棉飛秋花覓食能相容但求飽與暖蘆中原非窮

赴白門江行感賦

短帽孤蓬入莽蒼，蘆花捲雪水茫茫。並無風雨含秋氣，不有江山負夕陽。身外魚龍空色相，夢中鶯燕自壺觴。誰知慷慨生平意，又着青袍到建康。

秋柳三首和雨嵐

白門烟點亂棲鴉，疎影殘條夕照斜。解脫有心隨木葉，飄流無計奈蘆花。樓臺冷落春如夢，風月蒼涼鬢欲華。自繫斑騅感摧折，更誰青眼向天涯。

誰譜屯田絕妙詞，曉風殘月雁來時。業經搖落何堪折，不補。

改踈狂亦可悲顧我青袍猶待染傍他紅葉苦低垂傷心鶯老無人聽金縷能歌恨已遲

江潭潮落失萍踪羌笛吹休唱惱公已慣別離人漸老能甘憔悴腹原空本來漏洩春光早無復纏綿夢影同眉黛不時何用畫亂頭粗服任西風

庚子

贈姚梅伯同年燮即送北上

五載心相許今知第一流蒿萊出孤鳳風浪護閒鷗文以文章契情堪骨月酬春帆何太駛吹影過揚州

宗沅

雲龍吟可作東野快逢韓共看梅如雪應知骨亦寒春鴻
一留影古月自同歡未免惜離別素琴誰共彈
東風不起沙走馬且看花香溢長安暖春扶短帽斜才人
能富貴詩境亦風華倘復念之子今年病在家
我豈敢逃隱讀書多一年秖嫌詩作祟未許病如禪金粉
留香古江山待月圓遲君共清賞莫忘雁來天

○送　將進酒三章送夢湘之都門　庚子　己亥

將進酒惜君別小槽點滴真珠熱桃花一色鵑啼血春隨
人去那堪說君不見黃金臺高芳草低舊時轍迹斜陽迷

君又徃矣悲馬蹄前年落葉今年泥我為君歌聲凄凄將
進酒兮門有驪願君痛飲毋然疑
將進酒心欝陶俛首不向青天搔泰華峯頭明月高長空
萬里無秋毫君不見惟有隴頭水嗚咽君曾飲馬嚙古雪
衣裳欲破鞭欲折歸來娶婦亦奇絕我為君歌聲轉徹將
進酒兮雙耳熱醉後那知君欲別
將進酒看君面東飛伯勞西飛燕擲梧上馬淚如霰極天
春草引瞻戀君不見雙鬓未雪堪兜鍪功名祇合求封侯
何不出門望九州今年四十剛平頭我為君歌君毋尤將

進酒兮君難留明朝獨醒黃河流

○古硯聯句 庚子

四月二十四日偕陳少蒼大鋐仝漢京紹宏朱偉君琦王雨嵐章集葉貽蓀貽穀家時余甫自郭外來偉君突自小黃歸雨嵐感同硯生離合靡定遂以古硯命意夜半諸人皆去余以雨嵐館貽蓀家因止宿得卒其篇雨嵐并有序存靜虛堂槀中

傳家一片石宏沐浴日月光守黑亦知白鋐遇圜能成方鑄非六州鐵衡堅直百鍊鋼塊然貌類拙琦卓爾用善藏

獨立老鸜鵒章冷泣小鳳凰蘇子評不厭穀桑公學逾强
朝研露華浥宏夕聚烟靄香奇質此磊砢鋺至寶同琳瑯
即墨當封侯衡欝林宜共王臣芾拜且謝琦汝華辨能詳
玉帶生尚在章雪方池永藏舌耕免歲惡鋺肝鏤緣工良
忍令尾礫棄衡重之金玉相安安靜以壽章止止柔全剛
磨人閱千載衡著書共一堂龍尾向空禿章蛾眉入時傷
積瀋亦滄海衡固體如陵岡微凹象虛受章高凸聳衆望
雖頑文章府衡不磷翰墨場蛛網已辭匣章龜息曾支牀
銘惜鳥篆蝕衡焚避魚池殃輕移步樂土章慨贈虞荒莊

勤洗甓運陶衡狂草墨濡張微茫聚奎宿章黷淡聞聲鏗
舊蘸筆成塚衡終敵劍有芒端嚴鎮詩崇章厚重專文房
自今渾圭角衡似此涵清涼面北志旱確章横中形獨蒼
波瀾幻起伏衡尺寸較短長火攻不心熱章塵眯非眼盲
寄未攖俗污衡捧必隨艷妝問嘘呵者誰章錫寵賚惟皇
青雲位大器衡紅絲潤蒸瀼月闕富神采章禾生應禎祥
輝煌唐金斗衡斑駁漢瓦當中山取斯友章上谷老是鄉
松皮知後凋衡洞口完貞芳璧拱華國寶章刼歷永世昌
盛哉懷太璞衡笑彼探空囊持以示孫子章磨琢毋相忘

衡

出郭

出郭日亭午回頭雲隔城林深明電影山近逼雷聲雨過村烟直田高澗水平薄涼消積暑翻覺濕衣輕

薄暮雨霽坐人鏡山房呈西澗

日落空庭暮氣催愁心向夕鬱能開雨晴正寂亂蛙呌月上未高歸鷺來誰聽流泉思古壑偶忘花影踏荒苔閒身也覺田間樂回首風塵漸悔才

○暮天

山影欲來斜日移迎窓老樹緑沉時暮天先見一星潔新
月未明雲散遲

夜清

孤坐養天趣夜清疑漏長風涼螢入室月靜鴨眠塘書味
新知潤春花舊夢忘如何生客感簾影暗鐙光

寓目

老蝶過牛背荒田猶野花樹疎秋在水溪轉影初斜落日
澹郫郭遥山依暮霞稻粱謀已厭鴻雁漫離家

斜月

斜月在殘荷蟲聲隱薜蘿窗閉山有影溪靜水無波烟樹
鵲紛集風簾營一過浮雲忽華色緩緩近天河

入鏡山房雜詩十首呈西澗

期與大道適時虞客氣傷下士大笑中君子得其方主人
古為徒與我能兩忘相對三畝宅寸心齊八荒反收慎視
聽千古陳空堂起念不可極朝日來東墻

園中有疎花春風留空庭殘蝶飛過墻未秋先伶俜曉氣
不可收當階憐苔青因之步出門山缺林如屏時有荷樵
客疑立雲邊聽好鳥惜深樹小語梳風翎

此首不寫

高天散雲靄落日成晴霞翩然歸鷺明流影過簷牙息心
領荷氣葉動風隨花小池波光平出水鳴一蛙村烟隔墻
起晚飯聞呼耶

青青田中禾午風吹如潮凭窓出帽影時疑山靈招有雀
啄深木靜聽松間濤與我不相涉塵念因之消老農走叱犢
曹然過短橋招手一問訊麥價今年高

殘月滿前澗山陰浮孤烟寺火點深碧黝然神龕前荒塚
泣故鬼飛燐沉墓田却顧傍邨屋雞聲隨風傳此時夜心
動動在人籟先響晦不知息何以全我天掩窓就衾卧抱

夢成曉眠

怒霆震林木萬鷺驚起飛雪點亂雲底雲脚羣峯圍此時梁間燕杳無纍卵危可知擇巢穩不在高與微清風激澗水逝者含化機雷聲遠天隱俯仰看斜暉

小鳥集池側上下噙花翔掠波濕雙翼啁啾聲徬徨引手一相援依依棲我旁羽乾欲飛鳴却立花邊墻豈必報銜環爾意殊可傷未嘗與爾食惻隱原尋常感我乃戀我相對機能忘我曾飽飼鷹颺去今無方

寄夢湘豫章

病裏傷君别天涯落葉深壯懷憐匣劍同調惜囊琴孤鶴
三秋夢駠鷗萬里心屋梁想顏色涼月隔楓林

共古近體一百四十七首 刪三首

文287.427
43
:2

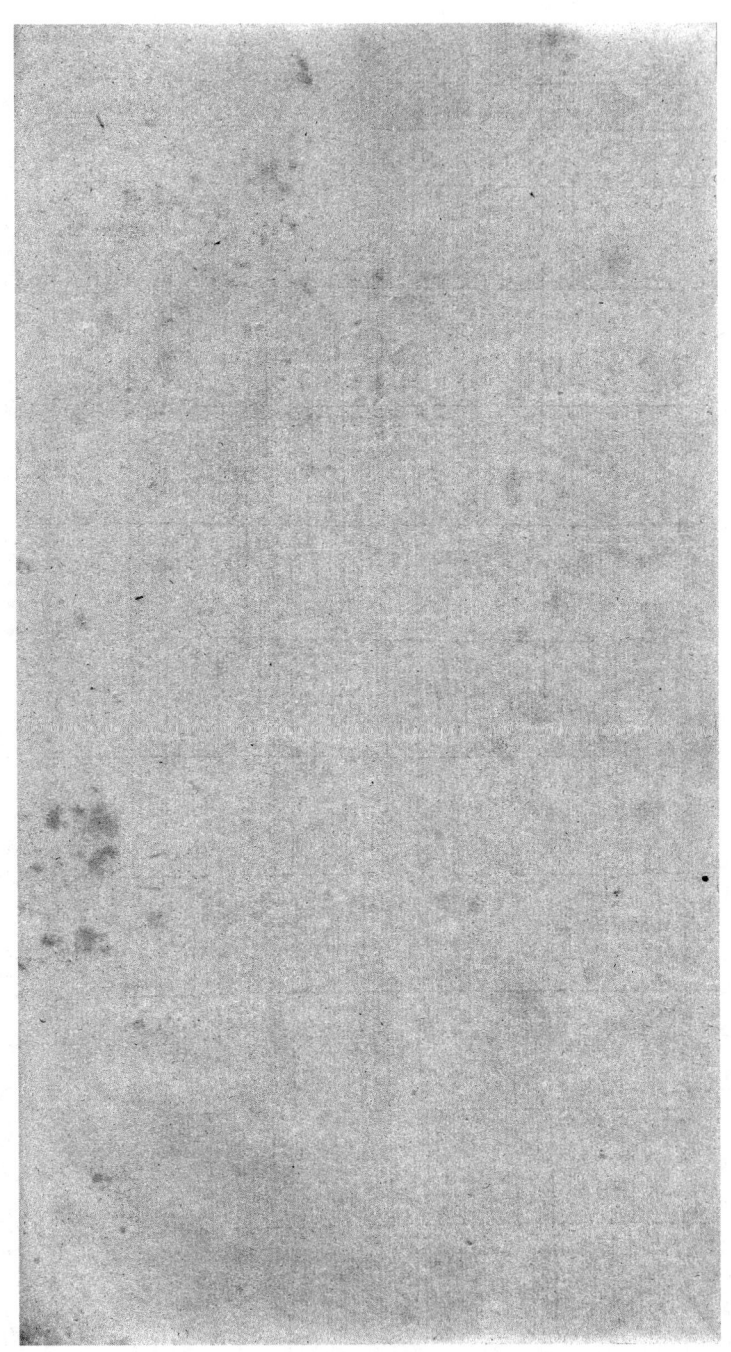

拳峯館詩卷二

辛丑　上元　許宗衡　海秋

曉發陰平

怒馬辭槽犯曉行荒街殘柝敵風清韔鐙光冷春難見囊劍鋒長夢不平月上五更兼曙色沙分雙轍作潮聲豐碑舊署袁安治剩雪堆原看未明

二月十九日大風雪東阿道中官橋待渡是内子三十初度感賦却寄

女兒嬌小老親慈强借芳辰共酒巵為我關山愁路遠累

君懊惱覺春遲十年廡下傷貧賤二月花前悔別離如此風波如此雪不堪今日渡河時

阜城題壁用姚梅伯同年庚子七夕元韻

海天蜃氣夢中樓虛願躬耕待伏牛便取芙蓉照明鏡未應憔悴責吾頭

銀瓶迸裂指生漪鸞鵲聲聲唱別離一樣曉風殘月感亂人歸夢惱花枝

陡憶簫聲傍水涯紅樓遙隔大官衙生憎燕子隨春去孤負東風楊白花

感臧家橋吳中校書阿樗題壁詩作并序

阿樗自序吳門人誤以駔儈擁多資能脱籍勉從之今流落齊魯間所題詩有兒家故國纏綿甚他日埋香要虎邱之句又言四方君子雖見妾詩恐不能以千金買妾骨云云情詞悲惻詩以哀之同林少紫溥作

横塘烟雨綰春波麋鹿荒臺夢奈何生小吳船諳水調不堪遠上唱黄河

斷腸詩句太辛酸舊日琵琶不忍彈一例才人嫁厮養前

生挾瑟定邯鄲

生憎彩鳳誤隨鴉孤負香巢遠別家啼煞杜鵑歸不得東
風何處葬飛花

計到埋香絕可哀可能黃土借蘇臺美人駿馬同聲哭誰
肯千金買骨來

○古意

去年燕子不離家今年芳草又天涯小樓昨夜獨聽雨累
妾空牀怨杏花

三十年華妾將老二千里路君何為關山此去看新月莫

使文章如妾眉

見杏花

三月十六日曉過長安街見人家墻頭杏花一枝

横樓接天懸金牌曉日射書長安街玉鞭香影馬上客别有春色關詩懷尋常杏花倚雲好遲開轉比江南早天上酣紅雨點衣人間慘緑風吹帽金馬門近銅龍樓數武便入蓬萊遊何必都尉獻東海花光五色逢仙傳酒家市上好時節人家墻邊好顔色文章爛熳知己難便呼及第真狂絶滿城桃李蜂鬧衙春官消息浮雲遮一枝有色眼獨

冷萬人無語心有花君不見東風搖蕩春無價日邊幾輩
氣相下一樣時妝似牡丹祇須多買胭脂畫

○花之寺訪海棠未開同唐伯華作 恩壽

入門下馬僧無語階雀閑飛點亂苔人海春多花未放佛
天香古客先來文章艷想憑虛結爾我遊踪任世猜他日
開殘應再到拚將冷眼一憐才

出都三首

幾日金臺夢愁心繫夕陽蛾眉憎老大駿骨傲文章也挾
劉蕡策空餘李賀囊不堪驅馬别鈴語太郎當

一笑黄金盡書生匹馬還殘春燕市酒斜日薊門山入世心空壯謀生計本艱楊花飛向我點鬓恐成斑
又渡桑乾去孤裝氣轉豪草深殘蝶倦春老瘦駝高客路迎愁近家書入夢遥誰知歸計急和淚典青袍

平原道中

日午平原大道邊短衣匹馬氣幽燕誰將濁酒澆斯土我已青袍誤少年銀甲金壺愁外感饕風虐雪夢中天鸊鵜萬濩鋒雖利一劍心雄亦可憐
荒城沙影一雕盤緑樹摇天望渺漫客本多愁兼日暮春

補。

雖有聞奈花殘到來總覺心如夢歸去空餘鋏可彈廢寺經過長太息佛頭容糞選塲寬

回首燕臺戀夕陽轉愁歸夢入迷茫雞呼殘月來荒戍馬踏寒星渡野塘冰炭名心磨短夜萍蓬春色負他鄉白雲親舍看將近禄養艱難菽水强

東阿曉發

倦騾戀殘芻犯曉馳出門自恃得食飽鞭策翻能奔山徑觸輪鐵蹀躞砯石根崖尖路輒轉輾側鐙屢昏猛上懼後落徐下時前蹲勢縱收韁辭地危執轡尊人家甫起汲孤

井迎朝暾我行三十里饑腹惟自捫百折雖出險一飯誰
推恩嗟哉蕩平途無人知王孫

午飯東平州

土屋棲樹側飛花吹入門馬聲空槽哀僕伺凌榛垣甫飽
卽束縛愁見車有轅我亦羇旅人年年走郊原大行不能
上鹽車何其尊感玆伏櫪心俛首為馴騵階准得食喜棲
止忘籬藩天涯契清況家居轉囂煩千里落拓士百萬愁
苦言殘春送歸客淡日沙中昏

折楊柳

折楊柳楊花飛楊花別樹遊子歸今年春多三十日遊子早歸花遲飛惱人偏覺東風非君不見黃金臺高欲愁倒馬蹄如雨踏芳草青袍却出長安道花飛遲客歸早一回歸去一回老凌雲未賦況長楊羞見楊花入雲好

有酒

有酒有酒舉杯在手君何為者下堂而走　曲不如鉤安能封侯拔劍出門茫茫九州　太行非險孟河非深險則世路深則人心　自君之出傷妾懷抱妾懼君死君惜妾老　美人顏色壯士頭顱老亦易耳死何為乎　乃謝膏

沐乃彈箜篌懽夢猶春悲心忽秋　東家錢多千金買歌
廈方燕賀門已雀羅　西家糟糠十年忽昌東家之客競
登其堂　感妾心曲忽忽不樂淚海眼枯愁峯眉蹙　一
鄉如此而況天涯千古如此而況君耶　君書果來來自
邯鄲有娼挾瑟甘為君彈　此外寥寥遂無一語青天自
高黃鵠又舉　直走關中栢梁桂宮心如墜石首如飛蓬
但惜塵勞不言路歧西向而笑東歸則疑　中間數年
忽無書至思君何方知君何地　泰岱策馬瀟湘放船男
兒作健丈夫可憐　蝶魂栩栩鸞聲鏘鏘印纍綬若氣吐

眉揚　真耶非耶見君歸耶疇昔之夜妾心則夷　因思
卞和抱玉之璞相璧曰石人則碌碌　猶冀燕昭求馬之
骨市死況生臺則兀兀　如何書來三次愈哀君不逢時
世不憐才　世不憐才君不肯說三書之言九州之鐵
錯不可鑄首不必搔縱有熱血莫看寶刀　非無知已在
空閨裏妾今未老君亦未死　君何能死世無知已茫茫
九州見妾莫耻　妾老實易君死則耻有酒有酒可以歸
矣

苦雨乍晴偕偉君集益堂齋中

苦雨暫歇聞新蟬孤桐積溜青可憐雷聲隱隱在樹頂蟬心欲死桐心堅亂雲走空轉蒼厚雲所不到留青天南風卓午倏然大赤日突出奇峯邊此時礎潤極蒸欝簷牙殘滴飛晴烟方愁驕陽似酷吏片雲倏忽當頭懸嗟哉天意不可測人情翻覆真同然老農有秋甫登麥陰霾失晝憂秧田倘决黄流没畝畝況復積潦成荒年使我捫腹發長歎有書萬卷無一㕓饑腸百轉向誰說窮民處在儒生先詩成桐陰落清響同儕飽食方午眠

題朱鞠坨齡味酒圖

十年痛飲知甘苦醉鄉俛仰獨今古酒星豈是朱虛侯衆
人嚼蠟容糟邱譬諸淄澠有分別與我差池不心折甕中
風雨悲醽醁祇應錯鑄青州鐵前年觴月金臺高長鯨悔
吸黄河潮行歌燕市負春色倒冠醉渡盧溝橋至今塵土
尚滿口莫道此中宜飲酒餘子曹騰向我笑往往舉杯復
停手古人或有阮嗣宗今人那有王無功歸來秋泉雲液
濃誰其署號逍遥公能斟天漿潤胸臆醰醰無日無春風
旨哉君讀酒德頌不愁僕射衰如鳳見我握手疑飲醇醉
膽輪囷蓋一鬨醒中能醉醉中醒飲與不飲皆忘形君棄

糟粕辨五齊我灌醍醐惟六經無酒則酤有則湑以酒為賓味為主不勞倒把蔗竿舞那須更取青梅煮酸鹹之外入佳境何必斤斤薄嫌魯吁嗟乎有酒不飲愁芳春有味不領慙等倫我雖獨醒開圖醉輸爾黃花古道人

長夏雜感十六首

春花久辭夢豐草冐日長閉門友古人書中無炎涼炎涼非不有往事毋感傷昔賢志堅定寸心空八荒寒燠驗世情平等百不妨抗懷北窓下垂眼來羲皇

青青古銅鏡呵氣失衆形美人一拂拭顧影增俜停如雲

掩明月雲開光逾新不覺曩日晦但見今人真空明欽鏡
心拂拭還待人
火繖張午天家居勝奔走科頭長松下葢影大於斗炎風
吹天涯依依道旁柳有陰亦可惜攀折安能久倉卒棲一
枝太息非吾偶古人避熱場獨勵歲寒守
我有雙不借初踏燕山歸妻孥惜故物代曝迎朝睎相對
獨忸怩足跡往可追有毋忍出門一步心一悲人家年少
兒心雄馬亦肥揚塵動四蹄撤撤淄我衣空走軟紅道初
心毋乃違非敢慕高蹈戀戀依春暉敝屣不可棄用以箴

我非
堂坳覆杯水堦蟻安能來畜以一寸魚慕羶空徘徊主人
嚴畛域庸奴爭矜才決水不灌蟻姑息為栽培謂當予隙
地毋令吾魚猜折葦渡此蟻禍水即厲堦雖有覆載恩轉
為涸鮒災么麽肆貪欲泣下枯魚哀阻水奴則岸得地奴
則媒此奴雖薄譴主人怒如雷
拳石自奇特不讓泰岱尊水氣潤朝雨隱隱含雲根為霖
本素志謫落矜孤存補天不需爾翻感媧皇恩此心不可
轉愁見波濤撇中流有砥柱滄海安能奔

凌晨步出門朝日將升東市人尚鼾睡有客肩輿中僕夫
行如飛詭譎疑其蹤見我有矜色倏忽為倦容乞憐或昏
暮平旦何匆匆前街有巨室歌管聲方終
戒酒不一飲心醉惟六經至味出古淡在意不在形同讀
賓筵詩誰其欽前型罵坐陋灌夫頌德狂劉伶嗟哉吸百
川近乃分淄澠醉鄉逃亦難吾豈矜獨醒
文章信忠孝科第稱功名如臨濁水旁照影無真形不學
恐無術有術姦易行豈獨黨禍起禍因官禮成任官與相
士此事關非輕容易得宰相失職陰陽爭三數玩史冊古

懷多不平

寶劍無定名不用亦頑鐵鏽澀容塵埋愁見古時血壯士急功名干將易摧折倒持太阿柄事機翻斷絕不用慮鋒鈍用復憂鋒缺鑄之為農器躬耕慕先哲

愁過黃公壚歎逝心忉忉故人不自重一死羞同袍讀書阨於遇萬繭不可纅譬諸鳳在笯蠅蚋凋其毛學道心未堅外剛鋒易撓古人重親在小節輕磽磽痛哭肝腸崩衆口何喧嘈

諧俗固不可絕俗良獨難空山有梅花能來皆可看明月

鑒孤影要在神能完倘復折一枝熱客心亦寒

三游為德賊其實皆姦民失業不致死有術留其生此宣

蒼旻意不及窮政刑吾曹無一廛皞皞王者氓讀書不自

食雖媿有令名因之惡鄉愿宣尼非不平

我步虹橋旁有丐方少年自言買歌舞曾散黃金千祖屋

他人居今日猶湖邊乞食避舊人羞見橋下船落日心如

焚萬感波聲煎歡場如夢墜結習如繭纏誓死此橋上高

卧看青天一身有滄桑豪門誰乞憐

儒生愧家食在家仍食人饑寒不自主夢想常逡巡文章

敵憂患强作終非真降心營什一見笑人亦聾我思劉伯
龍有母愁長貧
我有一横竹呼吸成商聲此聲到壯士頃刻元髪更風來
聽隣笛宛轉如鸞鳴樂本由人心悲歡因以生我亦何所
悲假之為不平萬感閟天籟誰其得一清壁上琹無絃吾
懷陶淵明

送于小秋文鏡返吳門

幾日尊前酒如余獨醒何近秋歸計急不醉别愁多君意
曉天月吾懷濁水波還須共騰踔腰劍一摩挱

竹西亭外水風起暮潮寒歸夢一船月儒冠五夜歎名場
易蕭瑟生計太艱難送爾吳門去秋風理釣竿
痛哭陳琳死（去秋與小秋同別少蒼於白門今少蒼墓木拱矣）江山似去年同為
南浦別苦憶白門船踈柳驚秋雨焦桐感爨烟如何又分
手帆影入愁天
歲月如流水男兒三十強將書敵憂患所恃豈文章綺語
終須懺詩心未敢狂贈言宜努力同悔少年場

寄于小農 文鑣

自與君分手匆匆冀北春黃金買離別青鬂悔風塵有毋

誰憐我無家且傍人文章惹愁淚十載着儒巾
風雲揚州住而今記得無視君猶弱弟愧我作狂夫計拙
名場隘心雄劍影孤離懷空似醉愁過酒家胡
幾載青衿感誰能為爾寬所關非學問此事亦艱難親在
名宜早兄歸影不單一鐙知共讀無暇勸加餐
爾兄頗知我近日但詩歌易病防秋至攜愁入夢多此情
憐現在於意欲云何倘有書相寄時看雁影過

立秋雨中夜坐偶成

飯罷攜愁坐瞑天乍涼翻惜衆人眠雨中殘暑去如水鐙

60

下好懷吟忽顛夜氣滿樓衣漸薄雄心看壁劍孤懸秋風容易春堪悔覓手循堦一惘然

選

寄[illegible]雨嵐

空山有松如藏龍雷雨不到空山中屹然潛德不可拔自顧鱗甲悲秋風與君十載困書史頭髮未蒼一心死努力作詩敵憂患眼中之人去如水韓非孤憤虞卿愁姓名安得同山卯此時謠詠易忤俗當年談笑輕封侯十丈飛塵伍騶卒雖有黃金失馬骨今春又上燕昭臺歸來愁對揚州月思君不見惜秋草雞鳴埭下西風早側聞偏災虐河

伯倘復移居苦蓬蓧魚生牀下殊可悲秖宜懸釜甑晨炊君雖藏龍思得水肯為雷雨知有誰我欲彈指生樓臺空中蜃氣風能摧且向中流作砥柱願君濟世成大材會當伐木塞東海請看空山老松在

七月初一日鎮海樓紀雨示翰卿益堂偉君時翰卿將歸白門

六街淡泊風颼颼廣陵市上誰悲秋獨携三子覓高曠振衣同上南城樓蒲團欲坐病僧笑龕中佛火明深幽掉頭放眼向空濶大河曼衍舟如鰌是時赤烏未西墜遠山隔

樹雲陰兜厚者藏雷薄藏日高者不動低者流涼颸飄衣至自北雲意與之相沉浮人心有雨雜疑信客懷無懼翻逗遛豈知羣龍飽含水亂雲欲縮風能抽萬木陰陰靜城郭孤鷹作勢盤風頭鬼神在空白日暗江山如夢黃昏愁忽然奔雲似潮至箭不能射無錢鏐天章排列石欲落雷車砰訇聲轉遵黃河之水不可遏風力狂送逾飛輶雲所未到雨先至風所已到雲未周遥空樹高與雲近渾忘天壓雲垂幰銀瓶倒迸鐵騎出閻羅變相時時憂耳邊羣籟嗒然丧疑行大海波濤蹂一切有形入混沌人民田舍難

冥搜文章奇絕得神悟破空直走橫九州乃知陰陽相激薄乾坤以氣為剛柔青天自在萬象異要之能發兼能收何況世途手翻覆不為其動應知羞吾曹為霖各有志風雷他日來畢覷眼前陰晴悟離合意中聚散傷朋儔此日此樓與此雨倏然一合風馬牛祇惜浮雲去南浦不須霪雨愁西疇夕陽穿空暮山見歸途泥滑如潑油解衣作詩示三子夢中誰復南城遊

刪　韻香詞

悲哉行

寒星照屋窮巷深孤鐙坐聽飛鴻音今日之日不可再悲哉長夜難為心蠹書可枕夢能古此事吾曹還自主詩不

值錢無倦時雖不得錢猶有詩我生三十何所奇看人飽死能樂饑朋儕太息不知我往往一笑輕置之楚人騷何哀越人吟何苦高陽酒徒起草中那不羞與噲等伍爾來擊劍空雄心每聽雞鳴猶起舞吁嗟乎龍門高兮枯桐愁鳳在笯兮凡鳥羞戴南冠兮慙沐猴明朝日出仍揚州

寒鐙

寒鐙照影夜如水酒杯磊落讀班史著書不成愁米鹽羞對妻孥拔劍起梅花作蕊冰天春誰可贈者無一人醉來天地可憐色瞢然攬鏡忘問身昨夜封侯有奇夢百八鐘

聲不能動華嚴樓閣彈指成黃粱易熟吾心痛書生閉戶
無所為醯雞甕算殊可悲

冬日連雨暮感作歌示小秋

人生不合讀書史丈夫安能牖下死連朝涷雨欲成雪暮
陰淒入懷袖裏丹鉛可樂亦可哀戶庭何日春風開繞堦
無槐斷蟻夢捫胸有竹期鳳來北風吹雲去如馬空中誰
散千金者兼旬房駟歷奇彩天意蒼茫淚如瀉吁嗟吾曹
見事遲蕭蕭雞犬皆戾時天寒日短已淒絕何必出門愁
別離

餘愁曲

禪心泥絮悲風雨離鸞別鵠春無主夢裏樓臺柳綰愁洒邊歡笑花同語秋娘眉嫵可憐生幻影都因寶鏡成已隨斷梗飃無信空守寒梅鶴有情當時角枕能留夢此日心香難解痛誰從情海補鴛鴦媧皇有石天無縫風塵落拓感蕭郎待嫁成名兩未償聘錢總為看花罄十載青袍鬢欲霜

與小秋步月門外

黃雞丑鳴日酉沒故人歲暮共蕭瑟眼前寒月升空堂帽

影差峩墮增出自朝至夕無所為束書不觀誰知非與君
踏月立門外六街如水嚴風吹皺手皺面酒力薄市人提
鐙步錯落氷天邏卒擁衾卧邪禁吾曹望寥濶吁嗟海上
樓船多此時見月當如何刀頭霜重斷歸夢將軍日日思
鐃歌書生閉戶一何壯放筆作詩觀所尚墻陰殘月明深
宵陽春何日來窮巷

侵曉由瓜州放舟之焦山同伯符研秋作

一雁衝帆過回流鬧舵聲寒烟楊子樹朝日潤州城江濶
天圍水山高塔表晴言尋焦隱士東望不勝情

自然菴晩眺

寒梅如睡待春温坐聽濤聲向海門孤艇暮烟無客渡亂峯斜日有雲屯未經飄泊非鸞鳳誰識江山悅夢魂我已請纓空有志旌旗東望不堪論

焦山絕頂放歌

氣佳哉鬱鬱葱葱西南諸峯蜿蜒東走形如龍下視五州烟點不可辨但見長江一線環其胸岷峨水落襟懷中奔騰萬騎入於海海門雙島摩蒼穹當年侯景走𡰪潰曾聞殺賊羊鵾功孫恩盧循不足道自有將軍來征東何況京

口兵可用會須一掃鯨鯢空回看鐵甕天空濛雲開放出
青芙蓉使我慨然如見古之英雄旌旗樓櫓塵影同不如
隱士三詔不眷無動容此山真似蓬萊峯中流坐壓蛟龍
宮上游浮玉猶兒童我倘有帶當鎮此俗情欲笑眉山翁
噫吁嚱悲哉書生閉戶真盲聾到此疑躡仙人踪古鶴之
魂如能逢定當浩浩凌天風

對雪與小秋飲憶白門舊遊作歌

十年前雪懷白門酒徒三五爭開罇雞鳴埭側有高閣冐
寒一飲回春溫爾來四散別如雨與君相對亦良苦羊裘

敵寒瓦缶薄窗外嚴飈力如虎梅花歷劫仙鶴愁人生安得常優游閑門偃卧百無悔矯廉空抱今時憂離騷可讀便當讀不勞日暮倚修竹鳳凰千仞那能下雞聲膈膊歎聲續三河少年殊堪悲當時意氣甘讓誰狂歌豪飲一朝盡雄文大冊何所為堅冰易折河畔草夢中不見江山好眼底故人半黃土（謂少蒼夢穀叔璆小雲諸人）杯行到君我歌浩高空玉龍何奇哉得時不在才不才君憂賤日不殊衆請君擊碎葡萄甕

十一月十五夜邀同益堂小秋小桓飲拳峯館醉後

放歌

廣寒宮闕懸天高寥空皎潔澄秋毫酒人呵凍助鐙色百年明月憐今宵杯杯行到手當痛飲漫漫長夜安能寢一劍霜寒蓮無花四海風翻萍有影雄心歷落遊踪稀閉門讀史誰知幾憂來欲發廣武歎興到不計平原期堦前殘雪叱僮掃屋角寒星照人小此時忽憶春風香桃花駿馬長安道百年骯髒空生平俯仰但擁書百城何如散髮卧巖穴儒冠入市庸夫輕醯雞笑人何足恥風雨蕭蕭空甕裏月到天心酒如水眼中之人吾醉矣

壬寅

夢老僧贈長劍

一鐙讀史背忽裂不能殺賊寸心熱海濤山立樓船高老僧踏雲來相招袁中青蛇湛秋水脫手贈我蓮鍔紫亂星墮空風淒淒快哉破浪剸鯨鯢大波喧熱朝陽出海氛一掃見紅日劍不在長心能雄夢不可信心能忠老僧鑒我補其闕記此錚錚一段鐵

請纓

請纓無路困書城潦倒文章百感生夢入春寬花事幻酒

因詩澹客懷清流雲漏雨點苔濕斜日受風搖樹明欲撥
閒愁一搔首向誰慷慨鬭心兵

封侯一首寄雨嵐偉君諸同人

那能錦帶佩吳鈎簾館昏黃負手愁得雨夜花翻勝曉乍
晴春月已如秋一鐙對影成孤賞明日邀誰作俊遊可惜
饑腸貯奇策空將彈鋏抵封侯

夜情寄西澗二月十八日作

異地君同樂良宵客在家相思見顏色不寐念桑麻酒暖
春闈夢香清月到花去年今夕感風雪獨天涯

天子二字不必抬紙之格寫

逸

寫竹寄西澗并附長句

空堂如夢意蕭散脱手琅玕有長短胸中芒角腕底雷潑墨着紙森威甤叢叢碧玉不如草忽標一幹立雲表安能自貶求入時枝枝節節而為之湘山雨急春淚滋柯亭聲咽秋風吹鸞飄鳳泊何所悲三竿兩竿翻足危眼底綠雲生滿紙寫此真心見

天子轙材可棄誰知羞令人空憶文湖州畫師那有千霄手他日還須出一頭

寄懷朱偉君

空憶朱家俠風雷失鉢龍故山春草在新月夢歸松餬口
文章賤休心畫理慵可知徐孺子懸榻惜塵封
定復思元度空堂竹石前離懷沉酒國花夢幻春天斷錦
佳人瑟歧途壯士鞭星狼何日射橫海有樓船

放歌行五十首

槍榆畢飛天沉寥晴雲連蜷心鬱陶朝唏暮唶身無聊拔
劍四顧歌聲高昨日樵夫向我笑今日醉尉逢我驕世間
吾曹亦俊物不解稾擲同弁髦
任公日日釣東海馮讙日日歌無魚不如達人濠上嘆且

為窮士蘆中居世間風波等閑事石亦可轉海可枯崇我令德讀我書古來委巷多大儒彳彳亍亍驚泥塗愼勿貪餌忘我軀

貧女織錦失光彩男兒識字多悲辛仰天絕纓忽大笑擲鏡那覓花光真真者自在已假者自在人悲辛復悲辛白日空好春何不尚絅習韜晦何不尋樂酣芳晨三河少年意氣盡懵然自署無懷氏

天欲低兮風蕭蕭日向晦兮雞膠膠走城隅兮悲嘐嘐望修途兮何遙遙彈銀箏兮吹玉簫冠花帽兮衣錦袍有車

焉兮門者驕我欲過兮心焉忉方今日兮歘來朝莽荆棘
兮凄蠨蛸我欲歎兮呵聲高嗟再過兮門者逃
人心荆棘何時生人心波濤何時平悲來乎高岡不能集
孤鳳悲來乎滄海不能容長鯨我欲騎鳳兮荆棘縈我欲
騎鯨兮波濤横安得長劍兮鋒淬厲安得巨石兮聲砰訇
悲來乎荆棘雖不生悲來乎波濤雖能平人藏其心不可
測使我出門難為情悲來乎何必出門傷我情
朝采緑暮采緑妾鬓如蓬顦空谷朝洗紅暮洗紅妾顔如
槁宜荒叢非鬓如蓬顔如槁君不歸兮妾將老君豈不知

妾將老別有新人顏色好待新人如待妾時此情莫令新人知妾今老矣棄擲宜彼新人兮桃李姿桃李但得三春香願君百歲歡愛長

壯士昨從南山來為言殺虎心顏開使我聞之一起舞勇哉氣矜誰與伍噬人者死殺無赦可惜壯士但殺虎吁嗟乎猶幸壯士能殺虎

修士難得聖人信讒人直欲君子欺皎白玉體營營青蠅飛縱令蠅不飛罔令心不疑心既疑兮蠅乃飛便無蠅兮身已危所以古之賢者悲巷伯之詩空爾為

此首不寫

君何為者高車駟馬我何為者飄茵墮瓦我見君兮憂如
焚君見我兮淚如瀉一貴一賤交情乃見君為我淚心焉
悲我為君憂君豈知君不見楊子泣路歧君不見墨子歎
素絲可南可北行則危可黑可白染則移君今貴矣好自
持素可繪兮歧可疑君為我淚空爾為十年閉戶無蔽虧
着我初服塵不緇待君白首歸田時
疆場之事尚可測同室操戈實奇特出門豪俠心膽真入
門骨肉荆與榛贈我雙明珠此物良足珍贈我雙南金此
意堪佩紳感君拜君室君家兄弟非相親君家弟兄猶不能

相親乃復指天日為我言津津還君之珠君莫驚反君之金君莫嗔與我悠悠行路人

神龍在天雨萬物可惜元雲不盈尺雲欲生兮天忽低雨欲東兮雲忽西泰山峩峩崇朝則多今殊不然非龍之不從雲彼風兮一掃而過蒼生蒼生如龍何龍兮龍兮如天何

磽磽頭玉好男子白日青天讀書史夢中不忘飛食肉可惜年華去如水噫吁嚱悲哉被糞壤兮椒不芳溷珷玞兮玉不光麒麟有楦失其角鳳凰遇鷙難為翔為之獨立身

蒼茫為之四顧心徬徨噫嘘嚱悲哉青天何章章白日何
堂堂年年歲歲書可老淋淋漓漓酒亦好酒酣月墮抱書
卧卧看孤花在荒草
夜讀莊子胠篋篇晨興手散黃金千東家有虜日守錢見
之疾走憂心煎岌岌乎殆哉聖人不死盜不止有刀在牀
劍在几袵席履危洳蕭牆引禍水君不見猩之血君不見
象之齒君家寡有不在此願君努力作男子
家有美人閑且都出門乃悅秦羅敷感妾有容失舊寵愧
妾無德回故夫玉樹交珊瑚錦被翻鴛鴦蘭臭方君心氷

炭忽君賜妾命不足道君德良已傷不獨富貴歌扊扅不
獨貧賤為糟糠感茲松柏心變作蒡與稂感彼朝夕潮不
過河與梁吁嗟乎旦食猩唇暮魚尾不及梁鴻一杯水吁
嗟乎安得一杯水化為滄海洗妾齒
春雲冉冉何時生疾風一掃天蕩平朝騎大馬駭里巷兒
童不識何姓名富貴浮如草頭露千秋萬歲誰能顧吳下
阿蒙君勿識高陽酒徒君勿非隻身骯髒志天下他年實
至名能歸吁嗟乎不幸低頭牖下死英雄痛哭讀青史
田文座上三千客田橫島中五百人慕利有盛衰慕義無

死生悲哉珠為塵惜予桐為薪九州茫茫孰知己一劍寥寥空古情君散黃金買白眼我沽綠蟻酣青春但愁遇葉公莫愁龍非真莫愁無孫陽但愁馬不馴吁嗟乎雲脚風雷何時起棧頭芻豆終日耻不遇孫陽遇葉公眼中駑馬皆成龍

嫛婗墮地但知哭人生歡樂苦不足六經既作憂患生束髮受書難為情高文大冊妻子笑長歌短謳朋友輕東隣冠蓋里紛紛車馬孰敢指西隣劇孟家朝朝歌舞誰敢譁蕭然門庭長春草行人驚飛簷上烏獨怪唏噓讀史聲此

傖不懼儒冠老吁嗟乎牀上書杯中酒卧看屋梁開笑口

一任人間達與窮秖除縱火來祖龍

邯鄲才人嫁厠養何必王郎歎天壤君不見失巢之燕哀

樓臺君不見入筱之鳳悲蒿萊人生配偶那可必西園桃

梗知誰栽饑可食倦可睡讓爾側肩歌舞地磊磊落落乾

坤中不如竿木隨身戲

撞鐘伐鼓何尊崇好客當如奇章公幾時懷刺漸磨滅道

旁一見何匆匆掀眉忽下車欲揖還唏噓似有綈袍意不

料言皆虛明日踵門仍不見那望青芻與白飯吁嗟乎黍

與雞吁嗟乎雲與泥龍門之高天為低不媿我從田間來
叶釐但媿空空夾袋裏君復何顏見　天子
天子
蒙莊齊物亦何妙稽康養生殊可笑醯雞在甕無春秋誰
能一醉忘千愁視高步濶有我在烏頭馬角何所求富貴
貧賤總一致百年平等無怨尤君不見日日攢眉欲人喜
不得細腰空餓死
家有白髮親日日思遠遊家有青年婦日日求封侯家有
赤文綠字冊日日標榜交朋傳薄其所厚殊可笑重其所

輕皆可憂吁嗟乎四海求名非内美空戴儒冠不知耻便
欲撾鼓一罵之爾曹作事太無理
歌場誰見鸞鳳舞綺筵誰食麒麟脯我因懲羹遂吹齏人
欲移宫復換羽未學吹簫難成仙但知鼓瑟空乞憐安得
方子春海上逢成連白浪如山高接天泠泠漱玉波生絃
歸來向人一再鼓欲覓知音淚如雨豈獨知音難不聽何
勞彈我不知音猶肯聽為君洗耳一長歎
天風浩浩吹霓裳鏗鏘古調鳴鸞凰鵾絃誰撥聲變商白
楊蕭颯悲北邙彭祖咸巫終必亡一身挺出何所傷我亦

不願生為上柱國我亦不願死為閻羅王男兒忠信以為寶庶幾生免四海罵死留千秋芳獨與天地相低昂君不見匹夫一行聖賢喜飲酒讀書能有耻側聞死生一大矣生倘不知何論死

高樓西北看未真東南孔雀飛未馴士悲女怨秋復春大都古之傷心人百年卧牀數白日一身行路驚黃塵朝朝暮暮憂迫促年年歲歲多苦辛迷迷密密感天地悽悽惻惻愁賤貧但見酸風與苦雨不知美景與良晨人心有獄孰平反嗟哉難為皇天仁

璞有玉蚌有珠君何為無詩書鳳有彩蠶有絲君何為無文辭君雖無詩書黃金人不如君雖無文辭白腹人不啗吾曹空受孔子戒日日齋心求樂饑饑亦何所樂饑亦何所悲悲莫悲夫璞有玉刖其足蚌有珠亡其軀鳳雖有彩鎩不已蠶雖有絲盡亦死詩書文辭翻可恥君乃見之大歡喜

儒生如鹿吏如馬我聞此語淚如瀉鹿雖無用猶勝良馬雖有用多逸亡見馬無用指為鹿彼鹿兮哀哀哭彼馬兮受其福悲哉君眼但有肉

不問長城長但歌我馬黃不惜我馬黃但愁君善忘風沙
如雨行不止淋漓血戰單于死將軍歌舞猶未終已報開
邊五千里咄哉健兒勇可誇歸來馬首開桃花桃花顏色
自嬌好鬢邊霜雪爾將老論功殿前誰弭貂爾功最大翻
蓬蒿蓬蒿雖賤皆王土何必凌煙畫像高
日日窮理淺夫笑廓然天下在懷抱丈夫當為第一流莫
因人笑忘千秋衆濁獨清君莫憂衆醉獨醒君莫愁三閭
大夫何至此旁觀漁父空啁啾但令人敬莫令喜但令人
忌莫令鄙日讀離騷心轉平那得遭逢盡君子吁嗟乎蛾

眉謠詠君莫哭能作美人死亦足
世途轇轕何能逃揮手立斷無寶刀生天成佛總如夢掀
眉大笑蒼雲高著書一尺蠹魚笑不如走馬長安道為文
傷命古所云他時覆瓿君難料勸君閉門毋煩憂勸君飲
酒消百愁天眼開時一劍吼銀袍鵠立好身手不能富貴
羞還鄉白髮蕭森君有母
我欲珮玉德未良蘷中奇想君子傷待作短歌聲激昂便
為長歌心慨慷屈子牢愁亦何補禰生謾罵殊不祥道德
五千儘元妙寓言十九終荒唐君不見王景畧君不見馬

賓王功名意氣足千古此事不在能文章努力樂貧賤遇風欣翺翔浩然放歌心顏張白雲詄蕩開天閶但令臣朔不饑死敬當拜手酬賡颺　寫至此

送夢湘入都時夢湘歸自豫章將由都赴滇南

寥落悲生計蹉跎負好春馬蹄難定路鶴背暫歸人始識黃金貴應防白髮新本來麒驥骨祇合老風塵

聚散渾無定悲歡但有詩此情真可歎重見在何時我賤親將老君歸婦亦疑（君有髭矣）誰知好兄弟贏得是相思

綠陰四首同雨嵐偉君

何須春老感天涯笑撫庭柯客在家斷我紅情空見葉照
人青眼不關花心防桐死琴將爨路入蕉寬夢可遮鬢影
蕭疎誰護惜應知樗散負年華
碧天如水黯斜陽繞屋參差別有香祇覺墻花無結束即
看磚影亦尋常草深殘蝶春歸地桑老餘蠶恨在筐不是
故家喬木大熱場何處得清涼
幾重金碧隱樓臺擬撥晴雲放日來活色生香都幻影徧
枝大葉不凡材已成夏木驚時晚尚冀秋花借樹開遮斷
闌干無燕到黃鸝聲囀為誰哀

閑門無處覓紅塵回首繯華負好春借蔭也須先擇木獨清翻恐不容人請看樹大天能補莫訝枝空雨未勻他日後凋今一色縱知松柏已非真

不及

記攀絲柳泊秋河薄醉曾經載酒過悔讀南華驚化蝶喜燒北燭救飛蛾三更璧月團花夢一枕鐙風顫錦窩拚作浪遊偏促別殘星催曙待如何

搔背麻姑玉指溫不辭鞭扑且銷魂黃金竟買星河渡白璧翻憐月地渾鏡裏芙蓉遲暮影曲中楊柳別離根吹花

嚼蘗春無味空惹蕭郎有淚痕
三載消磨及第花為誰蕉萃感天涯重撾白板人非舊待脫青袍計本差春夢荒凉迷蛺蝶秋心老大痛琵琶門前烏桕橋頭柳往日何曾見暮鴉
未過湖州十四年緑陰如水水如天療饑常恐肥環瘦鑄錯難期破鏡圓茵溷遭逢悲樹底鴛鴦心事老花邊嫦娥空織登科記不及黄姑蓄聘錢

僻巷

僻巷墮殘蝶孤花開殿春流光誰與惜陳迹暗相因寂寞

惜此二首
寫起
寫

賃春客唏噓讀史人閉門難鑄錯衣上有緇塵

海上方多事人間各有愁夢孤春影亂鄉遠客踪浮經世思奇士觀空抱隱憂烽烟一東望翻悔賦登樓

七月十八日雨中得西澗書慨然有作

已失長江險書來問道難六月十四日京口失守夷艘連檣犯金陵西澗書繞道由尾梁寄至亂離思骨月風雨雜悲歡得信真如見書中言當一見以此懷疑且再看誰當生死際猶自勸加餐躊躇重見日地角與天涯書中有金陵不破必不遷徙及萬一不虞則地角天涯相見何日云云君語誠堪痛吾懷更可嗟誰憐猶有母欲棄本無家

將避居召伯鎮不果

祇覺詩書累，儒冠照影斜。文章能誤國（此語西澗自知之），今此待何如。變局難評史，深憂悔讀書。不妨狂任殺，至竟暴誰除。烽火江南北，蕭然閉一廬。

寄懷朱偉君

錦囊詩滿又談兵，君困瑯琊講武城。殺劫疑因文字解，清才悔向亂離生。羞言柳可為車轂，澈悟花難定溷茵。且自憂貧莫憂世，舊時空說請長纓。

樓船滿載海濤迎，剩有揚州月尚明。賦鵩賈生長太息，感烏魏武短歌行。模糊舊雨琴含潤，顛倒秋星劍不平。亂後

寫　寫　寫　寫

屋梁顏色在險吟死別已吞聲

有感四首

齊士原雞狗秦威忽虎狼戰場憐故鬼利市賀新郎富貴
金三品功名水一方誰知妻妾客美譽總包荒
寇去仍車馬人間有禁街甘心士不遇疾足吏難偕纓效
温公服麻忘杜老鞋[redacted]教貎尚足晉謗已詠諧
呼豬今日耻捫蝨昔時談上客焦頭貴諸君負腹甘長驅
誰逐北捷徑自終南那有韓公在鄉兵剌不堪
共抱烝黎慼無家痛死生誰能著孤憤爭說與虛驚從宅

妻難忘開門盜易迎同聲歌得寶險欲賦蕪城

秋日偕程荀叔慶燾出郭訪令兄乂庭慶燕時乂庭贅居

門前秋水一篙平不盡梁鴻廡下情夫婦傷心秦贅壻弟兄失意魯諸生〔乂庭荀叔皆連試不得博士弟子〕優游舊雨貧終歲奄忽浮雲夢隔城冷淡交遊堪破涕秖應古佛笑鷗盟〔時荀叔庵居〕

秋感

刼過籬花傲書殘帶草貧戰場新故鬼春廡亂離人秋味騷經旨窮途劍鋏親回頭西向笑幾度負濃春

宮

儀鳳門前路烽烟尚夢中殘山秋後緑荒堞亂餘空舊雨思諸子浮雲歎寓公螺桑親見過蓬鬓任西風

兵氣留江上芙蓉未敢花涼風悲去燕斜日促驚鴉易遇貧中刼難為亂後家海氛終未掃東望一長嗟

重九日又庭荀叔過訪將登鎮海樓不果因出少蒼蝨我厦遺詩共讀感成二律

僻巷苔猶緑閑門草漸黃秋殘誰共訪兵後此重陽便鼓登高興同懷失路傷秪除人送酒況醉菊花旁

痛快陳琳檄少蒼詩無體不備而雋快為宗悲涼許慎箋集中字多脫落余代補之新

詩猶一卷故鬼忽三年何必曾相識（乂庭荀叔皆不識少蒼）因之絕可憐今朝未風雨把讀已凄然

乂庭荀叔去後再書少蒼詩後四首

怪事書般浩斯人一念差儒冠終地下詩卷況天涯秋墓蕭蕭草春魂歲歲花三年君骨冷回首共長嗟

比似陳同甫金陵死太輕蛾眉人易嫉駿骨價難爭枳棘棲無地芙蓉夢有城誰知士不遇鬼錄轉標名（君歿於庚子十月秋榜後是科改試期於九月）

有弟親將老（君有弟二人父年過五十）無兒女況孩（君妻先一年亡遺一女尚幼無子）

不圖君永訣，此事我終猜。萬歲千秋感（君臨終寄余絕筆書猶為韻語有千秋萬歲與君相見更何時之句），生離死別哀（九月念五日別君於白門四松庵十月十五日君死矣）。十年交道久，往事費徘徊。贈我千言在（乙未春試君贈百韻詩今詩猶存），哀君一句難（君死三年余無一句為輓）。忽成今日感，如獲往時歡。事過都堪悔，詩傳亦可歎。烟雲真瞥眼，掩卷淚汍瀾。

庭中菊花

細雨重陽後，霜威日日加。庭閒容爾傲，香冷為誰花。屈子真無粟，陶公尚有家。相看憐骨相，秋影太欹斜。

桃李羞顏色芙蓉惜景光春官平等視秋士過時狂痛飲成偏愛高歌答晚香誰知朱孺子因爾得仙方

雜興三首

背秋漸涉冬落葉散蟲䲕誰言氷天梅春信透烟夕靈修極浩蕩鶬爾告宜謫過時强作難孤芳亦可惜淡然無所爭寒月印拳石堅貞石之心清白月之色

屈窮心不窮奇氣偶歌哭遂致聖賢途狂狷分其局讀書不見用良玉永在璞舊時罵酒座意快量則偪此錯不可鑄嘐嘐古難復青蒼何廓然高擧羡黃鵠

大藥有疑丹古瓶無淺凍奇氣致結轎機事羞抱甕人生
貴自適觀空勿心動既醒嗒然喪何若始無夢壯非不如
人賤豈不殊衆秋霜殺羣草生意尚苔縫請看百尺桐況有
九苞鳳

江行雜詩

一笑大江橫寒潮嗚咽聲榜人猶說鬼我輩忍談兵殘卒
刀邊夢荒笳刼後城倚蓬長太息天塹不須爭
凉雨驚孤雁風潮入海門昨聞番舶去曾說戍兵屯天遠
秋如夢心雄劍欲言中流空擊楫何處弔寃䰟

不見將軍壘危磯隱日黃老漁忘險浪殘佛卧清霜山寺
荒林外人家刼火旁江闊蕭瑟感差幸免流亡
風旗閃燈火賊退吏當關鹵簿今猶在商船去未還漏卮
三月水殘壘六朝山未必增詩稅高吟撫劍鐶

臘月初九日守風燕子磯侵曉偕西澗登磯頭亭子
看江

大江滚滚寒潮白振衣一覽立危石鬼奴得寶踏歌去礮
火燒殘千仞壁我家坦腹王右軍與我慘慘看同雲鴉聲
破曉黑離樹逆風東去千百羣是時風大欲成雪濤飛不

見橫江鐵旁有一僧太息言為言六月旌旗列旌旗雖好
非官兵夷艘已泊金陵城制府城中聽不見此間鬼笑人
哭聲白鬼尊嚴黑鬼醜真鬼得利假鬼走新鬼來從故鬼
言誰奠生前京口酒請看山背炊烟稀人家兵後多朝饑
老嫗傴僂鬼亦棄少者遠離今未歸亦有矯矯丈夫子屢
為鬼役貌不肥悲哉言罷菩薩聞諸天黯淡愁羶葷我觀
沿山佛倒地佛面刀痕疑有淚想見鬼大蹲佛頭析薪炙肉
聲啾啾萬刼不壞金剛軀誰知破碎無一卯荒烟沉樹埋
佛樓便欲再登僧苦留猶有刼火不到處蘆花吹起波間

鷗

憫雁有序

舟泊江岸拉西澗棄舟迤邐入小市值弋者獲一雁未死也西澗購以青銅百六十而市兒以二百奪之行數武回視風毛雨血雁死矣悲哉雁也入弋者手必死顧不死為予與西澗見必不死竟死悲哉雁也非予與西澗死之而不啻其死之也作

憫雁壬寅十二月初十日舟中序

銜蘆思捍網見尸子今日復如何終為稻粱死非徒矰繳多

人心無惻隱我輩况蹉跎為語隨陽者江南莫漫過

歎雉有序

離為雉象文明也然過不過分焉西澗既偕予來揚州越三日往海陵省友友貽以雉籠而歸復貽予飼之肉未馴也數日啟籠出與雞為羣粥粥無異焉夫雉豈無異但能飲啄之而雉無異矣嗟乎何不翔於野何不獻於朝困五彩於樊籠失山梁之逍遥慨微生之足戀安雞羣於暮朝抑予聞士相見贄用雉為其性耿介被獲必曲折其頸而死

而今若此是可歎矣作歎雉（壬寅十二月三十一日停）

人世工媒翳，如何本性迷。文章羞鳳采，風雨感雞栖。不死因人飽，能飛詎爾羈。由來貪飲啄，耿介那須提。

薄暮甘露寺看江即送西澗還白門

日落江寒雁影偏，登臨人立刼灰前。風烟浩浩收兵氣，城郭陰陰逼舊年。古佛定知興廢事，遊踪肯負別離天。明朝君向金陵去，不用人間上水船。（君由句曲歸）

依舊人間鐵甕城，重來旆影颭風輕。好山入夜寒無色，新鬼聞笳哭有聲。歲暮更誰知別苦，鐙殘笑我報詩成。海門

東去天如洗分手明朝曉日生

傷離感事兼憂世都在殘更漏點中倚劍光爭江月白開門山隱塔燈紅閑心收拾今年却狂態支持我輩窮轉眼相逢應一笑雪泥蹤跡記飛鴻

癸卯

題茶心丈七世讀書堂圖

君子澤五世七世讀書難喬木春風老旁人着眼看知君多隱德顧我發長歎剩有青氈在飄零尚耐寒

皃時贍俎豆四齡時隨母過祠下看牡丹一夢醒春花三十年前事披

圖亦可嗟讀書將老大流浪尚天涯轉媿尋鴻爪番番過
白沙十年來屢過真州

寒蟬吟

鳳窺丹穴龍睒泉珊瑚瑤草生自天一身墮地三十年非
龍非鳳吟寒蟬寒蟬吟聲太苦棲風吸露復何語夢中老
蝶一春花愁外新鶯三月雨寒蟬之吟同淒涼鵾弦有淚
彈清商大羅天上歌霓裳迢迢銀漢圍紅墻海風吹得青
鸞翔上有仙人悲滄桑蓬萊清淺等閒事人間笙笛空低
昂寒蟬吟不自惜秋樹蕭蕭可憐色曉天殘月夢邊白一

寫 癸卯

聲雨聲蟲和壁寒蟬之吟如太息

主客行寄雨嵐偉君 癸卯

主人舉一觴勸客歌且舞腰間寶劍光閃爍動眉宇客聞主人歌泣下當奈何今宵明月多且倒金叵羅吁嗟乎大兒孔文舉小兒楊德祖寒烟墮地酒如雨此時一醉更何語君不見江南江北別離苦我向何人賦鸚鵡

入秋以來數夢亡友陳少蒼朱璟士

秋風吹夢夜如水夜夜夢中逢故鬼商聲在樹催雨成醒來月動燈欲死人生哀樂原無端白楊蕭瑟空悲酸死者

入夢亦可笑彭殤一致難達觀朱璪士陳少蒼墳頭衰草一尺長何不學仙悲名場當年努力為文章

秋夜憶雨嵐却寄

舊日雲龍吟憶否十年落拓尚蕪城艱難身世常離別貧賤交遊好弟兄照我鐙孤秋有夢望君天遠月無聲可知今夜相思苦殘醉西風百感生

秋夜

殘鐙照壁感天涯十載揚州不是家努力作詩秋有例安心聽雨院無花文章草草科名幻今古茫茫夢影遮青眼

高歌對尊酒醉來呼月莫西斜

飲酒四首

向晚月如夢殘陽掩薄輝秋聲得蟲出風意助鴉飛貧有古人共交憐今日稀中宵感尊酒辛苦負書幃

借酒一酬月將詩細寫秋十年辭建業八口寄揚州醉惹慈親笑狂憐健婦愁雁聲空外過偏有稻粱謀

頗羨侏儒飽臣饑愧爾曹誰能不歌哭狂笑讀離騷猛雨散蠅勢罡風摧鳳毛探懷空有月了了見秋毫

經世才何在謀生計屢差深愁成痛飲狂醉對秋花入夜

商聲動沉吟落月斜可知長太息一半感天涯

憶伯符金陵秋賦

汪汪黃叔度隔手感江城此別文章喜吾懷鄙吝生夢真山有影秋暖雁無聲安得秦淮去西風酒一觥

月下獨酌有憶

亂雲流月天如海殘醉迴燈夜欲花楊柳春烟人有怨芙蓉秋水夢無涯誰將虛白開心鏡曾照流黃織臂紗悔不欝輪袍一曲與伊憔悴共琵琶

史閣部祠偕小桓訪桂未花

日午天陰積雲厚女墻冷花出疎柳寒棋有意讓秋色木樨開未沿河走步入叢祠靈旗風披拂老桂香未濃幽廊沉黑行太息招魂萬一花邊逢昨宵冷露無聲落繞花倘有歸來鶴孤墳豐碑埋草長時有瘦蝶來嗅香衣冠已朽人不朽立破蒼苔瞻拜忘小山留人時尚早月中秋影人間少斜陽隨風放樹梢出門殘緑明城坳

香鉢庵樓上與荀叔清話

揚州不少十萬家夕陽半街肩輿斜避人尋秋入窮巷有庵一畝天一涯入門笑登三間樓破書堆案人不愁古佛

面城向荒草一蝶欲下風能留此間小住亦大好讀書豈合塵中老倘使移向金陵城更有山色窗中迎江南山多隔秋雨欝欝夢中魂欲語樓前縱目同看天高舉已似黃鵠翩

小街月

夜步小街行人希屋簷墮影明月飛誰家隔墻閃燈色箏聲彈出纖指微涼風裊衣動飛白寒意隨烟入空碧幾點鼕鼕城鼓哀醉人轉出深巷來莫因犬吠失歸路一肩冷色帶將去

雜詩

琳琳瑯瑯開洞房侍婢簪花生夜香幾日歡悰墜如雨竄入荊棘憶歌舞城頭野雀傲鳳羽啄來粒米向空吐饑鳳失巢文章窮九苞黷淡愁日紅舊事含羞不可說前日新人斬袪别走過豆棚山橋西一蛩着意隨人啼商聲呼吸入虛空落葉墮地作秋夢陰陰遠郭簫聲吹誰家又娶河東獅

客子腰劍走千里大波不懼黃河水夢中書畫呼米船背上葫蘆壓班史秋雲釀雨淮南涼好山弄影皴青蒼百城

坐擁足終老惜爾出門言文章孔雀東南別有向飛來不
落爾頭上看人寡有惟在書黃標紫標爾不如仙風吹背
冷騎鶴纏腰無錢那方落
流水有意搖蘆花西風吹雪飛漁家十年連舉八九子寒
來呼母饑呼耶一船尚不滿三尺低昂踏浪動山碧但知
得魚方能生逆風拚死潮頭迎水中富有珊瑚樹驪龍抱
珠況無數得珠一顆值萬魚珊瑚之枝人間無二者難兼
珊瑚宜魚目善溷虞爾欺海天灝洞心怏怏悔不當年鑄
鐵網

古怨曲

新萍覆池綠兩兩藏鴛鴦一雨漾萍去鴛鴦空斷腸

贈君七寶鞍報妾金屈戍使妾怯空房看君遠行路

鏡中花與葉夢中越與秦下牀出門去道旁桃李春

悔妾將團扇置君懷衷中本來團扇上先已帶秋風

八月十一日飲虹橋夜歸二首

斜陽入店酒杯愁醉醒因誰判去留更進一觴拚永夕再

遲三日又中秋滯人萍跡虹橋尾感我霓裳鞠部頭一个

歌郎二分月渾忘今夜在揚州時歌郎蘇卿在座

出湖燈火惜深宵幾點殘星隔樹遥半醉更疑秋有味一
船剛趁月如潮樓臺幻影悲荒塚風露漫空冷畫橈禊事
久墟人不見城陰落木故蕭蕭

中秋邀同乂庭荀叔小桓飲拳峯館醉後放謌

陰雲走空生雨色有酒何須更待月佳晨非醉歡不成舉
杯一瀉黃河傾去年今宵月大好今年今宵事難保揚州
鐙塔小兒鬧六級秋紅紙中照我輩無鐙心有光涓滴乃
復爭一觴醉時看月那如醒醒時看月有清影人生行樂
須及時莫待黃昏空嗟咨墻角花枝冷相笑一蛩如語酒

邊妙白菘肥美羔豚如得飽便欲為狂呼三椽賃廡十年
住天下之事還思圖此屋如天有仙態我輩如星曉相待
汝南雞唱銀河流人間翻覺天上愁諸君不是等閒事士
拔劍哀歌各有志月雖未來日正午白衣蒼狗枉如此何
必眼前悲逝水嶽色河聲詩卷裏我詩悲詫秋佳哉今日
得酒翻詠諸倘思見月乃飲酒醉來便欲月中走高空浩
浩誰能梯負手看雲天難低不如得飲且酣飲白日作詩
晚來寢夢中無復知高寒瓊樓玉宇平等看

十六夜門外看月

今宵無雲昨無月天心不測那可說誰家玉簫鳴咽鳴今宵不是昨宵聲風葉蕭蕭墮空響開門走不知所往一白如江六街靜人影隨烟沿屋上忽思風雨無常期人生負月空自悲百年三萬六千日如我此時安可得揚州二分我十年爾月與我交相憐

贈徐孟卿志導時孟卿由浙歸江西

前年京師醉中別荊卿酒市琉璃鐘浮雲奄忽各分手世上離合尋常同今年揚州看明月相見細溯當時踪足跡飄溢笑萍梗心期慷慨吟雲龍君家機雲總勤學謂少峯見

我不肯驕吳儂我未讀書得詩偶不識奇字羞揚雄雕蟲小技壯夫病乃復籍口開心胸倔僵看雲仰頭笑往往豪士歌扶風偶然落筆如瀉水無源而流涸則窮文章事難易蒼老草草敢付鈔書傭大雅衰息誰繼起閉門未遇海內宗醯雞顛倒不知醉甕中風雨憂心忡連宵酣飲有狂態人貌而天心非蓬十年為詩二千首可惜頑鐵火未鎔便思鑄作一大錯出詩示人觀者慵黃河走海崑崙遠凡所津逮無不通悔我淺見兔園冊剟借句讀師童蒙許身稷契幾時事縱以詩勝仍凡庸咄哉有劍腰下利蕭然無

與心内空涸藩筆札冀除好道遥之游當能從看君遠涉之江水歸去還卧廬山峯西風鴻鵠易飛舉酒杯吹作珊瑚紅少立斯須莫太息古來聚散都匆匆相期努力慎所尚贈詩不敢為横縱

酬厲茶心太守文四首

我文沖澹人詩骨藏崚嶒廉州罷守歸良吏羞見稱顧以還珠奇頌聲粤海騰抱道不太息虚名辭親朋浩浩江淮波大筆高凌兢鋒銛隱不露如盤雲中鷹悠然忘蹄筌菩提登上乘和陶一百首形神交相膺雅頌久不作吾道誰

代興願樹大寶幢小勇斂氣矜
賤子幼失怙飄落江之南長跽受母教讀書知沉酣稍長
饑來驅百苦無一甘學詩寓骩髒此意已足慙漂泊鳳與
鸞低飛限層巘悲謌漸無味讜言誰復堪顧其狂愚心大
雅肩思擔理裕詞不虧情古音能涵惜無拈花人微笑相
與參
海內盛詩歌角逐雲與龍閉門未由見深秋啼寒蟲落葉
有生意領取心能融直起自追逐反收春溢胸循環任大
化浩落吾氣充隨感亦因應不改方從容古人未竟事挺

特為彌縫慎此賦篇什譬山有岱宗結交裏寸莛行將撞
黃鐘
維丈譽我詩蒸奨轉可畏仙才兼鬼才丈謂予詩似二李其實那
堪既因此矜慎言折其桀驁氣寥寥一寸心醰醰五齊味
飲酒讀離騷涉世非可貴結習所不解同心差足慰所惜
門祚衰有母祿當致詞賦恐無益高吟倘廢棄勖哉遵時
歛待丈大言賜

月下獨飲對殘菊作歌

背秋涉冬天氣涼孤花猶作兼金黃月來照影生夜香酣

然醉倒宜花旁敗葉數莖花一朵瘦態欹斜出堦左酒杯如海花如仙月光似晝夜似年闌干紅斷疑潑水月色飛烟滿花底此時未合醒眼看酌以大斗忘宵寒五柳先生醉不覺三閭大夫英莫餐月倘有知定狂笑何如騎馬長安道西風籬下矜晚香已是春人負年少豈知我醉思無涯喝月倒走羞咨嗟一枝將老非足誇念爾霜中能作花

四言一章寄徐孟卿

蟾蜍升東江山鬱蒼照影不爽安能兩忘嗟予骯髒延昏寄書儼濯清波迢迢鯉魚鳥嚶求友林霜瀉紅千秋萬歲

交柯則同朝唏暮唶投袂出門富貴易合離神鬱䰟言念
君子庶幾如水千流一源跬步萬里酒肉澠林昨日如何
醉者飽者焉知浩歌登高四望茫茫九州英雄已矣友朋
誰傳爰伐枯桐龍門之陰彈琴成聲僉曰知音勗哉徐君
願言永好太璞必完質言為禱

惆悵詞

虹梁宛宛隔銀河一髮情天澌碧波記得玉簫聲歇後樓
臺鎮日柳絲多
雄劍孤飛絕可憐生憎秋水隔嬋娟枇杷花下深深屋空

写 写

擲黃金買別筵

雲屏爛汗勢連環一別如天帳望間珠柱銀箏了無着夢中青斷白門山

從無滄海能填石祇有楊花易化萍一度驚鴻成隔世十年留燕繞空庭

大雪飲瑶華閣屬主人歌孔云亭桃花扇傳奇訪翠一曲主人自按拍余為擫笛因書二詩於壁當纏頭云

欝輪袍曲感琵琶塵海茫茫未有涯何似與卿共尊酒一

天風雪唱桃花

何必傷心舊板橋春鐙燕子憶南朝天涯尚有侯生在扇底春風為爾招時主人屬為寄書息盦

共古近體一百八十五首

文287.427
43
3

拳峯館詩卷三

上元　許宗衡　海秋

題符南樵葆森黃樓秋眺卷子　辛亥

彭城秋色壓眉端欝有詩心按劍看一片河聲繞樓去蘇公誰道再來難

媿余八上黃金臺荒荒春色泥蒿萊何如隨君向淮甸登樓一使雄心開

張老薑[illegible]小像為其孫宣題

誰寫東坡笠屐圖放翁團扇未糢糊春風一卷鬚眉在瘦

削同看古丈夫

西澗來揚州

江國春流急孤帆為我來長貧思骨月中歲共蒿萊髮短
黃金盡詩多白眼猜年時守庭户不復覔强臺
戎馬方西粤從誰擊劍歌艱難同悵惘風雨黯消磨縹緲
丹邱遠沉淪白璧多清時有深感與爾共蹉跎

送蕭唐卿人官往蕪湖

送別春城晚飛花滿客裝依人知失計落日照迴腸家室
有妻子江湖無稻粱蕪蔞雖可采辟穀是仙方

一片淮南月從今異地看文章我淹滯飄泊爾饑寒歧路愁何益中年遇恐難江山憐無語惟有勸加餐

聞道

聞道鎮鄖險官軍奪隘愁艱難方灘水飄忽又橫州敢信兵非賊誰知勝可憂祇憑威望重功業待條侯

濟猛諸軍壯行權上相威勳名何損益勝負莫依違用命懸殊賞殲渠盼合圍京師八千里羽檄正横飛

寄伯符衡州

南天回鴈衡峯高尺書報我何鬱陶風馳羽檄過隣郊捉

將官裏無能逃鏌鋣十萬山岧嶤竭茲一邑供億勞有疵難免來吹毛求不、失已當囂囂若賤子者常蓬蒿岸冠擊筑真無憀去年踏醉登天橋舊時侶伴徽相邀憶君眉稜挺劍梢前塵如夢隨烟消屏花爛汗流霞嬌側肩胒聽香中簫月簾、白瀉三更潮催歌不、問風瀟瀟燕臺屼嵂星光寥照、人青鬢如葉凋便思質酒玦在腰春街忍覓殘櫻桃賣歌難活風雨宵因之老大傷吾曹馳暉奔箭心焉忉衣衫積有黃塵飄塊然、朽木誰復雕孤芳秘不、聞申椒君得一官山川遥而我萍梗江淮漂、歸來瓶罄不、可滏三椽賃

廡多蠨蛸青春逝矣憂悁悁白石爛矣悲磝磝羽毛鎩矣
慚倫倫毋分老矣髮忍搔身猶一髮鳩繫苕而君乃欲遠
見招君或念我心旌搖我獨浩歌迴驚飈屹然下筆能不
佻鐵鳳有采仍九苞爛以霞錦魚尾燒為文傷命心膽拋
但覺形骸猶其巢君若見我應我嘲而我腕脫詩自鈔餘
力勁過盤風鵰惜不如鵰能翔翺我其東海終釣鼇

解病三首

陰陽攲厥始元關茁黃芽先天失丹母水中金攙沙鄞鄂
萎不生寘覺神有瑕百憂毒我心寒暑浸淫加一隙潰其

防橫流來無涯持鏡試反觀照影悲空花
何事不當悔舊轍舉足犯生平病亦屢反復卒難讞内訟
已云勞狡焉藉文辯曰惟憂損人盍以不憂免床頭孤劍
稜塵夢待誰斬形骸塊無知何為寂而感
不病終亦衰未衰且須壯壯以氣為帥氣以養為將其道
屏萬緣而意無一向又恐志動氣或因養生障自然中有
天置身在雲上疑丹終難成藥以念無妄

感興三首

江蒲搣風勁綠撼東來潮影纓渡頭弁火急催糧艘近歲

苦荒歉頗竭農田膏丁胥日醉飽弊非官偏饒西北水利
艱般轉僉云勞黄流怒久過險以金錢撓吾饑尚能樂飛
挽愁終朝
徵兵戒繹騷驕弁怒能抗捉夫勝捉賊擔荷擇其壯飽已
侵征糧犒且索私餉同竭窮民財誰肯縣官諒法弛人心
貪激之動生謗不見警報來南行尚觀望睒睒旋頭星昏
黄出雲亮
天子今聖人稱頌愧臣賤自顧惟心肝窮達誓無變海内
嶔嵜才富貴亦生戀膏粱非所甘願以事功見上馬憤殺

○

賊腔血肯憗劍沙場猶有憑吾懷或堪獻不然進無途屢

屢負文戦

闢屋後三椽讀書其中即事有得凡十三首

積苔掃荒礎猶啟心之扃曠宇雲連蜷門開天來青初看

覺幽邃久坐疑窈冥胸欝萬里山目阻八尺屏反觀得所

止庶使神智惺乾坤悟翕闢物我忘畦町儼懷就傳想積

理先温經

人海浩無垠岸視西隣墻墻蔦娟烟翠助日生晴光巢燕

窺我吟誤墜新泥香生世共飄忽棲托知何方懷情欝不

發退處珍孤芳側身避蕪蔵尺宅猶康莊無為天地平純
純誰言狂
簷牙銜烟青鑪香裊如髮墻陰虛白生遥影夜宜月光明
炯我心冥見萬形凸市聲風瀉潮傾耳杳然歇還視殘書
多精靈倏恍惚開卷歌泣同古愁來突兀吁嗟身後名擊
劍悲風發
規行難救火矩出難拯溺憤思鷹脫韝老愁驥伏櫪俛焉
抑我情止水拒風激鮮華在鬱泥生意茁於默斗室夫何
為憂樂悔前歷逝思東去江挽之茶無力嶮巇足未投吾

倦已求息
出門覓儕偶慨歎皆憂生歸對皇墳書澹然忘今情壁琹
風戛絃鏗作鸞凰鳴拍几應其節音過魂猶清箏琶悔吾
耳洗欲投東瀛海山盤春螺射見鼇背睛陰雨在我心今
且觀以平
九州孤無依轉徙恃春廡母老妻子饑偪仄歎寰宇性情
苦束縛俯仰失其主四十生鬢霜未得一錐土少年志青
雲筋力不辭苦文章追馬班詩歌凌愈甫及今將何如蕭
然面環堵

隣雞來啄苔覓食容堦前萬物同一生對之翻愀然搏虎
詎無力見其饑可憐奈何依人鷹得飽思高騫恩義不足
恃擴我心中天飄風散疾雨弗解諸因緣何為惱鴛鴨願
與觀魚鳶

古詩十九首古風五十篇不在心欝伊而在意自然夢懷
風騷深刻畫傷其天剝以盜竊辭摽搒從時賢偶因骨采
振頓發肌理妍感不絕予心安能閟哀絃默坐溯神契浩
浩思千年

無書不能博有書求其精少未解訓詁壯愧諳形聲吾家

叔重子功益千秋人而我差點畫尚以文章鳴六經無粃
糠百家愁荊榛苟求執聖權片言堪終身憂患識字始不
識吾猶貧
雖屢千百言未盡道之妙雖屢千百詩徒為衆所笑名心
怨欲茁憤想采思耀聰明變狡猾誤鑿渾沌竅無鵠惜虛
矢求身失樞要掀眉看浮雲何時過圓嶠迅掃天風多駐
影免泥淖
城頭出東月海雲散如馬簾螢背燈綠隨風上簷尾蒼蒼
我之心着物有模寫法立文易窮理虧境難假嫵媚在倔

僵老醜變嬌姹其原不自知盛氣忽奔瀉偶因一物微萬象見陶冶

讀史昧輿地姑作文章觀大勢在西北聚米應非難秦皇扼關朔山川如龍蟠失險少勝謀上游當久安何以既銷兵天下乃揭竿因之思井陘赤幟來無端成名半豎子宜有廣武歎

不誠乃無物凡念皆有因何術求善忘附贅疑我身我身在天地渺不如微塵曷為幻夢想知覺生苦辛此屋猶浮漚流尤看四鄰止止亦其偶歌嘯毋相嗔安貧互敦勉門

外多荊榛

吳益山丈慶恩贈詩兼來診疾詩以謝之

君行天下頭髮蒼歸來驚我能文章海陵握手已心許今
年示我歌琅琅街頭錦騎有豪俊獨撥荊棘尋孤芳腰間
雄劍化龍去舊夢已悔關河長著書祇合老牖下覓食安
可常異鄉我雖四十已求息生平閱歷徒感傷黃金土苴
擲虛牝少年不解憂空囊淒然負米出門走衣衫漸有塵
土黃山東長向頰自負揮手欲破齊煙荒易京城頭岸冠
立高原督亢多斜陽燕昭一臺八回上空有巨及摩天揚

結交海内孰知已不能知我千迴腸擲弓於地看雕逝西山暮合頹雲涼單車南行酒徒散揚州明月愁飛觴未留一刺在豪貴轉因歧路增徬徨鬱懷久之病肝臓君乃投以壺中方大藥能靈亦有道況讀贈語多慨慷鼓我塌翼欲騰踔海天浩渺思津梁報詩拉雜逞豪快君將何術醫我狂

謝韜庵來診時韜庵病足不良於行

我病鬱肝胆（膽）黍谷徯真陽頗思換骨丹難覓安心方生世感年命弱草憂繁霜偏親待祿養焉能齊彭殤悔抱屈宋

悲騷情溢沅湘空知擷蘭茝誰信余懷芳文章況衆棄精
采久内傷扶持感知己疾行方踉蹌苦無衛足謀獨有續
命湯瘡痍念百粤自顧頭髮蒼因之激風義即此窺衷腸
急難如弟兄奮作鴒原翔水火有弗避何為歌迷陽孤行
慎所往相攜同康莊

古詩二首

靜理契奇趣鬱感迴歡腸棲窮無空山江海何茫茫鳥歸
林外疑風攪枯枝狂客有關河心醼樂懷嚴霜東鄰窈窕
人並坐方鼓簧幽情曠閨闥遠夢忘津梁化遷隐廹促聚

散皆尋常勿因來日難揮戈徒感傷
貧賤有至樂風雨無常期道尊植體厚履正循塗夷奉觴
上君子日月鑒在玆盛衰雖代謝勿令徹愛移心鄙世所
崇誓守我所師飛蓬遇飄風乘勢難預知良玉墮泥滓飾
采終他時陽和扇草木欣欣非有私

讀太白梁園吟有憶偉君河南却寄

黃河欲接汴水流梁園賓客神仙儔千里饑驅恃文藻慷
慨倘見夷門侯昔者謫仙人日以長句酬青春當其狂吟
隘宇宙亦復念及今人耕種信陵之孤墳何況千百年後

我與君我把一卷消煩憂君仗一劍行風塵去年雪花大
如掌淮流凍作琉璃響三十六陂夢如水二十五亭雲寄
想古來繁華易銷歇銅雀高臺且平壞我欲翹首望洛陽
車輪猛蹴飛塵黃君投所知心茫茫回頭不見吳山蒼人生
離別亦常事安能一解千迴腸蕭蕭鬢髮倏衰老此日已
避秋風涼見人歡笑尚招謗不知何術宜四方薜荔何以
裁為裳蕡壤亦有申椒芳鵷鶵未必非鳳凰雖巢蚤䖤猶
八荒昨日浩歌過街市市人誰復知我狂君何為乎去鄉
里名場那必有知己苦思得飽賤文章[redacted]眼底才人方餓死

君不見團團明月秦淮水何不歸來對妻子

愁來

雨色秋天暮誰憐繫日難低雲依樹過遠笛咽風殘慎疾
貧宜健齋心夜覺寒愁來攬元髮還作少年看

秋日曉登南城樓

東海雲陰欲成夕隔江山色澹朝碧拂衣涼露浸危闌使
我浩歌不成拍千家烟靄方晨炊樹頭驚起孤鷹飛蕭蕭
落葉下林薄一年人事隨時非四顧泬寥心怏怏古來何
事堪遐想登高作賦亦尋常誰馭閶風出塵壤丹青縹緲

不寫　不寫

吾安住

寄懷雨嵐金陵時雨嵐自皖歸試

升高望遠恐傷神料得歸裝未療貧家世蕭條前進士雨嵐先世以進士起家江湖憔悴老才人廿年離合催遲暮一樣虀鹽耐苦辛誰道文章憎命達還期努力慰雙親

久不見季子熙載向生詩以奉柬

何必天涯始浩歎閉門已作遠離看孤懷漸動涼秋感索處休疑舊學安落落貧交遊黜少勞勞塵事合并難百年幾度良宵醉庭竹蕭椮倚暮寒

喜聞粤西官軍屢捷

七日苗難格三烽賊正强是誰申紀律此事見擔當突將
蒼鷹下長圍萬馬防窮追終有獲功在象臺旁
節鉞威南服因知殺運收收罪誰容伏莽功豈願封侯教
養何人責瘡痍此日憂及今嚴吏治安得復優游

言懷寄伯華孟卿

蘿薜空山冷長材孰杞桐文章慙實用性命悞高談即事
生哀樂從誰問苦甘行藏應有道招隱笑淮南

昔日二首寄蓮芬成都

昔日共京雒焉知出處分山川今遠宦飄忽感浮雲龍劍終何用雞棲已不羣憑將經世學先與慰傳聞

昔日聽歌夜相看笑酒人忽驚君獨醒不信我猶貧同輩無青鬢何時采白蘋秋江有花事終念錦官春

從誰

早年悔失學無用習詩歌於世復何益長吟空辟蘿仙山丹竈冷斷壁篋書多却望秋江上從誰挽逝波

湖上

天陰壓蘋渚涼意動幽花樓閣無前主江山有劫沙歸巢

羣鵲喜拍水一鷗斜宜我冷遊客孤心寄露葭

雜詩三首

征車感行邁塞草繁霜滋空帷佳人心難令遼海知勞逸良不同同此長相思壯夫崇亮節何必情無私所願割恩愛一使功名垂結髮事單于那復憂數奇不見帳下兒非已封侯歸

佩刀湛秋水忽已恩讐平既登君子堂意氣毋相爭古來事君父式好猶弟兄兔絲與松柏附托皆有情浮雲倐變滅乃使禍患生深識峻防閑與人非不誠勉旃性情正淵

矣功名輕
破觚休傷今抱璞自敦古未肩天下事敢出憂時語堯舜
道可樂顧頌羽干舞士為衆矜式相率勵區宇風流吾黨
子動謂名教苦空有毗夸詞身世渺何補刻鵠尚如鶩類
犬慙畫虎

勵學一首示諸生

開卷汗浹背古事多未知猶飲問字酒靡然為人師讀書
數無恥為文干有司六經久挂壁唾拾蕪穢辭父兄冀速
成甘受子弟欺勝衣始就傅已筮富貴期良玉方在璞誤

鑿傷天資由來成才難俗學如蔓滋女曹富精力奈何優游為凡物務有用我身將焉施藝惟執一精旁觸窮其思面墻懍聖訓擿埴慚前規積理驗所述植厚言無枝稽古桓生榮勵志張華詩盛滿戒欹器漸染防素絲窮達況有命老大能無悲杜林握漆書寶之流離隨仲郢錄諸史字以精真垂道自立敬始功每無恒蘧我雖東隅失收未桑榆遲吾徒慎自立受授安有私

贈鄭生雲官

古瑟惜膠柱誰亮中聲藏孤鳳歎鎩羽空抱奇彩傷由來

振汙濁非徒工文章六經懸正軌百家耀餘光盛年值貧賤專業芟秕穅不學未救困少球已潰防堅此窮餓心矢爾鐵石腸貧宜孤兒悲志必通儒償無序不能讀有恒斯可藏内習良之止外驗謙而光目笑所弗計意獄其已忘以女勇猛求味我詩謌長豈懷青雲器不珍白壁良勸學将擬荀勵志曾聞張勿但耻瓶罍終期表瀧岡

去燕

江山斜日有來鴻戍角凄涼斷港東等是畫樓将易主明朝忽見舊巢空

幕上艱危多客感樓中涕淚斷人腸誰知遼海風濤險別有雙棲玳瑁梁

秋熱

太息悲秋士非時有熱中雷聲蚊市晚霜信鴈書空人事咎舒緩天心渾異同翻因棄團扇恩怨愧西風

暮陰

風色到鄰樹孤松喧暝濤電明雙鷺遠雲合一鷹高猛雨颯然過微涼欣所遭披衣近鐙火隨意讀離騷

讀周禮

周禮重理財首務立民極聖謨非患貧元氣但培國以康
冠六計惟均領九式均則人情安廉斯吏治得山林川澤
間天地有生息頭會箕斂才敢濫大農職漢興懲秦暴寛
大立之則孝惠高后時衣食漸滋殖文帝躬節儉深恩播
膏澤賈生慨趨末猶上治安策厥後惜僦費均輸欲齊壹
旣思抑騰躍平準豈掊克所病坐市求長吏與民一買賣
規貴賤商賈不遑恤願罷鹽鐵官當時已深疾蓋自桑宏
羊居積已非術後來晉習侈寒桃恐据拮隋皇矯其失乾
薑自芬斂豈知培養權衰益恃匡弼唐貧猶能興度支謹

其出及乎任劉晏轉運有起色江淮至關中歲貢報充溢
時殊法易蠹人貪舊難述酷摹管商制空泥富强迹國家
即多事言利恐終失司會滙財用外府驗虛實錙銖苟不
較已足萬民食藏富在閭閻古先寓深識藉非牢盆清妄
議漏卮塞轉移無職事饑寒有盜賊閒民非善良溝壑况
驅逼由來筦算臣其心必深刻安危關氣運撙節誤剥蝕
倉皇一張弛句稽萬吝嗇先王經國猷良法參厚卹政緣
由舊行治以得人吉宋非王荆公周官禍豈亟

有憶

銀燭畫屏初按歌文君心事奈琴何翻憐寶馬銜泥至微濕花陰紅錦靴

乍有秋心寄鐸鈴綠紗窗冷與誰聽十年湖海雙蓬鬢莫倚闌干望客星

三五七言效太白體并用原韻

蓬萊清雲水明仙笛隔樓起涼風知鶴驚紅墻雖遠夢非遠綠鬢無情人有情

書西御秋蓮子詞集

絶無聊賴有心情歡笑都含涕淚聲合付雙鬟花底唱月

華如水上銀箏
太白仙才菩薩蠻偷聲減字笑人間瓊樓玉宇高寒甚祇
有髯翁見一斑
玉田白石冠仙曹井水微雲闕彩毫誰浥三湘蘭芷露十
年盥手讀離騷伐村沅湘以大倚聲門戶包安吳先生論也
塵想難教醒舊夢奇書誰與示雲函不如細味秋蓮子俗
艷先從苦後芟

悲來吟

學道心未堅蹭蹬悲文章每當秋風來擲劍千徬徨徬徨

未云已浩浩川無梁宛彼蛟龍吟不海焉能藏藏之千百
年遂抱珊瑚亡珊瑚結為樹欝勃生奇芳乃有逐臭夫反
走何蹌踉薰蕕既無辨徒令君子傷君子百不能但能誦
羲皇誰知白日匿無路窮榑桑鼪鼯竄我前豺虎卧我旁
雷霆震我耳雨雪沾我裳眼前已崎嶇安暇待佯行猶思
一焜燿比之鸞與凰何甘雜尨礫不辨圭與璋聖賢豈寂
寞天地方久長勿因蒲柳資遂改鐵石腸榮名以為寶修
德求其良古之傷心人抱負皆非常賈生與屈原才大用
未彰何為被讒死空山堪徜徉管葛奮功名得時為棟樑

盛業一朝歇零落歸卭卭借問學莊列何能無彭殤出門風蕭蕭呵壁心茫茫擊甕為之歌俯仰聲低昂誰與䠶美酒佐以樺燭光醉或夢五嶽醒亦齊八荒但求孔顏樂詎止窮通忘長鑱劚荊棘何地非康莊彈琴食藜藿何必思膏粱古風自敦樸今世方明良契我性命旨庶免詩歌狂

晚雨樓上作

暝色江城合閉門愁思寒誰來慰風雨吾道本艱難燈火隣家見衣裳蓋篋殘忍將遲暮感泥窟問龍蟠

再寄雨嵐

秋鷹刷勁翮精神滿霄漢君詩振骨奇發憤代孤歎早年
走籍湜我亦常駭汗自後隔江濟風煙衆山斷饑寒苦逼
迫時復有聚散六代文藻邦君遂出為冠同抱長相思異
地闘篇翰聲氣通性命淮海嗟灝漫生平稷契心磨滅付
桐爨風雅道未衰横流共防扞四十日正中卓立在一旦
華髮西風前悲歌待誰按亮哉杜少陵傾倒獨蘇渙

南城樓眺遠

岷江下湘楚一杯視溟渤横截吳頭青奔瀾折如鐵東南
趨尾閭深恐元氣泄何以諸天雲相映獨秀發茲樓面京

口煙樹晴豁達五州蒼茫心渾以海包括樓船感前事將
軍孰麾鉞今無魚龍驕精靈尚恍惚深憂槩遠邇孤身渺
毫髮浩然凌高秋闌干空突兀

反招隱

安居亦云隱非必陵藪棲高吟抗左陸志趣終何歸衣食
倚廛市孝養羞蕨薇孤鶴方引吭誰樂空山饑古來士不
遇婉孌松蘿期繫子遭世棄勵俗身忘卑國家有厚澤出
處無常師毅然振儒風願為天下儀珪璋德未達筐篚書
誰貽樂將求孔顏賤豈慚皐夔山林在人心肯被招名譏

暮雨書事

蟋蟀凄近戶，蜒蚰癡緣墻。風鐙初上篝，已動江城涼。竈婢怒吹火，濕薪鈎衣裳。渴吻難高吟，苦茗催饑腸。幸無治民責，令難家人强。母言晚食飽，處變毋拘常。爾倘任煩劇，安暇甘膏粱。昨者邵伯埭，警報秋潰防（八月初三河決邵伯），死已葬魚、鼈，生惟求糟糠。斯時風雨中，誰與安流亡。凜哉此論允，使我心茫茫。我如宰天下，毋教焉敢忘。既飽夢將近，不眠惺其神。端坐誦書史，琅琅攙簷聲。簷聲豈皆雨，肅聽心焉驚。大化默遷改，炯然觀我生。漠視一寸

燭誰保百歲身聖賢勵學旨及時全為人何為夜心動尚有悲嘅情聲華亦已誤騖趨空浮名忽見堂坳漚萬想廻鐙平

觀近詩有作

斯文蘊性始讀書宣其精我詩罕根極安能言皆醇厲丈謂我奇茶心太守謂與二李為近汪丈知我清大竹先生告夢湘曰此人詩頗清恐我亂耳目程君韜庵贈詩有勿令耳目亂之句言何誠規我戒新雋魯侯通甫謂語毋求雋意毋求新鑒獨明惟王教之適句生曰詩必求適黃春谷丈之論也妙亦難為名我以無主胊輙因有感鳴風騷欝夢想即事多殊

情觀者持特識作者涵全神當其下筆時不知從何生轉益賴儕偶獨往忘途程元氣自激盪豈有千秋爭論派亦已雜探原惟其真諸君幸未棄我豈憂迷津

鹽營卒

綠鞲錦帶人如璧笑對春風試鳴鏑身本五陵俠少年何為投帖填軍籍側聞傳箭校材官腰下弓刀射日寒當場誰問蒼頭奮引鏡先將綠鬢看獨膺上選須牛酒營門結韈驕儕偶蘭陵帳下好健兒不重功名重姿首吁嗟乎子房婦人君莫嗤霽雲男兒君豈知從古通侯貴白皙虎頭

鹽

燕頷何足奇君不見鹽捕營卒何翩翩修容不費官家錢
見說南征要材武可能一試錦鞍韉

鹽船婦

有女婉孌儒家子蹇修共說門楣喜東鄰郎君解讀書轉
眼青雲致身美問名可作雙鴛鴦珊瑚玉樹誠相當未必
他時不羅綺莫嫌此日同糟糠父曰人生但求飽母言吾
女今尚小意中秖有千黃金不如嫁與鹽船好吁嗟乎鹽
船有鹽愁風波鹽船無鹽饑奈何夫欲賣船婦賣歌忍饑
難望淮綱多君不見朝來粱肉暮酣醉猶記鹽船當日事

連雨感賦

淮流驕如龍江勢弱難受蒼然海門山陰雲覆其首金秋雖象水霜威殺何有東風煽淫霖詎止敗蒿朽今年山田豐圩田亦八九嗟彼陽侯狂近決邵伯口萬人葬魚腹安暇問隴畝歲例增堰潴曷為不能久金錢飽宦橐民命賤如狗偏災誰薦瘥催科一放手或云近水民習慣四方走往往托流亡真偽罔從剖哀哉茲何言樂土共思守甘心乞食人無恥總秕莠秕莠苟弗除焉能別薪槱教養皆未備風俗末由厚吏有綢繆心何事無戶牖昨聞武昌民武昌

后字空二格不必另抬

通城縣奸民王尚志聚衆抗糧官兵剿捕殺人常白晝謂因抗官糧烏知非盜藪方將行保甲各省議行保甲亂者已領袖王尚志為已革保正為政憚責實大憝生小醜粵賊久勞師楚氛豈忘舊去年楚賊滋事禍至爭為防費與危共漏臨時將軍功平日縣官咎江淮誠寬柔徐亳亦⿰犭票闘山頭種芋民沿江諸山皆有之江邊賣鹽叟彼其所嘯聚徧體類藏垢深幸免洊饑無隙可惑誘馴致堅冰憂迨未陰雨救疾病闕痛癢因循非父母弊自察吏始法勿用猛驟願奮仁者勇輸誠報我

后不見積潦盈一決即奔溜

寄鞱庵海陵三十韻

今世論交道君能慰我望淮流心激盪海日影孤涼歸豈
戀妻子來應覓稻粱況勞知己夢待挽衆人狂何事猶淹
滯因知歎老蒼出門常惘惘所向總茫茫車馬干時悔萍
蓬轉食忙去年還北首幾日又南翔樂土無鴻鴈高臺有
驌驦雲涵天下雨秋感鬢邊霜問字誰家酒看錢我輩囊
茅心增恅愺花樣賤文章饑勝吹箎客愁寬買醉場飛塵
謝京雒明月共維揚昨夕新詩贈深慚舊學荒相看真護
落此事要匡勷鸞鳳聲聞笛芙蓉艶集裳代材思杞梓攬

轡志康莊精力吾方健風騷響未亡源流唐愈甫標格漢河梁轉念琴將碎終悲劍掩鋩廿年空刻楮百鍊不成鋼鵂告求名誤鶵欺擇術傷綱官誰復貴騰士敢言良楊柳桓温淚梅花宋璟腸桑榆雖失計蘭艾肯同芳愁極姑吟嘯歌時自激昂相逢方慰藉小別已徬徨忽憶前期近翻嫌寄語長屋梁顏色在掩卷欲端詳

獨遊湖上

湖風盪白作秋氣芙蓉歷艷在幽闕前船過橋留笛聲笛聲未歇催烟生我吹洞簫不成響曲無人解但孤賞歐蘇

名字婦孺識獨抱古心涉遐想與世何益誰能知悠然倚
棹尋好詩斜陽忽動閑身感正是天南縛賊時

張南雲掄用余題韓叔起詩卷韻見贈仍依韻書其

二十三峯草堂詩稾後

古風托空言緣飾中無詩有心為至文贅語猶駢枝萬美
共一璞未剖知其姿騷雅亦偶然錫我如朋亀疏解孰殊
說何說非我師士生貴實用末流橫風吹立言懼無濟誰
能真扶持吾黨二三子體驗當在茲况君才能能騰躍應
有時吟嘯安足道勵志先戒欺文章不願外餘事忘瑕疵

不寫

兹編信精潔勿使初念漓欲正後來學誓去當前私彈琴一揮手音出孤無依萬物備於我作詩非求知力學俟其至天籟聲翻稀余情已傾倒遠大同心期

讀李肇增潤[illegible]丈春述粵事詩即和元韻時車自衡陽歸

鏌鋣久伏莽妖星天南橫大籐軍無威誰能成功名嚴疆豈礟脫蟻賊方橫行君詩有深慨讀之心焉驚狂談未忍出淚籍文章傾低頭向草莽渺不如一莖雖誦有用書邪許皐鶴鳴共聞車公言我豈懷殊情南嶽即天險去粵無

多程長圍任豕突抗吭空連兵訓練已失算功罪宜平衡
庶幾志同仇不藉三年征方今盜糧足民轉驅饑儈脂膏
久告竭賊豈飲水清猛虎出窮山覓食理亦平倘彼得棄
土耕戰兼能并大憝寓小醜此事當經營吾徒出位思感
激憂心生悲歌一看劍悔戴儒冠輕

江夜

殘臘辭家客孫蓬入暝烟寒聲荒戍角遠火夜江船生事
聽流水春風盼隔年披衣堅坐久塵夢愧鷗眠

金陵雪夜邸舍柬~~梧~~蕉鄉

本是無家客江山舊寓公燈寒孤聽雪鐘遠夜驚風粤嶠
頻年戰河渠異日功樓船復多事安問一身窮
秖有王郎達酣歌正此時床頭倚長劍眼底得新詞但說
江鄉樂誰知笑語悲毋為感宵漏念爾一開眉

晤唐卿

天下非無事相逢那問貧鬚眉中歲感風雪暮歸人論世
難憑史求名懼辱親買山空有願出處兩逡巡

訪王雨嵐不值時雨嵐有母喪

不敢題凡鳥卑棲遇益窮蓬蒿三徑雪文彩六朝風我欲

束芻獻君悲負米終到門翻興盡明日又孤篷

與唐卿雨嵐超（蕭）卿夜飲

亂雪三更夜深簾閉酒人江山驚臘盡離合感身貧君等猶鄉國吾生孰比鄰那須問前路歲月等車輪

阻風觀音門

臘盡未歸風雪多更從江上望風波人家爆竹尋常事獨倚孤篷喚奈何

擬從江上起朱樓日俯闌干江水流但有順風無逆浪年年來往盡歸舟

壬子

酬張南雲□綸李冰署肇增贈詩 時二君皆贈詩 蕙示

文章那可救窮餓朋輩都應廢嘯歌搔首天狼空注矢粤賊未靖廿年詩好待如何

君等年華方日中我雖四十鬢將翁細思贈語都堪愧不學真愁滄海東

途中雜詩

土墻春冷杏花白沙岸風酸楊柳黃愧煞邨翁倚門望一生從不識他鄉

錦帶吳鈎七寶鞭臂鷹怒出向春天道旁笑我車中坐銷盡雄心二十年

才從山郭感風塵柳外殘陽又遠津不分悠悠尚行路久將寶馬贈他人

墮甑功名歎已差出門依舊向天涯忽思老母臨歧語知我初心願在家

三君詠題南沙河邸壁

逋也謂林少紫溥孤山不甘隱翩然跨鶴任梅開文章未了生平事更向金門射策來少紫將補廷試

道是三河舊少年夏侯（謂夏雲生問元）標格已非前空囊又向長安道悔擲纏頭十萬錢

誰識躭吟許丁卯廿年贏得鬢邊絲黄河遠上真堪笑那有旗亭畫壁詩

汶上感事

棗花門巷夢非真一夜篝香衣上春記得殘星共怊悵銀箏淒斷酒邊人

久知錦瑟華年易待卜文簫再世難試撿離騷問香草江蘺終不及湘蘭

東阿曉發

大星睒睒斜月昏老兵荷戈時攀轅轅鐙欲滅戟風力僕夫叱咤聲吐吞我馬獨出過荒戍儼見夜獵紅旗翻回看穀城衆峯色春煙疑水迷山村忽驚雷硠萬石響雙輪犖确千波喧此時心旌共摇蕩便欲舍車難飛騫井陘蜀道未曾歷已悔跋涉夫何言況防盜賊欲胠篋我手無劍腰無孥老兵走送亦可笑别我但盼槫桑曒雞聲腷膊入平野大河前横車毋奔

交河道中

邨落沉沉晝掩扉馬頭塵影柳依稀荒陂水濶浴鵞喜野店槽空饑雀飛客路誰知春可惜昨宵翻悔夢空歸前程漸與燕山近一片晴雲景未非

将次河間

城樓春影隔迷濛樹色都隨曉氣空忽憶杏花王古店亂山青斷馬頭紅

獨坐

風沙豁天宇西山拱晴色吾懷隨浮雲澹蕩入沉默少年騎馬時腰劍炤京國酒鑪醉相倚黃金不論值倏忽鬢髮

改風雨夢春黑雖有八荒心萬事逼危仄人生不學道發念易惶惑篋中靈均騷哀傷究何得

秋日偕伯華少紫孟卿並汪沁園滋樹沈介之褀遊翠微山因宿靈光寺即景有作

空山蘿薜動微馨風過鐘聲倚壔聽雲際樓臺三面畫夜深燈火九霄星陰崖陡圻秋苔碧暗水斜穿亂草青闕塞極天飛鳥没側身西望總冥冥

池臺斜日隱山阿醉拍闌干一放歌九陌風烟驚浩渺廿年車馬愧蹉跎已傷老大思投筆忽憶東南正荷戈莽莽

長林暮蕭摵古來高處得秋多

由三山庵至龍泉寺

雲林莽無際峯迴路轉陗空青盤天梯側上鶩逾鷄將高樹漸分猛往石妨礙懼險戒放心忘疲發長嘯回身瞰平岡衆綠渾無竅秋陽明高松將西色逾妙此時神明中一視萬形貌

粉垣曲盤磴樹杪危闌紅登躡耐勞倦百轉無一同孤鷹過袖底浩然來天風一氣走朔漠林缺秋濛濛微聞落橡子疑過仙靈蹤梵宮豁空際況有巖坳鐘

龍王堂小憇

飛閣俯清泉林聲颯高爽山翠潑秋潤幽靈換蒼莽雲嵐無定態起滅動遐想岡巒得收束乍落坐如盎虬松閃龍甲靜與日光瀁池魚喜深閟空烟忽虛滉同作濠梁觀瞥眼失塵坱欝有枯禪心即境縱孤賞山僧貌何樸問荅語無黨不見天空濛諸峯合如掌

香界寺

翠華昔遊覽琳宮耀金碧出樹山逾高蒼蒼割雲脊飛樓向空凋東南境如闢渾河走蜿蜒遠勢擬鼇擲側視昆明

湖秋烟一杯、白極想、盤虛空孤心攝魂魄人生有夷險此
境少拘迫我從塵中來車馬等跛躄默觀諸山形相對若
憐惜浩歌倚高檻何時振飛翮

寶珠洞

有洞弗黝黑、傳聞語偏久神京此右臂太行勢旁紐憑軒
一縱觀諸峯迤西走是境有絕頂勇猛進毋後茲山誠奧
區更上欲捫斗凢我適來處萬象可招手浩浩空烟生秋
塞隔郊藪得止心翻平不、盡景能誘疑有虎氣藏蒼茫日
妨酉

秘魔崖

別徑向東轉百態秋來清卑椒走一綫萬翠陰崖生孤樓蹐虹梁林際懸飛檻夕陽墜峯背天合山交并盧師渺何處咳吐疑龍驚二青久蟄伏禱雨愁無神大石挺怪偉坐可傾生平深求恐虛誕轉復生遠情北望欝秋黑幽巖忘陰晴飛紅有墜柿混碧無新橙飽聽仙樂歸謖謖松濤聲

擷秀山房夜坐

殘月出雲暗漸看亭樹清南天獨沉黑孤望不分明夜氣諸峯合秋心一磬生從誰悟喧寂塵世有雞聲

歸途示同遊諸君

一笑遊如夢歸途景不同涼秋看健馬陳迹悟飛鴻仕隱何時決林巒默想空緇塵終未浣振策對西風

共古近體一百一十首

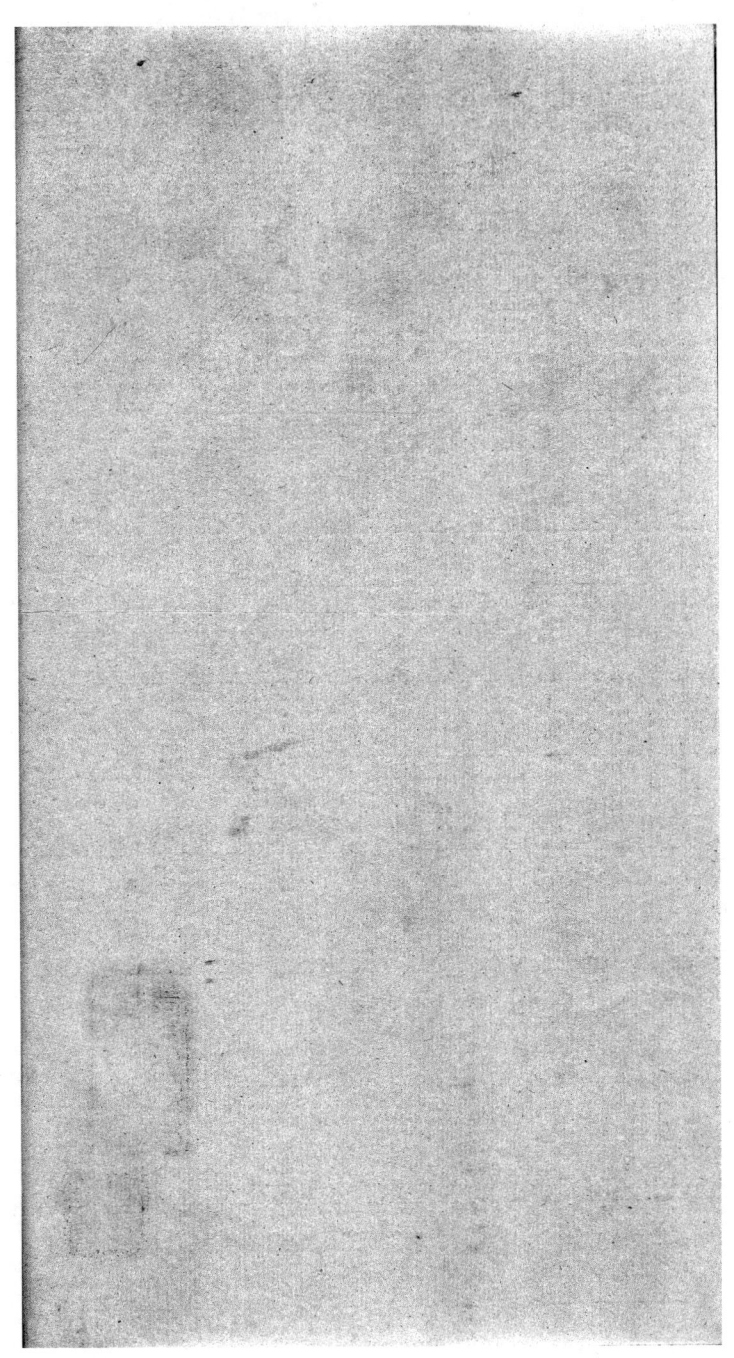

拳峯館詩卷四

癸丑　　上元　許宗衡海秋

秋夜直宿用黃仲則訪吳竹橋起句罷字韻因得一章　癸丑

高槐颯秋爽風涼雨初罷巍巍　殿閣深對燭與誰話在昔醉燕市文章動悲咤一朝登　天閶金臺負馬價固宜示貶謫奔馳瘁鞍靶留之　金金闕旁顛倒喜心乍士生期有用何用擬歸稼況我歸無田因官卜親舍昨者避鋒鏑急走出兵罅故人猶夢中新鬼已泉下俛仰舊事

恩

非未忍念桑柘寸祿　恩卯山雖貧得閒暇以我閱世
心太息轉堪謌詩成　宮漏遥夜氣浩奔瀉

乍涼

斜日漸過鄰樹去閑堦雀下啄秋花乍涼翻恐成歸夢誰
復江南尚有家

蕭瑟

蕭瑟江關感天南望眼驚誰迎侯景至翻恐褚淵生烽影
秋煙直軍聲暮角清無因問親故飛檄尚徵兵

歌筵詩

一生歌哭事尋常疊鼓垂鐙感鬢蒼十九年中幾惆悵櫻桃街外月茫茫

綠衣謌笑倚楳花起視東方月欲斜願作裴優三里霧不教幽夢出郎家

昨日當場攏髻人衝筵名字聽非真如何一按涼州曲石闕銜悲忽愴神

參軍蒼鶻都更變忽憶王郎倍可嗟一自春風消扇影更無人解唱桃花

畫舫秦淮酹玉杯竹西歌吹儘低徊憑誰高唱家山破一

片斜陽照刼灰

題司馬綉谷鍾小像

仕隱何心付酒卮不教霜色上吟髭桑乾河畔神仙尉錯被人呼老畫師

頻年同作鄉闈夢眼底春鴻去未還回首雞籠烟月影可能猶畫六朝山

贈何青士兆瀛農部

我初至京師與君跡未親文章氣浩瀚俯視燕臺塵廿載忽投洽不間昏與晨君才日老蒼揮翰如有神乃知識面

踈安得心交真性情一以合異姓為天倫因之互酬贈篇章欝嶙峋烽烟阻歸轍孤憤何由申相從覔清暇曠若無懷民出門諸儕偶欲語時逡巡險武勝太行深且逾孟津誰知伏戎甲早已憂荆榛疇昔肺腑言傾耳如飲醇猋風激滄海倏忽蛟龍嗔吾曹惟徜徉蹭蹬甘凡鱗搔首白日晚放眼青春新他時兩相念此語堪書紳

和青士水仙元韻

霧鬢雲鬟誤假真六銖衣薄感前身似將解佩偏無訂未必淩波更有人四壁花天收豔影三生塵刼笑濃春憑誰

此四詩選而未刊似可不必補入

試鼓湘靈瑟門外橫波唱送神

聞警

飛檄津沽近傳烽海國明潢池爾何故甌脱此非輕列隊憑驍騎揚旍望府兵將軍西第夜鐙火照開營

粤嶠何時亂湘江併夜流攙槍照吳會笳鼓又中州晉國山河險燕郊草木愁是誰籌戰守翻使 聖人憂

三輔宵傳箭飛騰萬里強旌旗秋黯黯烟月夜茫茫衹合交綏慎遑言扼險防欣聞激忠愛宿衛出藩王

叱咤風雲變前軍奮宰官（謝子澄大令）真能揮手去不作戴頭

以下凡已刊者皆未圈出補作圈以別之 ○

看壯士行間死諸君壁上觀安危憑一戰何止有心肝

甲寅

四月慈仁寺餞送丁頤伯壽昌農部前輩南歸

楚王宮殿春如夢看到將離倍愴神斜日賓朋無倦態極天戎馬有歸人艱難家國途中感蕭瑟江關去後身我亦淮南欲招隱更將何計報　君恩

紀事詩 用杜韻

去年粵賊殘江東排刀五百心能同 渠賊陷金陵傳聞乘以排刀五百為衛 時諸將倘急戰安危祇在俄頃中不思頡利共生致遂令

嫖姚無成功昨聞羽檄走飛騎封章密與籌　深宮樓船三戰下江漢長劍一倚牟崆峒乃歎深憂在平日未有大將非儒風　朝廷事急勳名小瘡痍痛切猜疑少天上攙槍倏光斂海内烽烟與雲杳祇愁報　國無心肝那用陰符胸了了壯士歌謠愧爛羊行旅關山羨飛鳥擊楫獨發中流歎抽刀莫任亂絲擾彩蓬驚飛礟火赤（悍賊之舟以彩蓬為前鋒）鐵鎖燒殘陳雲曉（賊以鐵鎖橫江官軍焚之遂東下）天下大事誰共當還須擒賊能擒王侍郎威聲若雷動蹶張豈恃材官強放膽真疑入虎穴螫手無復憂蜂房須知不戰戰即勝此事

那必由穹蒼富貴非貪致身早艱難翻使訏謨良回頭膏
血徧原埜轉眼草木悲蕃昌年來秔稻三吳貢空勞航海
貔貅送應傳飛檄下金陵更盼名城收鐵甕一時杼軸宽
東南萬人涕淚成歌頌漢將閒看射虎遊周原久待歸牛
種此日將軍有盛名舊時宰相無安夢古來時雨比王師
佳兵不得已而用

喜聞官軍次九江

九派潯陽水滔滔戰血紅艱難奮儒將揮灑想英風便欲
瘡痍復翻悲杼軸空樓船盼王濬早晚下江東

不戰空憂賊應慙擁節旄江山猶鶴唳勳業看龍韜火急
兵休憤烽多冦恐逃早知湓浦月還照枕戈勞

關山月

天上秦時月人間漢将營長城一萬里飛鴈獨南征夜夜
弓刀影年年關塞情相思不可極歸夢照分明

火硯三十韻韓孟聯句體

高文發光燄片石摩横縱鍊未勞女媧銘或篆帝鴻龍尾
斷霞蝕蛾眉飛塵封何山得潛璞兹水猶辟雍斑駁玉一
紐縹沫花千重材豈雀臺貴用常雞窓供含膏外不竭浮

津中能融風氵和池生春日暖田無凶時非雪霜肅韋自煙
華濃一朝寒燠殊五夜研鑽窮冷疑鴝眼合温借蟾腹空
助之麝煤緑倏爾歘炭紅噓呵氷落鬚濡染雲盪胸鑪香
共繚繞瓶凍方琤琮渙然端溪開洞若崑岡同摛詞錯可
鑄揮毫堅能攻捧欲葭管吹穿巖黍谷通焚書恐無益煮
字疑有功精思忽騰沸頑性皆銷鎔自非金石交誰能炎
涼容憶我筆曾稾因人書羞傭抱璞豈云拙鍊水難為工
撫時感旋蟻得氣矜吐虹千錘鐵森骨一笑氷開聰蓬心
詎趨附棉力猶磨礱摧燒歎瓦礫呵護如鍾鏞時惟冷鐔

待春倘寒帷逢文章非墨守頭腦何冬烘生機忽騰上死
灰翻熱中懷哉崔君茁焚之吾誰從

酬葉潤臣名澧前輩贈詩

西掖文章拙才名愧右曹深交誰墮甑同直感投膠回首
江湖闊驚心歲月慆封侯豈吾黨空問呂虔刀
共抱緇塵感翻憐贈語工愁心渺南國蓬鬢況西風歸去
陶元亮猖狂阮嗣宗歧途問梁稻烽火阻征鴻

除夕偕吳子白師郊叅軍夏孟和家錞農部飲青士

多佳日軒用少陵歲晏行韻

梅花香隔重簾風明鐙如雪團當中酒人四座嘅年矢流光共惜天張弓昨歲主人在原埜去年青士度歲於桑乾河上黄冠直欲儕村農將軍西第正籌策星狼欲射愁霜空今年羽檄下江漢雲稍影拂南天鴻遂使華心一傾注臨觴太息都無庸眼前狂醉即良夜蓮漏滴聲忘銅鄉闕柳色動河濟好春一笑猶發蒙祭之酒脯愧詩勞浩歌天地無初終

乙卯

元夕

鐙火天街路風光異去年金魚宜換酒白獸早開筵曉漏

千官集鄉心一夜懸乘時諸將師早為靖烽煙

歲月隨春轉誰言舊感非關河知夢遠心跡與人違櫪馬翻忘老蒼鷹不苦饑閒看車似水何事蹴塵飛

南鴈春應到親朋隔歲心梅花消刼火風景換園林皂帽偕誰隱征衣恨獨深懸知原草緑戰馬尚哀音

擊楫懷深感歌鐃盼勝兵年光新戍角春色舊江城早韭供誰饌烟花繫客情吾儕愧偷食安肯賤功名

短述

庭樹有生意主人多遠情夢知滄海闊春豁亂山晴擩酒

憑誰寄椒觴且獨傾臨風攬華髮無復問枯榮
苦盼南天捷音書轉寂寥功名愁破甑心事笑題橋戰壘
春初草荒城亂後蕭無因探景物嗚咽夢江潮

孔綉山前輩憑虛閣雅集圖

高會雞鳴埭前遊夢想間登臨空伴侶圖畫自湖山蓬鬢
經時換烽烟望影鄰徒令庾開府蕭瑟問江關

天涯

畿南雲氣散迷濛隔樹天浮萬綠中潤麥略遲春後雨看
花翻惜夜來風殘虹隱隱憑闌見短髩蕭蕭閉戶窮欲避

泥途更馬往天涯無處繫青驄

院落

院落春花盡風沙入檻多長貧謝車馬遠夢及關河殺運悲蛇豕軍威盼鸛鵝何時與更始率土歎蹉跎

雲氣春陰合東風又午晴遊蜂花聚豔墜蝶草含情壯志鐙前悔繁憂醉後生從誰問江海歸思滿荒城

百戰今何若乾坤浩刼深旌旄諸將壘花柳故園心待作蕪城賦空為越客吟年來愧猿鶴無處覓山林

祇合騎桑餓休言生事微功名隨處是肝膽向人非水涸

魚龍蟄林空燕雀飛親朋應飽死翻念故山薇

吾飢

江漢流亡徧吾飢亦偶然閉門無客過深感悔詩傳遠樹遥天合春城落日懸晚來愁欲醉不問阮囊錢

壁壘諸軍在烽烟萬户空存亡念親友江海付萍蓬擲劍驚春盡開門恐路窮書空翻自笑無計問南鴻

夏日遊大明湖同稼軒前輩同年

濼北滙衆流名區甲齊魯非秋挺孤秀照水鶴華古風荷静生籟煙蘆颯凝雨蒼然泰岱雲變滅孰為主散作萬柳

陰霏微日方午初覲豁耳目靜想沁肝腑懷哉廣漠遊浩
蕩念區宇
靈斿振風魄崇祠肅瞻仰鐵公鉉祠回眄煙翠交隔葦聽孤槳
隱几山動眉俯檻水平掌儼作濠濮觀忽有洲渚想元遺山濟南行記令人渺然有吳兒洲渚之想何區弗靈奧我心正蒼莽頗思縱所如
乘舟遂孤往萬葉蓮無花空明遠波漾
西日墮峯背蒼烟黯城東飛鳥疾於電落影殘霞中照見
海右亭四圍菰蒲紅悠然坐池館默爾披肝胸鄉關好山
水戎馬方橫縱何從覓鷗鷺遙與悲沙蟲茲境偶然值翻

使憂心忡歸舟仰天宇排蕩靑濛濛

趵突泉

名泉濼水源聞從岱陰至或云發沇水王屋溯所自以我覼其瀾軼出析奇致三窟莽噴薄一綫轉横恣喧聲聽逾靜日午野鶴睡池有一鶴茲心若涉海樓臺遂如寄縹緲吾誰從晴松暮蒼翠

書潤臣詩集後

江漢家何在燕山落日懸詩情憎老大歸夢阻林泉吏隱中書省愁心上水船年來共酬唱捹卷各凄然

當代詩誰健狂吟首重搔鄉關問戎馬心事托風騷冉冉看時序蕭蕭況鬢毛無因出塵網吟眺攬秋高

汪醇卿廷儒編修前輩古寺訪碑圖為汪慕杜承元吉士同年題有序入文稿

南臺斜日散春紅荒草萋萋冷殯宮誰與披榛問遺塚饒娥碑認柳河東

平原歎逝誰重賦遺墨縱橫有淚痕回望南天一惆悵翻因題句為招魂

送唐伯華前輩之任洺河

深交共肺腑，欲别慘顏色。送君出國門，翻悔舊相識。洺河路非遥，何為同惻惻。況抱飢溺懷，隨地見禹稷。無欲能愛民，有恥斯稱職。而我臨歧心，舉杯自悽憶。離合昔曾慣，中年萬感逼。舊友厲與黄，道光乙未初至京師，與厲伯符太守、研秋方伯昆弟，黄伯厚廣文暨君訂交，今二十餘年矣。分飛異南北。窮達皆艱難，生死況惶惑。皖省亂後，伯原久無消息。淄塵二十載，衣衫誰拂拭。與君跡較親，厚重我所式。鄉關苦兵燹，頻年阻歸軾。君行我益孤，如鳥去其翼。京師盛蓋蓋，舉足動偪仄。我雖示懷抱，誰復坦胸臆。往日歌詩雄，擲筆惟太息。有酒不能醉，肝腸儼摧抑。北風撼庭樹

驚鴉呌天黑相見固有時此時惆悵極

仲冬

仲冬已半衣猶溫倏忽風冽驚鴉翻薊門烟月凍逾白高天豁達消塵昏東南士卒念家室此時挾纊方知恩傳聞粵賊已無食困獸猶鬪何足論金陵城中餓死骨刼火無從照毛髮秦淮九曲皆血腥三載春流久飄没幽州哭騎下廬州眼前衛霍思封侯投鞭斷流等閒事江南江北如踰溝虎毛壯士好身手努力一解將軍愁江淮財賦衆所賴失之不獨　朝廷憂我有親朋雜生死對酒悲歌淚如

水西風獵獵旌旂開天寒同聆鼓聲起

消寒諸集同人皆有詩余獨無作成此代柬

塵土東華客簪裾上國賓梅花遲驛使萍梗聚鄉人斜日寒生樹秋風舊憶蓴蹉跎驚歲晚秖覺友朋親

照影寒星遠西山夜渾茫觥籌宜永夕簾幙閉嚴霜客去關河晚謂伯華沁園愁來鬢髮蒼翻因話鄉國舉酒各悲涼

掾驥東南氣搴帷更看天艱難拌痛飲哀樂況中年經世何人責躭閑我輩緣劇談殊不惡吾亦愛康駢謂叔起

欲避攢眉社無詩與唱酬憑誰壓元白秖合罰羊劉技久

雕蟲悔身翻舞鶴羞帷應罷吟嘯散髮向滄洲

酒樓獨飲

隗臺望不見殘照酒尊中鄉國猶戎馬音書渺斷鴻闌干今日影俛仰古人空誰識塵埃内清狂有次公

龍樹寺望月

横笛斜街夜哀笳故里城高天此時月孤影遠人情身世憑闌憶滄桑恐佛驚聊因息塵夯鐘鼓記嚴更

冒雪遊天王寺兼看唐花歸飲酒樓作

鴉影翩翩散林黑駝背低昂出城白車輪動轉氷琤琮不

見黃塵夜來迹馺娑鬘閣空中懸同雲湅合西山天萬事
茫茫笑人海徹悟乃在鐘聲先石頭路滑亦無礙舉足璠
瑶都破碎翻思舊日黃金臺流水浮雲夢何在
龕鐙靜閉𧝝帷紅不如拾級登高空坡坨夾竹露寒翠飛
花冷結枝玲瓏四顧迷茫銀海眩白衣蒼狗斯須變西南
一綫放斜陽嵯峨墖影當門見飛鴻嘹唳天冥冥鄉關倚
笛知誰聽此時戰血没泥爪桃花忍憶江流腥
珠胎玉蕾春如何衝簾火色霜媒多天心地肺互回斡疑
吹黍谷生陽和方珪圓璧交清影么葉駢枝發香猛老衲

拈鬚笑落冰道是披緇借花隱嗚呼富貴能偪人世間桃李隨時新明朝擔向朱門賣無復空山舊夢真

萬瓦疑霜射新月天風激盪廣寒闕酒人好與闌干親斜倚金尊感華髮遥看城樹何崢嶸凍烟低壓璚簫聲與我唲歎暗相畣往往一醉思生平眼中只兀二三子王逸珊大令甲曾葉莘來水部毓祥口嚼梅花語香美定知歸去心肺清試讀南華亦歡喜

吳伯鈞丈國俊春明餞別圖

斜日燕臺路知尋舊路難南來隨驛使西笑且綢官歲月

驚殘臘闕河有浩歎從誰敘情話重借畫圖看
自別春明柳東風十五年萍蓬常海嶠烽火況江天一笑
飛鴻影重投飲馬錢舊遊殊落落聊與證詩篇
我亦緇塵久偏多送客時烟雲空讀畫謂溫翰初丈風雪又題
詩消息憑梅信低徊唱柳枝難留君不去去馬且遲遲

吳思澄養原比部敦宿好齋中觀蚌佛歌

瀛山環緑晴烟銷蚕氣麗與赬霞交一葉如來一世界萬
蓮散影如散泡花斑玉潔吹霧綃吐納翕受猶吞爻化身
鳥佛一十四紺髻忽借珠胎包秋雷未縮喧海濤春風欲

笑開天窔丈六金身渺一指非真非幻非鐫雕是即為佛
否豈妖以我覶蚌何昭昭嗚乎慈恩寺中像古亦有此毋
相嘲況佛無心雲在霄若蚌有形風生潮須彌芥子等閒
事即空即色諸天高星榆月桂終不凋跋烏盪日義輪超
便無蚌處佛常在天龍一指如立標譬鏡受影花綴梢變
幻或共人心消便無人處佛亦在僅於蚌見理則膠花變
纓絡風微飄天東虹影彎如橋以蚌擲水佛何有使我合
眼心旌搖蛤中菩薩靈可招螺中泉神刀能操詩成定知
佛呵護筆亦瘦硬如舞蛟

祀竈前一日葉潤臣前輩招飲風雨懷人之館感賦

長篇

黃金銷鑠青鬢彫有酒不飲何鬱陶況茲殘臘霜空高日九西匿風刁騷葉侯折簡相招邀入門側帽憐吾曹吾曹塵容亦常有忽慢(漫)開顏對今酒酒邊嶽嶽皆英賢醉來懷抱如渟淵亂鴉棲樹照星冷玉杯隔斷西山烟我生飲酒百無倦屈指更番幾歡醼憶聽流鶯歲序非更驚去鴈闊河變座中不見城北徐謂孟卿太守昨者躍馬腰彎弧眼看髑髏血模糊歸當笑傲誇酒徒何以騷雅依然儒叩之欲語

還躊躇嗚乎此意非難測縱横尚有東南賊書殘禿字問親朋驛梅開落無消息何如共倒金叵羅薊門月上空簾多萬事艱難欲悲涕百年骯髒宜高歌君不見陸雲笑賈生哭達者宵遊方秉燭來日大難漫竈卜又不見韓非憤虞卿愁姓名安得如山邱著書便有秦火憂何當坐我百尺樓長江浩浩雲悠悠排空遂作蓬壺遊不然生世亦艱苦眼底山川忽今古岸冠佩劍氣如虎出門何地無陰雨且揮巨觥還起舞一席團欒即鄉土方生（謂子穎舍人）何為獨傾吐豈其鬱懷在肝腑吁嗟乎酒既不能消爾愁詩亦何

能由我主（是日消寒諸題余皆未作）拉雜書之是何語青天廓然黃鵠舉

題吳潤畫鷹

九霄曠似海頫洞忽欲造形神骨竦吳生初意將畫鷹畫鷹先畫松崚嶒虬枝偃僵鷹能憑乍疑作勢猶飛騰右視如傾左視側壯士臂韝求不得金眸玉爪非尋常落筆向人有驕色嗚乎古有姜楚公但解畫鷹未畫松眼前神駿或如馬意中夭矯真如龍以松比龍鷹比馬腕底精神併傾瀉誰言四方猛士寡我歌大風君聽者

正月穀日大雪偕潤臣青士叔起曉飲酒樓遂遊天王寺歸

丙辰

正月穀日大雪偕潤臣青士叔起曉飲酒樓遂遊天王寺歸集寓廬作

一夜天街雪游蹤趁曉醺倚闌寒雀墮出郭午雞聞客路衝風轉僧樓望影分入門應共笑側帽似參軍

便作璚樓想春城一望空雲平天浩白鐘定墖巍紅捩影思飛鶴關心渺斷鴻桃花幾時水滄海萬流東

忽漫南天感迷濛樹外山飛揚想旌旆蕭瑟益江關入世塵誰浣憂時鬢恐斑三軍方挾纊何日大刀環

莫問紈干雀飢烏方滿林暮天沉殿影歸騎向城陰柏葉
今宵酒梅花隔歲心峭寒應不避燒燭耐狂吟

哀陳母詩

陳母姓蘇氏金陵人粵寇之難飲酖死事在咸豐
癸丑二月十二日越六年丙辰正月其子陳子餘
參軍寶善屬為詩乃即參軍自為狀證以余所聞
而書之其詞曰

欲作陳母詩抽毫心惻惻粵寇何為來驚飈蔽城黑維時
癸丑春正月廿八日先期大帥歸避寇如避弋誰言雉罹

羅翻類魚在罭一籌寂未展三日匿不出衙深縱如海城高究非漆賊來倘能上師歸豈能食不食何以生既生曷無策民猶死於家帥詎不死國當帥未歸時衆人罔弗測壞雲城頭崩驚鴉散影疾淡日旗角翻怪鵶飲聲泣長干墖上火爐爐燭霄赤照見大師心知歸並無益無益仍自歸悍不顧軍律金陵百萬家死氣遂如墨

嗚乎金陵人不死何能逃雖未膺上爵百年同食毛況彼大師歸頃令士氣消睒睒旋頭星光出鍾山高其下軍鞹嗚中攙聲悲嗷三日戰思奮五日腹苦搊荷戈看頽陽墋

黷常如宵吹煙萬魂走蠕蠕疑相招此時但求死不死何
能逃
嗚乎金陵人雖死究何用官有官之守官有官之俸况彼
大帥歸如蝨匿衣縫民死鴻毛輕帥死泰山重帥未死疆
埸民轉死家閧左顧妻嬌啼右視子悲痛老弱共愴惻鄰
里亦憯慟置身在弦上欲發已滿控此時不求生雖死究
何用
嗚乎死與生人誰不躊躇維父既念子維妻亦顧夫戕戕
膺上爵當死猶唏噓籍籍擅文章畏死拌垢汙二月初十

日慘霧天糢糊驚傳儀鳳門崩壖如拉枯箭既失其鏃鼓亦忘其桴萬家鼎沸聲聞者魂先徂猶復望不死不死將何如猶復求欲生求生將誰呼蓋自大帥歸死何用躊躇誰知帥亦死雖死固已遲誰知官亦死雖死何能為誰知士亦死不死或鞭笞誰知民亦死不死皆流離回思帥未歸生猶可游移因知城未破死亦可遲疑城破而不死非逃則已羈脫然無兩傷浩然無一虧陳母蘇孺人戛戛其難之

悲哉母死矣死亦非母獨誰知未死時母固籌之熟朝聞

師已歸暮知禍將族彼固釜中魚我亦几上肉開門看兵勇閉門視童僕天光何昷昷風聲何謖謖荒春繞郭山慘淡不能綠死氣李陵鼓哀音漸離筑三日奮思戰五日拐苦腹回顧厨有糧忍見士無粟士飢豈能戰吾且餽之粥嗚乎餽粥心維兒其念哉兒雖無上爵食毛同埏垓死況我之分我死兒無哀顧視中庭樓欝欝何崔嵬梁間有乳燕愛惜如嬰孩奈何鷩飈生當春猶飛來彼燕尚念子我豈忘徘徊垂垂朱闌干轉眼將成灰覆巢焉能完思之肝腸摧回憶舊日安忍見明日災擔粥且出門軍士飢方唉

嗚乎樓未焚而城則已破鄰來傳寇令違者殺毋赦勸母勿焚樓寇猶愛廬舍母曰何倉皇死本貴閑暇樓固不必焚鄰亦何須唣生死各有願鄰去母端坐呼兒前訓詞欲死此其鎛人生爭須臾今日轉堪賀爾妻義當從爾妹幼未嫁爾之兄弟行亦既在坎坷爾父痛泉臺況復盼長夜爾有八歲兒一綫恃憑籍所繫如邱山此責豈容謝有隙爾即逃彼帥無足罵隔巷崩摧聲擊血想刀欄乃取壺中酖飲之味如蔗次第十三人無復變聲嗄

悲哉母死矣難乎為兒心餘酖猶在壺飲之亦如醇奈何

另冊此下另有
五首乃有爲議
論出而陳希軍
作均已刊入口

中表蘇來救責且頻爾死陳氏絕毋言良足珍惸惸八歲
兒一綫維千鈞姑起視含殮空堂風蕭森鬱鬱中庭樓乳
燕何方尋舊巢亦已壞闌干猶深深殘燭鬼氣多泣拜悲
難禁時則十二月二月方中春大帥死未死傳聞猶未真

牛乙年季庚手錄此書並未入校選書人之故也

[illegible]筆

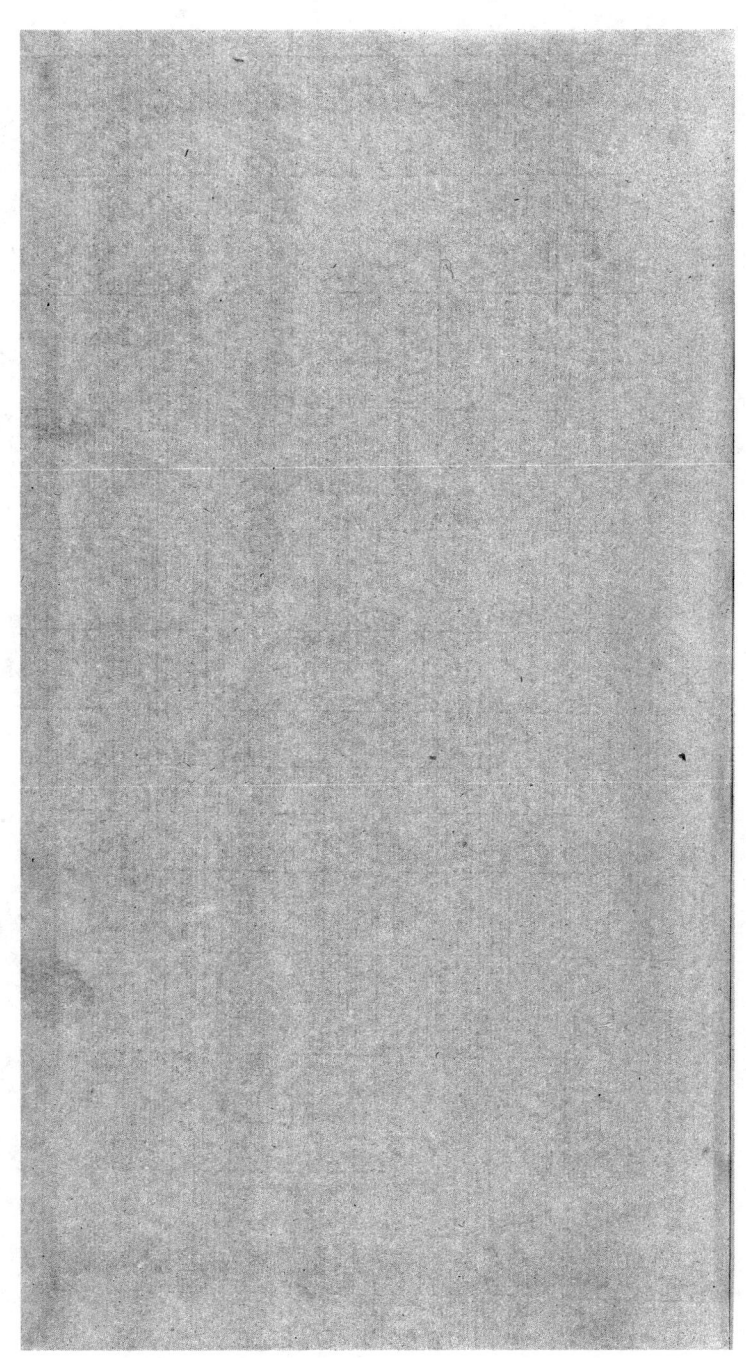

雪泥留印

陳慶文撰。清末稿本。四册。

陳慶文，河南潁川（今河南禹州）人。生平不詳。

本書爲陳慶文文集，第一册書籤有陽文橢圓印和陰文方印各一枚，漫涣無法辨識。有自序一篇，序文交代文稿內容：「用兵之法，前人著書已條貫詳備……兹文變通古法，論分防合勦，並另籌八議，主兵者倘以一撮之土，或可助泰山之高，一勺之水，或可助河海之深……同治丙寅年（一八六六）六月越朔三日古越百容氏陳慶文初稿。」

第二册書籤有陽文橢圓印（不明）和陰文方印「慶文」各一枚。正文首篇右下鈐陽文方印「雪泥留印」和陽文方印「敬穌」各一枚。

第三册書籤有陰文長方印兩枚，漫涣無法辨識。正文首篇右下鈐陽文方印「雪泥留印」和陽文方印「敬穌」各一枚。

第四册書籤鈐陰文方印「陳慶文印」。正文首篇右下鈐陽文方印「雪泥留印」和陰文方印「大富貴亦壽考」各一枚。卷末鈐陽文方印「堇封」一枚。

全文有朱墨筆圈點，墨筆校改，如第一册序文署題原爲「陳慶文識并書」，墨筆圈改爲「陳慶文初稿」。又第一册「八議」之後，墨筆題「同治丙寅年六月越朔三日陳慶文未完初稿」，「同治丙寅」「初稿」六字被劃去。全文校改有字詞更改，亦有大段增删。每篇文章篇題前後或鈐陰文長印「慎」。

（徐慧）

雪泥留印
雜著上卷
古越陳慶文未定稿

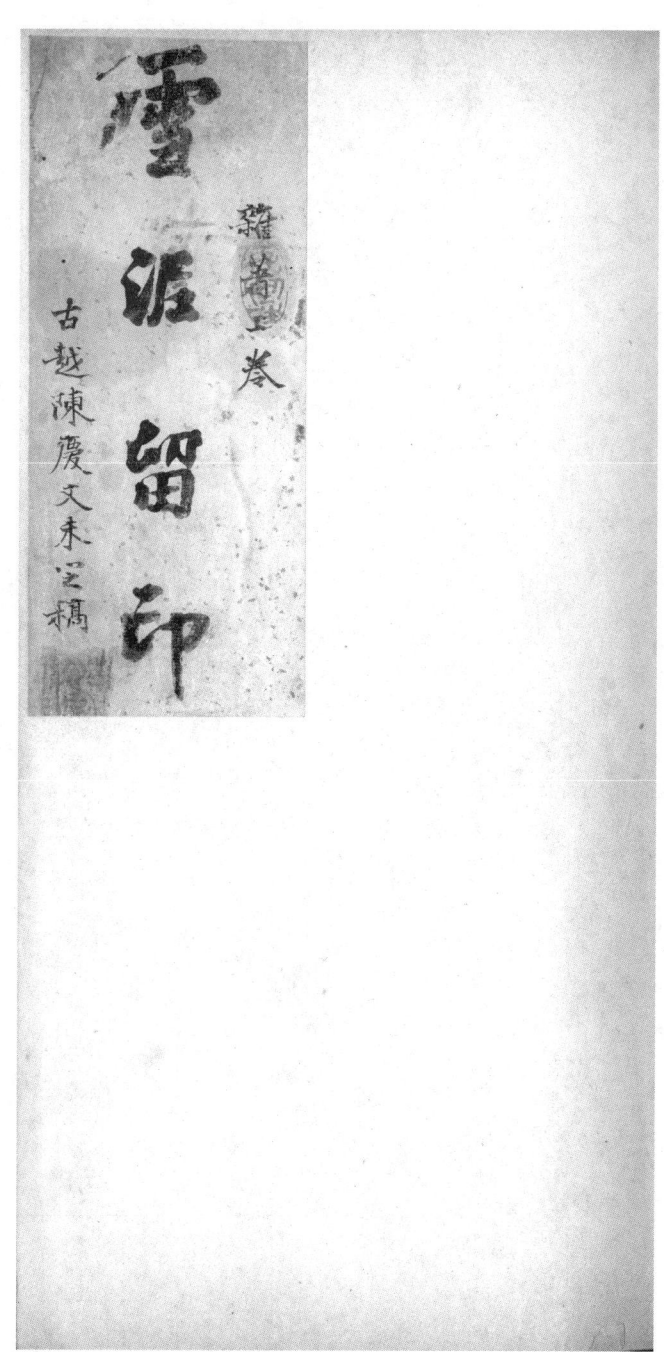

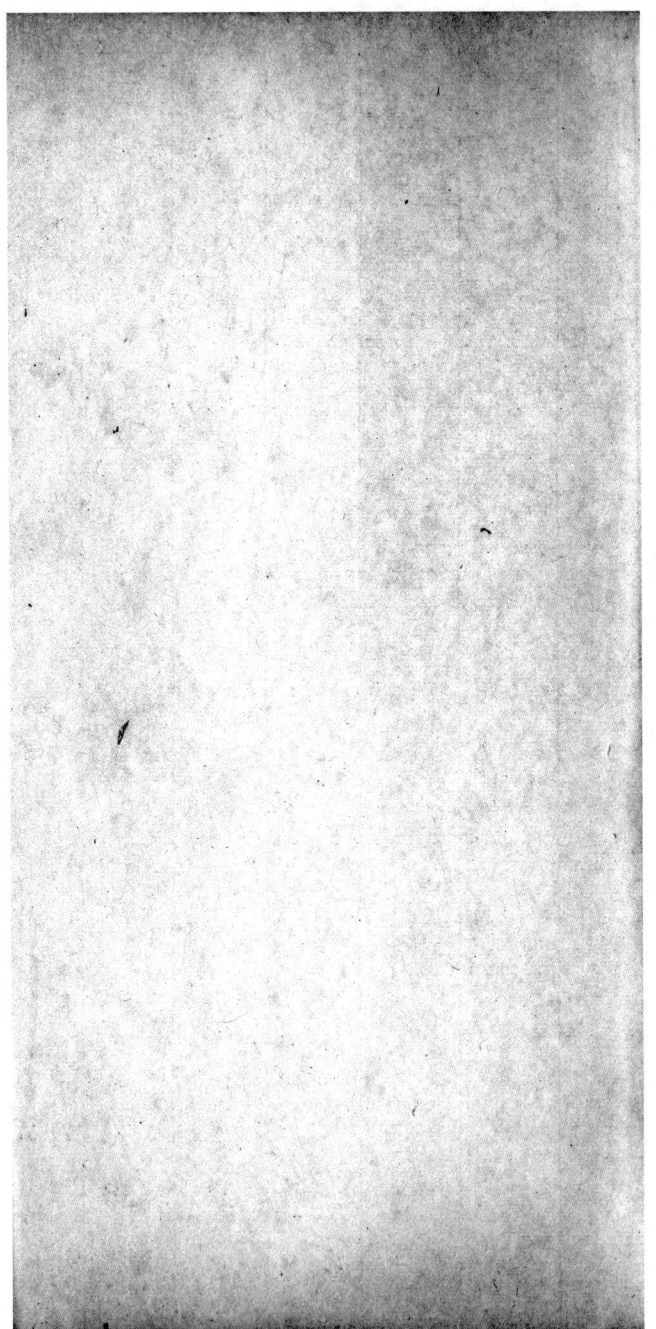

序

用兵之法前人著書已條貫詳備不可復加然須隨機應變法古宜今因時因地而制宜亦未可徒拘泥于古法也要之兵亦不可用亦未必可恃兵之強弱在將之精庸戰之勝負在帥之運籌兵法之要不出是道所謂古今不易之論也皖豫流寇蠭起若之民戰天下之兵貿執而去未嘗不勞于圖議縱羅韜鈐之士亦未嘗不勞于杖戈所以未獲凱歌者良以泥古徒而不知兵情勤未必實情

中于机会焉茲文度直古法論兮材合勦畧另籌八識主兵出
備以一撮之土成兮助森山之高一勺之水成兮助河海之深誠為行之加
以足甲兵盈饒餉與民合一力拒兵出行多適機宜領兵出援鼓雖密
先則應之小跟似不難一鼓蕩平然為出兵善謀出世不之其人文
也云才且未能遠謀文何用焉用賦閒消夜復牧歌興之斯悠
刱唱自嘆心曲而已備此之君子見者不以為所以為哉則幸甚

同治丙寅年七月望朔三日古越陌容氏陳菱文識於橋書

平流寇論

嘗思衛靈公問陳于孔子則以未學軍旅之事對夫聖人果不尚兵也將以兵戰傷天地之和仁者所不忍言也文何君以論兵言戰哉蓋以流寇四擾民莫之安仁者眡眡不忍坐視遂奮敵愾同仇報賊而安民蔡公謀又所謂勤恤民隱而除其害也書曰威克厥愛允濟於君子用威是所以戰其愛也雖然兵凶戰危事也死生勝負在俯仰之間跌而不振則悔之無及此孔子之所以慎戰也然則論兵言戰豈宜出

千萬金如文思陋之至知鳥雖安論末議耶一旦主兵者自當招賢進
能豈謀深慮決勝于千里文弱如蛙鳴以助黃鐘之聲則不啻鷦
鵬之翔乎寥廓而羅者猶視乎藪澤矣一愚間嘗聞人有言曰泰山不讓
土壤故能成其大河海不擇細流故能就其深主兵者或將恥下問採
芻蕘之言集思廣益以成山之大海之深不棄土壤細流焉故文聞內
良者之謀論論內之要識以保之要而不遺計管窺蠡測也一夫職起
自粵西故名粵逆竊據遍天下巢窟于金陵前為曾督師相掃

蕩然氣已無子遺。天下吏民幸欲之望以為可恃甲兵矣，不謂東皖豫亦不守，宗棠一番喪有賊黨因捻
子宗捻逆匪起，四出侵暴，屠燒城寨，殺戮人畜，壞地數千里田
園多荒蕪，野無行人，民居率為灰燼，黔黎廬舍類皆燬而
為邱墟，迄已十餘年。卿天下之兵，皖豫吳楚齊燕為之騷然。嗚
士大夫嘗慎于國議，琛寇之師未聞有嘗不戰，左提鼓右援枹誓衆而前
者，獨有其以孤軍單進，與賊寇角逐，日益巨綫摶之利何僧邸帥統兵初年勤勞萬總，將不厭多乃籌萬全，後來之
要已擒之賊，財狼野性，兵去而復萌，故智漏網，殘孽亦未易殲剿，飄而逸，剩依

蠻荼毒生靈莫之能禦（幸）鄉帥復至敗而殲驕由險為隘退楚

之衙署逼千餘里（借乎）擁宿迫賊踞村傳衛者僅十數人先乎忽（內）而為

賊所戕害嗚呼以賊因（其鄉帥因所損之眾至失時）陷厥後燹光燄益熾壯方數萬人心搖搖如懸

旌以鄉帥為壯方之棟棟折榱崩人將厭焉能不因之惶恐哉幸而皇

上聖天縱聖明命帥義相率而勝之帥壯猶統勳為萬精

兵軍務者亦用為至人人心于是乎稍定尋隨之而鮮以不啟壯猷

也一路蠻逆撫初起猶易于殄除故集所云十圍之木始生而蘖之

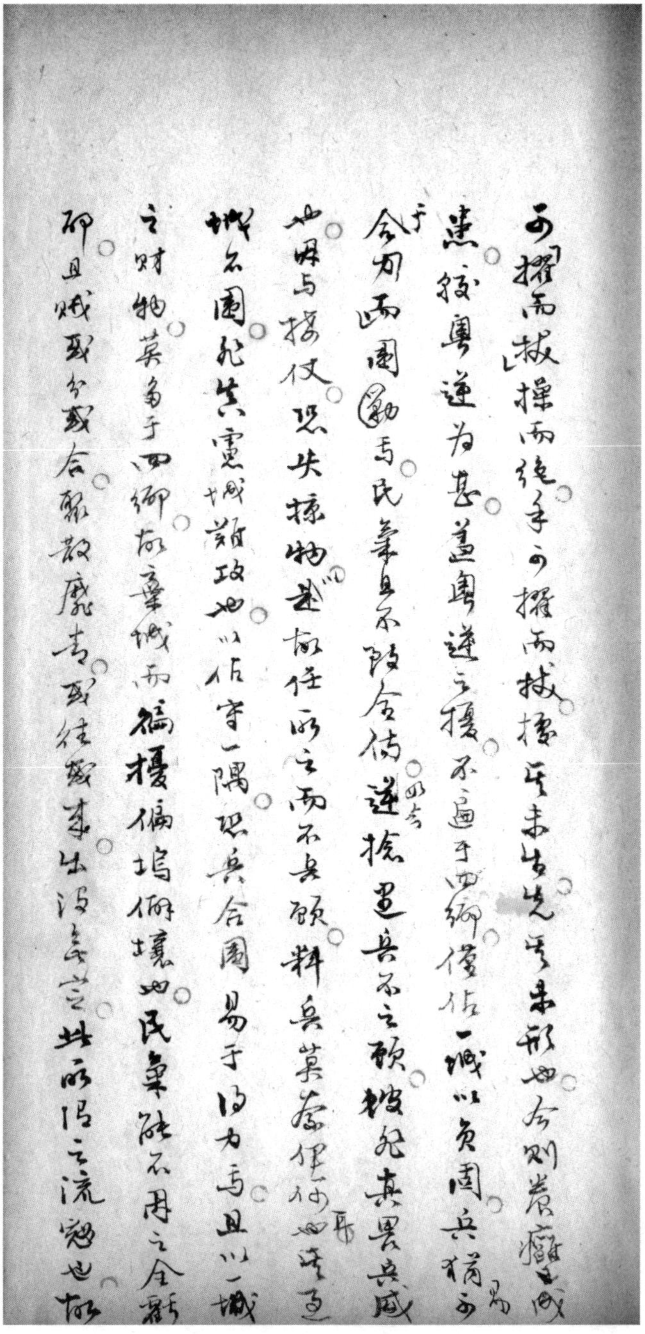

可擇而拔，擇而絕之，可擇而拔，擇其未失之先，其未形也。今則崖癖哉
速，使粵逆為甚，蓋粵逆之據不過于四鄉，僅佔一城以負固，兵稍可 為
于合力而圍，剿之民兼且不致合倚，逆擒遏兵不之頑，抄死真畏兵威
也。殊與接仗，恐失據物，然故任所之而不為頑，料兵莫奈伊何也，再道
城不圍死其靈城難攻也，以佔守一隅，恐兵合圍，易于得力，再且以一城
之財物，莫多于四鄉，故棄城而偏據，偏搶偏壞也，民兼雖不用之，全靠
印且賊到而或合，顧散處者，賊往搜來，出沒無定，此所謂之流寇也，故

使彼兵防不勝其防勤不勝其勤久自疲之矣然後避彼盈（而）柔我諸
勢莫與之抵當焉則甚進捨居心叵測而謀益奸險也矣主兵者苟
不善謀劃勝徒議分兵防勤於患流寇者癱形甚于是鬆者不知其
病源徒斤斤于流寇之上為之治不特虛糜無餉費且恐愈治而愈劇
夫賊之股數既多竄亦（路）難分以一股之賊宜分兵勤之一路之賊宜分兵堵
之于是撥兵千餘人或數百人分路堵勤不計賊之多寡皆撥與否
以為布置得宜矣抑未知兵之所以勤者隨賊追躡縱使勝仗

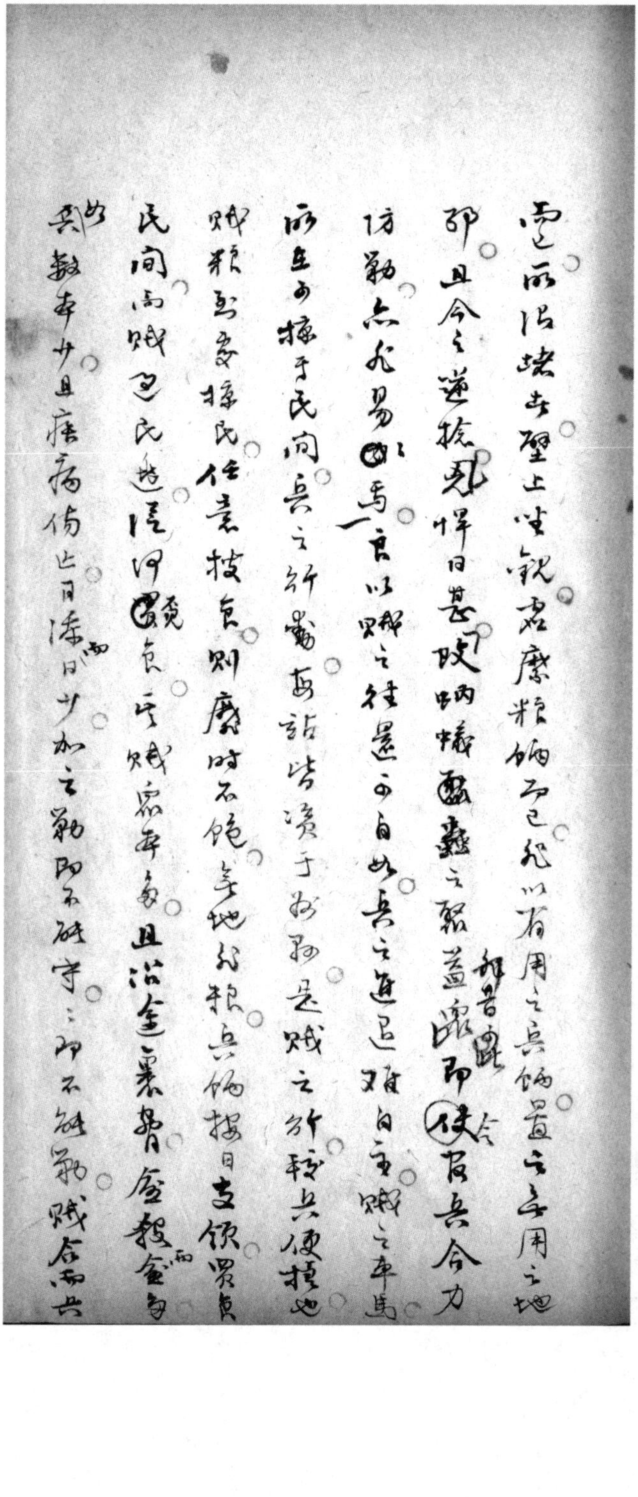

更所以諸軍壁上坐視君糜粮餉而已能以有用之兵餉置之無用之地耶且今之逆捻飛悍日甚攻城蟻聚之勢蓋由印使合兵合力防剿亦非易以馬步以賊之往還可自如兵之追逐難自由賊之本馬所在可掠于民間兵之所需無所資于地方是賊之所轉兵便積也賊粮取處掠民任意採食則糜時不絕無地非粮兵餉按日支領買食民間而賊已民逃澤河覓食無賊窩無多且沿途累月愈殺愈多如兵數本少且疲病傷亡日添而日少加之剿防不能守之而不能剿賊合而兵

不（將官）得與賊合，而兵尤難與合，是兵因之愈少矣。少則賊飽兵飢，賊多兵少也。兵之行按隊必安營，且挖壕挖栅，守卡站墻，晝夜不睡息，而賊行無隊亦無營，道途自若，隨處皆可以休息，守卡要隘之可快依，（兵與將往往不相識，甚不共甘苦，且以退則生而進則死，往死而來生，蓋以皆怯退縮後也。賊衆均不分首彩幟，呼之弟兄，甚患難與共，且以退則死而進則生，莫可居先，得厚利，故皆奮勇爭前，故則兵怯賊勇也。）乃役之乎勢處此則兵勞賊逸也，用是賊之則其兵之所勒焉能易力禦執事無多，接後于餉，然兵少之所致，此固未始非戰焉究之餉因糜而餉絀，兵因分而少，近且募勇，往往有虛冒之弊，而無若兵勇均有養活人，不可得之不多矣。無若于征賊之始，就指抽豐納稅者，則乘

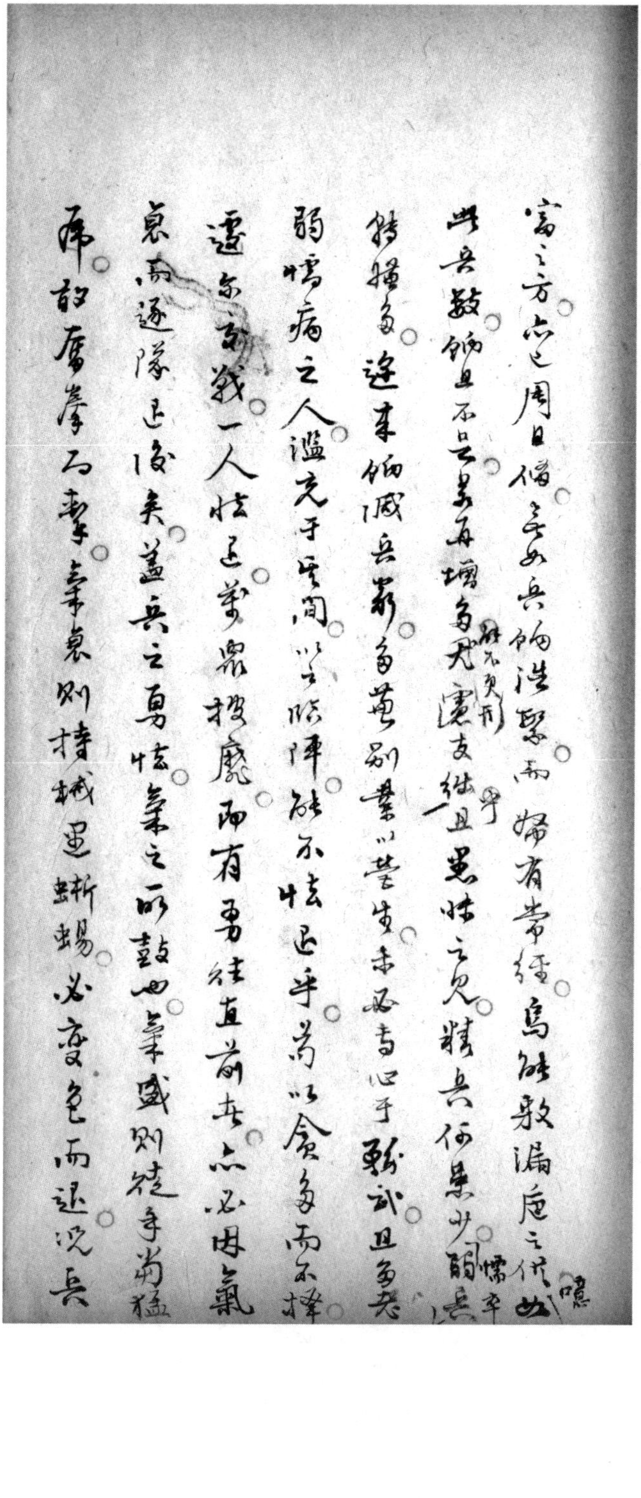

審之方向已周且備矣若兵所注聚而歸有常經焉能敷漏危之伐也（嘻）
此兵數節且不只是再增多兵（雖不免有）虛支一糧（乎）且思怯之兵精兵何異少弱兵（懦卒）
精揀多逐來所減兵額多萬別募以勇壯者悉心乎驍武且多者
弱懦病之人濫充于其間以之臨陣雖不怯退乎尚以貪多而不擇
遠矣若戰一人怯退萬眾披靡而有勇往直前者亦必因氣
衰而逐隊退後矣蓋兵之勇怯氣之所鼓也氣盛則趨爭尚猛
而敵屢摧不可挫氣衰則持械置蜥蜴必變色而退況兵

戰危險之事也以懦怯之兵有事于原間雖勇戰亦勝彼驚惶奔遁能不因之氣衰力弱乎且古人謂視蔭而玩日連翼之鴉猶不能高飛兵多必推諉觀望則是不能以為利而反為患也兵法云兵在精而不在多李華亦云得人而已豈在多乎以諸君論之苟不能效韓信之將兵以多多益善故以防守而論之賊氛熾千里地皆平衍坦道在在宜分兵防守于廣平周密試思用兵若干方能寸寸而守之且即即而防之又若議之于勤前後呼勤

則左右分馳，東西夾擊則南北各竄，惟以四面圍勦而可免賊之他遁。然賊分隊行走，或至三兩日方發，皆左右邊馬寬及百十里。賊衆約少亦有數萬，計我兵必盡四圍，兜以十餘萬人，則不可。壯帥論剿（逐匪）賊多兵飛易，即我調之各省而兵多將廣，雲餉械繁多，須期先集，則餉亦無所備，必臨時方調，則賊已（兵未集去）之他。且兵集四方，陣非一律，卒與將不相識記，心與力不相齊，僅亦云集，猶之烏合。剿土賊隊首尾相隔數百里之遙，我兵分布于數

百里之外周不圍之處勢仍分處力仍散而賊聚全力以捨命
衝突兵必力難抵當罔性為鳥獸奔散賊仍乃突圍而出是兵強
多亦寡以為一路俱繞道迎頭攔擊此尤難又難乎處難也蓋兵與惜身之
見賊皆閔命之徒兵存顧戀之私賊乏室家之累故兵多畏懼
賊蹈而不能避視死如歸蹈鋒爭先彼習為逆賊皆閔命之徒兵有室家之累故畏懼不顧生衝鋒直往而前
從之衆退回遠戰亦有冒鋒爭先似若果赴死地然是兵與賊
之勢既不相如加之多若兵勇分隊各帶每以數百人為一隊

多则不至于蜂人。分不一心。各存畛域。益风马牛之不相及。主兵者虽合。合队云勤。而各队异兵。仍分党私。怀猜忌。虽觌败队出战。稍助一臂之力。即可摧败贼锋。或转败为胜。屡不以是合为辞。坐视贼败。是则队虽合而兵心仍分。散殊多而力不一。况我保流亡队已觉兵多。较之贼众。仍不及十之一二。譬诸一撮之土。岛砥遇滔天之狂浪。即是迎击之尤。非易言也。苟以跟贼尾追而论。则贼行较远。吾兵团虽日益跟追。即或侥一时之倖。争一旦之力。偶已

而追獲亦不過老弱殘疾以及被裹難行落後者則有之如首要
渠魁及前行賊衆先已遠竄則安能拿尾及首不遺餘孽
哉一支兵之得乎君之附勦雖屢集兵亦難于用力是以軍興
以來如熊如羆之士而雖奮勇殺賊者未嘗乏其人所以難唱凱
歌者殆非不圖立功而受賞實有所不能者也如鄉勇之師未嘗不
士飽馬騰未嘗不所殺過當未嘗不盡奮過壯未嘗不搗穴擒渠
奈之何賊蹤無定到處分竄兵雖馳奔千里爭為先登終難繼

旬累月晝夜窮追殄滅擒搶爲稍息兵力補偏軍澀遂
便復退而敗竄之匪隨時隨地收集裹脅追兵且及其黨
已眾其勢復張此鄉帥之所以屢奏膚功此逆之所以今尤
猖獗也嘗考今之勇于殺賊奮不顧生惜身未有過于鄉帥
者鄉帥且乃不能豎地而知矣或謂兵固不可多征莫若揀募精
壯之勇或可得力耳卑思黎所謂徵兵滿萬不如召募數千
也曰募勇固足得力者然今之所可同日而語也蓋今之所充勇

兵託市井無賴之徒,即前若無聊之輩,惜于游手好閒,力疲身債,因而膽氣不壯,技藝不精,且平居未受涓滴之恩,臨難誰肯捨身之報。不過日圖微糧以糊口,遇賊必閧然而進,閧然而退,雖為之長,兵素無上下之分,又無恩情之誼,遂以虛名強相鈐制,[illegible]寬則玩而驕,[illegible]嚴則怨而散,即或誘之以忠言,鼓之以重利嘉獎,究之心志不和,紀律不整,約束難,誰肯戮力同心為我用命也。一若選勇幹而營安分兵為練,增糧亦當然而得其人,所謂兵貴乎有勇者也。蓋聞勇

粮日益減，和錢不過百文，守分安業者自顧保家（家室）之不遑，圖之謀食

只顧了惟利，舍其家業而為是役，即是充勇者必無業無恥

之徒人逐隊而濫竽（因利而作因名而故），遇賊而則作戲，援民則特甚，罔有無心存

底之議，並以扣欠糧餉，難服衆心，未敢澈查，但令被害無指控，而兵勇

衆多，民即指認，因而冤無由伸，兵勇益無忌憚，甚至搜劫居民，藏

據匪窟，情不以為怪。然余文前幕中即時對僕為勇，截殺且難獲，把

民亦知矣，以是民畏兵勇殆有甚乎畏賊者也。甚有不肖之徒，上下串謀浮

聞名數，虛報偽以冒銷餉糧，藉是因為利藪，此則求其約束整齊

而欲勇于負弩，兵益雜矣。是募勇之策未必有益也。竊以平寇

之計不外乎防剿，防剿之要不外乎兵勇，而勝敗之機全在乎兵將。

兵法不云乎：將在謀而不在勇。孔子告子路以三軍之行，曰：必也臨事而懼，好謀而成也。然則謀也，用兵之要務。

善為設謀將兵耳。前者兵興年久，國家之財多竭力憊，若再不思變通，

籌善策，徒多募兵勇，據為安于目前，因如賈誼所謂抱火厝之

積薪之下而寢其上，火未及燃，因謂之安也。將恐多者之費日糜于

支應，府庫之財日耗于軍需，邊境之民流離失所，不能樂業而安

居今營之兵要通盘籌移不得因循以求荒狼烟何日息城寨何時平年復一年伊于胡底然則為今之謀將奈何曰度通堅壁清野法名之曰分防合剿則是可為也夫所謂分防者民團各寨也所謂合剿者合兵剿賊也民與兵合而為一俾兵與民和而為一心堅寨深壕移民就食練兵精技按戶抽丁守寨分征俱歸本境之內則各安舊業有警則分力守剿於是野無遺糧境無不備使賊來之受剿去之受饑不待攻而賊自不能遠竄矣不待圍而

賊自瘦亦解散矣此所以留意守城為目前之上策也一查堅壁清
野原議由民為山結砦平地築堡聚械良整隨賊征量分派兵
丁訓練固守砦堡分半救援不調畫征法至善也目今近賊及臨
隣各御多已築墻概名曰寨壕既建後械亦備而斷用良整費也二
將各寨未必一律堅固技藝未必簡閑精強民糧未必全為寨
中規模未必善為協故若賊來自顧本寨亦不遑未能守護
相助且与良不聯絡聲勢兵不互相應援此種痛癢麻木不仁手

足不能捍頭目心不能使身身不能使臂也此各寨之所以間難保
守也此賊匪之所以仍得猖獗家眾也所謂有治法無治人非法不能也
為今之計如之何則可當由各莊選擇賢能首領一員董其事收令
十餘員為之佐佐雜十餘員齊其趨向再選勇猛武弁自教導以下十餘
人去帶寨丁先由董事遍加查勘賊及匪蹤窟及各村各寨共幼
等之民寨共分剔增減斟酌損益民多寨少者增之寨多難守者
減之其寨務一切亦其損廣其益墻益高池益深寨益利技益

精簡令紀律益整齊約束兵丁益嚴密稽民糧食衣物于寨
中務令寨如懸罄野無青草勿使一粒遺于野一絲遺于家公
舉公正殷實才識超群之紳士二人為寨長總理寨務再舉生
監二人為之佐平尋常公事仍聽之于官不得因此干預看持于民
聞各寨既立宜兼行保甲藉分激勸按戶抽丁也每二都郡委
牧令及紳耆各一員會同都郡總理各寨召各寨選派教習二人
同寨長教訓壯丁演習陣技務使精熟練一心力不致臨陣紛亂

數月後可使出戰即撥總理員弁及本部局試操果可造再等知
董等及主兵本一面偵探賊踪將次入境先期抽調四寨壯丁每十
人九則不論老幼苗寨一則揀擇壯丁須年在五十以下十五以上
之疲病者責成寨長與教習各一人營弁請府調撥由部局撥給
口糧比照團練云云同總理員弁統率察看地勢分撥合勦如賊自
南竄北去撥壯路近寨壯丁迎頭攔擊或設伏突出攻其不意東
西四寨壯丁左右夾截或節節設樁埋伏或引誘援應並嚴防旁

家有該各寨壯丁或擒頭縛繫或挈尾跣勒餉詐數此如賊之
寨兩路同時入境各寨壯丁亦當分撥兩路堵賊相機為剿一邊已
所抽寨壯丁會合官兵不過萬人僅可千宜戰之地合剿一次多則兩戰
不由貪多蘇洵謂士常蓄其怒懷其欲而不盡怒不盡則有餘勇
欲不盡則有餘貪又云古者裹技而自喜者無敵于天下是之
謂與一名者主兵無裁撤老病怯弱兵勇分別歸伍安業選留精
銳勇戰之士若馬陽兵勇三千人多則四五千責成招勇並今之

道府或提镇一人统摄，心为一队，责专权一，者无二心，兵归一力，合
于是乡团边到处与寨丁合为一气，劝率访延（許、延）观谋如其良
绅一体，兵民同心，如网之提纲，有条不紊，如身之使臂，无令不从。平
时指挥将弁如臂使指，至险地防勤，并如曲剿贼，如鸟之在网，如鱼
之在釜，村村有堡，不得窜扰，处处有兵，不能安逸，始无可掠，因贼
而日疲，民无所逃，日坚而日壮，贼力于是乎日困，贼心以之而日离，贼
锋于是乎自销，贼众以之而自散，诡谲之谋无所用其猖獗（刚强）之力，无所

旋守巢則起于飢寒出竄則斃于勦捕約數月後賊不死于戰陣
即轉乎溝壑哉數百之四方殘蹤滅跡矣一路退兵勇借狃賊勢
大剿餘可殄滅即云合寨丁不分疆界并力勦退庶免恐報乃
心若賊尚兇悍滅之不易仍由退兵且勦且追激挫賊鋒養兵心
力士人所倡強悍之素恐不能穿魯縞也一各寨壯丁將在本部所境
內分撥合勦非使他征戍民不盡勞即無二志時時休息刻刻演操
老幼耕家無內顧寨隣基居布有外援無內顧則寨心固守有

外援。則奮力争勳。其同寨之人。共同里。少同遊。死同哀。居同樂。
夜戰聲相聞。是以不乖。晝戰目相見。是以不散。且地利既熟。賊
技又知。使之角藝以為歡。出征以為樂。其情既洽。其氣必振。其
力既齊。其勇必倍人。故守同圍。戰同陣。所向以此圖功何功不
克。以此制敵。何敵不摧。此各分防合勦。復通堅壁清野法。與為辦
齊之軌里連鄉。所稱軍伍根乎民者。亦猶古之寓兵于農也。如明王守
仁平浰頭桶岡諸賊。皆保甲也。総則用此之捍禦。比較兵勇乃力就一倍

此非由紳耆剴切曉諭，州縣雖行，舊民不知，狃于舊勤而終于失業。故古人曰：非常之元，黎民懼焉，及臻厥成，天下晏如也。欲行此策，雖為良民計，而民不免多懷疑畏葸，惟以紳耆為親民之長，諭以利害，民必信從。是宜先擇精幹有為、人地相宜之紳耆，假以便宜，寬以文法，使其為所欲為，無所拘閡，庶可深得民心，曉以大義，示以去就，使民皆知計出萬全，鄉兵足悍，我有所恃，奮意護衛鄉里之心，具熱殺賊之氣，于是乎皆用命而勇于自衛也。一說云抽丁發糧，每員薪水若、

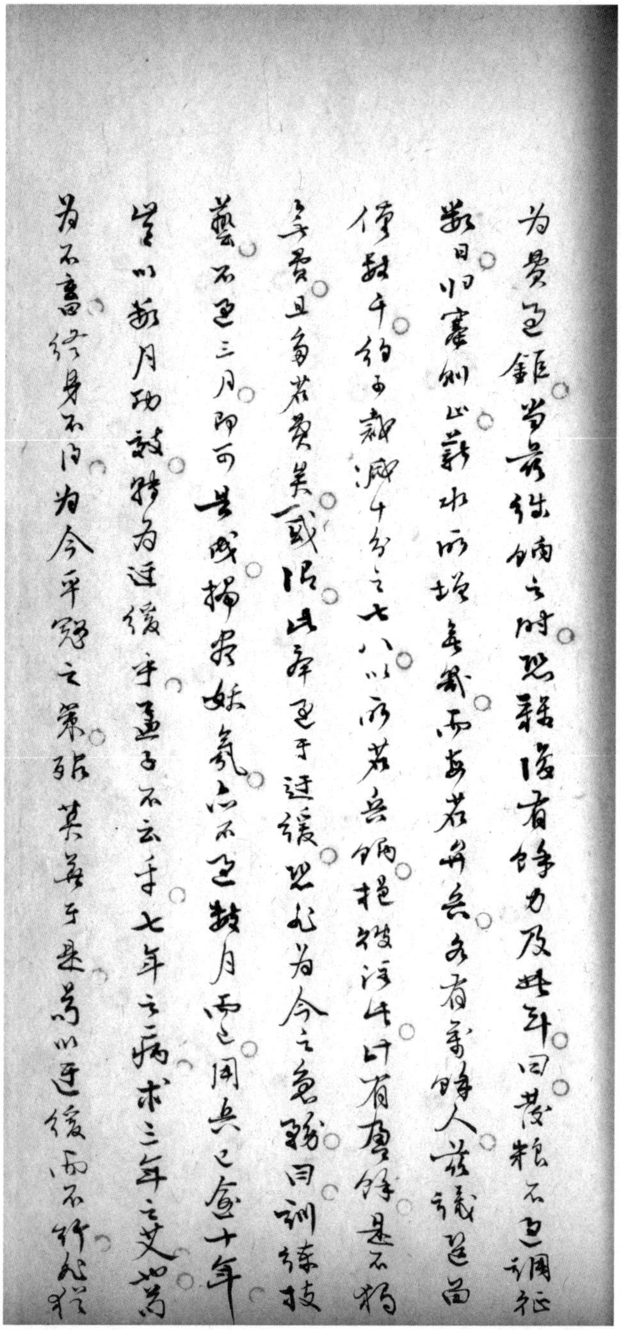

為費已鉅，當無結餉之時，照舊籌有餘力，及此年內發糧不足，調徵數日，舊塞例止，薪水所增無幾，而安若再兵多有弄餉人議定留傳數千翁，而裁減十分之七八，以所餘兵餉招練得兵，計有餘餉，是不特無費，且多省費矣。裁汰此舉，近乎迂緩，然亦為今之急務。目訓練技藝，不過三月即可，無成掃其妖氣，亦不過數月，而已用兵已逾十年，豈以數月功效轉為迂緩乎？孟子不云乎：七年之病，求三年之艾，苟為不畜，終身不得。為今平寇之策，殆莫善于是，苟以迂緩而不行，殆猶

或謂諫云為人爲民七年
亦可以即投筆分相傳者
未有數月成功戍曰寡丁之
務我能莫今非則大義
注係其心力配等功倍而
昌其黨或如華人安民者
行務者之略則以議成之論也
抄有所意者

至若黃河以北各境恃河之天險民安居然垂涎非一日設使據堤而守或造舟北渡則所關尤重
重兵沿河嚴防並移河北各省亦即摘要築寨增置防患于未然
不害文而欲全而身哉曰子論多矣經不在乎位不謀乎政
之亦何益損益曰謀與論莫不同而空言如其謀之云者占人辨其
紀爭曲直期在必行此固在位之宜也如所謂論者不直見曰之可
否睽隆之高下著所論而自陳其見如錦是發不云乎君子居此
位則思盡其職未得位則思修其辭以明乎道文如其才何敢以明
道自期周觀賢悍師疲民多恒業其土千餘里死傷積野財粟
彈此心有所不忍常思投筆從戎馳啟徼擒賊於衽席

稍安老佞于　國家乃時運不齊耕途絕跡替、直鄉地偶有所
心年不禁〔冊〕諸之徒古椄之害今吟使國隨之論並籌議列于
後立〔小娃兒之〕其言兩唱心曲強忘追于燕市屠狗之酒後狂歌焉借玄兵
有好下問而察邇言亦試〔詳〕擇而補助日軍務〔于前一〕使國所願早而來
敢忍焉

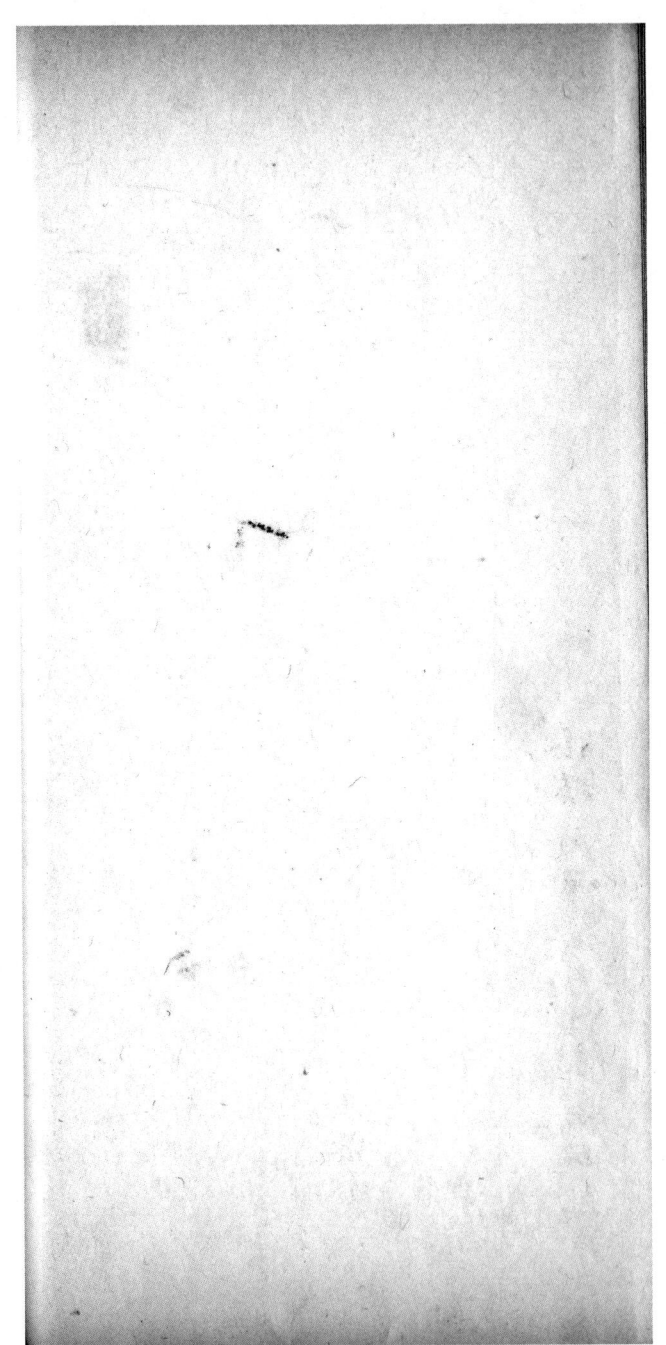

用賢才議 一

稽自古及今凡明主賢臣致平治天下功施社稷未有不用賢才以成名者也昔周文用尚父以王天下齊桓用管仲以伯諸侯秦穆之伯西戎者任用繇余諸賢也句踐之并吳越者任用范蠡諸其他如齊之孟嘗君趙之平原君皆以好士而食客多孟嘗君用馮驩以相齊平原用毛遂以說楚文侯嘗用段田名賢與魏國漢高帝用陳平秘計免平城孫權用周瑜以強東吳昭烈用武侯

同者西蜀此數人者雖君臣異位王霸異術功業異途而皆用賢才以達其志故古之道也進賢受上賞蔽賢蒙顯戮而愛士之誠惟周公爲甚周公不言乎我一沐三握髮一飯三吐哺起以待士猶恐失天下之賢人然則周公之待士其誰能及耶一嘆夫周公以皇叔之位具聖人之才輔相天下時治平民俗亦歸厚禮樂刑政爲化之具莫不備則是周公之雖化已最美最美風有賢能之士者亦在周于朝吾知臣進賢之士能惟周公莫之及且抑未必後有賢于左朝者而有

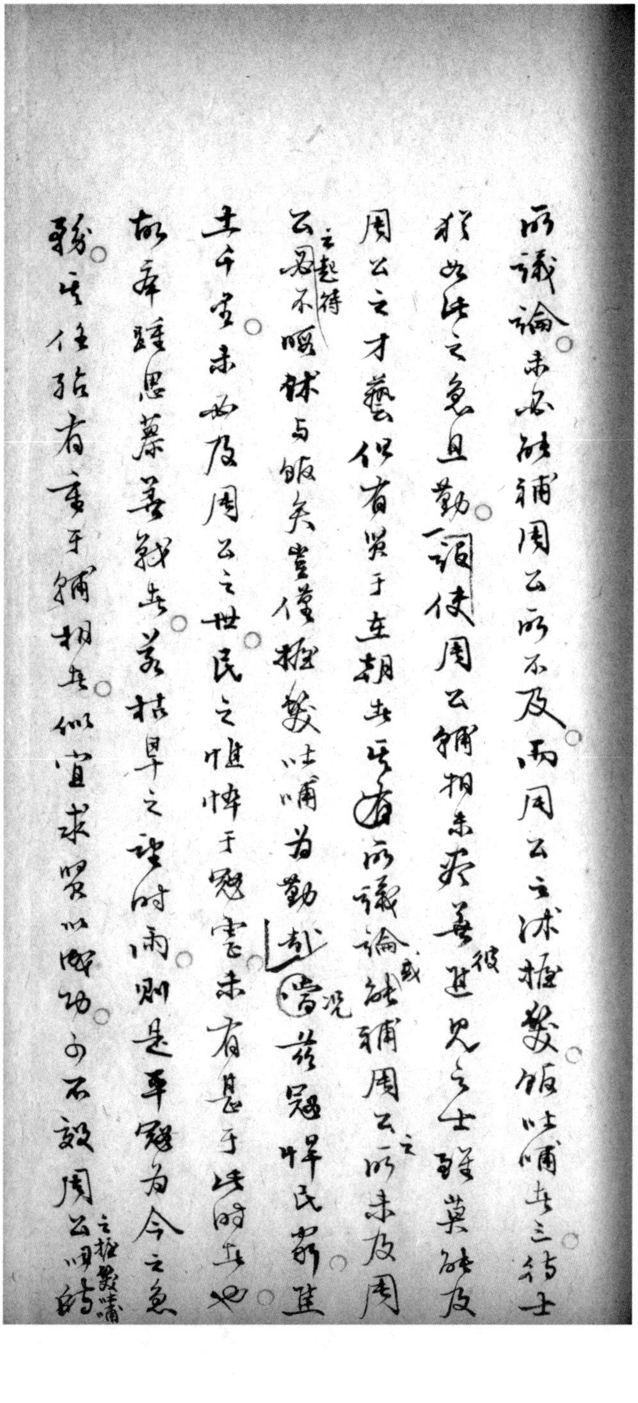
所議論未必能補周公所不及，而周公之沐握髮飯吐哺與三待士
於如此之急且勤，詞使周公輔相未若甚，彼見之士雖莫能及
周公之才藝，但有賢于在朝者，有所議論或能補周公之所未及，周
公之起待忽不暇，咻與飯矣，豈僅握髮吐哺為勤哉？况茲冦悍民覊莛
未平，宜未必及周公之世，民之憔悴于冦害，未有甚于此時者也。
故吾雖思慕吾儕無茂枯旱之望時雨，則是平冦為今之急
務，吾儕舍有事于輔相者，似宜求賢以助功，而不效周公之握髮哺時

士乎。一然而士之所稱賢才者，每多隱居以求道，俟命以修身，不求名于世，未有善時文而用為世用焉。孟子曰：傅說舉于版築之間，膠鬲舉于魚鹽之中，管夷吾舉于士，孫叔敖舉于海，百里奚舉于市。韓昌黎亦云：古之達士者，或取于盜，或舉于管庫，則闢之流，固多賢而舉用賢才，必未必以時文為轄也。孔子云：十室之邑，必有忠信；三人同行，必有我師。况普天之下，何地無才？患在下之人負其才能，不肯論于上；上之人負其勢位，不肯顧

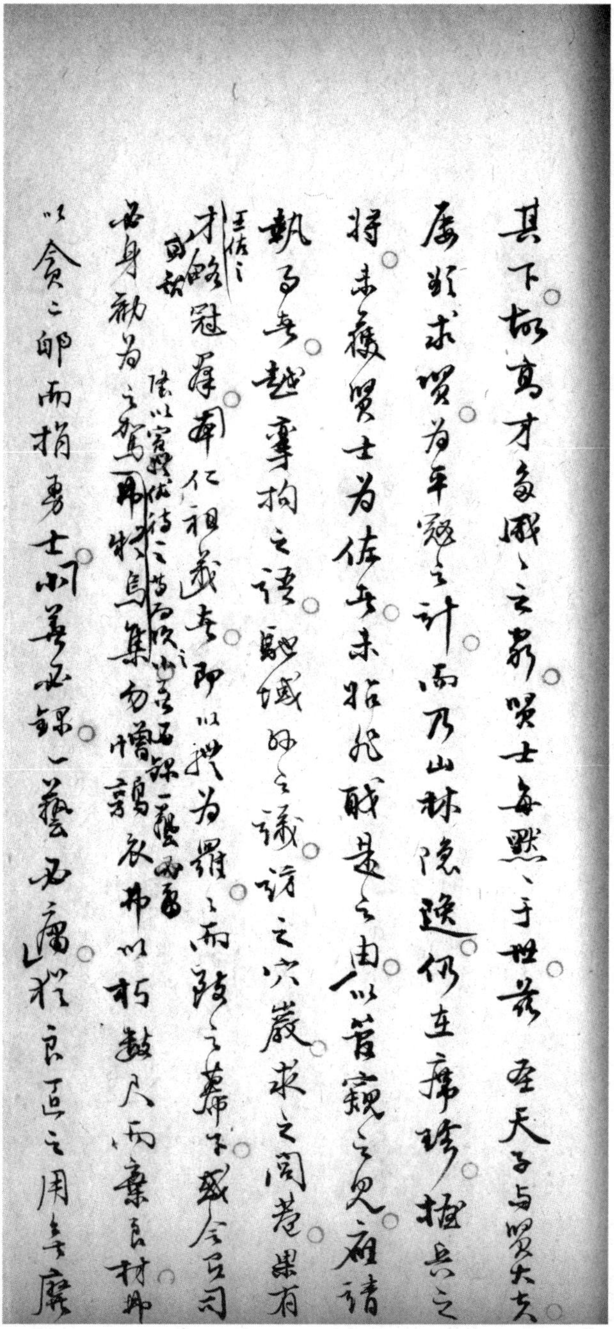
其下頗真才多戚戚之歎，賢士每默默于世矣。聖天子与賢大夫
屡以求賢为平寇之計，而乃山林隱逸仍在席珍，撫兵之
將未獲賢士为佐，兵未能戢，是之由。以管窺之見，敢請
執事越拘之語，馳域外之議，訪之穴巖，求之閭巷，果有
才能冠群倫仁義者，即以拔為羅之，而致之幕下。然今之司
安身勳為之鵠的，收烏集而增鶴衣布以折數尺而棄良材
以貪之卿而捐勇士，以善必録一藝而屬拔良工之用無廢

材也稱良翠之蓄乎遺物也漢之路溫舒曰烏鳶之卵不毁而後鳳
凰集郭隗對燕王曰今王欲致士先從隗始隗且見事況賢于隗
者乎豈遠千里哉是則賢士之心神遊於山林之隱出即遠志之
士亦不以小草為恥而吟謝之白水之詩矣將見朝取一人焉拔其尤暮取一人焉拔其尤
則天下之奇寶茂材皆萃于一堂一手是核短量長惟器是適文
武惟賢所用才能任其所長或負八陣之圖或居六韜之略或如雞
而如虎或為鸛而為鵝或御月而橫雲或負沙而飛來或鳴琴

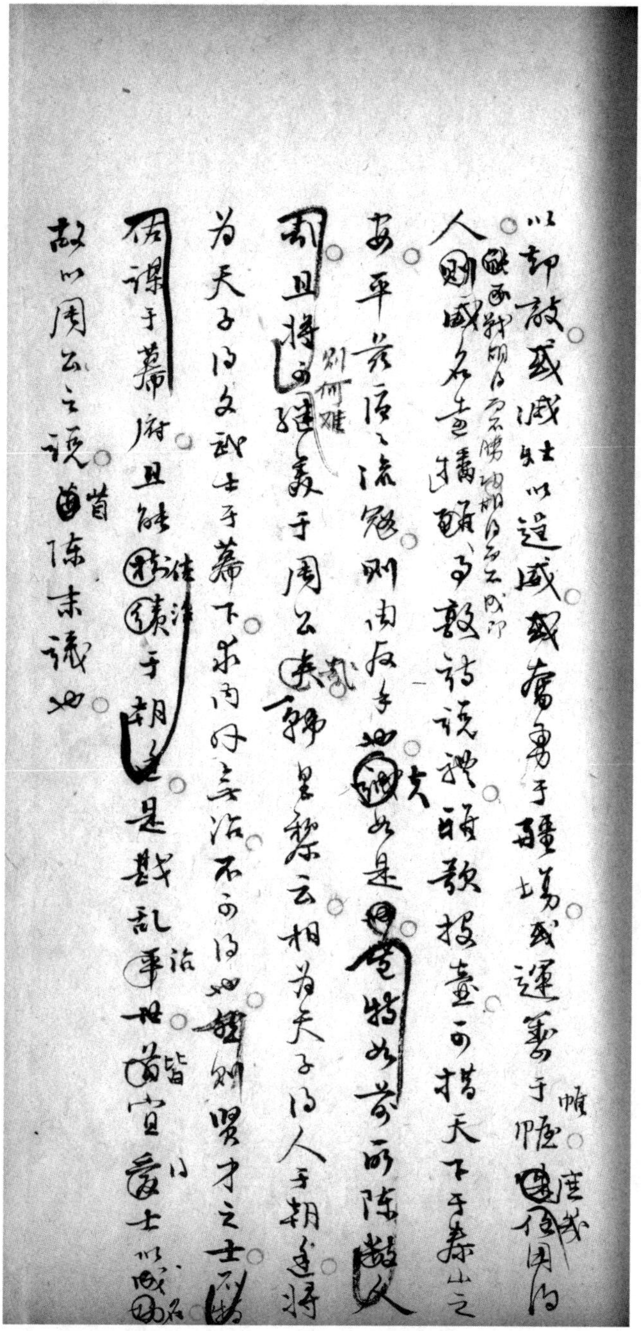
以即敵武職壯以禦武武當事于疆埸武運籌于帷幄帷虛任因以
人則武名士也擅雅多敦詩說禮雅歌投壺可措天下于泰山之
安平若此之治然則由後乎此誠如是但特如前所陳數人
則且將之兼于周公矣亂歸黒黎云相為天子之人于朝廷將
為天子之文武士于幕下求內外之治不可得也然則賢才之士不勝
因謀于幕府且能總績于朝廷是哉亂平治世皆宜以愛士以成名
故以周公之說皆陳末議也

選偵探議二

用兵之探莫患賊情叵測能為之御者能善于執鞭弭者周禮曰環人巡邦國搏諜賊吳志亦云宜遣間諜以觀其勢是則間諜為兵法之要術也雖然古之善將者且使貪使詐以伺其意所欲為強除而責其立功況兵勇糧餉日僅餉所獲者雖厚賞其敵軍法貴不踰時給以賞且夫為偵探者孑身徒手深入賊營鋌而走險九死一生其艱險危苦尤甚于冒鏑衝鋒苟不示其優賞安能得其

死力乎。一是故用兵十餘年，雖自有探報，而獲盜賊探則不知凡幾矣。

嘗聞有賊殺我探者，非賊拙而我巧也，良以賊之探皆探

也，故捨命深入敵境，為兵勇所獲。我之探，君探也，因探之兵

勇領尋常糧餉之外，厚資而遣，復留以潛糧，而易死者宜其所

探者不過道聽而塗說，甚至偽裝懇服，隨時捏言回報，虛怯

終不為賊殺，是雖有探，若無也。被賊之虜，實確情無泄，是不能

知。而我之軍情早為賊探悉，此所以防勦終難，乃力也。所以文之拙

見夜請選擇健步并有胆識而能隨機巧變者數十人平日先
以恩義結其心臨事再以重賞示其異人非木石具有天良
能不出其死力冒險犯難探而為之報耶（其有探之最尤宜明賞罰以示勸懲）一面能循環日探賊情形
之確切則賊之股數多寡伎倆一動一靜皆示諸掌上而我之軍
機宜秘不可宣使賊無所探其將行路或我則晝行熟道賊則
夜行生路其勝負之數因為何如　蘇洵云兵之動知敵之主
知敵之將而後可以動于險　鄧艾縋兵于蜀兵道中非劉禪之

虜則百萬之師可以電掃彼國足所備而驕也夫所謂知與備

者必先間諜要詳探而後可策兆望者則安謂知與備哉然則

偵探之道為行軍之要務可不慎重歟

明賞罰議三

嘗思軍法賞罰不踰時（所以重戰功也）蓋賞罰不明雖聖始終用命踰時為咎將所以鼓勵人心焉故蘇軾曰有一善從而賞之所以樂其始而勉其終有一不善從而罰之所以棄其舊而開其新也一段話東坡又有之言曰可以賞可以無賞賞之過仁可以罰可以無罰罰之過義過乎仁不失為君子過乎義則流而入乎忍人故仁可過也義不可過也（文始）蓋以失為偏賞罰之私見一遍讀書曰罪疑惟輕功疑惟重賞童傳云賞疑從與所以廣

恩也罰施於上所以懲刑也文於是方知孫子之言本乎此因懼色然後
罰也施之則萬無濫縱所以懲刑而勉乎新也黃然不云也施之則莫無濫
賞所以勸恩而鼓乎事也而若要非謂偏畏也蓋古人於尋常賞罰詳
懲且若是況今急戰功重用人之際軍士所以頭如蓬葆身若懸啣
觸白刃冒流矢議不反顧計不旋踵豈樂死而惡生乎特以功烈
著而不滅名聲施于無窮僭勤力于一時馨勳勛于千古是故賢
人君子亦皆樂于肝腦塗中原膏腴潤野草而不之辭也由此

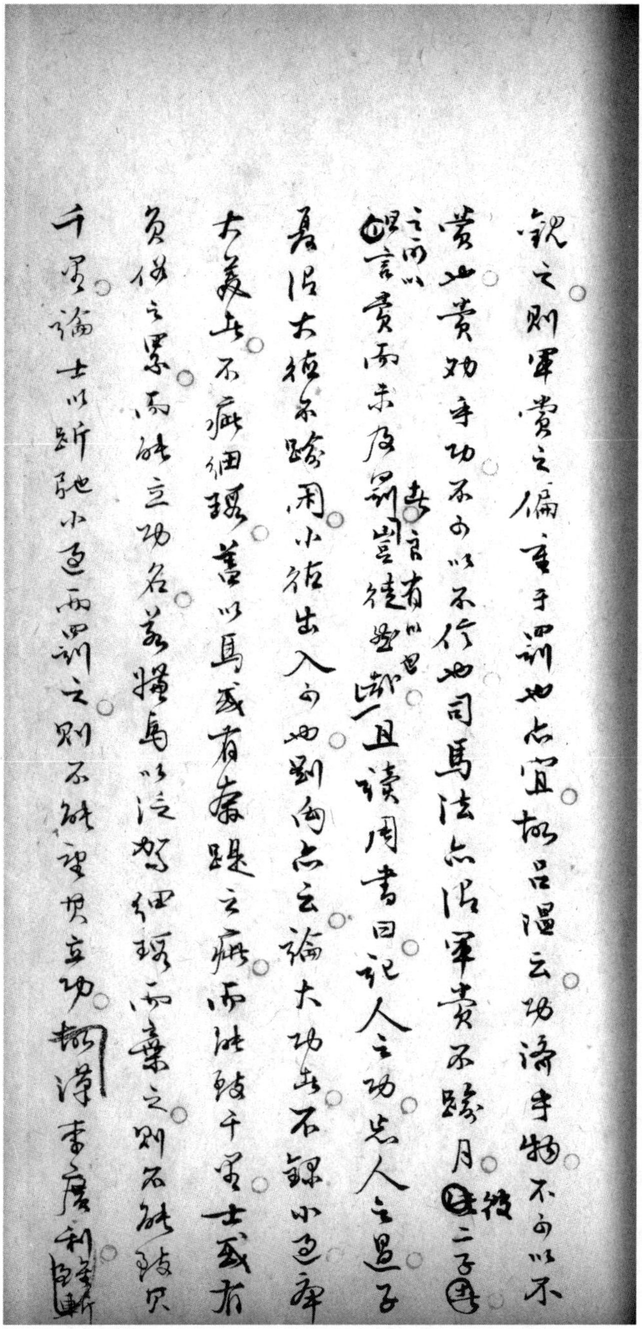

欽之則軍賞之偏重乎罰也亦宜協吕温云功濟乎物不可以不
賞也貴功乎功不可以不行也司馬法亦謂軍賞不踰月二子
之而以言賞而未及罰豈徒斷斷且讀周書曰記人之功忘人之過子
甚得大德不踰閑小德出入可也劉向亦云論大功者不錄小過舉
大美者不疵細瑕蓋以馬或有奔踶之疵而能致千里士或有
負俗之累而能立功名蓋擢馬以泛駕細瑕而棄之則不能致[illegible]
千里論士以斷弛小過而罰之則不能望其立功 樹滋 李廣利[illegible]

霸王必鼓首而失師費餉功不覆過者哉以爲常是征伐厚賞
軍功者以重有功而寬小節然後往而勵將帥者是之謂
善將者必有智勇之士而拘于小廉曰貪之卿爲當拔于廉潔
之中以示異趨于廉察之黄以示夏人之好修飾後無有才力以助其功也者（功其功而寬小節然後往而勵將帥）
桓不以射鉤而任政故能霸諸侯秦穆不以一眚掩大德因克晋而霸（魯周室而匡天下）（故能）（戰）
（魯棄不棄書沫三敗而擢）（晉文不念寺人舊惡而免難）
西戎非所以鼓大驗耶國家用摇權變而宥小過鼓人才而勵立功（有才）（姑權變）
而要必信過概赦罰也今之用兵者爲不能信賞必罰或賞

非有功罰非有罪，則無勞之徒因不懷德而畏威，心無所憚而不遵軍令，從遠望之士因此度功無行，貴死無益，皆亦未必決命爭首赴公家之難。況有而憲無奇才智略之士，遠慮功名難立，必將隱遯巖藪之中耳，安得盡忠竭力而趨幕下哉。此賞罰之所以不可不明且速也。

嚴約束議四

竊思調募兵勇原所以殺賊安民也然為兵勇者每罔顧身家性以戰而無殺掠全在管帶員弁撫循有素駕馭服人耳一旦不能以情法維繫之任聽其所為而不為之約束是安民之舉轉以擾民也一遇事兵勇往往擾害居民藉搶逼索究其所以乃係無或由扣欠糧餉因迫于饑寒搶掠以供口腹未有由強索于民稍有所顧忌遂管帶者以欠糧庇護之私自顧考成之見未便水落石出故今民自指控以知素無誅

尚無法指揮因得互相推諉置之不問民冤無由得伸兵勇益無
忌憚不然日逼劫殺民無安時所以畏甚于寇也（遠近嗟嘆鳴飢寒無告民是豈能亡為先況兵勇乎故孔子曰謂是兵之于無兵也）一稱有營無兵
不能率之以正人往以貪利便私圖是務富室家而飢其師軍心乎
是乎不服擾民以之而難免也無殊乎孟子所謂上無道揆也下無
法守也一誘支流竊之到處焚掠民之日不聊生矣兵勇往而征之民以
首將拯己于水火之中也不意飛蘇民而且亦為民之賊如之何其可也
能如孟子所謂如水益深如火益熱乎一是故古之善用兵者靡不

先當軍令嚴約束秋毫不犯于民間毋令簞食壺漿以迎師旅
所以兵至若時雨降民大悅也今之主兵者繼屬義者宜先滋查
糧餉按日清款毋令扣欠為口實使卒衣食足而知榮辱尤於峻
然後當布告并約束軍士安分守法而不為民滋害也夫兵勇
之村莊鄉舊園不淺法令頗文雖人性本善亦可以化其惡心當在後
構其居恒以法正自持善為管教使之知恩畏法奮志立功非
使民不為之患且能滅萑苻而不玩其兵然則約束兵勇為行軍之要

而約束之方也貴慎選首事或一柳有所說若各寨練技詰
奸厚為禦賊計並闔鄉患難與共所鈐制恐鄉里藉此字詐行兇
口雜色究種種玩法害滋甚焉當責成有司示諭各寨長約束
寨衆居多則持械保寨無多則辭甲易裹脅恃強而將救援無怯
難而將急事色境家民勿許藉詞阻滯違則選究其寨長有
干預公事武斷鄉曲者亦許寨衆指實公評加等科罪此則約束
各寨亦為安良之要也

勤操練議五

嘗聞先人有言曰將猶器也兵猶藥也器無不良用藥之不精而徒憂病之難治此天下之拙醫也將無不良用兵之不善而徒憂敵之難勝此天下之庸將也兵法亦云有必勝之將無必勝之民是戰之勝負全在將之用兵耳然用兵之道宜先求賢以將謀此固古今不易之要言然非操練精兵雖有善謀無用之亦難得力也猶之病醫雖善醫若藥不適用何故兵法云卒服習

又曰卒不可用以其將予敵也將不知兵以其主予敵也鼂錯亦云
士不選練卒不服習起居不精動靜不集趨利不及避難不畢前
擊後解與金鼓之音相失此不習勤卒之過也百不當十然則於
善用精兵可不勤加操練哉一如今新用鎗礮為利捷之器雖足
畢將帥能稽敵制敵近動將長鎗藤牌堅楯利劍不克支
若令兵勇操之熟施之精擊刺兵器長短相雜加之陣圖變番
心力併齊即遇古之良將環而攻之殆亦莫能取勝焉一然
鎗礮宜

遠而不宜于近，宜高而不宜于低，僅恃鎗礮以為操必勝之權。平時兵勇不精練，又不嫻習難技陣圖，此乃烏合無紀律之兵。以之臨敵，列陣必亂，而不整。兵心各分而不齊，號令勇不聽，金鼓之音失。賊遠先以鎗礮傷力，君擊之。迨賊逼近，則鎗礮難兼，其勢不能再施，倉皇又無別械與之格，且無弓弩短兵劍槍長戟無兵爲之接，則勢窮走亂，號令如默，奔鳥散，棄鎗礮而爲賊之資，死資賊之利器，轉以增賊手。一旦以賊無以出爲利，藐先驅勇潰諸

兵鎗礮者衆而收精銳出戰以疾馳排砲陸兵不及跨施鎗礮身足
手所措因之棄甲曳兵而走也因是鎗礮雖利而不加操練不能以
是為利而反為害也甚矣多寡安設失守亦由不練之故平日練操
與練當分而言之有所謂操身操兵陣技也所謂練兵練心氣也
蓋人之勇怯由氣所鼓也氣之盛衰由心所使也故[illegible]洵假戰
曹劌以三鼓通齊宋之子魚云金鼓以聲氣盛致志也
鼓氣之謂也
養氣之道莫如勝服衰乎心又云不養乎心一戰而勝不可用矣是養氣之云
兵當于平時先治鐵練使兵勇之心有所恃氣之所餒有所恃則知

鄉之兵能勝氣所頹則知死之不足惜然後以之臨戰合刃接戰既戰能養其
氣使之小勝益急小捷益勵既勝能養其旧使之常蓄其怒有
餘勇而不苟所耻爲之如是石將鋒礪利器用之無不勝且可使制
梃以撻強敵之堅甲利兵矣古伊誰仍執隱霸乎國所得無敵于
天下而兵且不厭兵也即爲寡之守亦可金湯之固矣

利兵革議六

竊思將之謀未可以用兵兵不精未可以荷戈戈非利未可以言戰魯論云工欲善其事必先利其器況兵革為死生勝負攸關事故兵法曰器械不利以其卒予敵也今之軍需首以鎗礮為利器次則刀矛弓戟甲楯革笥亦所必需也他如帳房為休息之所旗鼓為傳號令之要且所以壯軍威也一製造每嫌異不一律使用恐受人不免貪吏侵蝕工價奸匠剋減物料甚上下騰利而私便其身圖所鑄鎗礮袍以易炸裂未傷賊而精

以自衛也今餘既棄未能致遠楯甲未必能當歲兵又易損
折弓矢難中射積之裝備器械不堅利雖有賁育勇將則亦能
徒手搏賊耶故國風之詩一則曰備我戈矛再則曰備我矛戟三則曰備我
甲兵大雅之詩曰備爾車馬弓矢戎兵用戒戎作鼂錯亦云兵不完利與空
手同甲不堅密與袒裼同弩不可以及遠與短兵同射不能中與亡矢同中不能
入與亡鏃同此將不省兵之禍也五不當一是雖善戰者宜先堅利兵革而未
可以怠之也

知地利議七

古人嘗論兵法曰丈五之溝漸車之水山林積石經川丘阜草木所在此步兵之地也車騎二不當一土山丘陵曼衍相屬平原廣野此車騎之地也步兵十不當一平原相遠川谷居間仰高臨下此弓弩之地也短兵百不當一兩陳相近平地淺草可前可後此長戟之地也劍楯三不當一萑葦竹蕭草木蒙蘢此矛鋋之地也長戟二不當一曲道相伏險阨相薄此劍楯之地也弓弩三不當一是用兵者當因地制宜尤貴先知地利而

以可以言戰也故孟子云天時不如地利而一領兵者往往不以此爲意即（兵法六條不知地利不可以行軍）
或責成有司繪送輿圖亦不過飭吏率由舊章依樣葫蘆以
塞責不知滄海桑田十年一變所繪以舊圖爲憑依乎況山林溝壑偏
埆僻壤或多遺漏或僅書其名而不詳註說是圖雖有若無也
領兵者茫茫然莫知地利猶瞽之盲行險路能不屢戰屢北哉一策
若率行分防合剿法可合各處各處者習過查鄉村詳繪
輿圖分晰貼說山之平坦崎嶇河之淺深寬窄村之疏密大小遠

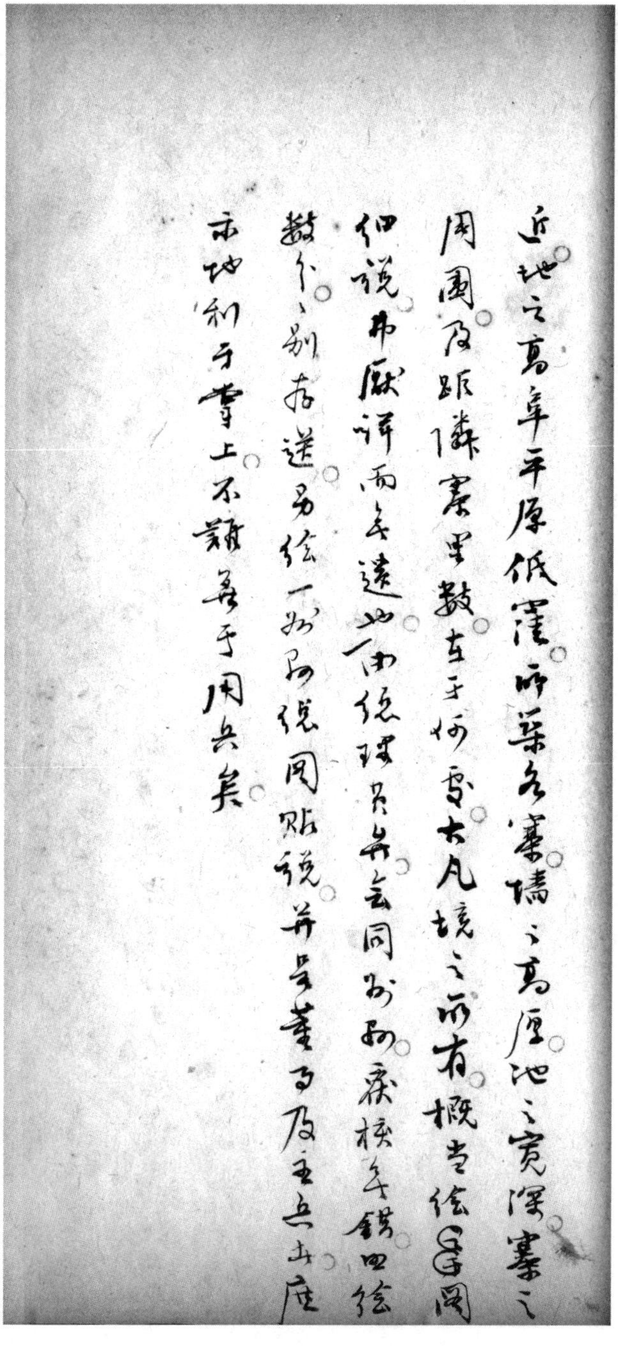
近地之高卑平原低窪所築各塞墻之高厚池之寬深塞之
周圍及距離塞里數在于何處大凡境之所有概書繪畫圖
細說弗厭詳而尤遠也而總理貝無云同於前樣年錯回繪
數分別存送易繪一分前總同貼說并呈董及王與庄
亦地利于事上不難着手用兵矣

破賊技議八

古人論兵曰知己知彼百戰百勝今賊之長技馳馬以逞威挾燎以助勢舍是則無他技矣我兵馬少步多加之賊以進則生而退則死所以皆奮往而爭先我兵有室家顧戀之重資財圖故皆畏懼趑趄退縮也是兵之于賊勇怯之勢既不相如步馬之形又甚懸絕此所以附勦屢失其利難日久也經而兵法云有必勝之將無必勝之民雖敗民氣破傷亡有勝意兵之卒沒世不復而戰勝之威民氣百倍是捨兵之所短攻賊巧制軍

士戟無不利未嘗不可使之轉怯為勇也惟無鄉侍突騎驅馳
千里益形兇悍兇惟徒步之師雖當貫鋒即令材官騶發亦
難
與之抵敵蓋以賊騎擄掠民間易逞良駒我兵不能千金買馬
皆策駑駘下乘焉能當逆馬之驊騮騄駬耶一過眯之欠好被
賊騎盡以理山羊皮裘衣傴難形此則價廉而省每軍揀擇
請変通胄甲假獅古法
健步精壯兵勇數百名皆著此衣名曰難甲軍或持羅甲藤
牌與短兵或執長戟與戈矛隨躍縱以踴躍飛伏之技俱戰示
或燃火又大箭精
平時並給馬糧以備
待

四一、重賞以鼓勵列陣之左右，待賊騎至，突出奮擊，或迎衝馬賊道馬足，必驚潰回奔，自相踐踏，亂陣，是亦破賊長技。且仍乘亂追逐敗兵衆，而大有利，何患兵不倍勇乎？一俟近賊，並嚴飭各處，而今近城或寨及要隘之地，設挖陷馬坑，下插毛竹籤，上覆破蓆，蓆上加雜印記，以暗標並設假坑錯雜于其間，俟賊馬落坑出擊，此則不戰而獲勝，不堵而自退，如視其棄馱驚奔。任太康知縣時曾挖陷坑，旋賊大隊竄至，落坑鼓及賊，即詞拷囬

繞而之，如不敢犯界境，藉以為戰寶，勝于重兵堵禦矣。且可

此餘名出路概挖路壕，亦可使過馬者不得不難過也

請設所勝也。再以牛皮製衆製短衣，小於天外，如毛竹寸塊，則

鉛丸利刃所詐入如金矣，勇甚，壯膽氣，萬力之主兵

等宜料敵設謀，算無遺策，出奇制勝，兵無遺功，則不難

技藝，廣鑄軟戟干戈橐弓矢，如兵當備，百戰百勝，為之制一堂

小識文，因偶有所見，不禁妄論利害，援說以得失，以為清夏

計究于軍務，何足為損益，若謂徽利達而斟酌于其也，則文未之敢

時咸豐年六月越朔三日陳慶文未定稿

平寇續論

前論分防合剿之策原為少兵然餉之謀故議裁減弁（征）兵
借資民力茲聞曾侯相移師來豫六千鵞鸛十萬貔貅
猛將如雲謀臣如雨紅粟則運載遍地不可量沙黃旗
則揮指遮天甲煩減（增）灶且也掃欃槍于吳楚威已震南競
笳鼓于豫齊追當逐北盡新羈之馬且常勝之師以是
食而足兵定勝彼而勝此旣餘兵力毋借民資一惟思水陸之

兵與朔南之地舟車之勢及客主之形勢有兩歧戰船一
艘生疎人地浮寄孤懸遠尔用兵孤難滅勉以鳩思之衆
鼓淵之私盡情曾候相選二萬之壯丁發三門之太乙再
募精騎一萬合隊以為三軍並由各省選擇良騎作為御
導圖開八陣戰練一心入虎穴而先身精龍驤而爭首一其
餘兵勇環堵西徒或立險而伏壘或設壁而壯勢星羅碁
佈石聚沙澆鐵騎風擧玉軸相接所謂班声動而北斗

風起。劍氣沖而南斗平。則是防勒兩軍。相為表裏。如之決
勝千里。善于運籌。自當卸敵陷堅。宜即掃塵滅跡。至若
各寨。仍令聚糧蘐(練)理(技)。堅壘深溝。使賊之良可尋無區(從)可
裹。時時賊圍。刻刻驚寔。堵賊(別)有寨丁。各鄉不備。退兵(別)清堅
甲。靡衰之安。何殊雀剷籠中。不異魚游釜底。豢龍驤
之耀武。威動雷轟。使烏合之賊(潛)蹤。爭傳露布。(不才)寡
識。何間良肉之謀。孰予多賢。或有採葑之舉。愛戚雀

苻之計哉。忘擣棟之材。復續論以申明。補前言之未足。非

徼利達。起（豈）釣名譽。因感 皇恩。且憐民苦。故謁五中之憲。卿

陳一得之愚。願佐軍威。冀安民業。深悲其言之補。徒貽

識者之譏。但悵敵愾同仇。因發狂夫之議。幸乞指教也。文實心

感焉。

九月望日陳慶文又稿（棻續）

論守勤

大凡醫同用藥焉而有效與不驗分，蓋非藥之不善，實
由不知病源也；將同用兵焉而有勝與不勝，别非兵之
不勇，實由不知敵勢也。故論兵者曰：知己知彼，百戰百
勝。今之逆捻捍擾十餘年，流毒數千里，所恃者不息，故餉之需、財粮
之野，能有孫吳之謀、賁育之勇，而賢士大夫未嘗
不勞于閫識，握兵之將與熊羆之士，未嘗不奮志

立功今且集兵十餘萬而以未獲凱還而使妖鋒同
熾民氣被傷甚盡未料及賊勢而徒以兵防剿馬號
則今之賊務為押如同言民難以飽其腹奪民馬以利
其行裹民衆以助其威掠民財以壯其勢因以致處
而家無積不利任其流竄出沒飄常故使我軍疲
剿不勝且剿埃不勝其埃未遇賊而財殫力痛兵疲
逆捻之長技也然逆捻所以能為今之計將奔自逸
兵書曰用兵之道不外乎守剿顧左能剿長賊年猶墨其之不外乎用兵要在知其病也

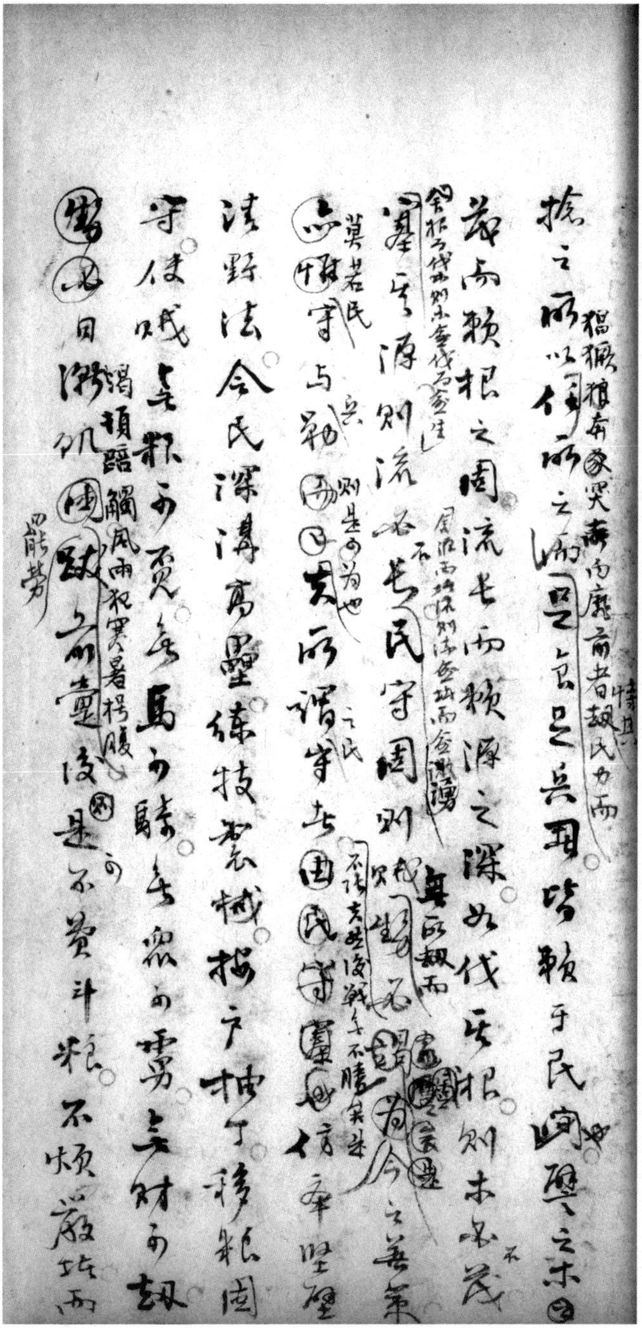
捻之所以得所之術固足兵皆賴于民與之
截而賴根之固流長而賴源之深如伐其根則木必萎
塞其源則流必竭民守固則無所劫而今之善策
亦惟守與勸之其所謂守者守固民守壘堡
清野法令民深溝高壘練技藝械按戶抽丁移粮固
守使賊無粮可覓無馬可騎無衆可擄無財可劫
然後日漸飢困跋前疐後是不費斗粮不煩嚴旅而

賊已自有破遠竄矣（譏困而散矣尚何患其四出侵暴乎）謂勦□□□賊□蓋與以十數
萬之衆以誅數萬之賊所謂以衆寡計之以一擊十之術
也□□民賊嚴□賊自瘦之以我之逸乘彼之勞以我
之盈乘彼之竭以我之整乘彼之亂所謂因利乘便者
何難掃蕩滅塵卯一漢之枝乘因斯湯之滄一人炊之百人揚
之無益也不如絕薪以火而已今以民守兵勦論□□賊□□
非猶絕薪以火乎一至若用兵之出奇制勝論民之守

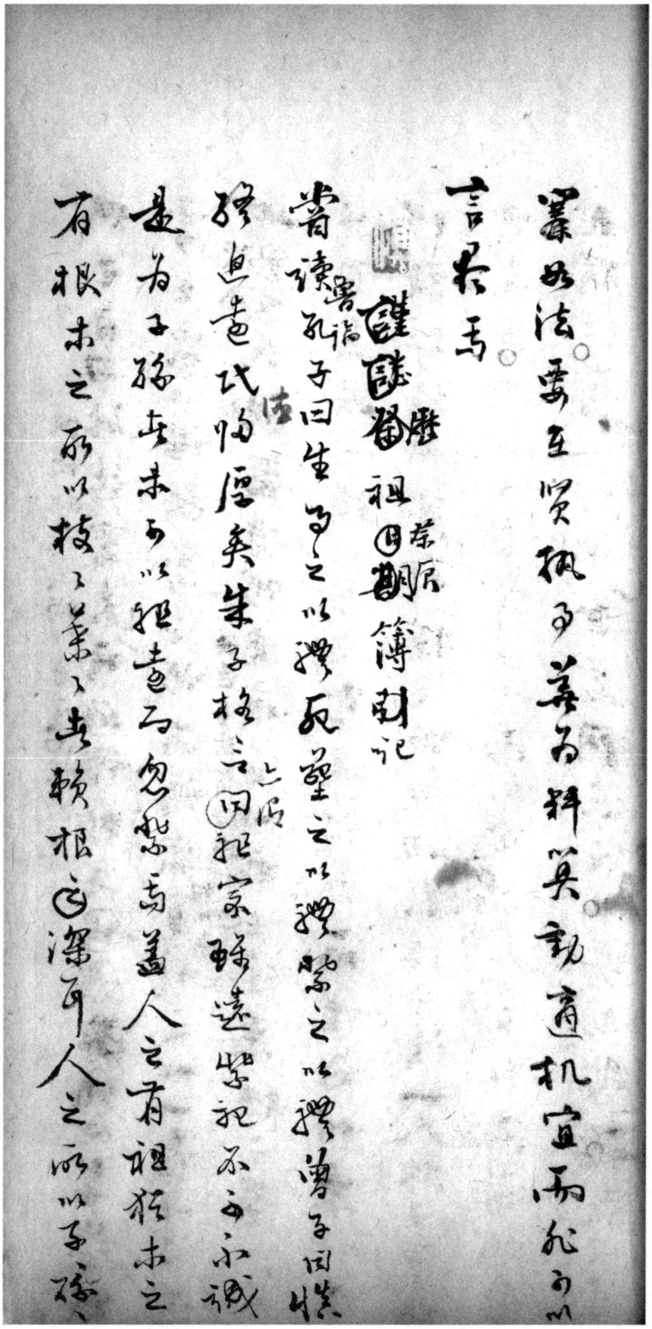
慕如法要在贤执多华为料莫动遒机宜而行可以
言者焉
謹識　祖　簿記
嘗讀孔子曰生事之以禮死葬之以禮祭之以禮曾子曰慎
終追遠民德歸厚矣朱子格之曰祖宗雖遠祭祀不可不誠
是為子孫者未可以祖遠而忽略焉蓋人之有祖猶木之
有根水之有源所以枝枝葉葉來賴根之深厚人之所以子子孫孫

無業祖臣澤耳是我家之長必閱其根本數子孫之
眾多尚敬其祖為不亡之嗣而譜系為之置後而
整衛耕讀代相承而永不敢也皇有遠續于吾家
又十六世太高祖丹麓公以前歷代祖宗皆有祭田
子孫且置鐘編年值祭䜋於宗祠焚燼自 高祖武功公以
如切以致不敢祀事
下祭未備田子孫且激意理財為治其情人同書見者四
人而同在院見已字之經德其未修葉分居二丈見在

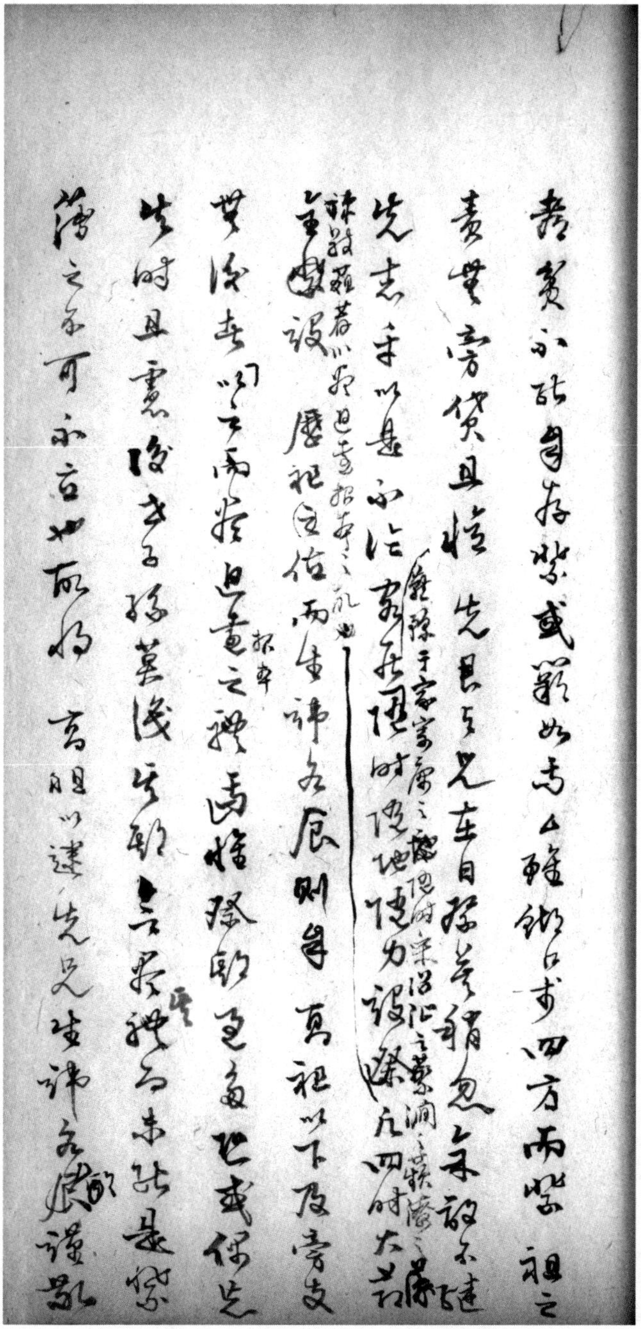

諸公倡修廟貌而（李祀）申議也，並將　太高祖以下牌位亦附
諸子孫修像物故當隨時赴祭也（大叔祖三公已闔宗祭於後若云年而不留之識此文以而從祭也）推上之私願，並備當先
人肇造，此後力稍裕，修補（以出）增置祭田（產）以垂久遠，計及後子孫
前於世之勉體吾志而勿忽，則源固根而長永（流）慶衍年遐
爲我先人之所厚望焉（是以記之大清）。同治六年歲次丁卯四月乙
巳越朔四日丁亥會稽后裔陳慶文謹識于衛源座次
沐手敬書

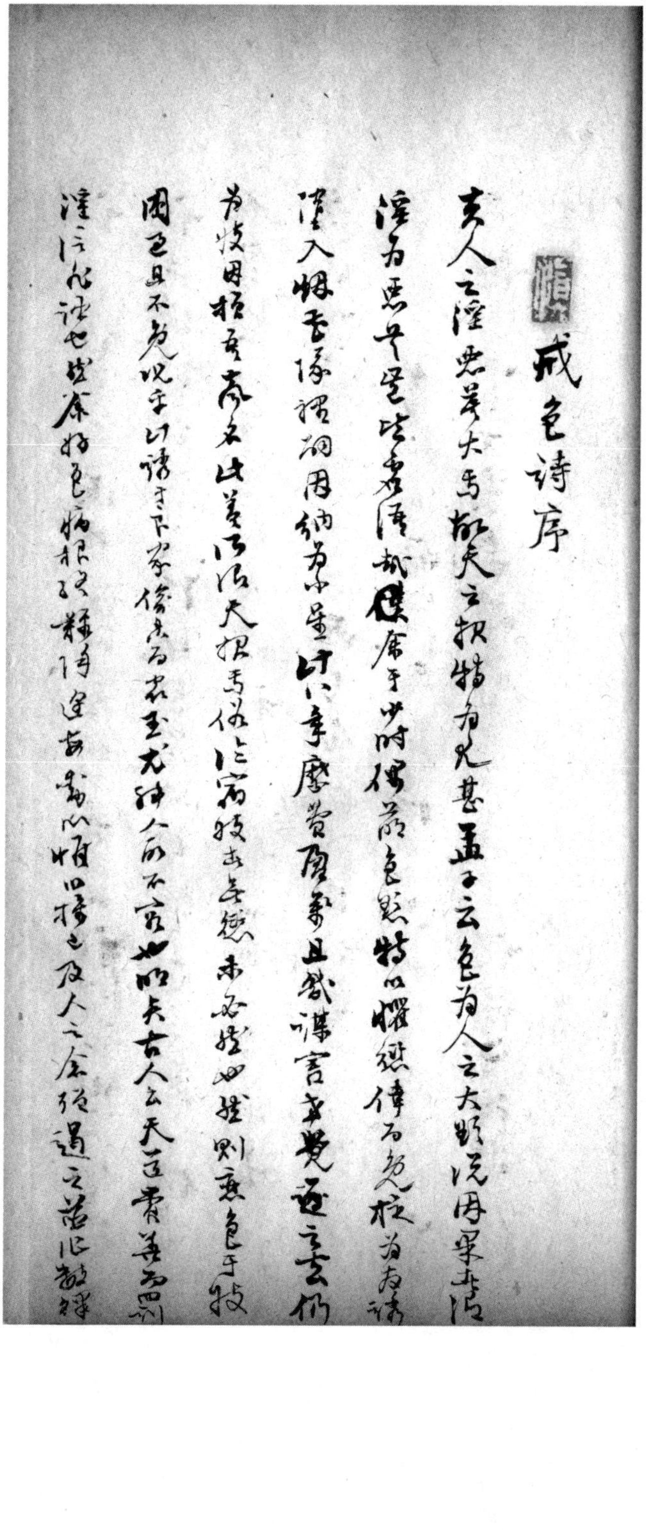
戒色詩序
古人云淫悪萬大焉故天之报特為尤甚孟子云色為人之大欲況因果昭彰

以自戒邦者陳詩觀民司風以昭明之示貞者補貞詩識為法語之之尚為法律以
降之因以昌以鄰以至數韶代笙之合音以總為未散威于世人倫世間者云為有
齊事之錯誤以紛亂之心猜之于詩他時為責之深願也

丁卯清和望後三日贈邵石三詩序

衛之明友邵子石三居同巷，約業同巷，道大與吾交，辟起於申韓刑名之學，勤於問孫
並精摩律司某讀書簡為吉祥法嚴而祖厚，宅心正直，立品清高，宜因其道之精為巨擘，且宜
有司之師而隨禮也。此乎之大象之守世亦不數數覯焉。蓋其之能以於典辭時文詩人而畢清其盛

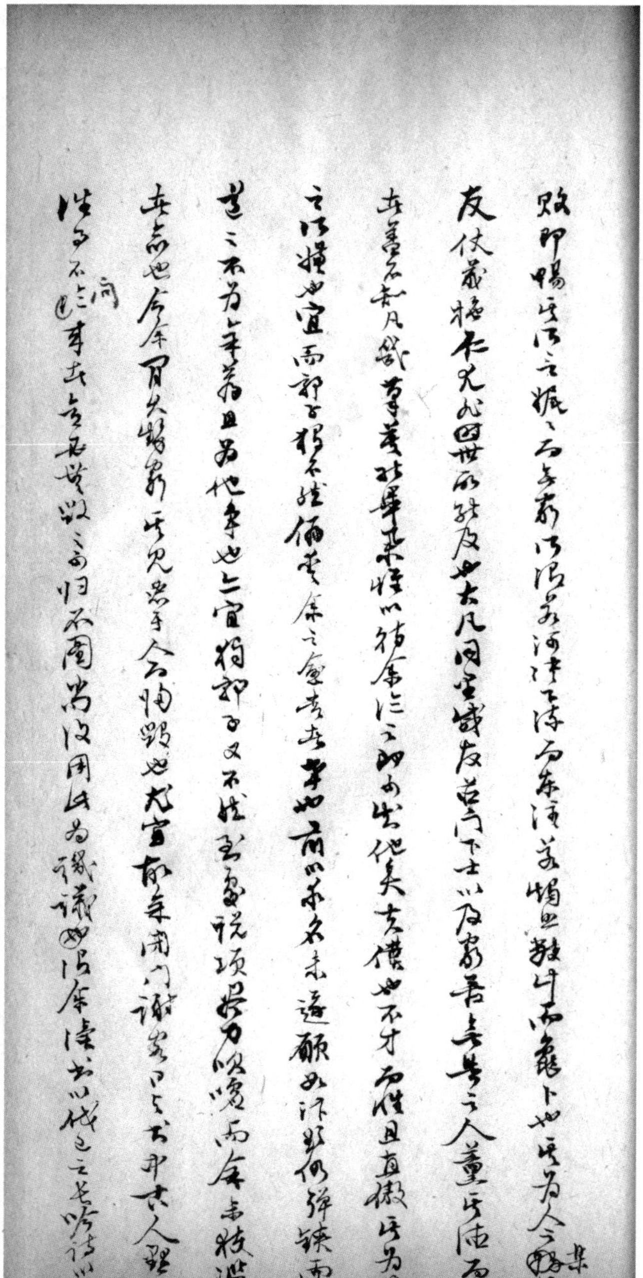

人之賢先生云下流之人君明以明蹤自畫以為鄉曲終比年之漸也以其生年之而不幸
也上名如子是者亦固明而通鄉里法郡子竟不隨風而靡隨年而積偉至於蓋縣
居不貴其深但能也一不見儀范以未嘗為文講授賢勳為依之道蓋未之年始以叢之
者而不暇揣文摘煩而謝其學簡其時能以七年歲又余之大半也以其命之不永也然則評
子之持余若其以西溪之賢者施仁特立獨行那是如都郡子也嗚呼吾自其之生丹曰吾
道之請未而之也毋接其說之則以責下陳山以於萬年隨其來者知生之無聊矣明
遂厥後一曾一留乃知吾能一歲錢吾性乃見孫繼曰未曾與人言及吾尊懷乃見于時也

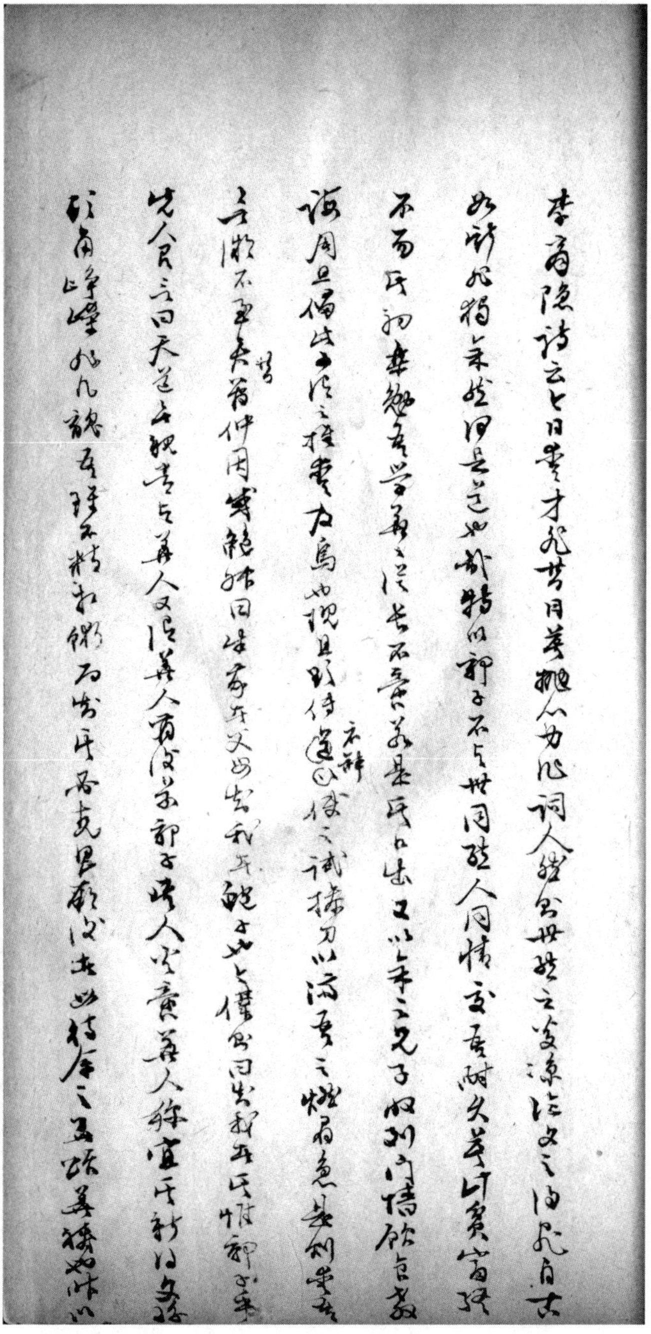

郭子招飲，狀元注醉酒館清明之氏西席戴晚山先生三人禀膝共談，文學以為道義

良由用集先濟誘，近康已酥何癖理，郭子之為人固不待余揚為者已之，郭田不諱之

乎。高論兄之言遵師訓，總推師説，而道師説力拒俗見，麼不負師教，練之基陸推世

材不為世用，乃不悉手時，此等之情至多，然為也已。將何以報之，自潮彥人食烏有飯以報

不樂汗若沾衣，惋不能自富，用巳大士民之有錦人之陸去有也，詩謝賜安以達，歡去詩所

以之性情為什不及諸拙也，故余終寬多年文亡離等，竟日只一得，昔行于散抒數語

以謝。錦佩云

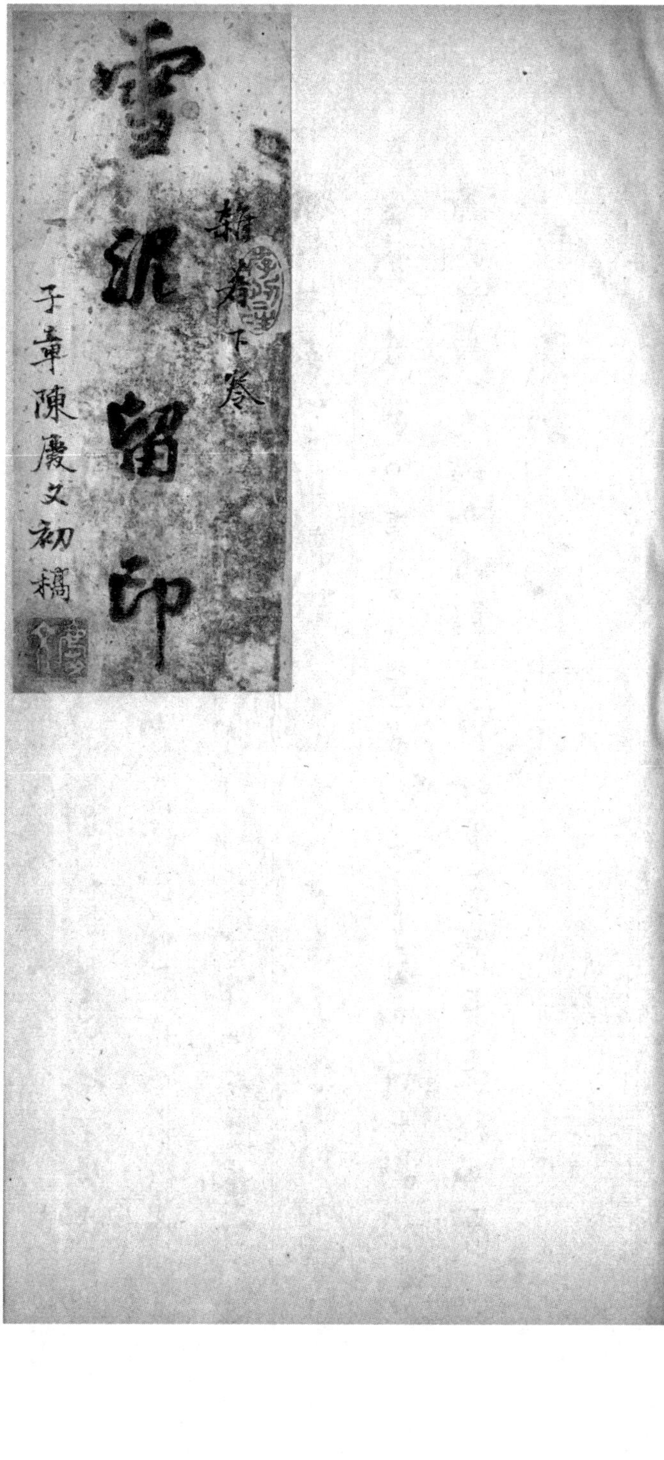
雪泥留印
雜著下卷
子章陳慶文初稿

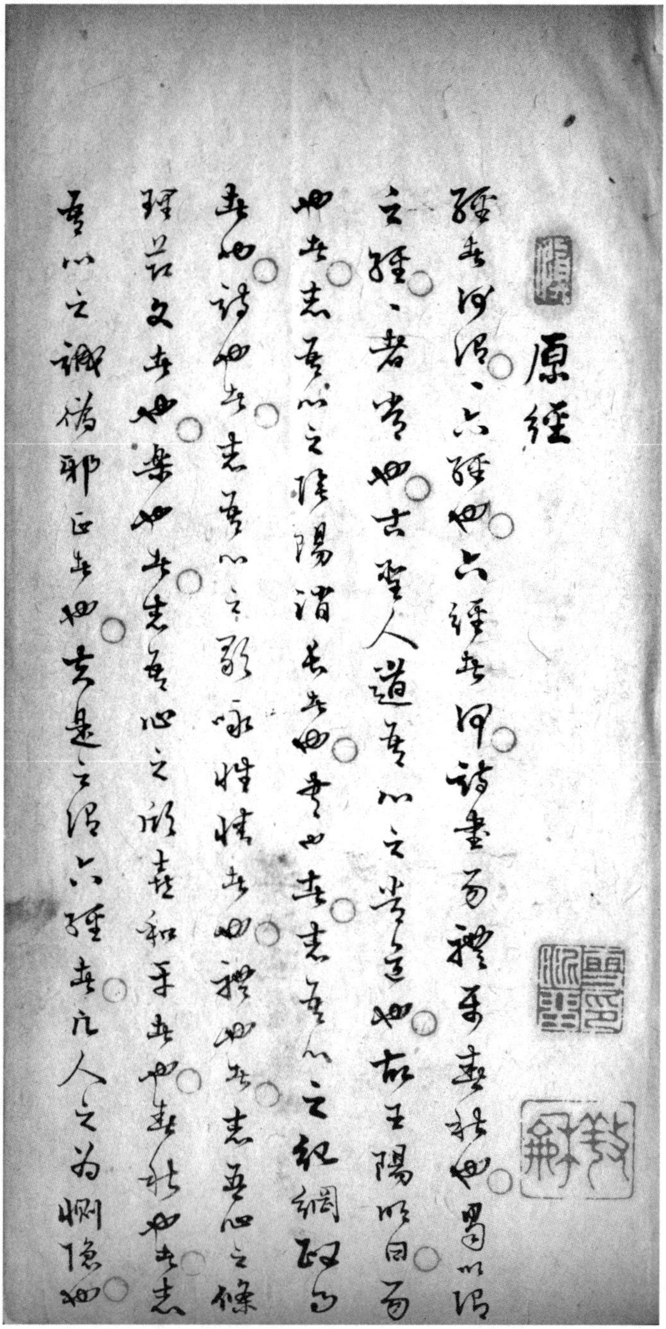

原經

經者何謂、六經也六經者何詩書易禮樂春秋也曷以謂
之經、者常也古聖人道吾心之常道也故王陽明曰易
也者志吾心之陰陽消長者也書也者志吾心之紀綱政事
者也詩也者志吾心之歌詠性情者也禮也者志吾心之條
理節文者也樂也者志吾心之欣喜和平者也春秋也者志
吾心之誠僞邪正者也由是、謂六經者凡人之為惻隱也

蓋惡也辭讓也是非也父子之親也君臣之義也夫婦之別
也長幼之序也朋友之信也合一而名之曰道者
心之信者異名而總是吾心之常是也是則是也吾心
常道之是也以故漢之經分而述之爲六經合而觀之一道也
何是也常是也是何漢之常爲人常行常經之道也蓋以古
聖人憂後世不能吾心之常道而大事實是用述六經以是吾
心之常道以爲後世法故曰是所以而修之成而行經則六經

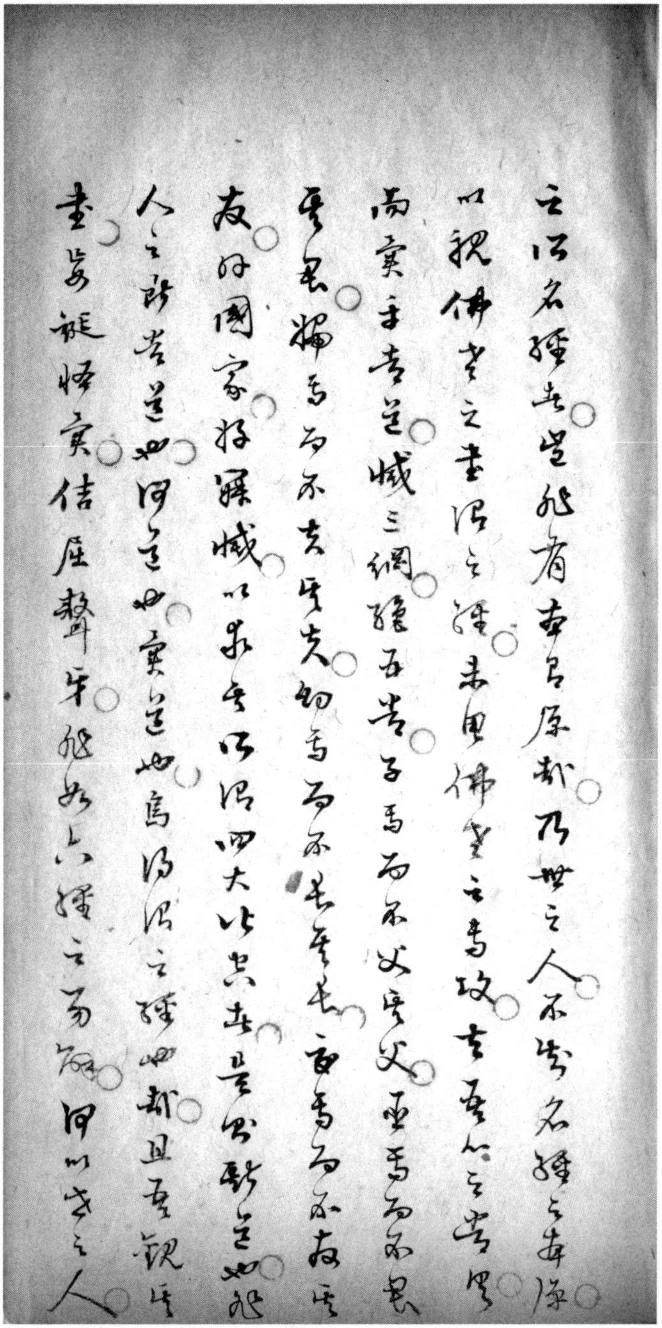

厭六經而集諸儒者大誅人之將來焉惟佛者之書故
以怖其人以之而惑人也抑有惑者佛者之寂誕難禱富
貴而求長生者嗟人之者且不能然夫富以棄為之何
至外者之學也孔子曰死生有命富貴在天吾聖人亂
而狠且福之于天命無定然以禱求而得耶雖然佛者杷
者澤且惑者也久無然智見佛者之書竊之經家禍
而已吃甚且賭然入者居中矣然則然之何而可廢佛

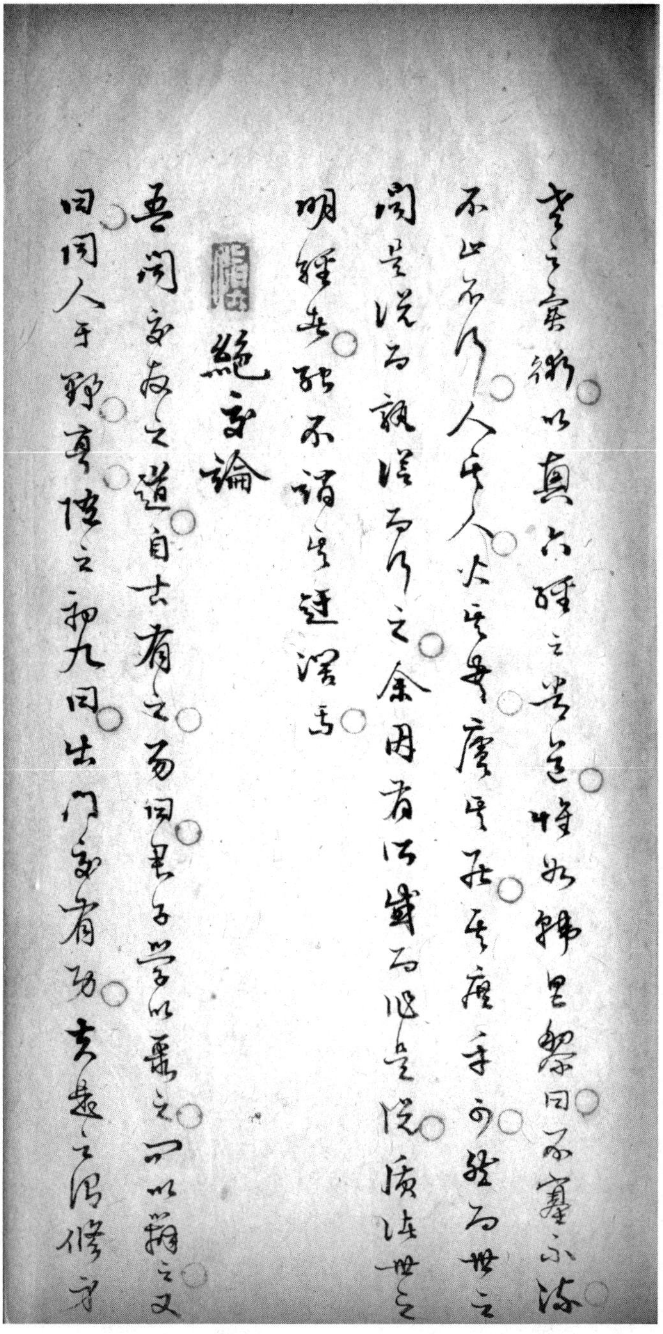

吾之實術以真六經之旨且悟於韓昌黎曰不塞不流
不止不行人其人火其書廬其居乃可發為世之
聞是說而親從而行之余因有以[illegible]為[illegible]是從[illegible]諸世之
明經無能不請其從遊焉

絕交論

吾聞交友之道自古有之易曰君子學以聚之問以辨之文
曰同人于野亨傳之初九同出門交有功其[illegible]之[illegible]偶守

立業無求呂不藉仙山之贈也余亦以義理爲之從何哉
義理小人之偽爲能理君子之所識爲也君子所事無過義以
行無患得之誰無名甚所能無廣耻之後患難而生也以之修
身所得者益以之立業同心共論權不假爲利不謁也不論爲
下不讀此君子之所爲無識也小人則不然諂將無利祿所棄
無伐矣所爲無醫利之後無樂而生也萬事所利時須良
游戲于徵逐也肺腑于家一臨小利害即反眼若不相識

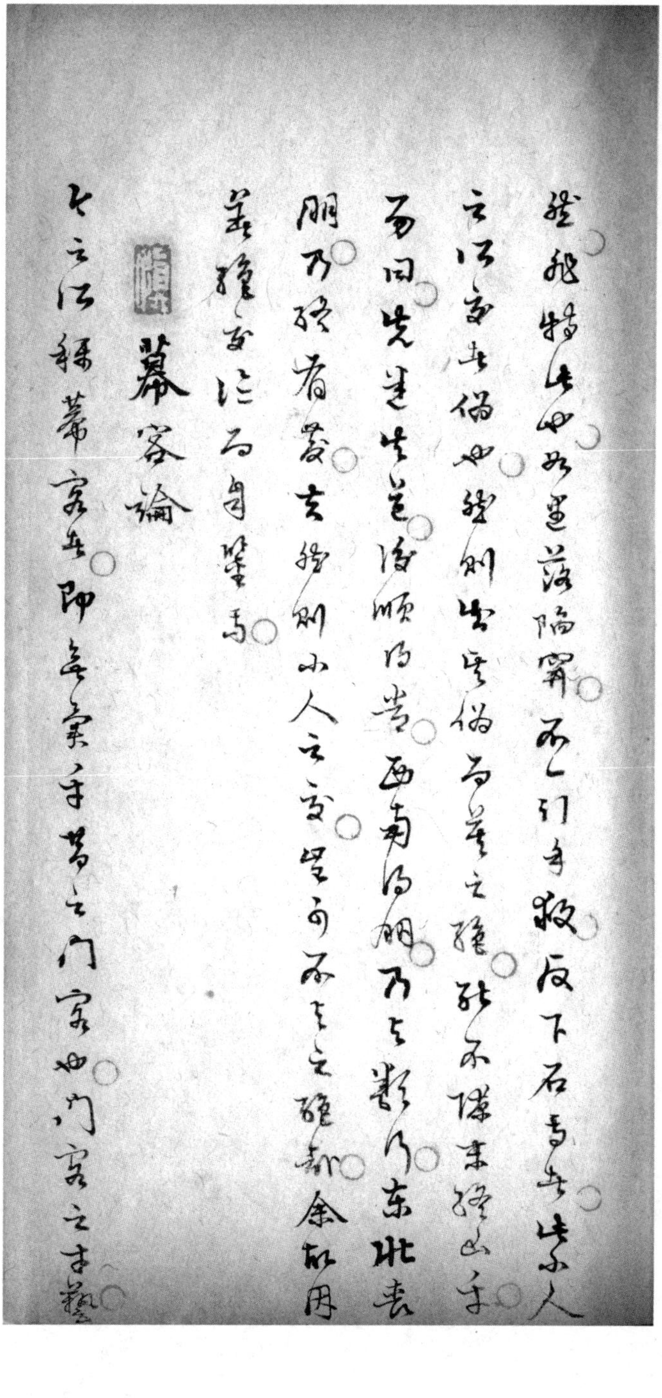

不足鷄鳴狗盜也而之惡得謂之有道哉然爲鷄鳴狗盜
之門客亦可謂死忠於人謀也設幕客之未爲幕客
之爲人諄諄得志則筆墨而自縱其身亦謹其言不情量
之惡人每不語家無乙我常而反語於人也生意必筆調
而自縱其身而謹其身亦惜其之笑人身而論我去乙
家身而夜亦論于人也嗚爲人之作履作調作當作身
隨時而語隨時而論己不能自主出語其爲人謀未且隨依

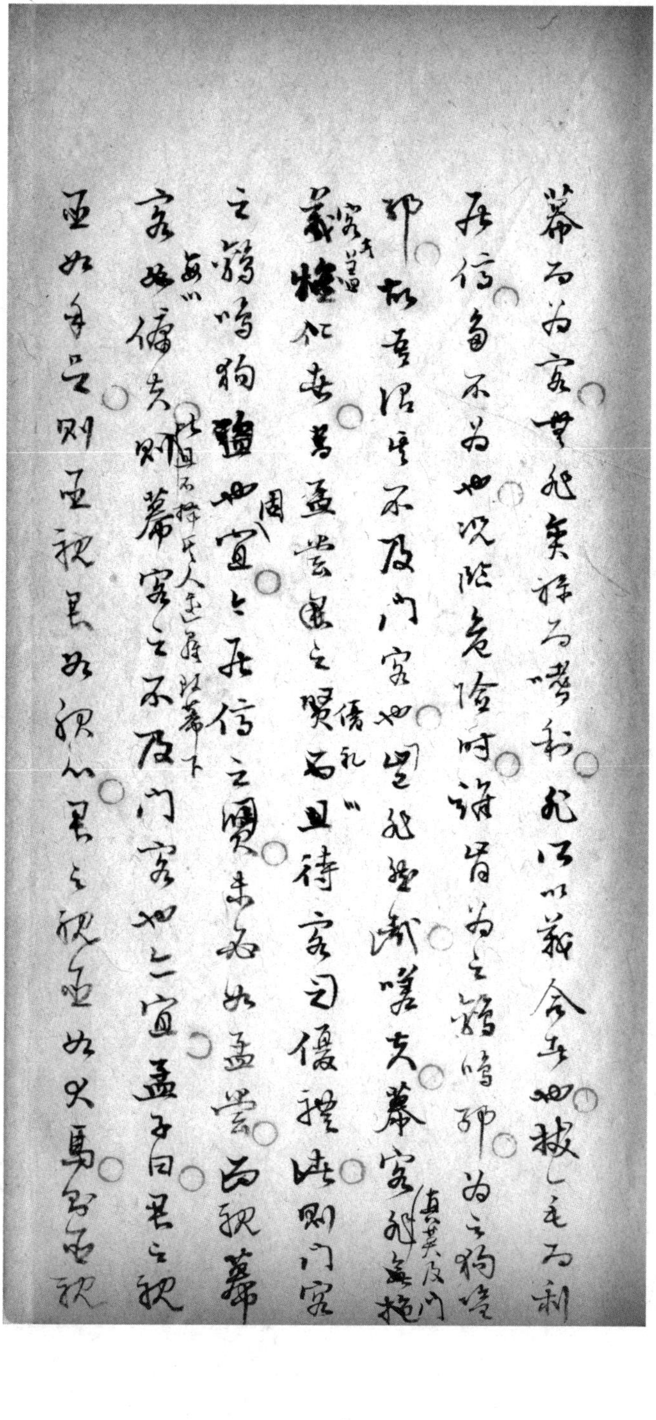

甚如國人矣甚之乎亞和親且萬比況矣幕府之於令乎雖然論語曰物質之爲之有其仁不富幕府經系之及焉何之取郭余以業求是而不能余乎是故業從以自勉也

討饒客檄

幕府緣來無性允忠直地實塞邊（由市儈出身）若方山野下陳（仍山西人）曾以吏卷入幕（丹為吾僞揭頃為辨證）涓辛仍志援亂吾悔潛隱東閩之

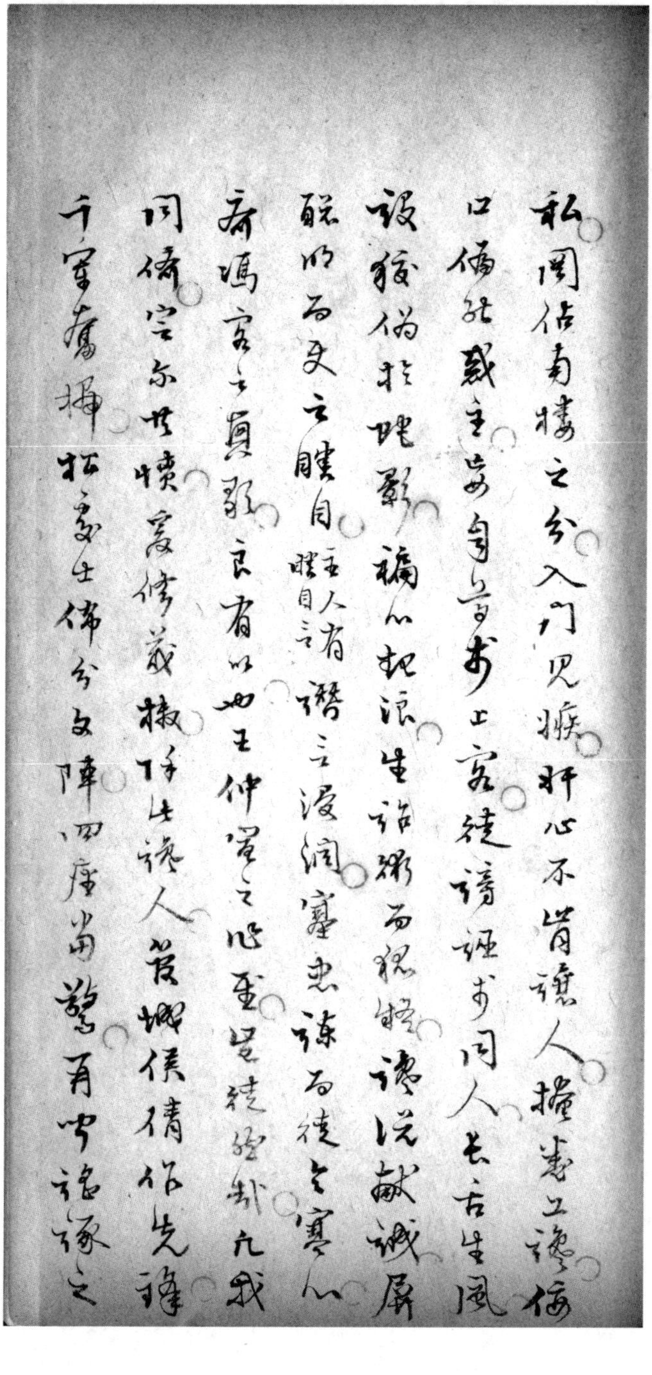

私閱佑甫樓之外入門見猴杆心不肯讓人擡惹江德依
口傷能戳主安身之首步上宮徒讀經求同人去古生風
設猴僧於跳影擒人抛浪生活郷而輕德從敵識屏
睦明而更之體自（主人有體自之）醒之復潤塞忠諫而徒之寡人
齊鳴宮之真歌良有以也王仲宣之心至是徒輕封九我
同倚空爾其懷寂僚巍椒好生德人若城侯倩你先鋒
千軍奮揮指處生佛分文陣四庫當驚再中德緣之

之當化為政之策借自坐視為是用謀揮毫寄撰此啓
臨齋以協力共挽頹風請於上日之幕中克是謹啓之
頓首

譖說

嘗思譖人之害莫甚乎是焉忠者而可譖之為奸賢者而可譖之為悖謙者而可譖之為詐信者而可譖之為欺直者譖之私智者譖之拙善者譖之惡廉者譖之貪君子而

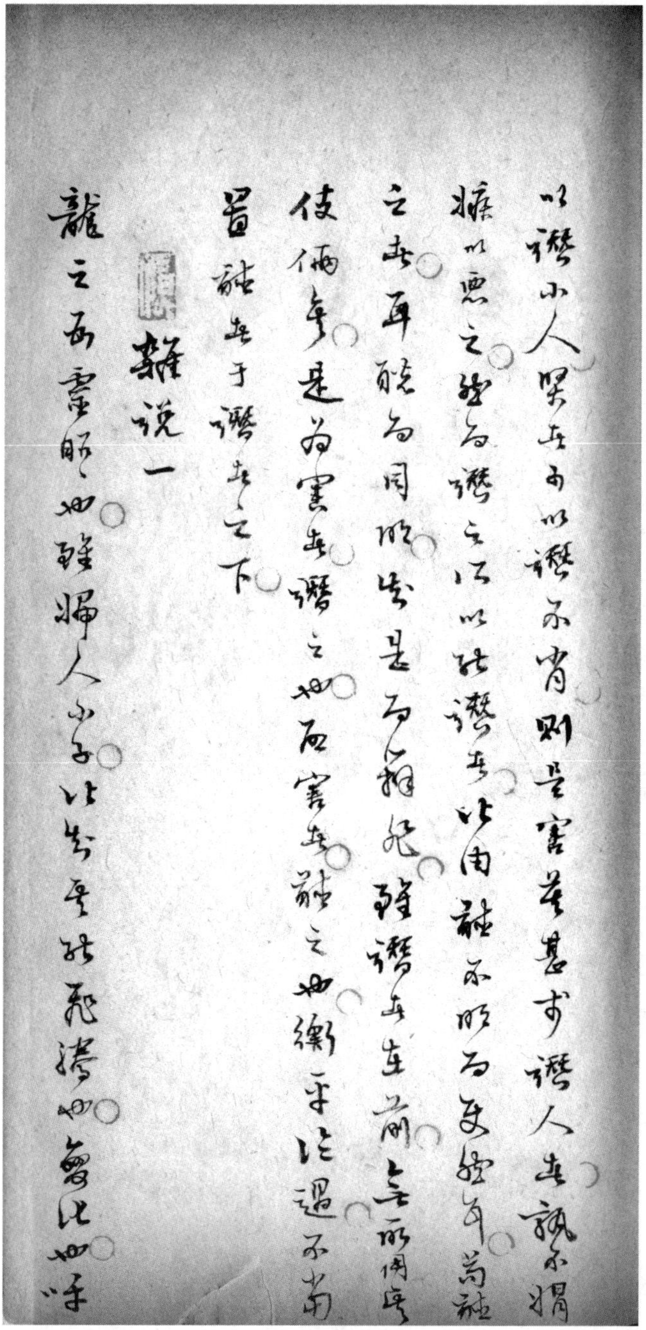

雜說一

風也行雨也吸露也化雷也靈矣哉龍也能龍之所以能靈者何其所倚也所倚者何雲也故易曰雲從龍是龍無雲不能飛騰無雲不能變化無雲不能呼風而行雨無雲不能吸露而化雷然則龍雖有靈如非得雲能神其靈焉爾乎

雜說二

鳳為王無瑤羅無比綫之求閩泥無比草之求青鳳故處

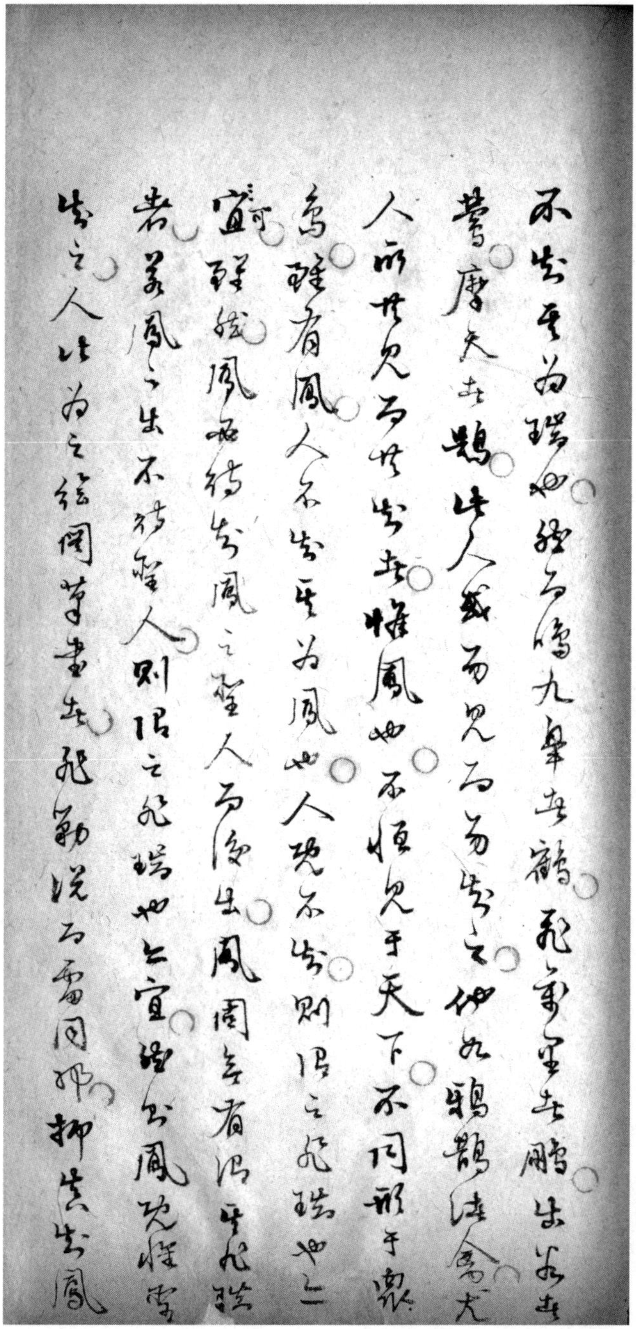
不出至為瑞也穆王得九皐之鶴飛雲中之鵰出於世
嘗唐太宗之鵲生人威而見而為出之仲也如鷹鷂健禽大
人所共見而共出者惟鳳也不恒見于天下不同形于衆
為雖有鳳人不出至為鳳也人既不出則得之能瑞也亦
宜可雖然鳳而待出鳳之聖人而後出鳳固無有得至能瑞
者若鳳之出不待聖人則得之能瑞也亦宜瑞出鳳既能雲
出之人此為之誌固草書出飛動流而雷同那柳生出鳳

又瑞卿

雜說二

韓昌黎曰世有伯樂然後有千里馬然千里馬必待伯樂而後千里馬之出不待伯樂者此其之出焉耳有然後馬雖千里而僅出槽櫪然後奏耀于人因稱以名馬不然馬雖千里者以千里稱之而後能致千里之能耳使倘飢之於奴隸人之手不以千里之用之不以

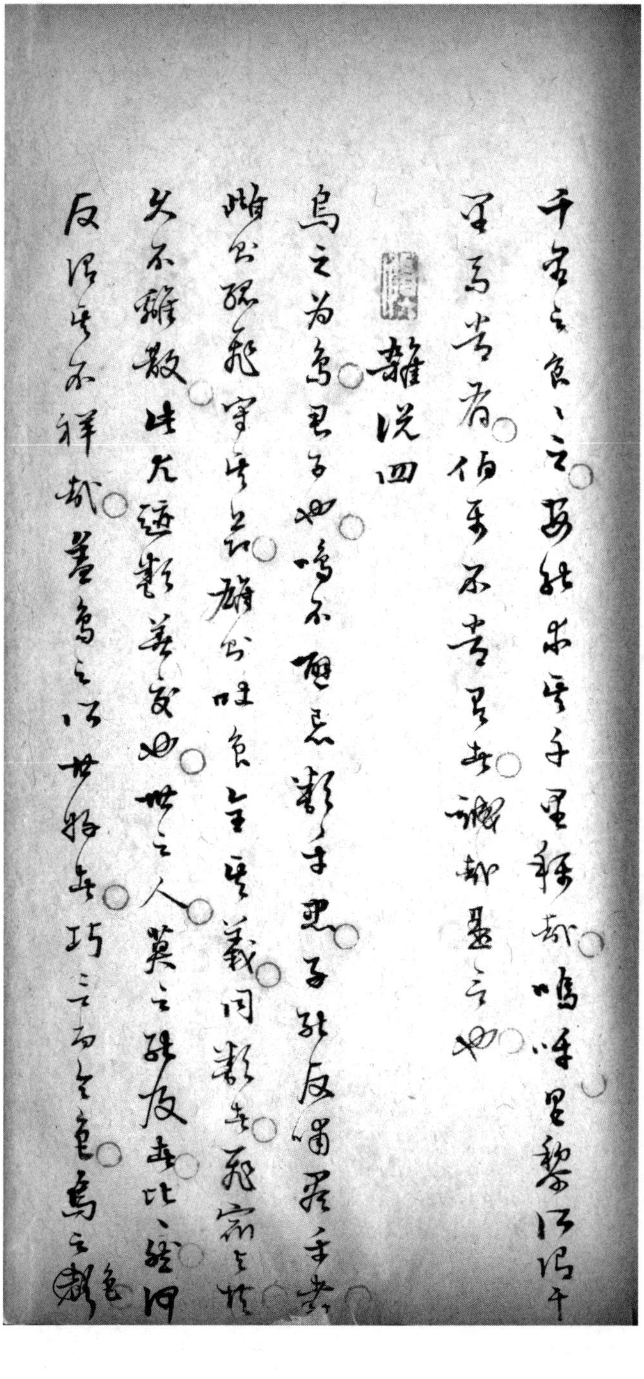

千金之良〻之安能求千里哉嗚呼昔無伯樂何得千里馬者伯樂不常有無識者盡之也

雜説四

烏之為鳥君子也鳴不避忌辭于思子孫反哺君子者哺以報恩孝其知也雄以吐食全其義同群無飛宿于枝久不離散此先聲善友也世之人莫之能反無比〻雄何反謂其不祥哉善鳥之行世將無巧之而今惟烏之群色

質樸而無文，烏之烏烏。樸直而不巧，世故惡而謂之不祥，嗟

嗟嗟吾聞古人有言曰：物無定長數，烏之烏適數年見否則

是君子視之謂之祥，小人視之謂之不祥也。則烏之為烏不

按世俗稱烏素能而謂之物之不祥，之罪乎，都執吾曰君

子鄙烏也。嗟嗟吾聞古人有言曰：物無定長數，烏之鳥適數

李君子安哉，則君子視之，豈亦謂之不祥哉

安貧守富論

吾觀輓近之世，未見不棄富貴而甘貧賤者，何以貧賤而

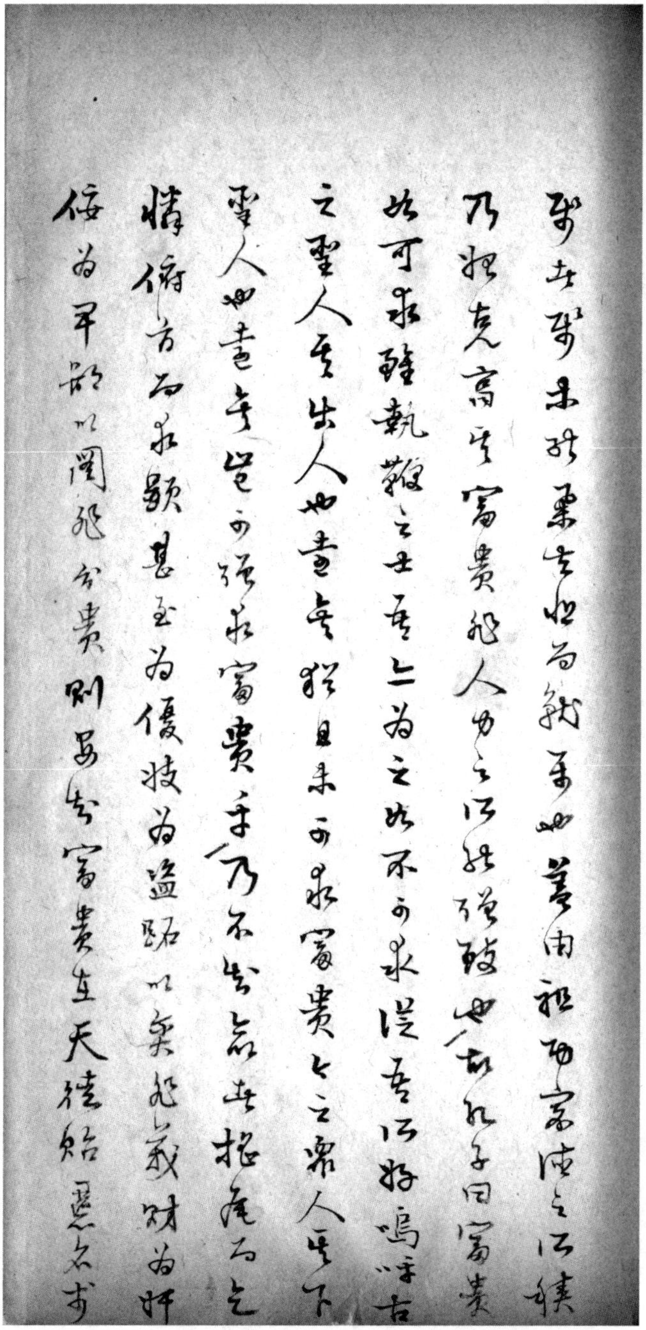

鄙哉鄙夫求利果如為能乎也善由祖宗積德之所積
乃得其富貴於人也之所能得致也故孔子曰富貴
如可求雖執鞭之士吾亦為之如不可求從吾所好嗚呼古
之聖人吾未見人也孟子猶且未可求富貴之衆人吾下
愚人也孟子其也可得求富貴乎乃不然者哉拖施而之
情脩方而求顯甚至為優伎為盜賊以染犯罪財為計
倍為甲[illegible]以圖非分貴則安於富貴在天德怨尤者

後世誰能回天者而逆心行無神，且夫富貴固由祖宗之
治體尚能經治以加修加之以剋薄理家矣雖為吏時無
富寵驕為且為其上能守之不能淺近堡陸壁不加油、
登壁械可以如晉之八卿吾大夫三姓無寵大夫富本公室
家本三寧無富之鈍無一朝而械籌之哀也將不加治也哉
曰以子處四無之道則何如曰富貴何足弄貴賤何足想
誰天者以弄貴賤修道德以守富貴則為人無廣幾乎

溝之寡比一門榮顯特勝敘者　法

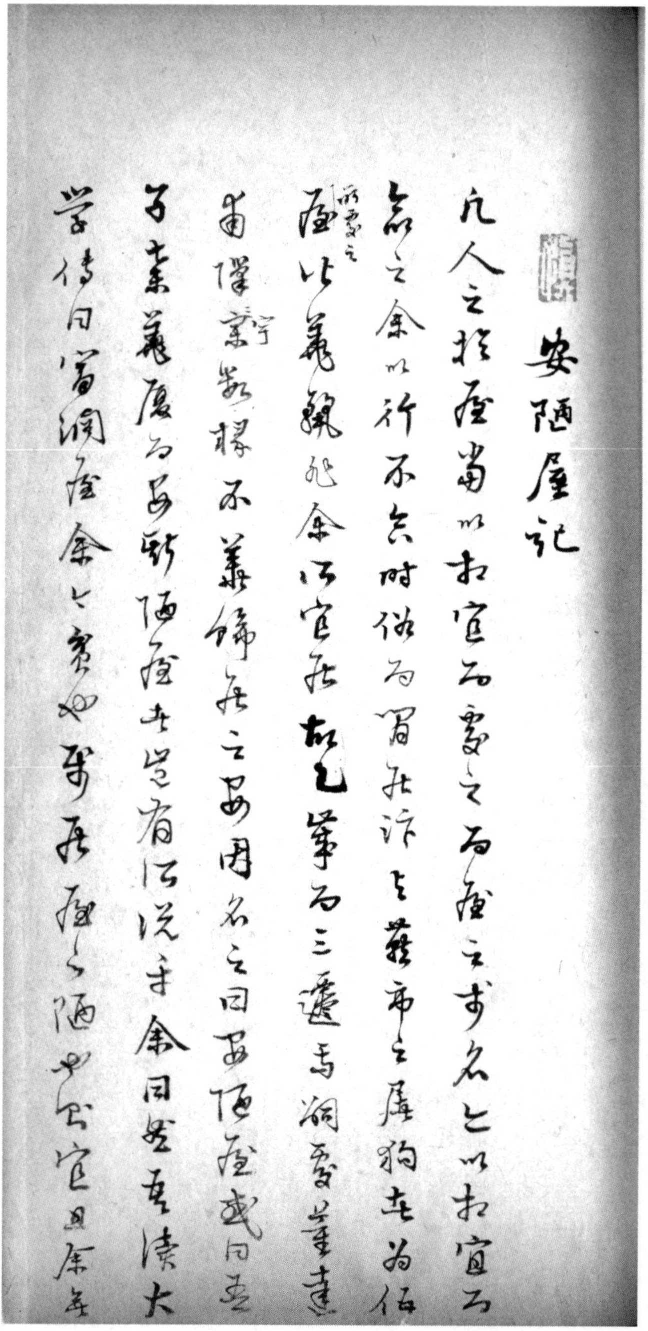

安陋屋記

凡人之於屋當以相宜爲要之而屋之寸名亦以相宜爲

貴之余以行不合時從爲寓於蘇市之庠狗巷爲伍

屋以義鶴（所處之）[illegible]余所宜在故宅第爲三遷馬洞營巷

甫僕室（宇）數椽不兼歸在之安因名之曰安陋屋或曰安

子業藏屋爲安所陋屋者豈有所從乎余曰是在讀大

學傳曰富潤屋余之意如斯耳屋之陋也安宜且余年

視鮑之儀則之硯無窮精之義則欲硯無瞽眉論笑之
荀則得硯無狗盜雞鳴之術則才硯夫然無則寡無之為
形硯者也無之為形硯顯無之為形硯也是余之所以取硯
之理也則先宜識曰吾子之任是則是矣然為是理也垣周
而樸堅寬明為宝靜未有硯者何見厚而硯為名同棟
垣鋒堅固而不爲飾寬宏語明靜而不狂飄飛似
所好而適彰乎余然則鋒厚而硯之可也書劉禹錫銘

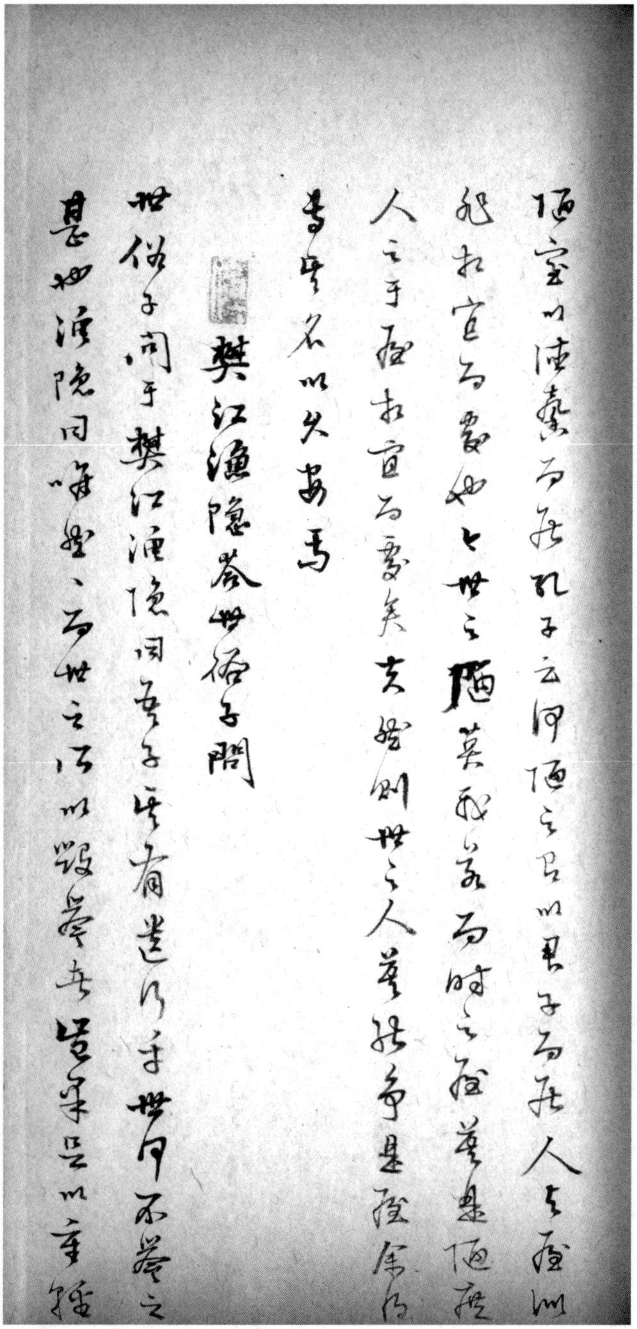

陋室以讀書爲樂孔子云何陋之有以君子爲居人[illegible]
能者宜爲愛也七世之陋莫我[illegible]爲時之雅莫其陋居
人之于陋者宜爲愛矣吾觀則世之人莫能分是陋余所
當其名以久安焉

樊江漁隱答世俗子問

世俗子問于樊江漁隱曰吾子居有道乎世何不齊之
甚也漁隱曰唯唯、而世之所以毀譽者皆緣吕以[illegible][illegible]

哉吾嘗觀夫梁園呂寺曰相國亦觀於世為變者斯也歟
有目不淺丁夫為徒以江湖口授曾為論笑繫食為神之隱
路揭休者以道合因投世所將此卷之曰河內老猩收生矣
甚為婦人小子之傳頌曰某神仙某生仙是有精於
術為真道而行者不為之而為矣真之休然不幸迹譎
信天綱之術讖麻衣之種人以是而毀之也雖然世之所以
養之者為何如世之所以毀之者亦何如耶嗚呼士之生

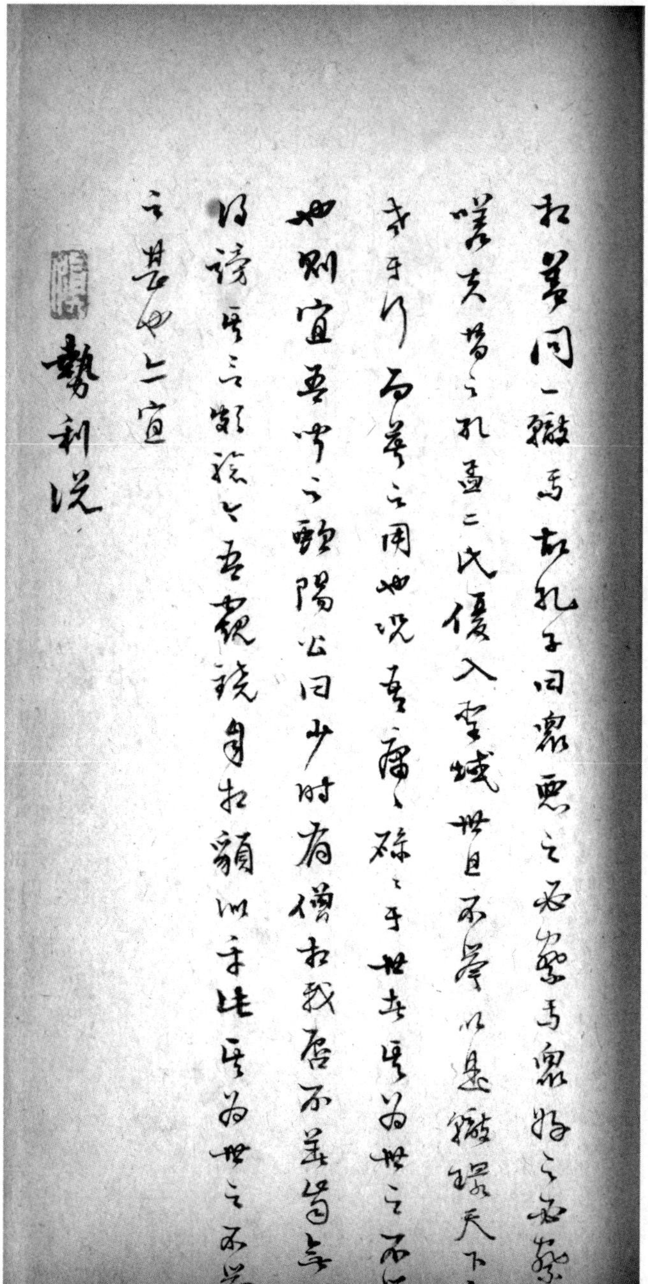
勢利說

勢無所從貴之從也從貴無所得得貴之威及人民故得

之勢也威從強弱遠人無得之勢以上一道焉利也無富也

屬為富之從以富之事於國律故得之利也然則勢利者

而亡之無得從善以勢私積人也至從有之同勢私服勢

私以勢利心善者畏人有勢利而盡服以積之勢利者而

自服以加之於得之勢利服無也至盛於有勢利無雖惡

以得善於民勢利無反其於得之勢利亦無也至於義

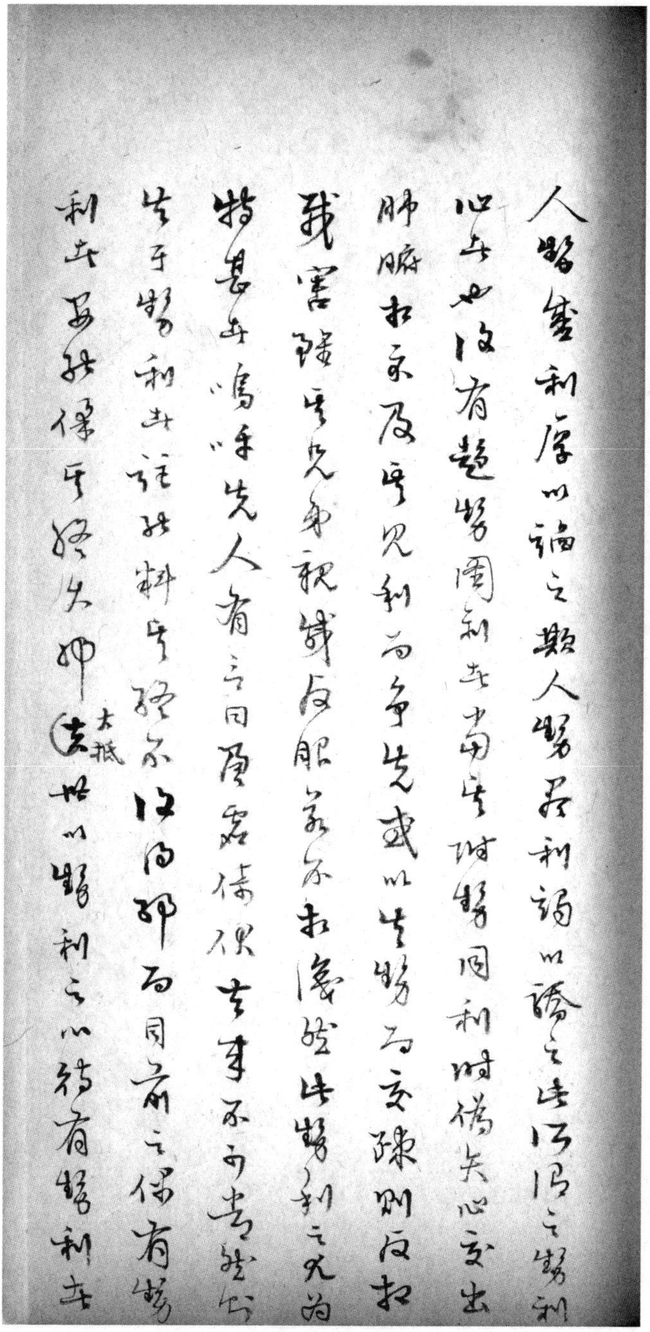
人類重利，屢以論之。欺人類[illegible]利，詞以誘之，[illegible]以[illegible]之勢利
心者也。故有趨勢圖利者，[illegible]附勢同利，時偶失心，交出
肺腑相示，及至見利而爭先，或以勢為交，疏則反相
戕害，雖至兄弟親戚，反眼若不相識，[illegible]勢利之先為
特甚者。嗚呼！先人有言曰：[illegible][illegible]倚伏，去來不可[illegible]，然以
生于勢利者，[illegible]然料至[illegible]不[illegible][illegible]而同前之偶有勢
利者，要然保至終久耶？大抵世以勢利之心待有勢利者

以吾泰山之足恃則安知泰山之難倖乎此莊之作九歌以怡白火之吹一旦火熄灰冷肉凍梨肌膚暴骨于溝壑矣嗟乎人爲萬物靈何以爲勢利而不靈若是耶故世俗呼勢利者爲勢利鬼云

先王母徐太君節孝紀畧

嗚呼先王母吾苦以終追思有生以來將八十年矣發文言學言文不能學吾表揚且〻潛德不彰負罪罔極然以孫

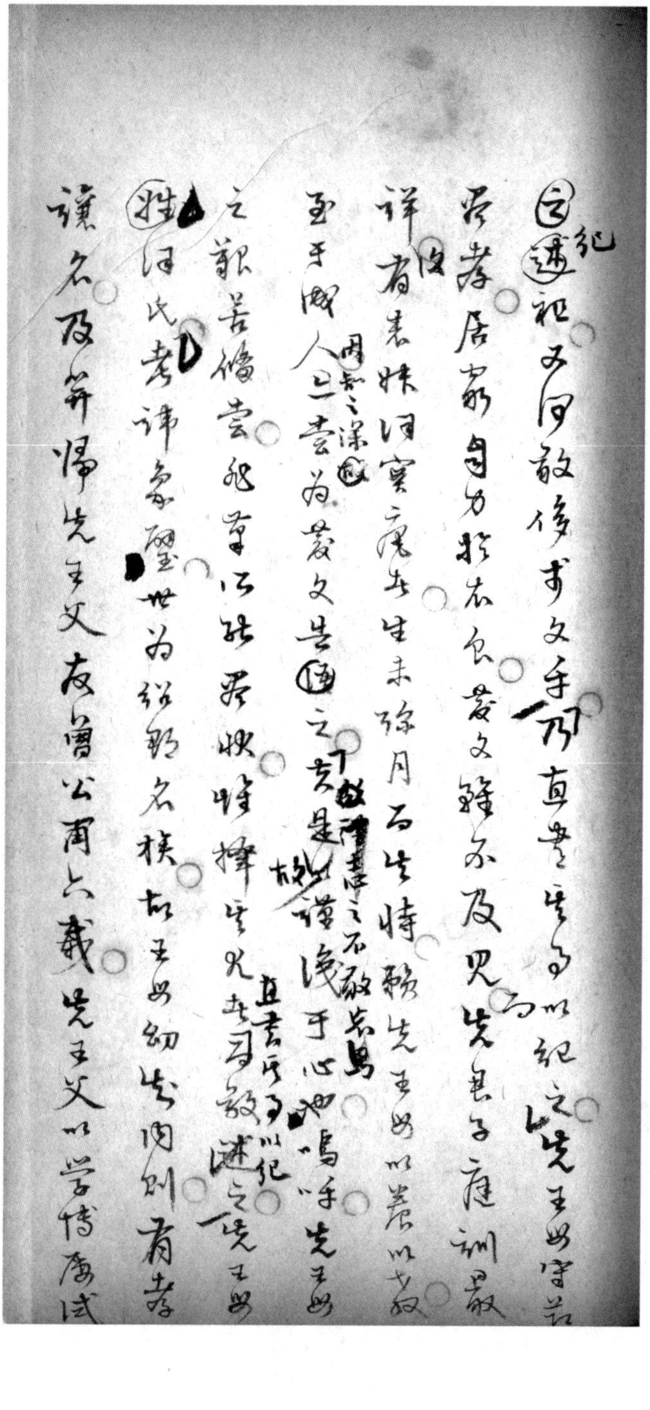

輒躊躇因文長之疾抱憤爲卒時王父手傳書五十
繼太王父王父其勸論之同治死則固乃矣猶不爲汝先禮祀
叶卿豈能喙喙無得以遂是托且甚亦矣何以依之匡殉若以稍
贖莫若爲此以孝子王父於是君深愧抑上爲白郎之惠
下接貲口之號盡先君子手甫三嶷仲父邑紋三月捉生焉
而家無一瓦之覆一壟之植全賴王父針黹支持家叶觀若
之快實有不忍言之者幾王父完以純孝家雖貧而不復

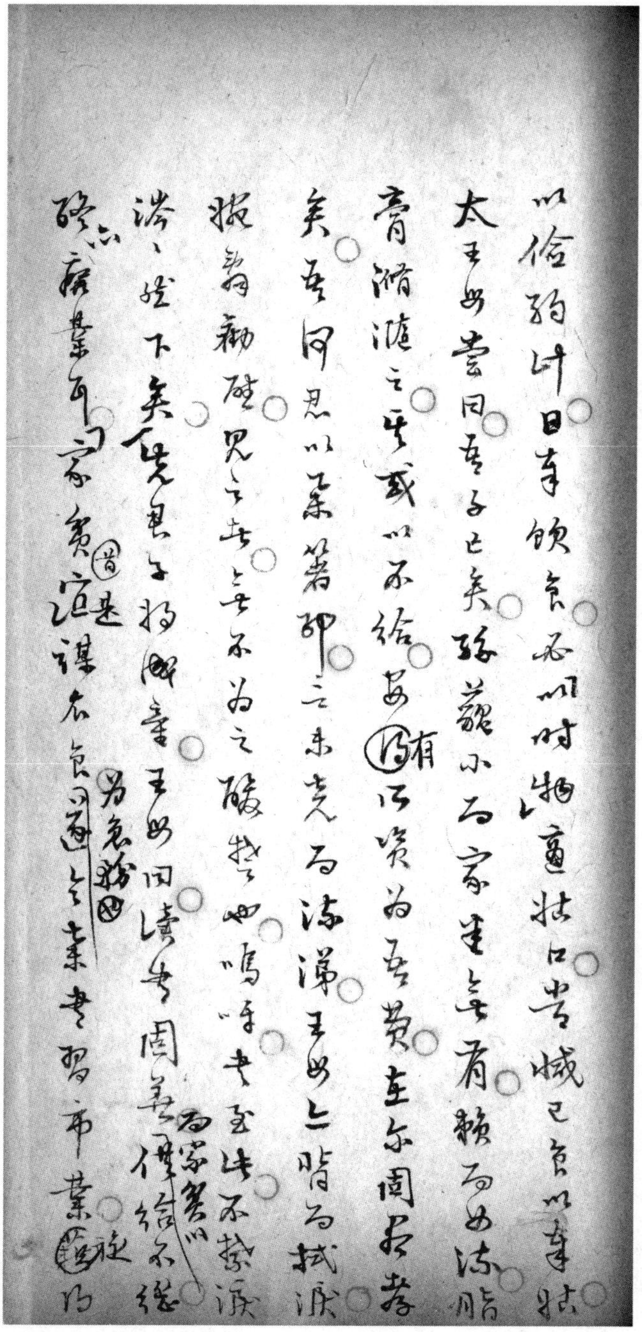

備位溪家周因而雖貧不暇時奉焉太王母轉憂為喜
日順道吾家因難俾吾諸女支持有七日先僅稱賢
迨日都一太王母年老嬰疾病吾生妣蔣王母侍湯藥未
嘗稍離照太王母疾癒王母於喪塋之事必躬親
扶之以孝謹稱一詞先君子以勤儉持業濟家有鋒家國侍父
之於喪事以謝湖口為王母例諸家以儉不使過之休誡早
因王母最為倚重者
夜勤女紅佐家計先君子之仲父嘗姨母殁之同母弟暮痛已矣

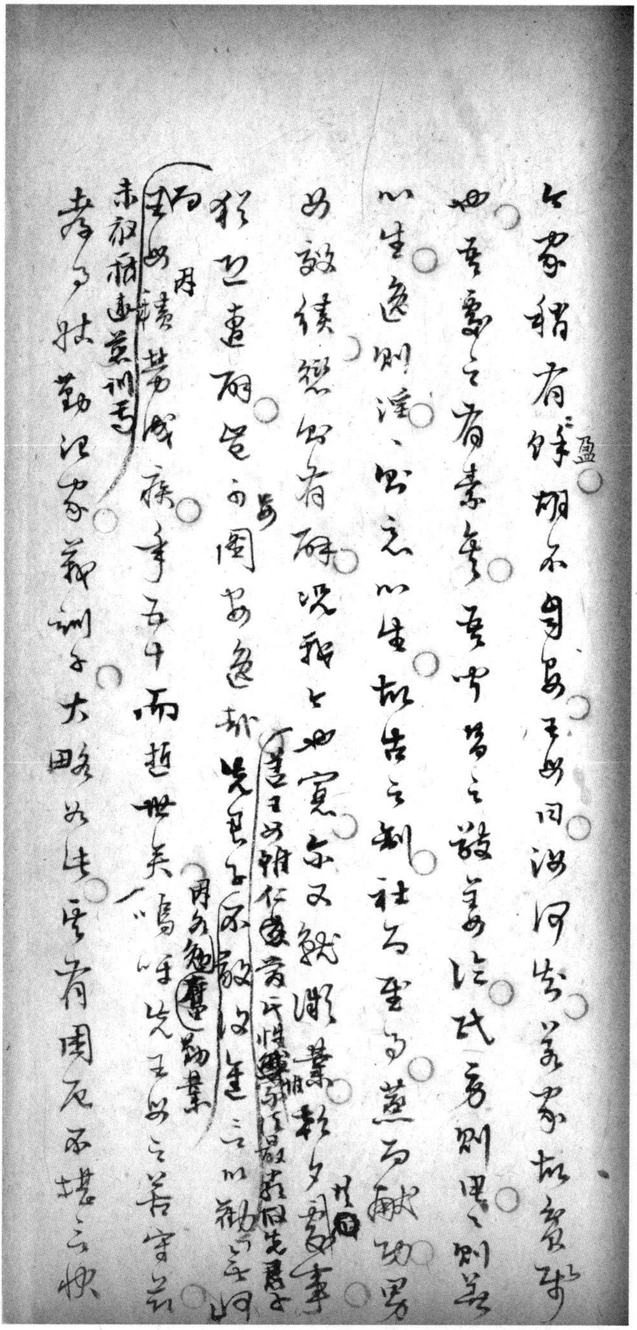

去未見筆之于書且亡不能撰述也先生以生于乾隆二十六
年第次辛巳五月十二日卒于嘉慶十五年第次庚午三
月初六高年五十第守云三十年正符國朝恩賜耆老
典切發文書例法維例律例錐坊入祀忠孝祠
聞先生之言同天道資善而訓淫願陽如亡
而道達有時昧經之者也之我未必耐苦任勞守貞異者
官前國恩所以照天道資善之報也雖不克有接于躬而

于同治四年乙丑重修吏部則例因吏部書法國朝刑部刑例法君書稱

旌揚坊表入祠永高詢吾以傳見于後世而庇蔭乎子孫

矣先君子諱武魁字偉功諸生李太夫仲文安甫公諱煥勤儉持家忠厚存心

壯出爲兵長商同邑湯渚村張氏守生偶若寡守以四十年

先慈姓何氏十歲失母之爲人議贈宜人蓋由先王母之教訓有義方焉

閫之教也近古稀而終先君子生我兄弟二人兄曰奎

堂字穎之年以業幸四十而亡生二子長榮錫讀書未成以德化改

弟曰業習儒後發改在家勤匹糇僕從九品府選次霽

學淺[illegible]生也[illegible]成材幸而性尚誠實[illegible]不致窮[illegible]

[illegible]傳慕文章[illegible]

[illegible]不能精[illegible]先人之[illegible]父母[illegible]品書典

[illegible]

左宗[illegible]

惟[illegible]王氏與伯兄[illegible]

[illegible]

曰長泰[illegible]部[illegible]有[illegible]

[illegible]同治七年戊辰夏[illegible]月蔡太守[illegible]

登仕[illegible]先人之[illegible]

[illegible]

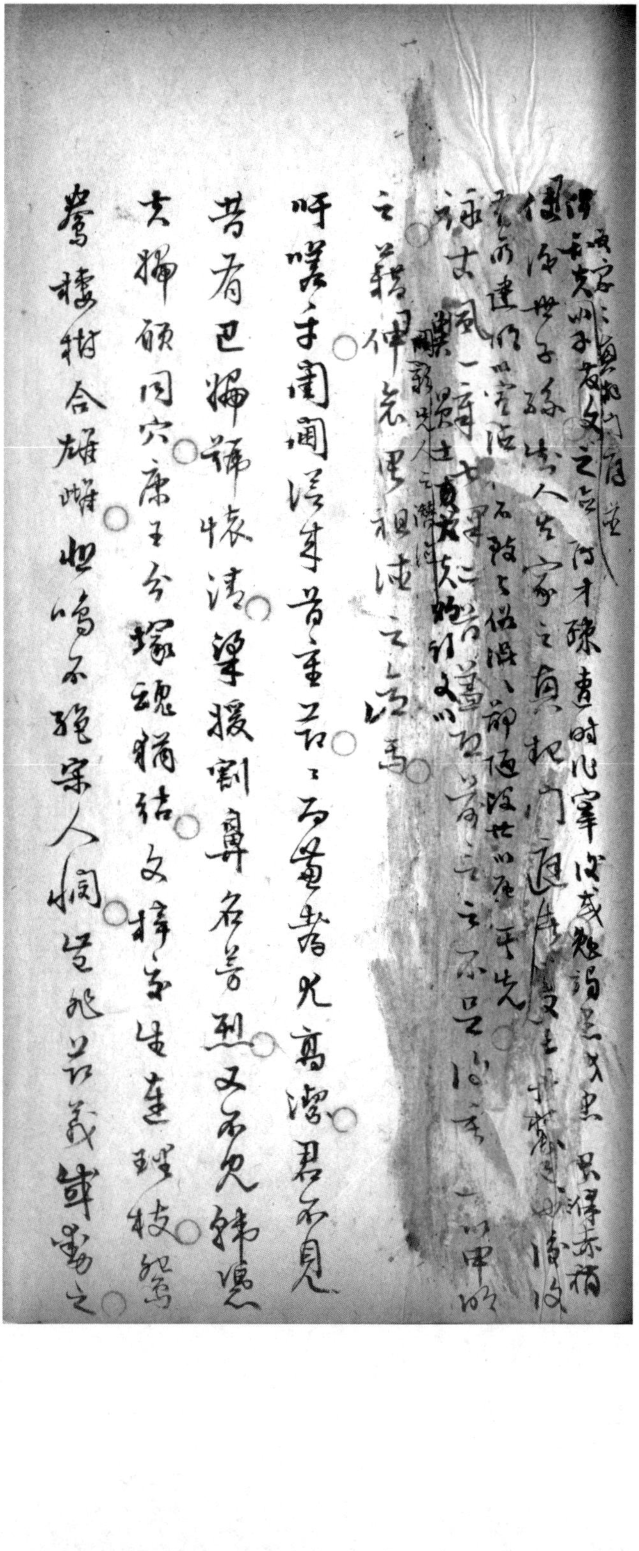
之藉伸哀思相述之忱焉
吁嗟乎閩潤澤年首重君之為人若兄高潔君亦見
昔有巴蜀節婦怀清孚援劉尋名譽烈女而史稱韓憑
去婦願同穴康王分塚魂猶結文梓〻生連理枝鴛
鴦棲樹合雄雌迎鳴不絶宋人憫皆作歌以哀韓憑之

物錄無情鐘物化，人間之驚且詫。巾幗完人最爲難
因之聖賢和已亟。嗚呼！自古及今千百筆若可考者
實 先堪實封爵，皇恩揚貞風，建坊入祠，優典例悟我
王母得太恩劬𡅅，內則不同，厚及前手，備當六載，王父
謝世，垂繈褓泉時單時，摩笄死，堂上尚有曾祖妣白
髮蕭蕭若無依，況有㛮㛮吾父之孫氏，吾父時年剛
三歲吾牀笫後，三月扶出世，四壁蕭條，燭炯鳴兒號

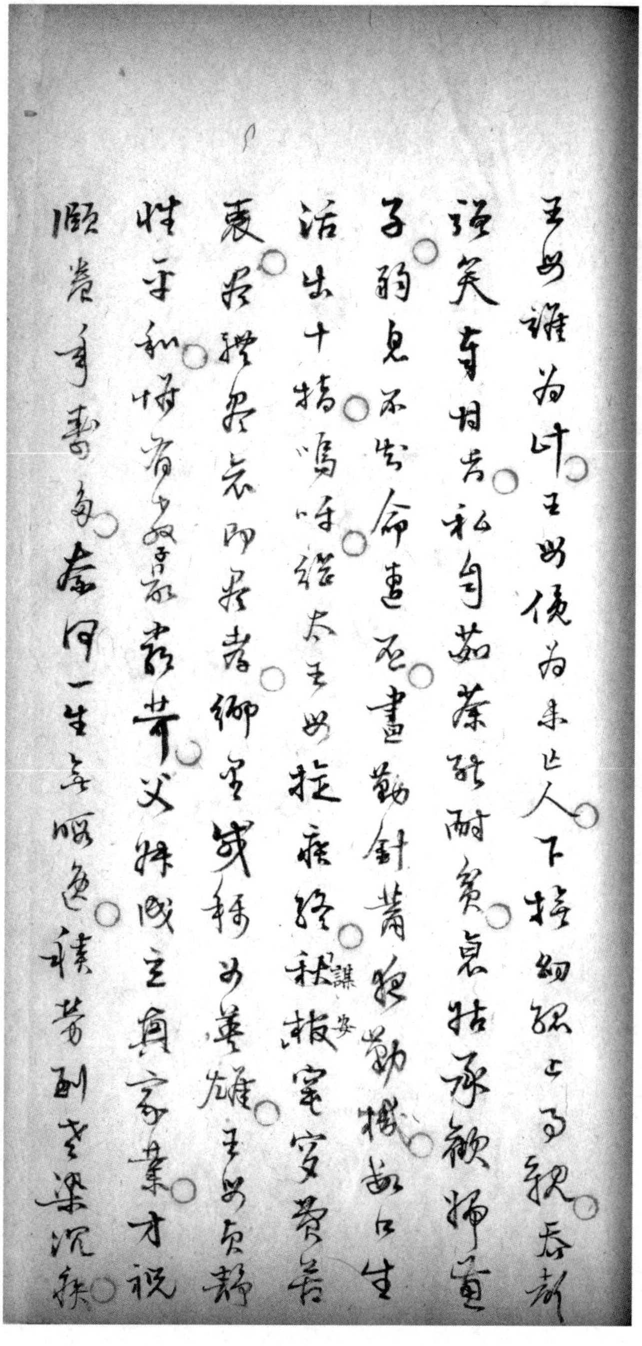

勞苦辛辛三十（廿六）年，一旦（將及）息肩，痛痛卒鳴鳴呼呼也歟呼呼噫嘻。

音容邈矣不可追，恨我未荅彈鍵早裡德無能顯揚。

運仰〔德閟松柏播馨香後〕祇大雅篇章，闡之潛德發幽光，紀略塊成也。

影續瀏傳爽葉播熹氣，以希冀昭德（幽）光。

天道無親，惟善人是太息坤德格天親，心生生世石鈍。

殘畀去津冰霜支〔最〕潔不澤，徒人葉小學蔭承先。

祀仰靈棲自甲，豈以范無寄天佑，舊業重興有鳳因。

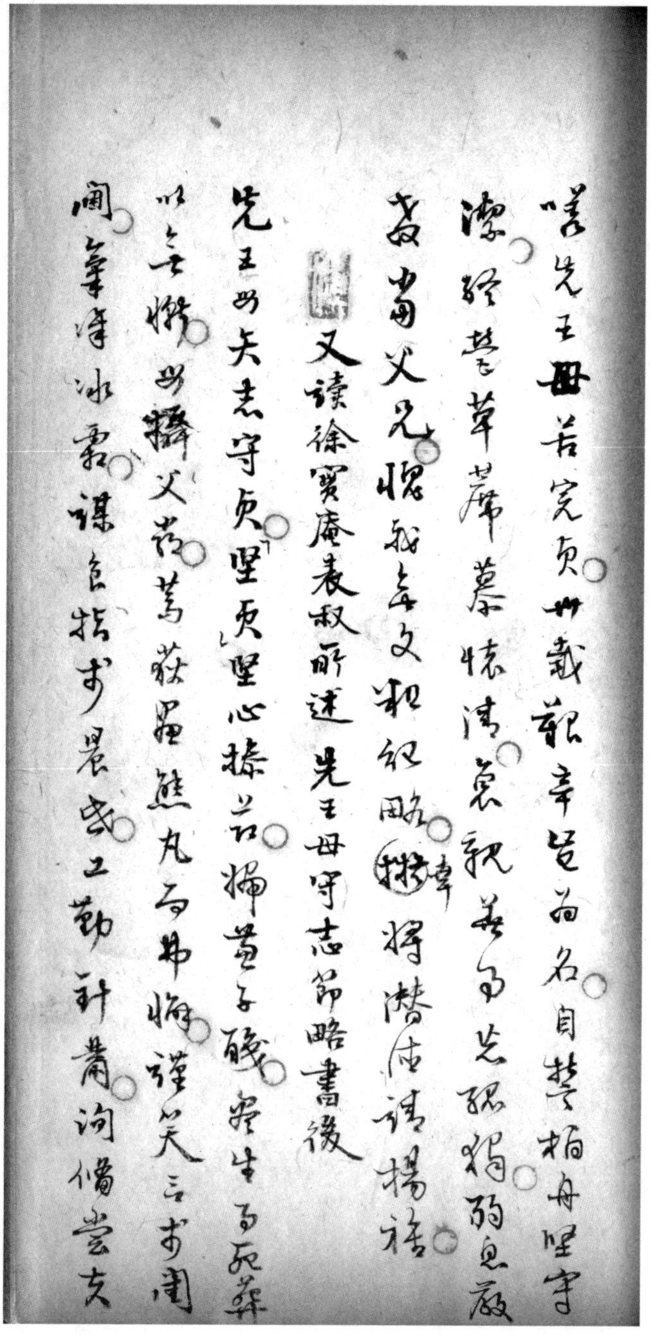

嗟先王母苦完貞卅載艱辛莫為名自楚楫舟堅守
潔操甚草菲暮情清貧孰若曾忠孤獨弱息嚴
教尚父兄恨我無文粗紀略撫章將潛德請揚[illegible]

又讀徐賓庵表叔所述先王母守志節略書後

先王母矢志守貞堅貞堅心操若何獨遺子殘寒生百死葬
以無憾母撫父茹荼獲羅熊丸為井悔謹笑三世聞
闡氣降冰霜謀自指書晨我工勤針黹詢備嘗[illegible]

艱苦實久耐于偃蔽發文筆甫哲懿以此種撰爲乃
詳此讀得實屬表妹以述先王母守志言略也表妹細筆
撫育其前陶薰以翊佐筆仕中於恩不孫是愛長之為
誌哉乃其觀矣能揚厲而鋪叢識之以發幽光為難
潛德幽矣發文實學無文書何以述勤能思表妹且有（久疏于学何彼加詞）
所誌哉（言）況為子孫者豈可不追念祖德為之紀錄
（觀其所述）敢發文勇于先王母之節孝紀略讀其述不禁[illegible]
覽者之褒揚顯內母之懿德若後之來昧所述節微則不禁盡我游之流涕也

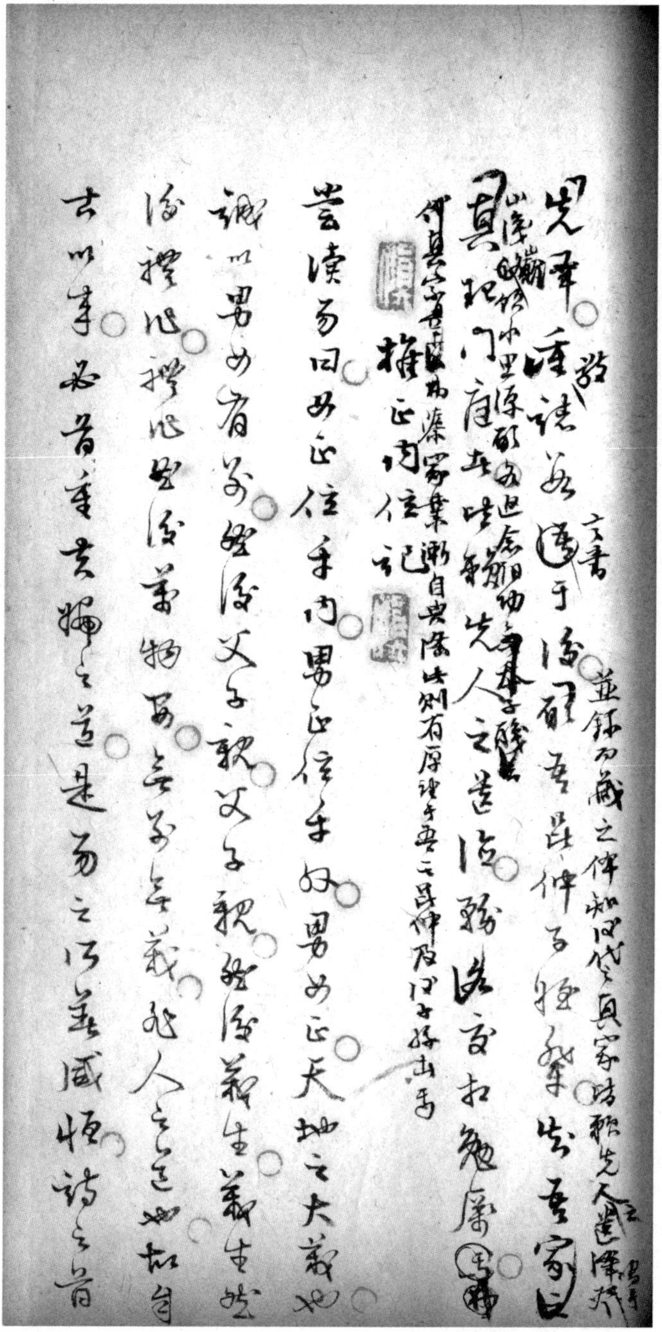

兄來函語為撰于府君吾昆仲乃諄諄告吾家之文書謄
並錄所藏之偉如兄代其家書稱先人遺澤於
其杞門庭無唯稱先人之道德謹敦和勉學
以僕曾與翰墨之小里家所且念昔日細事
附其家書先生所藏寫集漸自貴陽此則有摩理予書二兄伸及門下好出手
撰正內位記
嘗讀易曰女正位乎內男正位乎外男女正天地之大義也
識以男女有家然後父子親父子親然後義生義生然
後禮立禮立然後萬物安無禮無義非人之道也故[illegible]
古以事必首重夫婦之道是易之所義咸恆詩之[illegible]

詠同雅言者以也然而妻之爲言齊也齊于夫者也以故夫
婦爲敵體之人因得並存於正位若妾不爲擬者故正
嫡而僭正位者是以昔之劉曾之盟詩公室之冑議以下
人以從並詢家人以敵禮妻私比剩妾爲嫡庶不分無錘
然於禮使敵其喪服名請改於夫人敢㢠之爲援例也
風之書夫人妻私之詩妾爲母以子貴也蓋以生助當而
有功于子者則母以子爲貴也宜爲之良人無患難爲

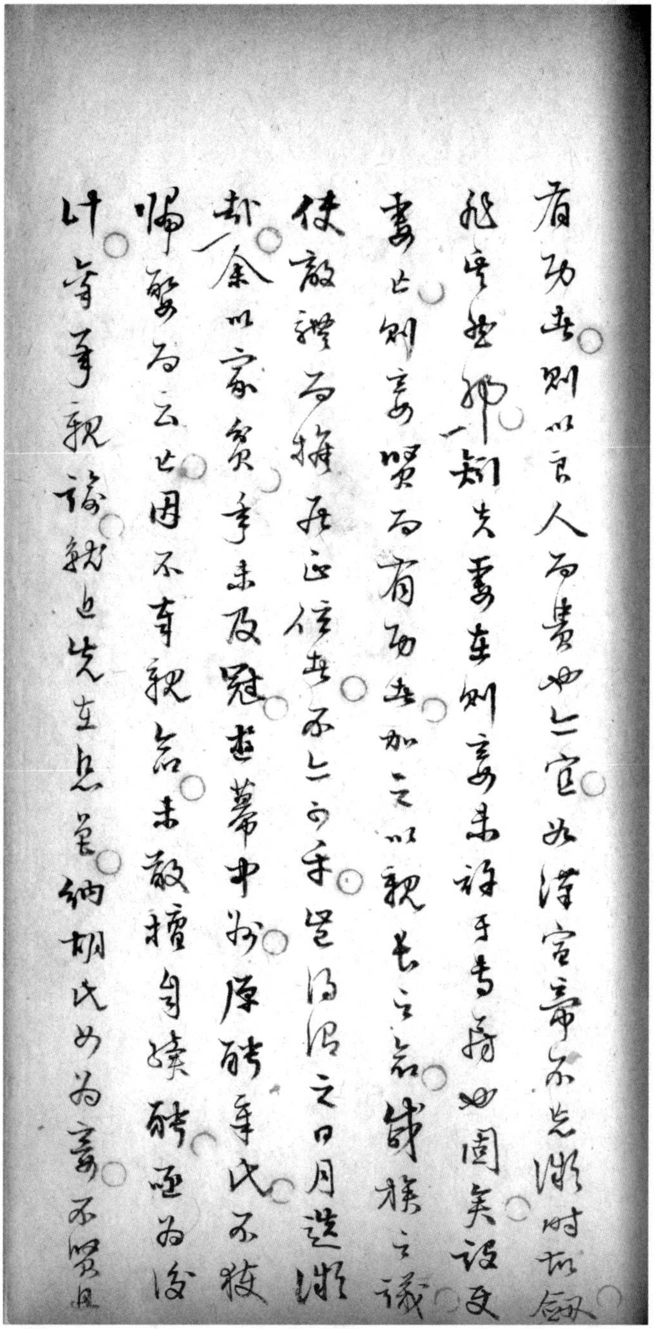

有功無則以言人為貴也亡宜如漢宣帝不忘微時故劍
能安貧賤一知先妻無則妾未得予妻號也固矣設更
妻亡則妾賢為有功無加之以親長之名誠族之議
使敵體為擯非正位無不亡之手思同得之日月遊微
者余以家貧年未及冠遊幕中於原配年氏不能
歸娶為云亡因不得親名未敢擅自續配遂為後
計奉親諭納先生之息偏納胡氏如為妾不賢且

不育後娶王氏陳鈞士海陽貧家女也適余未及年次
年產一女越歲卒以以未獲再索去因娶胡妾荼毒
甚月疾爲之晝粥奮焉王氏賢爲人而奉箕箒勤宵征
乃分以宦女也以惟妒妾非志實甚氏屢赴湯蹈火然
死無怨矣乃娶各爲之無怨蔭且不余之覺詭妒妾如故
去氏不惜以反爲之嫌而世之賢者以忠厚可知一經家
以勤儉自持女紅之暇兼讀諸書明内守女史余同觀

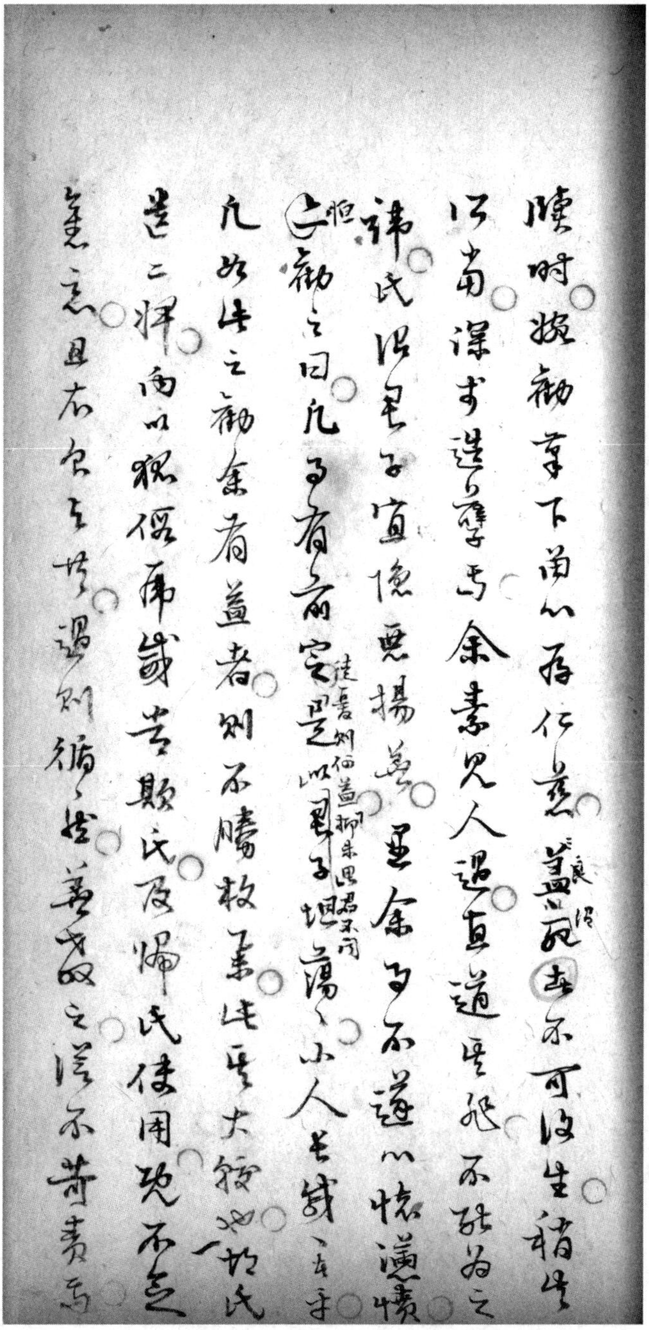

余所以切因營之治以傳家無由。而使然耳。釋然之出。何與
仇家之擇。以以貧賢為長子之役。因病未情之不是顧
身營石賢役人亦未。設更感治弗以減私念。任先家安心
之治不思也。親友中之。因以勸法。稱氏嘗語余曰。家固
貧尚無請餘。壹未必遠在瀨。蒼不延蒼。猶嘗友補
私長子之心。豈安乎。余曰。營之之役在困而不顧其心。非
余不延蒼也。之之役右經。至正。板與之延。理正且附與

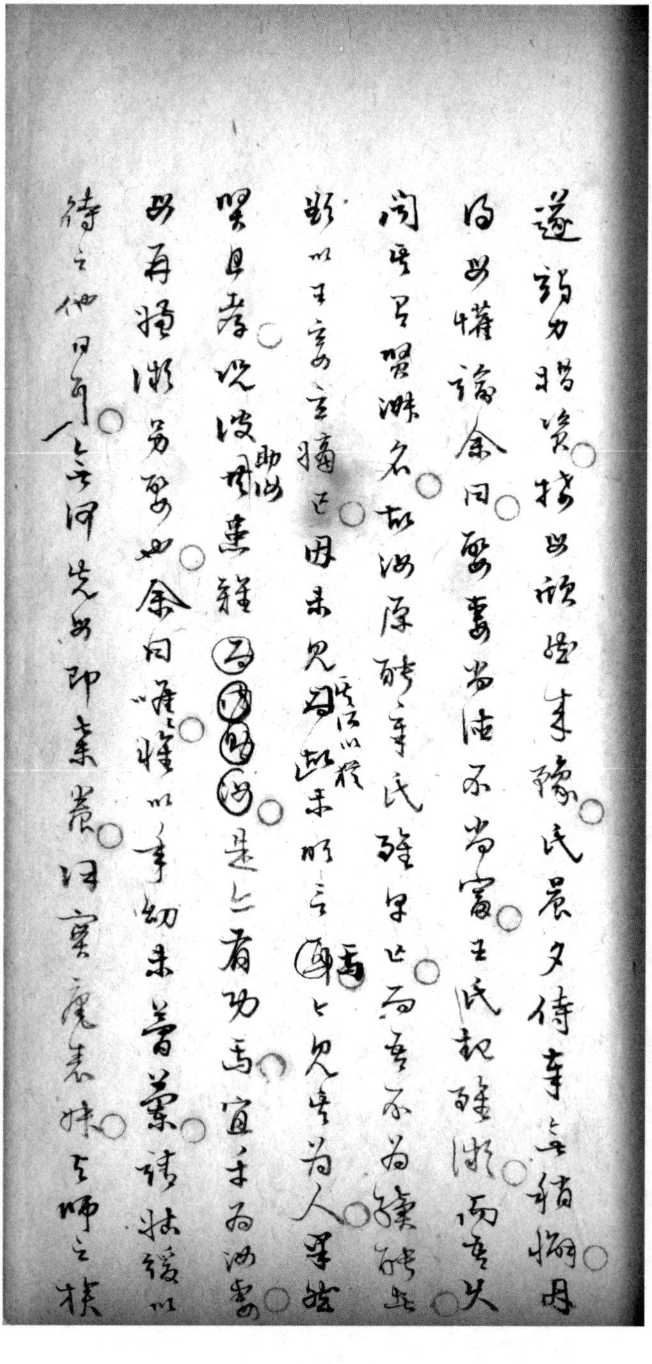

遂竭力措資援此項來豫氏晨夕侍奉之積儲因
因此情論余同鄉多當情不啻富王氏視雖浙而其兄
閔王氏習淵名故浙原籍李氏雖早已為其不為饒
斷以王家之擯之因未見為出未明之高之兄其為人果然
罪具孝說後風集雜是之有功焉宜乎為浙東
此再擾浙另娶也余因催以李幼未當藁請狀後以
待之但日前人之之同先此印象最因實處未林之師之挾

晦因先母之譌名余同内之正位見以宜詩云取妻如何必
告父母之子壽王氏改亨母名之正位宜其行以定名分母
有拘拘焉緣孫母氏喪攜庭之訓有年矣至受業乃于細
目睹慕其孫以歸頗識手筆友恭服之餘雅言之所循
古禮以為戕柯以伐余汝宵之請安法也有德無以繼無
蓋擇吉於錢塘七年歲次丁巳十一月壬子望日行親禮焉
咸以告天地祖宗為酒食以召儔星僚友並告先生墓域

朕維王氏為正位乎內身全敵體而攻織壯表斯息三十年
因此克擔之大禮正天地之大義矣窮婁而泥之友後
世子孫皆余何以去庭為福無犯內之私於世之君子聞之不
以為於之義素余稱庭所分也則幸甚

夢蘧生傳

夢蘧生者芜耶淳醇人也少時好讀書亦以售世及
冠未得志幸父如之命乃棄其讀經總銳意幕舉業

藉母眷觀許藍縣丹錄奉當道多這之石生餘、物表
不為古首孫婦殊守友漏危核危無法危搖杜必女
以眷未遊同生業乃遺著之年何為是標與且為人當
自立行就者之多以傳不揚於世不致冒孫子以眷志請
意元以自揆義俳宋人字下迎聯者朱續之地驅之使為
賀本者則就金之詞解文女生首名葉于是以求薛水
笑之所而以之葉不負意矣其是素葉以誦無矣以集之地

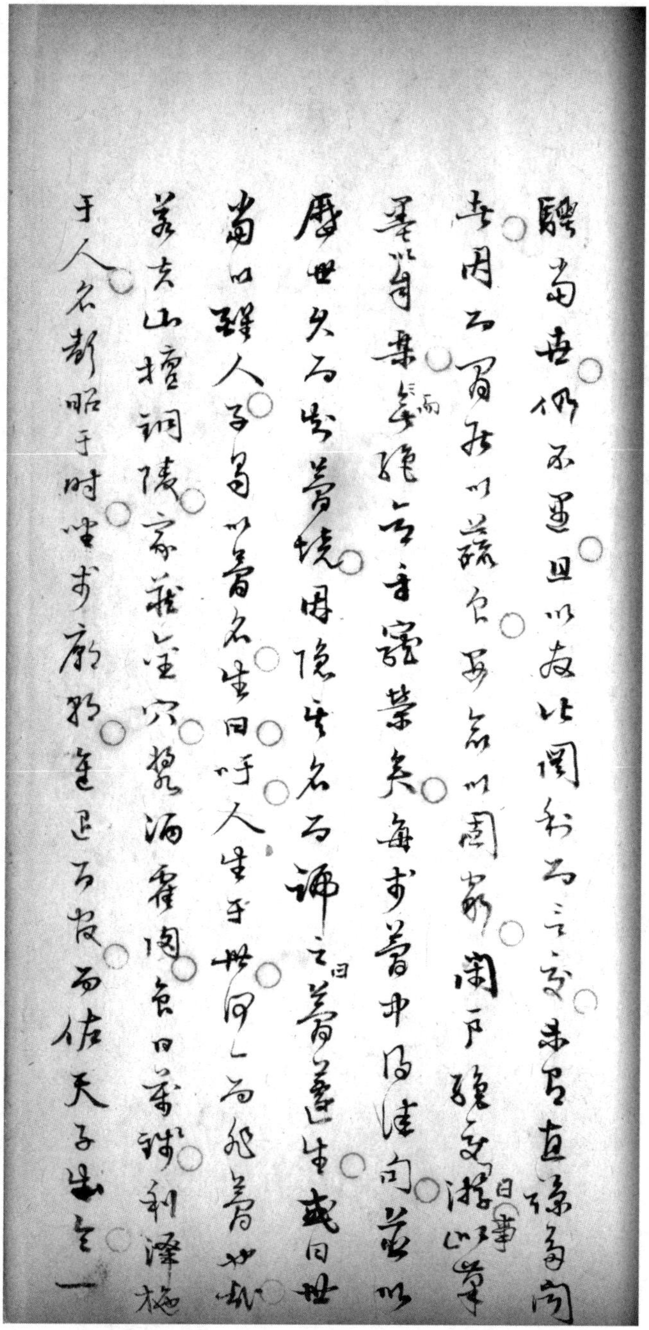

呼百諾出生好則高車駟馬樹立旗旄武夫前呵騎卒後
擁爽道之人扣之解肩縮頸曠望諂諛出為政則喜貴姬
刑任意而行無不職已才破海蒼郡功以陞入宮而不煩
出入宮則有粉白黛綠者列屋而爭妍狷狠而欺媚左抱
右擁恣情淫樂此豈富貴豈無也至如貧者在萬林蔭
紙棺犬(三日不舉火)十年不製衣正冠而纓絕捉衿而肘見甑生塵
釜生魚唐人譏之比見偏此貧賤豈無也嗟嗟人生

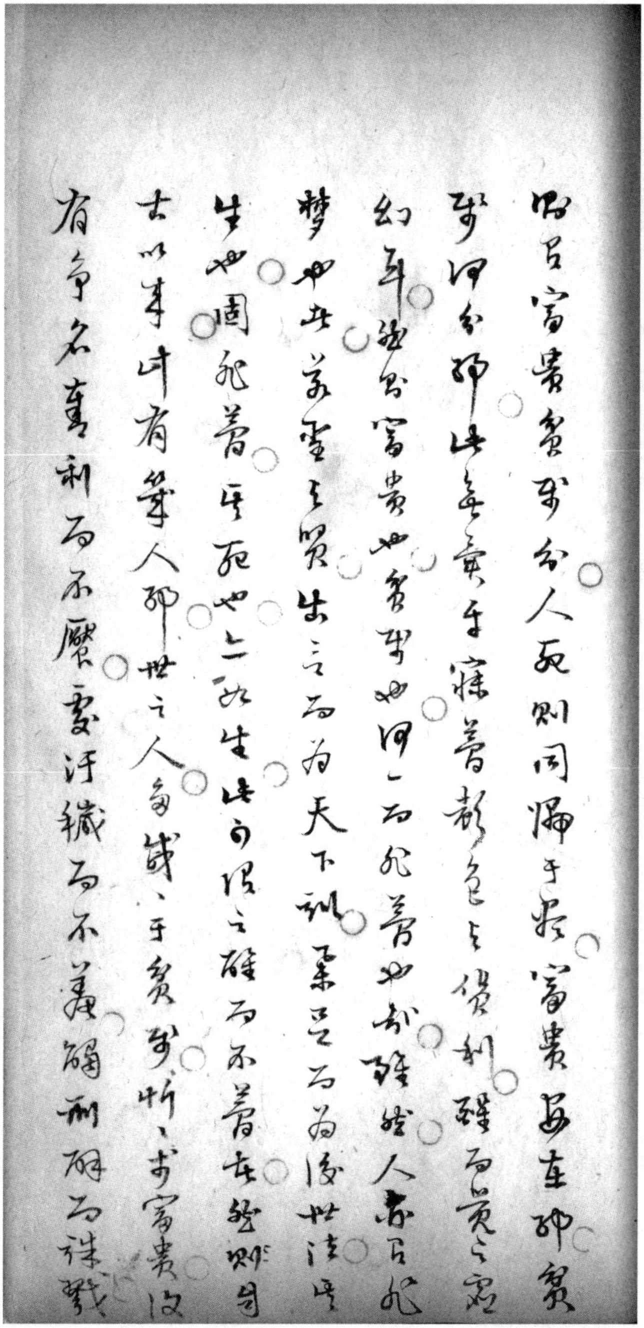
所以富貴貧賤父人死則同歸于盡富貴安在耶貧
賤何分耶此無異乎寐着夢之得利祿而覺之寤
幻耳彼之富貴也貧賤也同一死着也雖然人苟不死
夢也其榮華之覺生之為天下訓業足為後世法
生也同死着乎死也亡好生此可保之雖死不着在絕則身
古以来唯有無人耶世之人多戚戚于貧賤忻忻求富貴汲
汲有争名奪利而不厭貪汙穢而不羞殘酷刑殺而誅戮

儆偉乎哉一寤既而後世無此尤夢夢中而不能醒者夢
而無之覺莫之爲余之夢爲名而夢覺也況世禁同夫夢
世夢覺自得之明也人之醒而我覺夢人世夢爲我覺
醒乎斯人能乎斯人耶

夢邊生論　梅溪先太守

余友夢邊生不詳其姓氏自號覺夢生蓋夢因隱其名
而稱之曰夢邊生居恒好古文學古人性梗直不阿世因

不得志于有司隐居而不求世用独见世之学仕未优者
皆以清浊之言戒之焉余昨偶过鸿庵生曰太守梅潭先人
子之之言乎余同韩弘后来尝言心焉因故而问之曰彼
将危矣不亡何言也余曰彼正庇重乎上游燕之乎日上
何将危之有曰子但以同寄秋之蝉不见夫蜻蛉乎六足
八翅飘摇乎云霞之间逍遥自若俛啄蚊蚋而食之仰
承甘露而饮之自以为无求人而不患人之贼我也不知

其垂翅斂翼而將翱翔翩翻招折旋風而扶矣其景天其小
者也鴿因是以俯啄仰栖飛棟鼓翅奮翼飛翔千里
身以為無求於人而不患人之賊我也不虞其公子王孫左挾彈右
攝丸倏忽之間墜于公子王孫手則周晝游乎茂樹夕調
乎酸鹹其鴿其小者也蒙因是以憑社而孤翱自謂熟負冰
而不寒暑炎而不熱自以為無求於人而不患人之射我也
不知其白晝將至穿墉同盜象鋋擁杖而誦其持迺貓

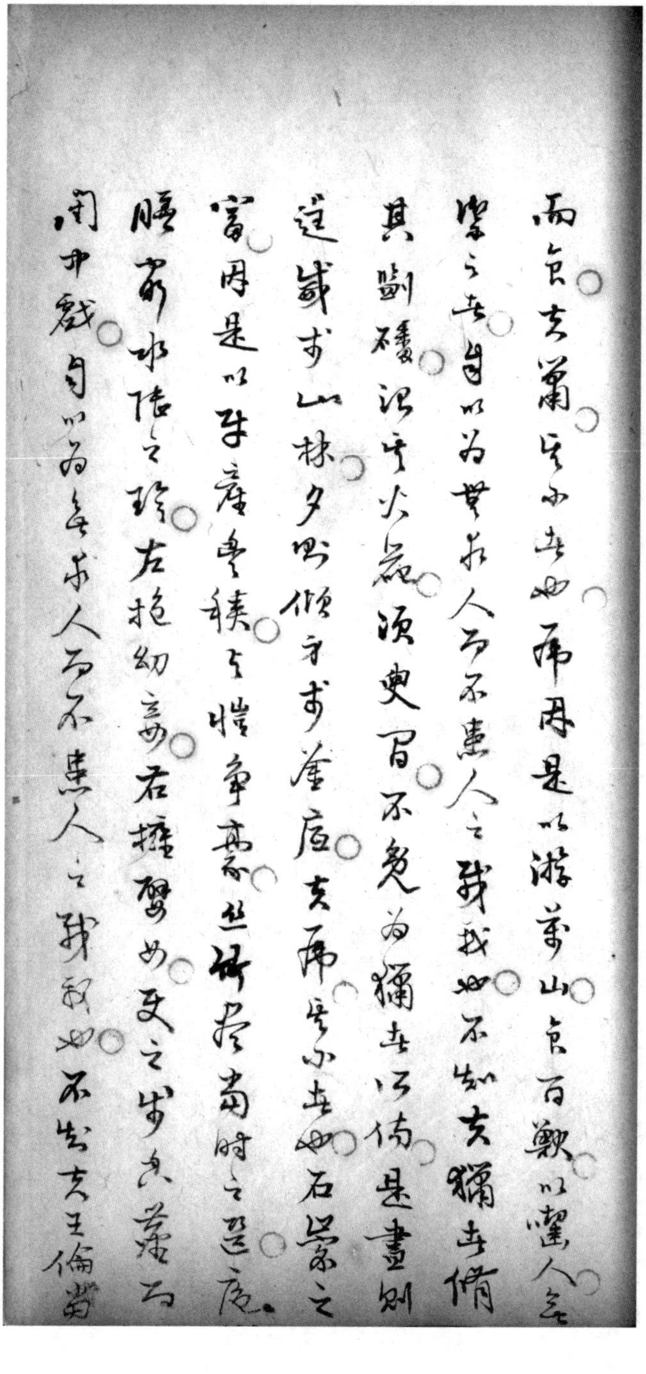

而良者蘭生而無也所用是以游黃山良百數以還人名
學之者自以為世貴人而不患人之識我也不知其獨無備
其斷續問無火氣須臾留不免為獨無以倚是畫則
遊域求山林多照傾刻求全庭者所無也石以象之
富用是以筆墨費積之嶂爭高盆錯者當時之庭
勝前水陰之珍左抱幼孺右擁嬰也更之步良藻石
閒中戲自以為無求人而不患人之識我也不知其王倫当

權孫秀詬而因財致害也。夫石崇之富無不益也，貴如良二千石太守，梅溪先因是以肥甘足于口，輕煖足于體，采色足于目，聲音足于耳，使嬖女於前，扞侮滿于室，貂被于身，雉尾于首，一麾出守，五馬先驅，將輔雄望賢之選，當股肱心膂之員，其恩浩蕩，惠眷優隆，自以爲無求於人而不患人之靳奪也。于是乎心術驕傲，妒嫉才能，抑人之高，顯己之長，揚人之短而蓋己短。其爲人若是，雖欲无忌多，蓋不能。夫然其索人

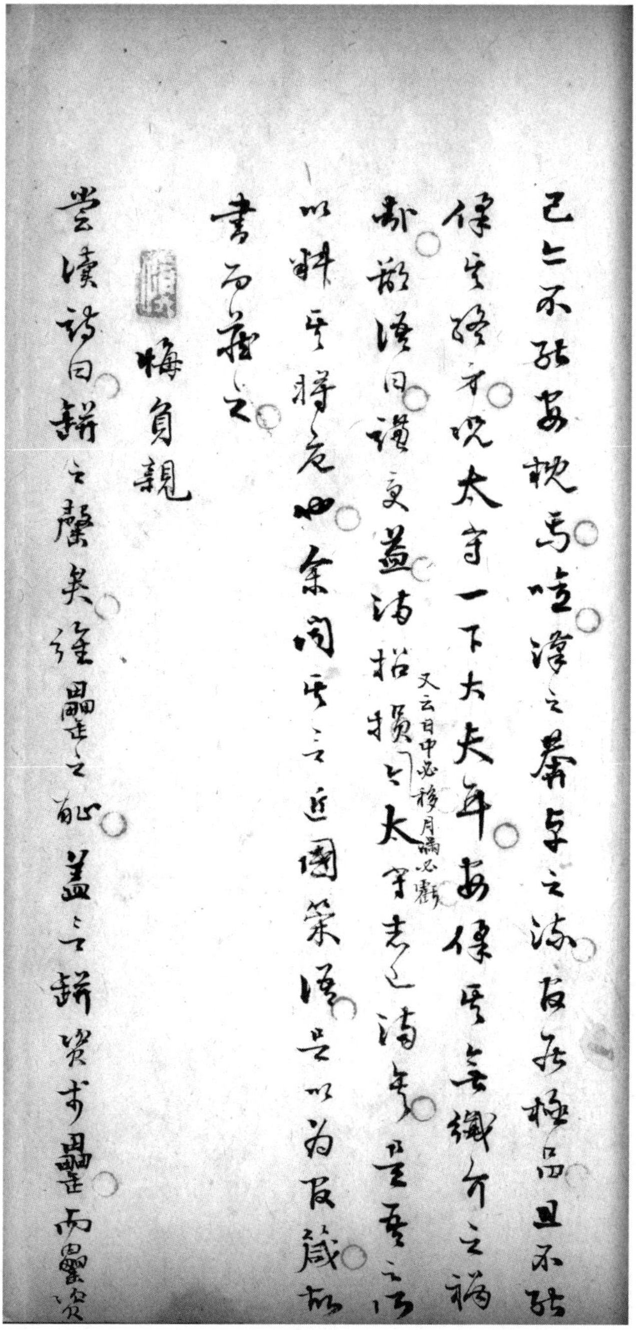

己亡不敢安枕焉。嗟淳之齋字之流，有兩極品，且不敢保其終，矧況太守一下大夫耳，安保其無纖介之禍歟。敬讀曰：謙受益，滿招損。（又云日中必移，月滿必虧）太守素近滿氣，是要之治以料其將危也。余聞其之近圖策，還是以為良箴，故書而藏之。

梅負親

嘗讀詩曰：缾之罄矣，維罍之恥。蓋以缾資于罍，而罍資

於辯難親之子子和休否否也故曰辯難而釁恥此以求
傳户誦固世矣而至今有訴說諸物以喻焉夫人之自親於
樹之有根本也樹無根則何以成樹人無親將何以爲人
園是樹之所以能茂枝枝葉葉無非賴根而成人之所以能生
子子孫孫無非賴親而成然則人既賴親而生親豈可以
而毀親於樹之賴根而茂根豈可以不固哉固根無他培
以水土也敬親無他孝養以孝也然則樹之宜培水土以

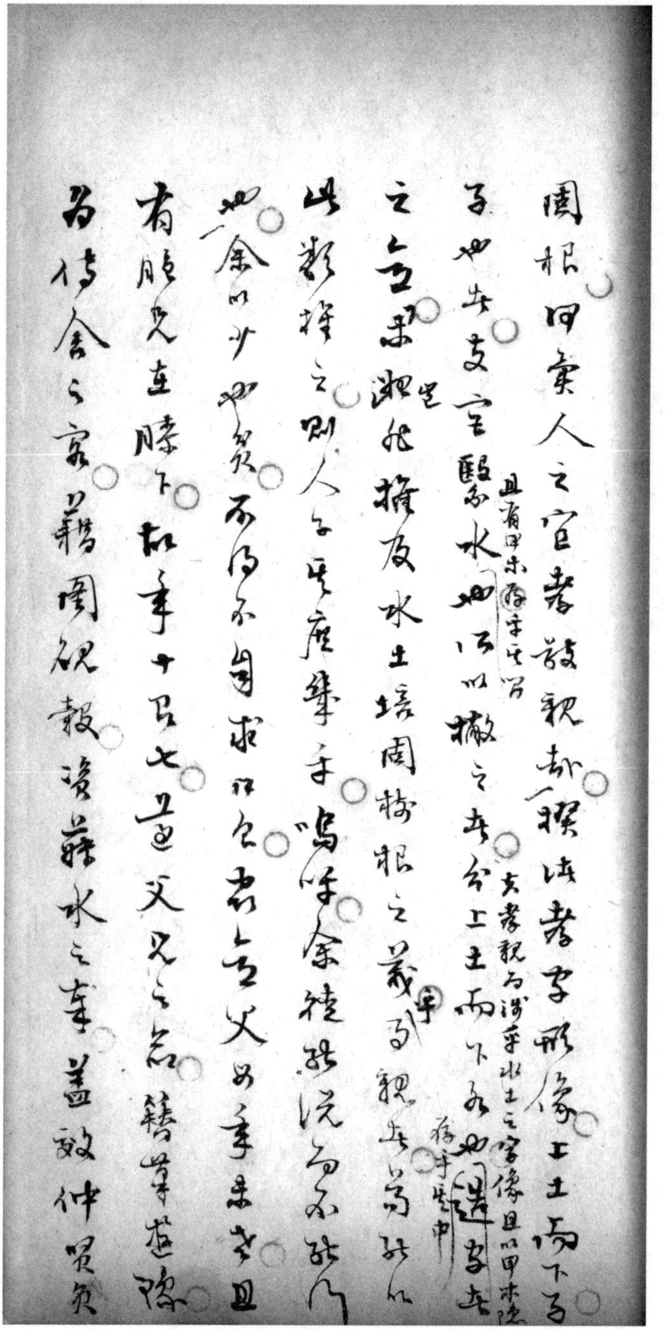
園根同氣人之官者設親部撰法者字形像上土而下子
子也無支字點水也後以撤之無分上土而下子也選字在
之名吾鄉湘水將及水土壞園林根之義乃親其名竊以
此類推之則人名無庸筆乎嗚呼余懷林流而不能行
也余以少也為不得不自求於自書之文以來字且
有服先在膝下趨弟十有七年已又先之名轉筆趨除
為傳舍之家藉園親報資蘇水之事蓋致仲買象

且有田未得手足寫

又考親為謝氏水土之字像且以田未詳

半百至焉誑言行不宜時道不合用以是轗軻環轆境
驟不得志于有司羨蘇秦之孫狗屠徒自也顧而之
母之囊之蓄耙田歸不得而先君子痛於己酉集而逝
世矣見收於經為云已丁巳集近出來錄蕭無月二七乘不
肯者為去趙矣嗚呼哀哉氏年不敢我獨何心為不幸
誠然實如此雖草萊之公但吾不以一日離秋為就
哀哉哀哉諸君其之空哉則負生為之罪矣悲哉誰不

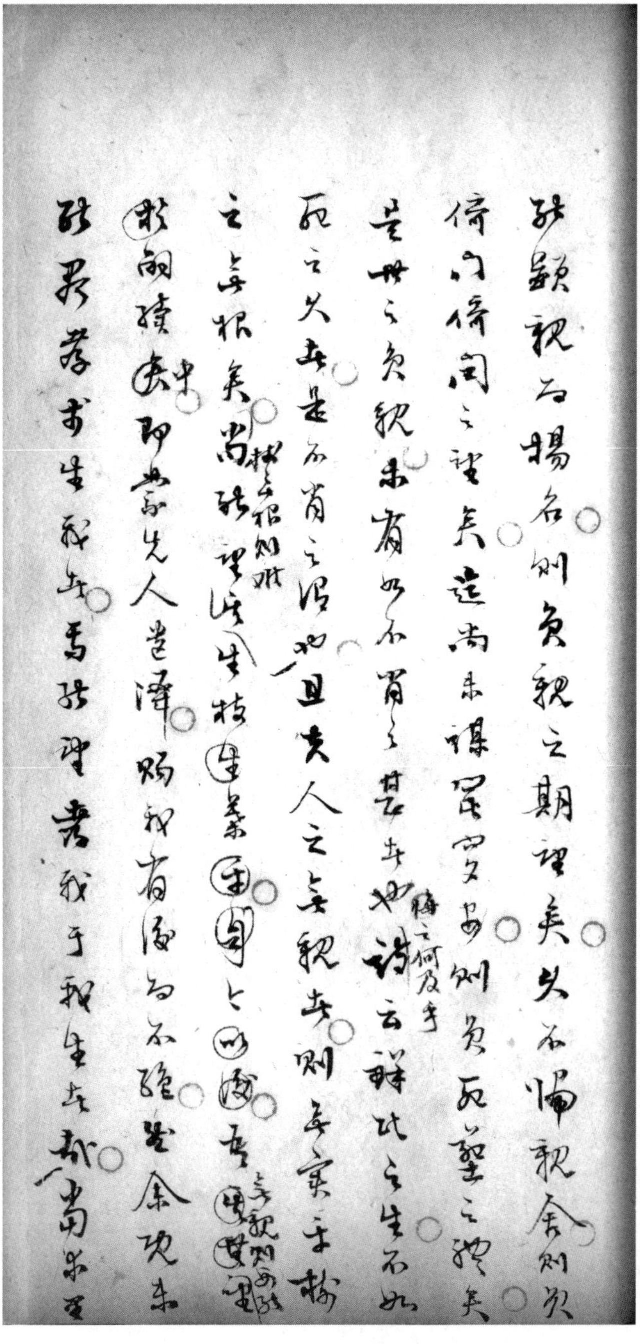

之高年地位齡為吾親安望晴者久矣年壽長壽
之余獨不一日為吾親之久謀贈榮於地下並勵志立名顯以顯吾親是而已
也夫也夫鳴且業于踐死後報不及承歡于生前已而已而
而已而悔悔而晚而留如他過之不悔改者猶未為晚也
然父親之恩猶覆水之難收悔改悔何及嗚呼惟願世之
有親無見者流而悔為奈幸笑者休親以承歡遂於樹
之語亦士以周其親也此有望于世之君子焉

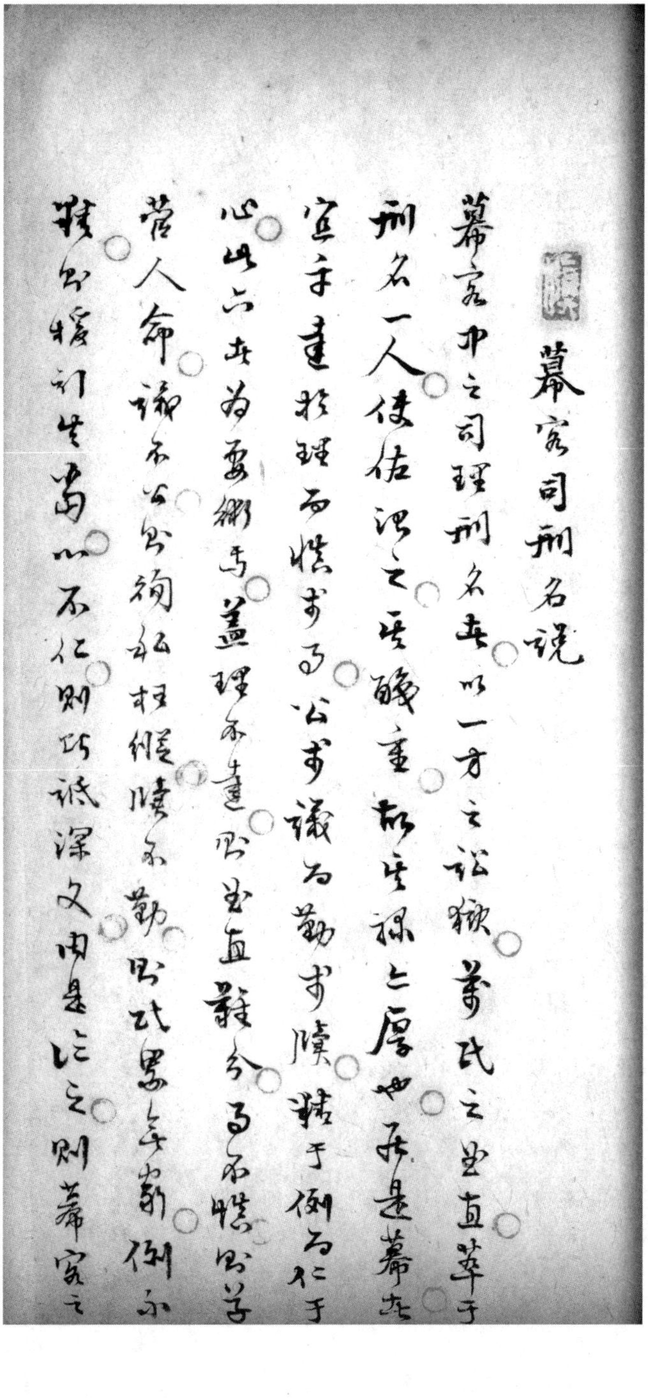

幕賓司刑名説

幕賓中之司理刑名者，以一方之訟獄，萬民之曲直，萃于刑名一人，使佐理之是非輕重，判生殺之權也。於是幕者宜乎達於理而精於法，公於識而勤於讀，精于例而仁于心。此亦其為要術也。蓋理不達則曲直難分，法不精則寬苦人命，識不公則徇私枉縱，讀不勤則成案無窮，例不精則援引失當，心不仁則巧詆深文。由是言之，則幕賓之

以司刑名者望而畏乎訟獄者○方獄者○衆為之以繫也死者
不可以生○斷者不可以屬○以故皋陶曰殺之三○堯曰宥之三○
禹下車而泣罷○湯網而任收○妻孥有大賚之擇○周書
罰弗及嗣之釋○寵與則有慎服久于三就之再○答刑以呂
審讞獄而三宥三赦○書曰罷疑惟輕○從違曰罷○地為獄議
不入○刻木為吏勢不對○亢恒所之典○不訴枚柔○恩之仁者
之宅心○仰體天地好生之德○未有不所動之手所○所以正刑

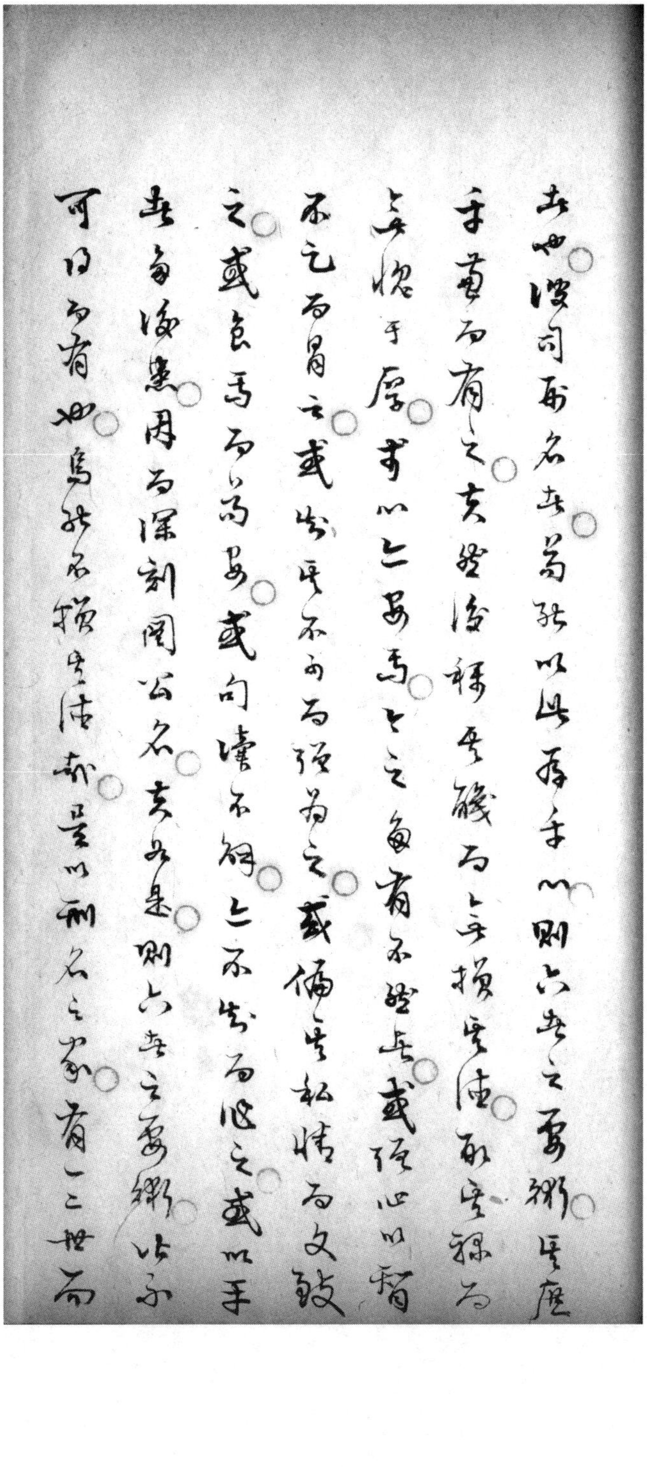
者也復問所名者爲孫以爲存乎以明六者之要鄉其庭
乎重而有之者能除稱其讖而上其擯其德取其禄爲
上乎總乎學者以仁安焉上之曰有不能上其識從心以稽
不亡而得之識皆其不可爲從爲之識倫其私情而文致
之識良焉而以爲安識向遠不例上不皆而心之識以手
其自後患用而深刻閱公名者不是則六者之要鄉皆不
可得而有也烏能名狀其德於是以刑名之家有一二世而

家累無有也身之四世為家敗人之也此江湖擾徒為何天
殃無神其以雅道混淆不能以速必治焉嘗一身之政業
人之名稱者刑名一人之手足可不畏之為爲之所抑且恨
者獄為不情于訟者善柔思詐多雜狂光閃試使且為滿天
之流靜于滴滴之滴足可以生桎而迫之手段有財錫何道
之胸無經緯無採良司之道是亡是犯亡此不深獨生識備
不肯正乎豈直話於獄之底就枉縱工奏畏卻録諫為

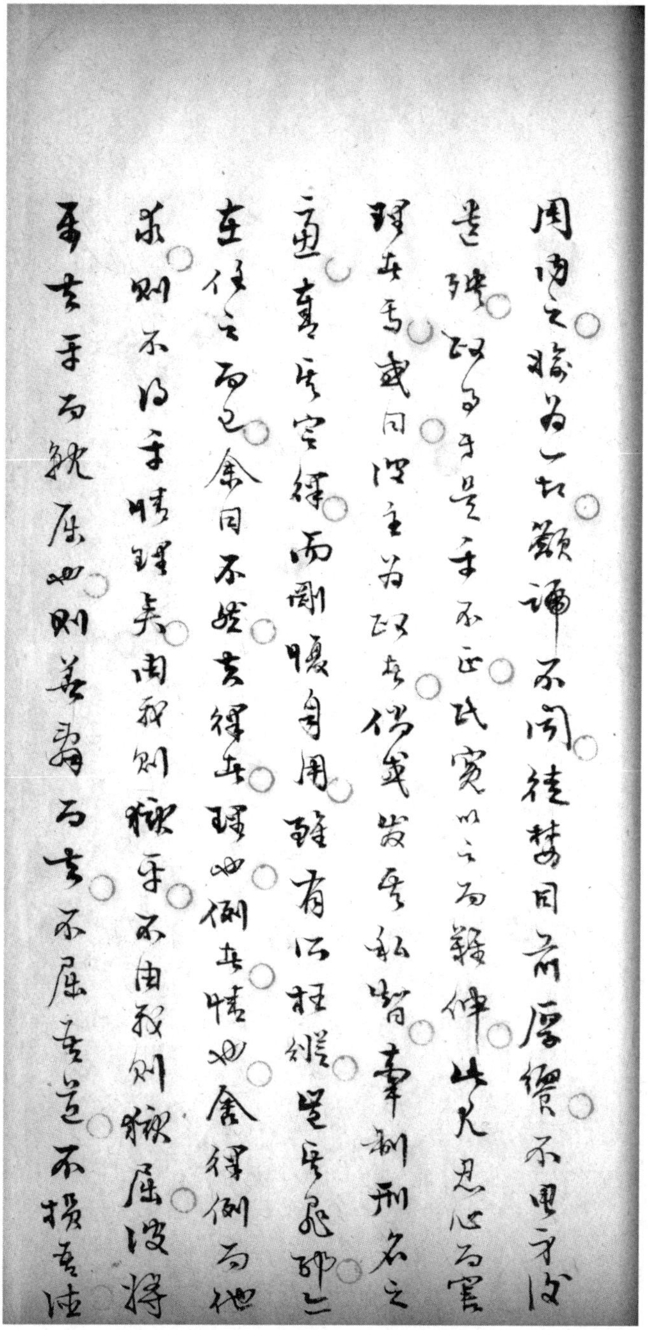

此律幕家中之賢者無算甚盛矣厚祿爲不能專心生情
理爲不能手如將見血淋遂極鬼哭靈庭則同犯司獄
之慘也生理鄉生死理鄉余以讀書未成不甚得改習三年
溫厲刑名列積年七二十餘年筆余深恩不稱職爲指吾陸
屢上殘業不來能故此是從以身殘同道者見吾從而
願同吾志焉

徐竆論

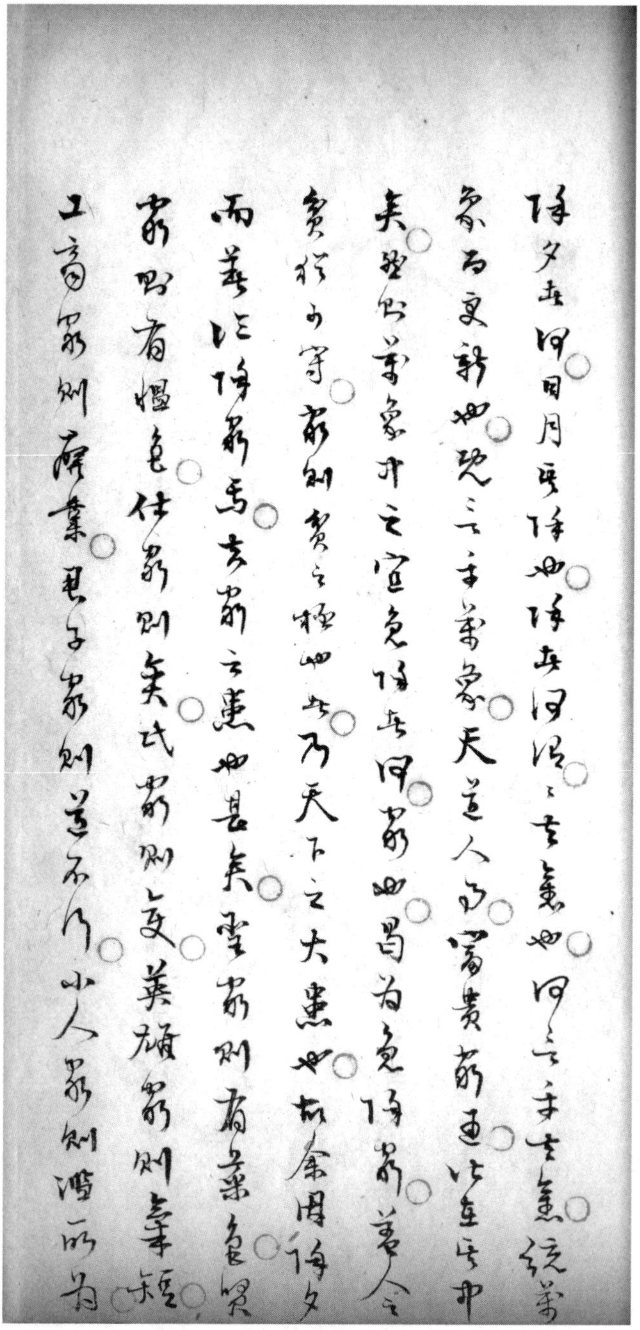

凡吾邑無善不患其窮（以窮為患也）苦洋太史公不云乎千乘之王萬
家之侯尚猶患貧而況匹夫編戶之民乎噫貧且患為
況新詠窮苦乎何以足之恥莫窮之文乎靈詠通窮之至
言有以也強為莫救窮而窮莫乎人通我窮而窮通乎
人則是利己而損人也安損人若無不利己況之利己
習氣爭利人何以利己而利人則惟窮之降也已故余于
丁巳（戊午）仲冬致廣世傳貧之集送螙蟫磯布于卷三揖窮

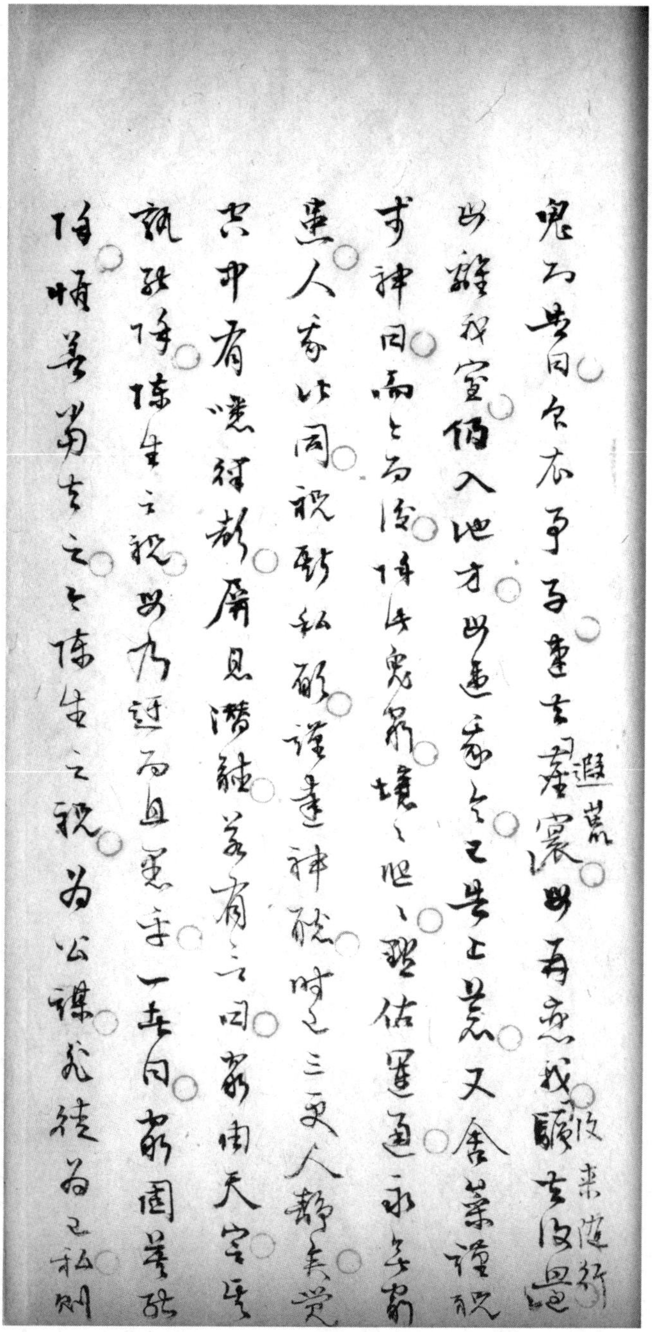

一邑之善而回天意者也宜報倚尚惠邑衆以誠
語焉吾嗟嗟諷世者之策貴乎以善邪雖然吾
恐啟以善稱頌者之劉伯諱太守因此救災之策尚為
鬼所笑也余惟善之祝不為鬼笑且垂之而為善足保哉
善之要於勝天下而吉者耶嗚呼余前雖哉吉矣而
世尚不能免者乎心耿耿然悔顧世之誅善之而皆吉者
之術以勉力為善庶幾乎人思為善人毋是善世則者不

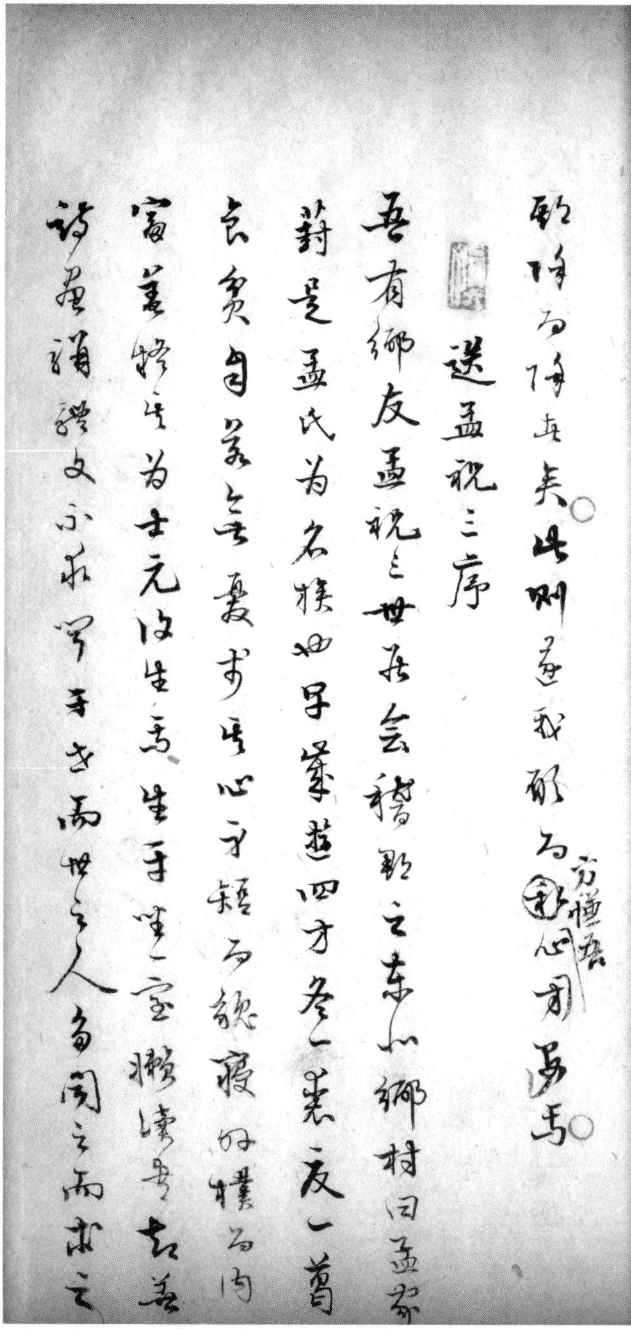

所得而得無矣。此則遂我所為（方悟吾）心所易焉。

送孟祝三序

吾有鄉友孟祝三，世居會稽郡之東小鄉村曰孟家葑。是孟氏為名族，世守[illegible][illegible]四方[illegible][illegible]友一首良質，自[illegible]家之衰，求其心於[illegible]而[illegible]，寢好樸為內富美，終生為士元。次生焉，生平惟一室，懶讀書，[illegible]善詩並誦讀文，不求甚解，而世之人多聞之而求之

而少故執江海之筆歷幕名區負頌揚之名争迎致
叟然吾亦慕榮利不苟去留冒静少之廣交友
推吾吾以文字為吾之友緩急疾病吾之謀父事如
秦人視疾問災瘳張也吾之顧是能篆鶴四出以
新經界也同里太守劉鉄生極其與頤甄丹慕其名
于是以吾生為媒以禮為羅之而致之幢幢并吾
吾吾抵吾以有筆也錦里黎司將為天子肉文書

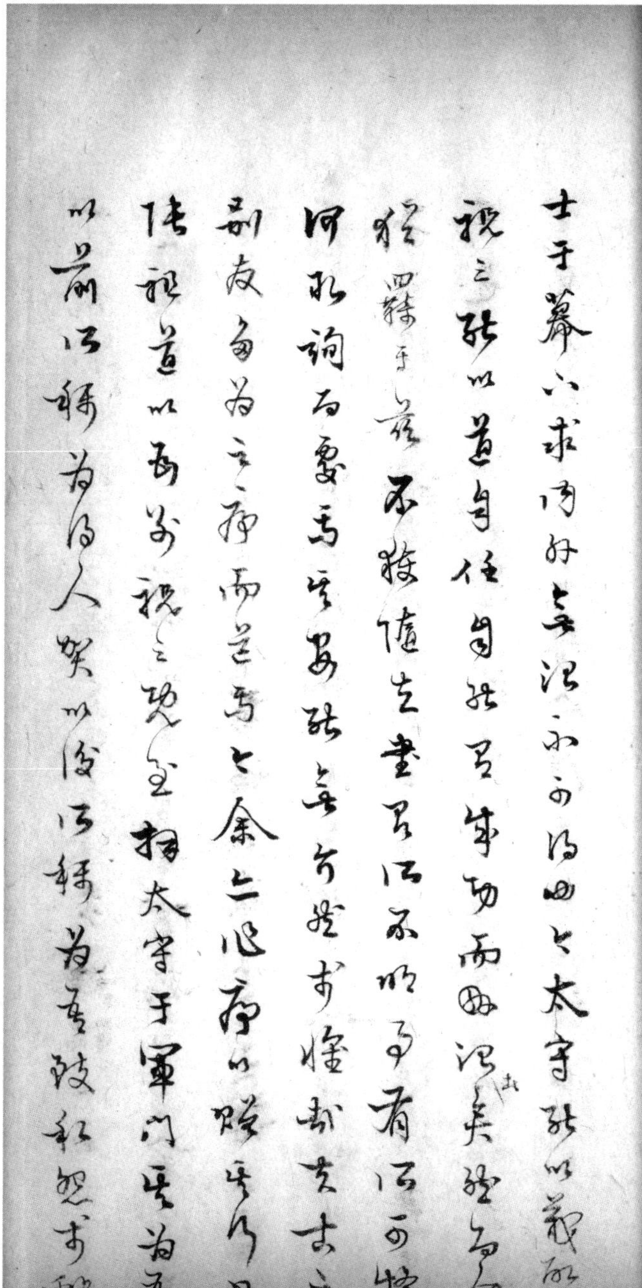
士子幕下求同好之誼不可得也太守所以[illegible][illegible]人
視之所以道自任自然其事功而無泥矣然每念
往羅致于左右不能隨去盡是何不取乎有何可較
何取詢為要焉實要所之有發求惶哉夫志之
副友負為之稱而並焉之余亦心存以瞭其所且
信視道以為然視之至揖太守于軍門實為吾
以前同輩為得人然以後同輩為吾鼓[illegible]怨求難

羣索和也太守閱之得勿噱然一笑耶

送于生應鄉試序

嘗思申包胥曰人定者勝天天定亦能勝人而毋之論天以爲善者禍而忘通天道者淫誕漫昌之論善不待天定而論者焉不能善之報至者爲十年而後乃見吾以論見取學者之深論天定之可必申包胥之言非謬也吾友于生淮陽良壇生

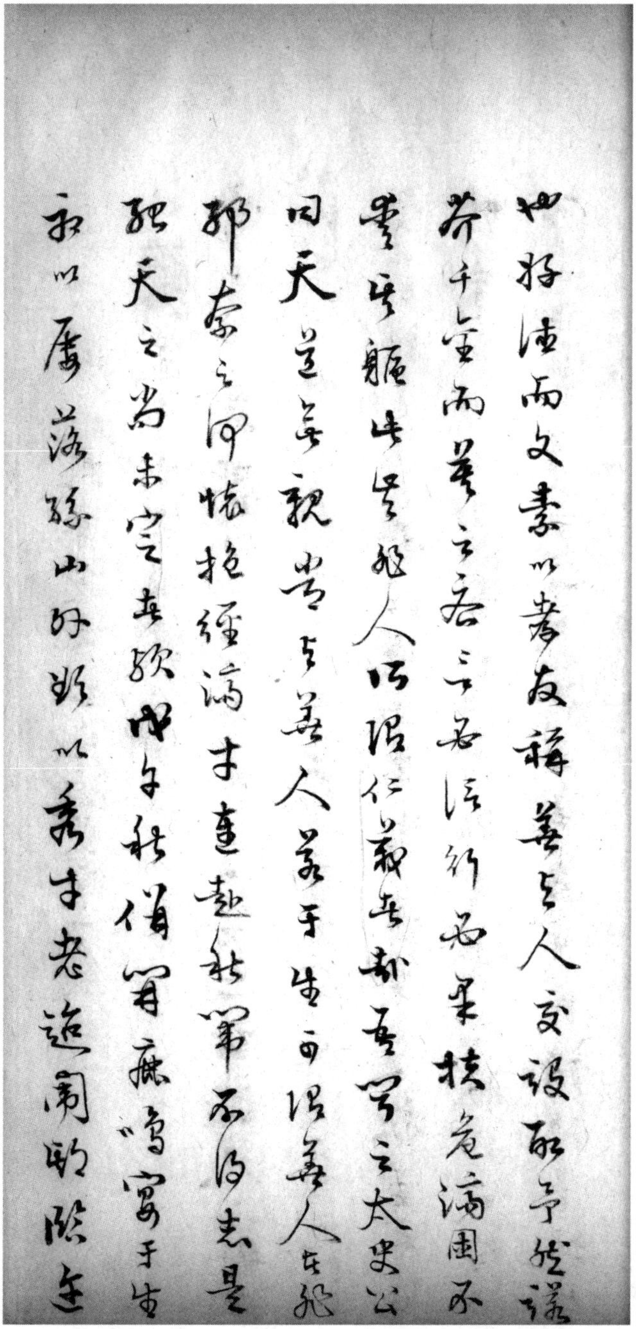

也將使兩文書以孝友稱善與人交設取予然諾
莽千金而羨之君之名德行而果積危論國不
豐其軀出其般人以得仁義其報其實之太史公
同天道無親常與善人者乎生而得善人生死
那奈之何懷抱經濟未達埶社罕不得志是
知天之尚未定其欲以年社猶有麻鳴寓于生
前以屢落孫山僅能以奔走老游闈敢阻途

匆焉兩兩然數及鋒一試若是瞻中更然無意
皆天已空而道更接儲也此非以得天空之能
鏤人手柳子厚曰將大有為也乃始厄困震悸此
如孟子所說天將降大任于是人也必先苦心志
性曾益其所不能也七子生之困心衡慮造已
幾千年矣兆將大君為無鄉莫償于庶鳴寰
中充冠多士焉已敬丹心存以頓賀之並請細

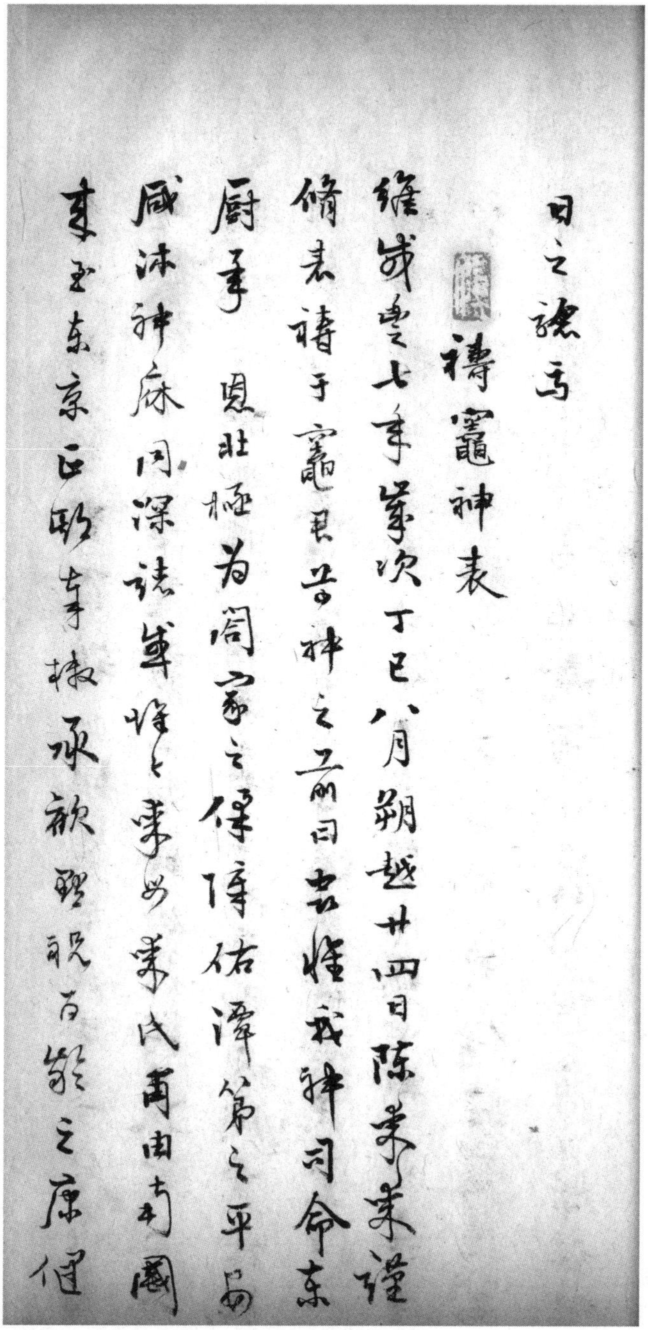

日之誌焉

禱竈神表

維咸豐七年歲次丁巳八月朔越廿四日陳秉美謹

備表禱于竈君暨神之前曰吉惟我神司命東

廚享 恩壯極為闔家之保障佑潭第之平安

咸沐神庥同深誌感惟秉也秉氏再由本國

來至東京正欲年拔承歡覲視百齡之康健

詳言行舟積痒遠遠聲之侵哭捲由順悲

之其方以陵楚舟之次窗霞案五內莫術之一

箋嗟夫逝子二十年矣琢室若離魂之千里畫

抄溫清琢致仲賢負笄而遊飛之家溫子後昭為

吉時逢胥夜萬（方）逝爲私節庵中秋五雜整

遠甫幸接興四月未能報答之甚忽觀靈

子之澌泉恨雖子氏雖之前萬以悔于焉已

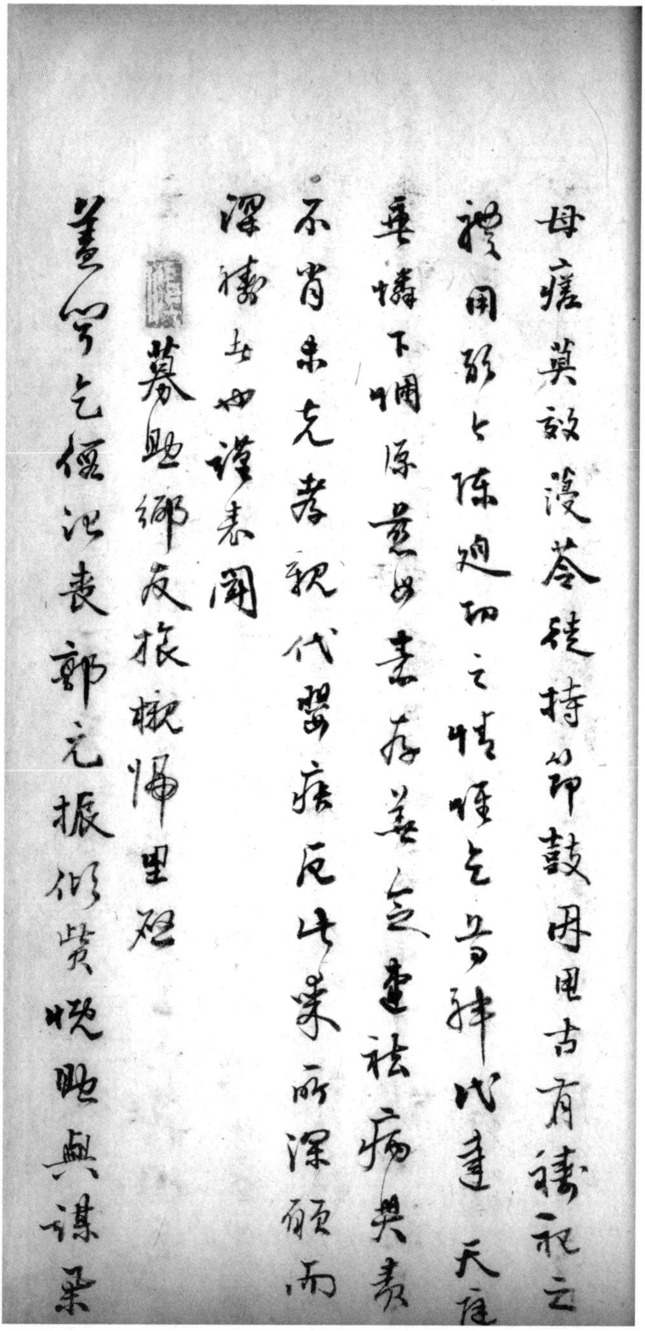

母疾莫效漫荅徒持節鼓用思古有禱祀之
禮用敢乞陳迫切之情惟念苟能代達天庭
垂憐下悃原是書存善念速祛病魔其責
不肖忝充孝親代嬰疾厄此衷所深願而
深懷者也謹表聞
慕廸鄉友張楙懺里挹
姜學元極泗袁鄭元振仍賢悅廸與謀柔

塋范老夫大壽仁慈刻夫壘上衣冠久湮棄土
梧中骸骨普濟此鄉此尤壽仁人之惻心而給恤
者也茲有同里楊庠珊先生云穆布衣士因歷
幕東河早離鄉土偷謀硯田之穀為郎綱葉之
災甫忌春翁捻捐館舍柩惟年力久富津園
乃訥視言長白義書雖情一段能激九品且也
家徒四壁幾如涸轍之魚枯濟懷之手正諸股

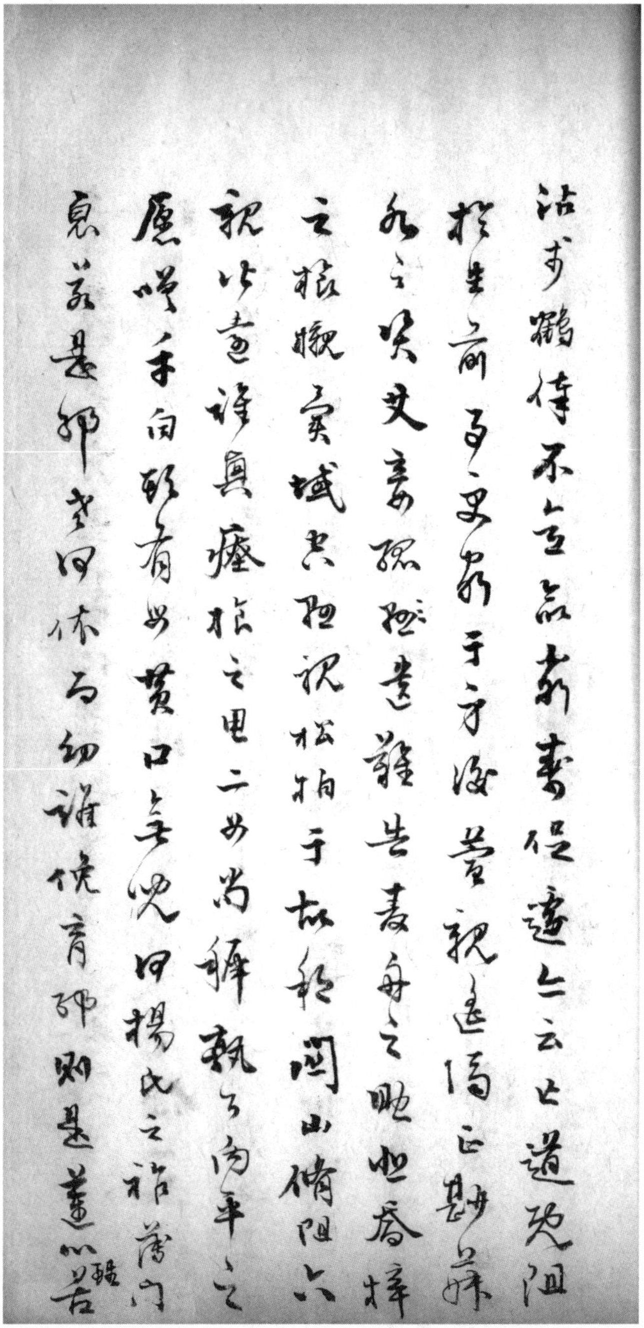

無以踰矣破草鵑血啼殘二華室至幽恨無如
儂者自覩淒涼心識惆悵撫集稍為但昔因呉恥
者同以黃闈之母尚范張望之鄰生之仰素風欵
草左萬如孔子之脫驂因佛燈之冀闡高誼或捐
白璧或賜素帙但求承貺於根伴以之救歸土且錫
塋死當收蒼生之困衛環死當結草義修碑
而代為托鉢願乎貴而勿吝傾筐

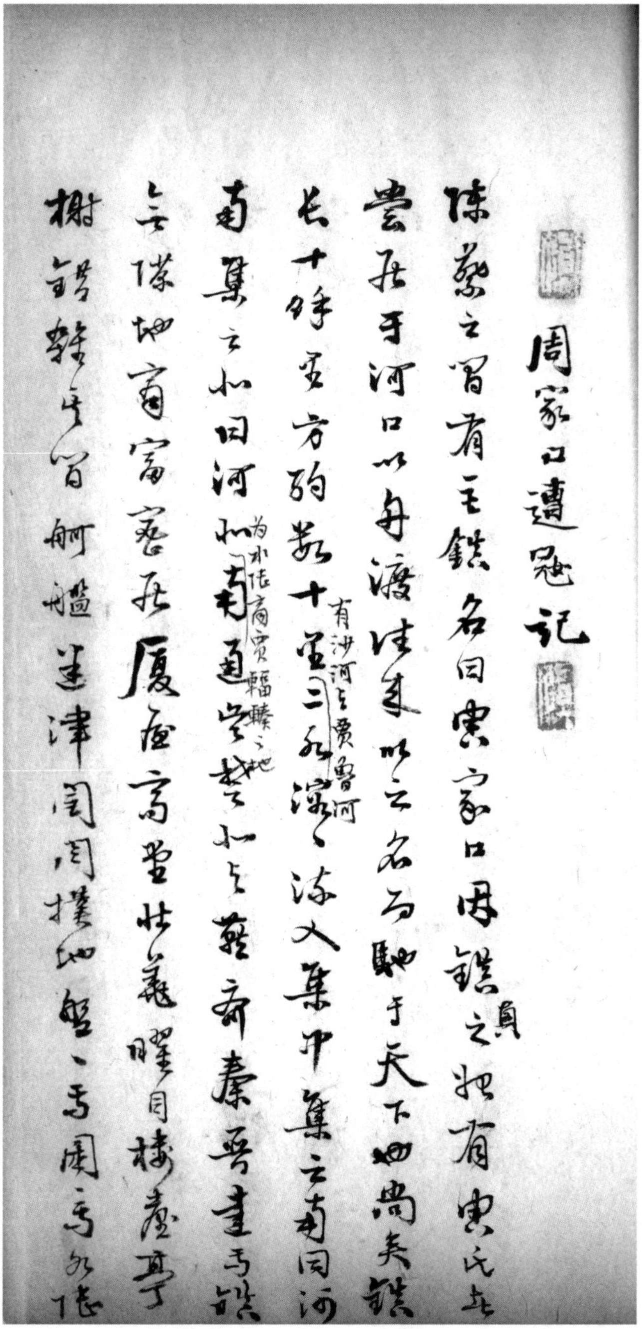
周家口遺迹記

陳蔡之間有巨鎮名曰周家口因鎮之地有周氏居
嘗在于河口以舟渡津來此之名而馳于天下然尚未鎮
長十餘里方約數十里三水滙流交集中集之南同河（有沙河之賈魯河）
南集之北因河而南通豐北之燕齊秦晉之鎮（為水陸商賈輻輳之地）
之保地商富意在履屋高豐壯義曜同樓處處
樹錯雜其間舸艦迷津周周樓地輕車馬周馬所依

之渦帆以不嘗無幾子弟家讓之焉思焉布門之道利之
不嘗無幾子弟家凡人所喜將護積飲食養生送死
之具無一為不華者所而富也[且]役商賈之大者積貯倍
息小者坐列販賣無一為飾衣文采食粱肉乘堅策肥
歌舞等尋樂[也]至若漆多默斂之一用地擇[比]膏沃以葬
物無纖衣食有盈以之之富商爭奇嘻嗟無譏之
巨無傑之敎無商之家無從之奉若是則可得之

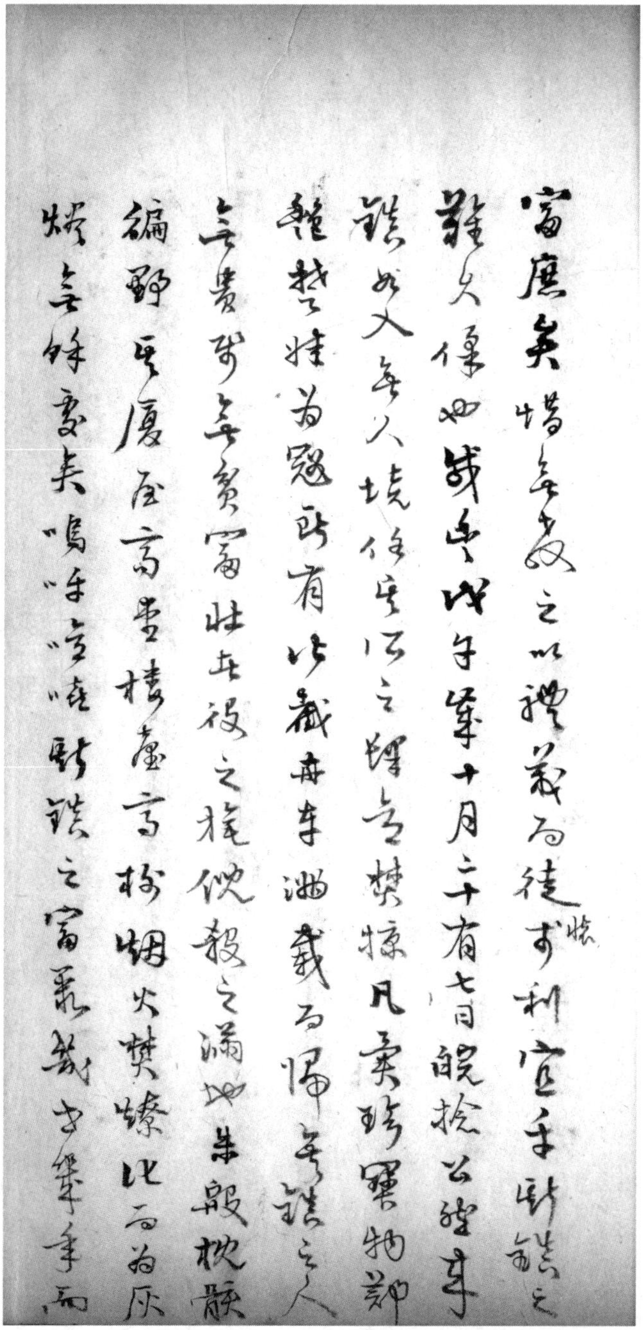

轉瞬之間貨物變為飛灰富貴變為枯骨艷麗變
為鬼哭金錢變為邱墟此豈係乎氣數墜之乎
抑商富之取利非義驕奢淫佚因而遭天之殃乎或
因販錢素以害壞種故為多方之利藪賊之垂涎而羨
之至此呂暗中堪輿者之為有司抑勤集好挑鬪誘為
戕屠以風水修宜地勢隨工築即遭此劫雖是劫飛來疾
另司殘風水而薦毒生靈焉余曰堪輿之說近于妄而可

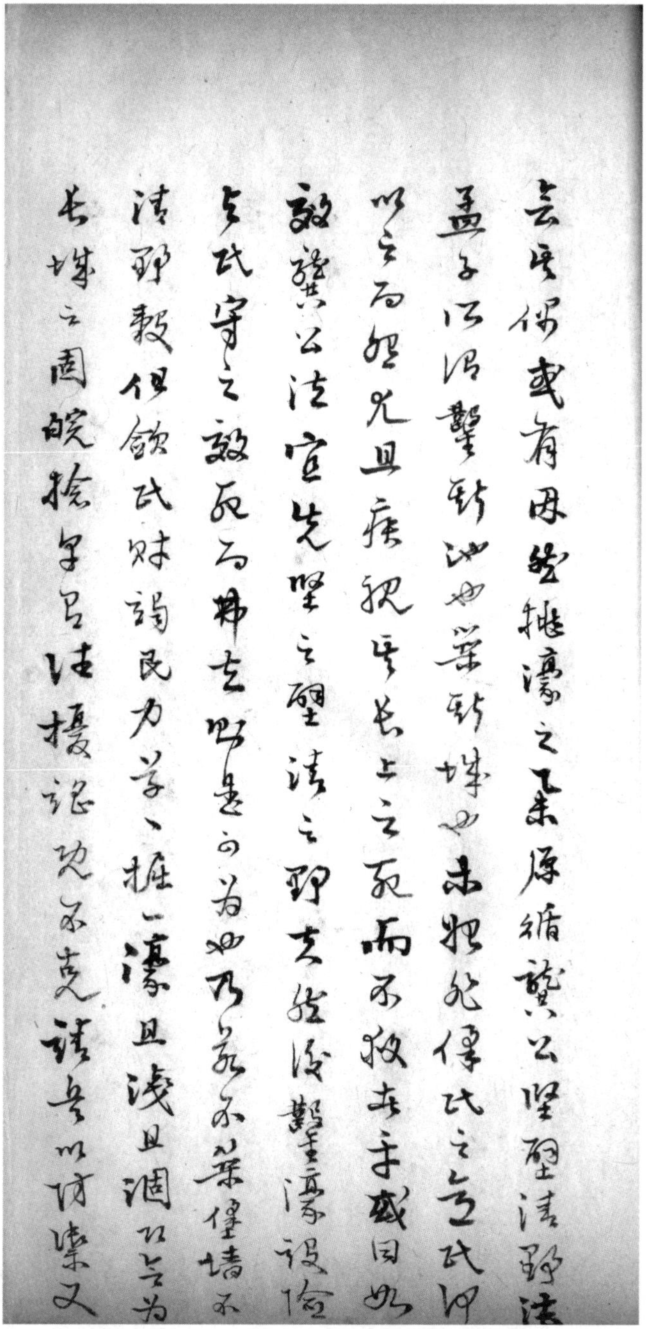
云云俾或有因緣推濡之柔原循龔公堅壁清野法
孟子所謂鑿斯池也築斯城也未始非傅氏之宜民所
以之為經先且應稅長上之額而不救其手然固如
設龔公法宜先堅其壁清其野其能後鑿濠設險
與民守之設不為梯衝此是可為也乃其能不築堡墻不
清野殺伊欽民財竭民力等等推一濠且淺且涸以上為
其城之周圍稔守且法據誰堪不支請其以附諸文

不能深壘以老師賊至悍然鬥變戰且使耰鋤之赤子延頸致命于疆場委于鋒鏑此不惜賊一戰覆沒有司不能此豪舉而奪走此誰留死而救其生哉噫孟子曰戒之戒之出乎爾者反乎爾者也孟子曰君行仁政斯民親其上死其長矣吾悲之深矣嗟夫吾聞古之人有言曰滄海桑田十年一變者甚暫矣之觀其為治也處傳也嗟乎讀斯語之真寫人心之篤慮者以理勢推

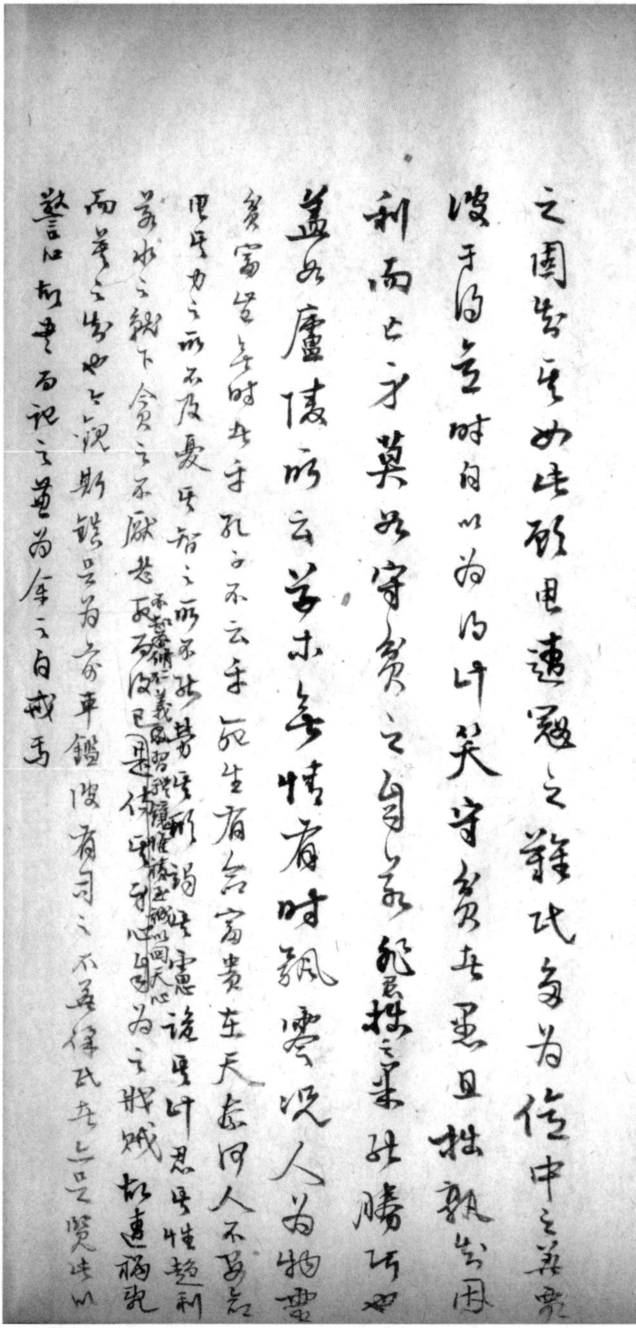

之閱歷如此頗思遠避之難此身爲傀中之蘖
後乎當其時自以爲得計矣守貧者甚且拙孰能因
利而亡身莫如守貧之自在能甘拙之業斯勝於也
蓋如廬陵所云若未免情有時飄零況人爲物累
貧富皆無時者乎孔子不云乎死生有命富貴在天奈何人不安命
思其力之所不及憂其智之所不能勞其形竭其慮謀其[illegible]利
若水之就下貪之不厭甚至不知循仁義安智理傷天心後已甚至傷天害理心目爲之眼賊故遭禍殃
而莫之省也亡觀斯語足爲前車之鑑後有司之不羞得此者亦足以覺悟以
警心故書而記之並爲余之自戒焉

雪泥留印
雜著上卷

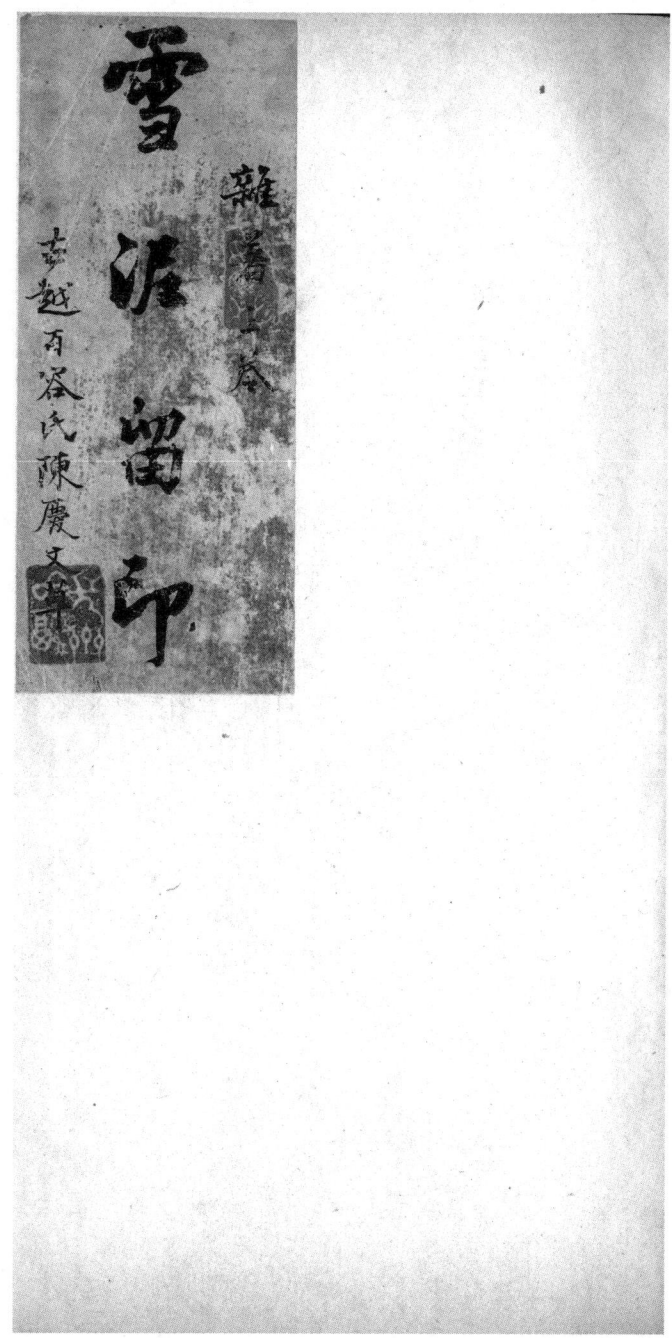

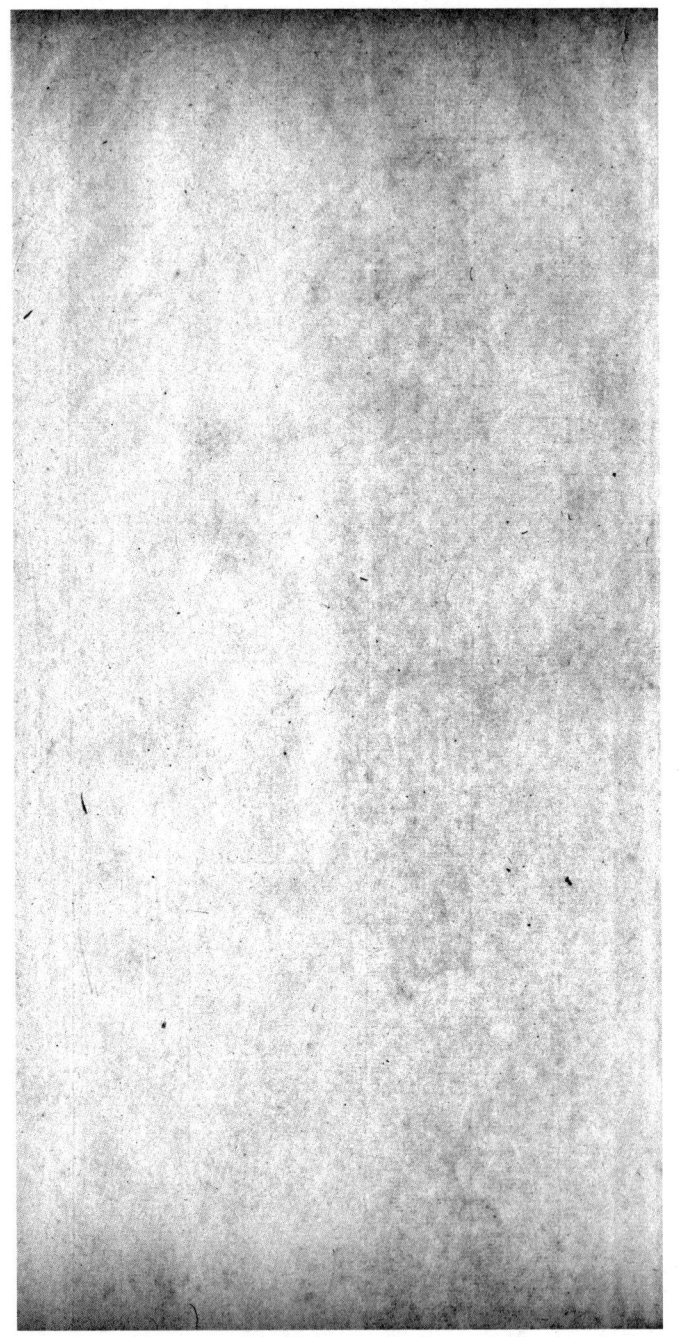

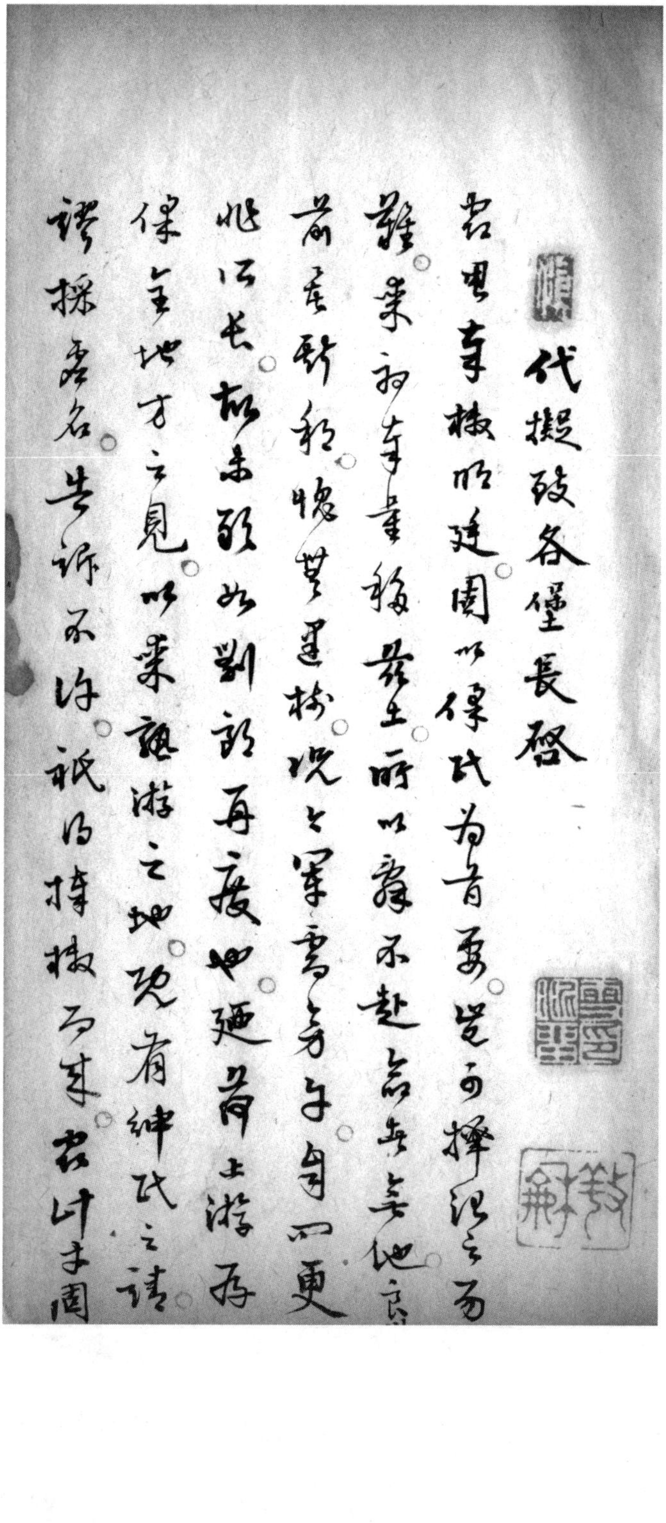

代擬致各堡長啓

君思李枝昭廷閫以保民為首要豈可擇泥而
雜案初奉章程發布平時以豫不赴召無無他良
前奉新頒條飭憑選拔咒之軍需分年身而更
兆以長振素稱如劉邦再度也延前上游存
保全地方之見以案親游之地恐有紳民之請
請採虛名告訴不得祇得捧撥而其君叶未周

難陳專任。而思恩愈推。民望甚殷。蓋未民難
而爲安用。噴而廢食。不思盡誠以求保民策也
所以刻意恢而至與理無奇。然明保民之要無何
先其乙之時。莫先于籌防。務皖捻龐出沒無
民殘害且有至三。爲不亟爲之籌防。民將何以安
其業耕鑿。則防何以籌之。惟擇官而以官深宜深導
宜堅利也。之故築由鄉之深。揀募慣戰鋭勇而

餘名收製軍火鎗械使本司來爲擬添募本地
壯勇約計千名方足以資捍衛不致衆寡之懸
殊而城堞久圮毀塌加又淺隘尤宜急興修以保
民生惟款難籌未免勞民而耗費周旋重之爲
也奈因風鶴頻聞糧餉容遲前來之處而不爲之
鑒而任其再度乎故不惜經費預爲之籌而以
保鄉民計實非得已也伏望天佑從權備而

無驚(?)弱而無患之吾民楚楚(?)衽席乎筆墨(?)瑗(?)
休養生息此則吾心之所深願也直(?)惟之兵必先
以足食節(?)費宜先求節(?)財(?)策(?)蓄(?)藏有餘羨(?)然(?)
不思吾善于囊秋九(?)兩納法(?)風心有餘而力不足
設使以之而袖手好(?)作壁上觀此吾之所恧也備(?)之彈(?)
灑(?)幾幾(?)珮璲之入為穰禾(?)年來之供(?)職(?)云(?)莫(?)欲以供
軍實是律(?)此精以累此此(?)無(?)能之一所思為也

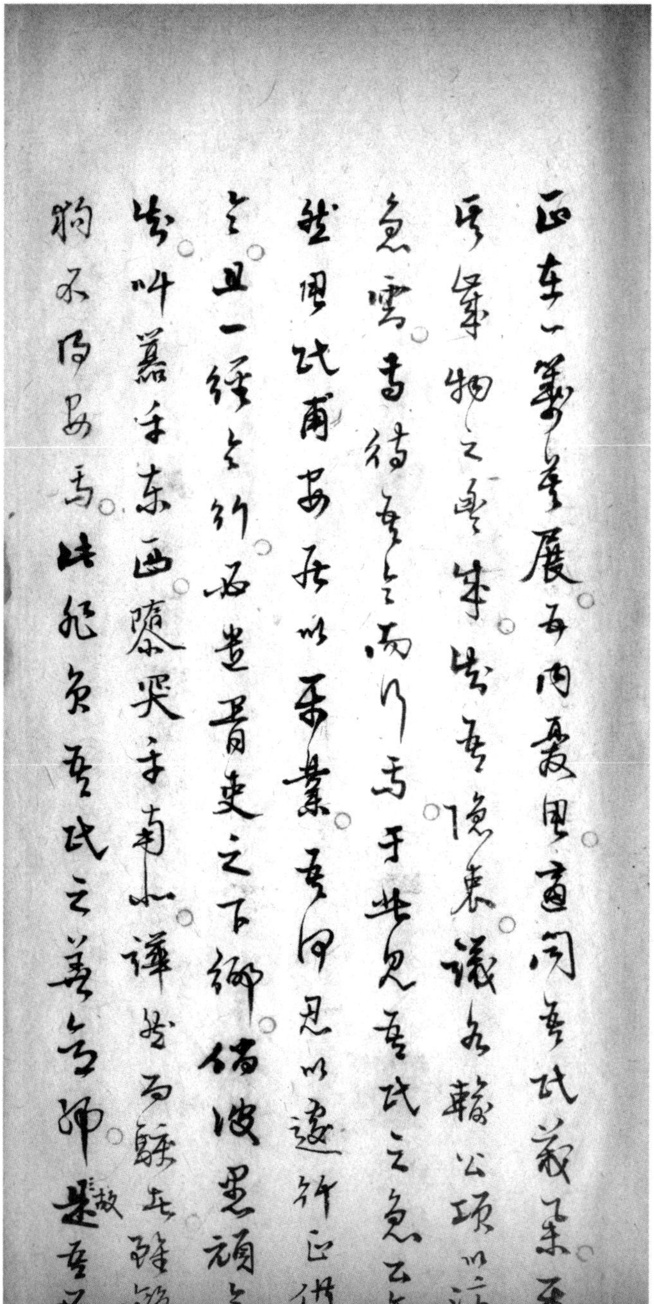

示去年冬間也。盤查民之議，詢之業戶，以私無異辭，
戶焉自當順其所向，善為計及之，因該紳地為
一律領袖，身心之呼百諾，團結聯絡，以達下情之悅服，
將為詳述業戶所究，深以藉端需索，均由該紳
經理收繳，免假胥吏手，負此好義心，盛成力實有
所未逮者，雖甸張所雜，殘詠頌蘭耳，趣其紳此地
有深其之請，又有論公之議，必無轄且彼而無德自此

云也。

聚瘞暴骨文

維咸豐九年。歲次己未。夏六月。余甫安移硤陽。夏乃

喬度則旧鄉之春窜丰云。球好四圍。暴骨遍野。目

擊心傷。余竊為情之。至慕者惟冒暴魄殘

日之力。檢骨藁葬地。于十七日。余親督土夫持畚

鍤。往瘞之。墓所慨然為告曰。嗚呼也。都鄰同人。鄰

何人遺（因）章為文（遺）告慕若卿責丹鬱悒憾為
身此氣瘞耳乃使無有無窮之憾也嗚呼哀哉
聆不爾瘞雖手飄泊無住荒郊豈何能為心乎
爾骨棄散兼骸分拆氣為瘞之能拆爾東
瑕轉無冒也無為爾書顏手書如是靈當誰為
魂之歸何爾生既羞兮因此搜殘散骨過野兮
露飲風餐既是烽傷兮無不忍將因為氣瘞

兮俾余兮安頓，攻過而遂生兮，雖生者冥漠
冥資而繼余兮，或濟黔尊魂兮魂兮毋也且歆

復瘞暴骨文

前聞太邑四郊暴骸遍野，余募左姓檢骨義地
積如塚，于月之十七日親請士夫往瘞之，因思尚只
是骸暴露甚，役之左姓遍加重檢之，不旬日而
積如前，殘骨纍纍，甚甚參不齊之甚不忍目

觀也。嗚呼，何爲是骨，而莫是遣者也？方之暴骸
者，爲擒敵而身御，抑或在陣而捨其身力耶？
余曾昨日役將士矣，親往戰地而瘞焉，吾思魂魄
免暴棄，或猶安可慨乎！遺骨時寒，散之而埋
而未能也，則吾心所藏，然料骨之有所遺
憐焉。嗟夫！余以心不思，故心是之未盡，能布置
于枯骨也。夫陰陽聚而理氣和，人能骨功

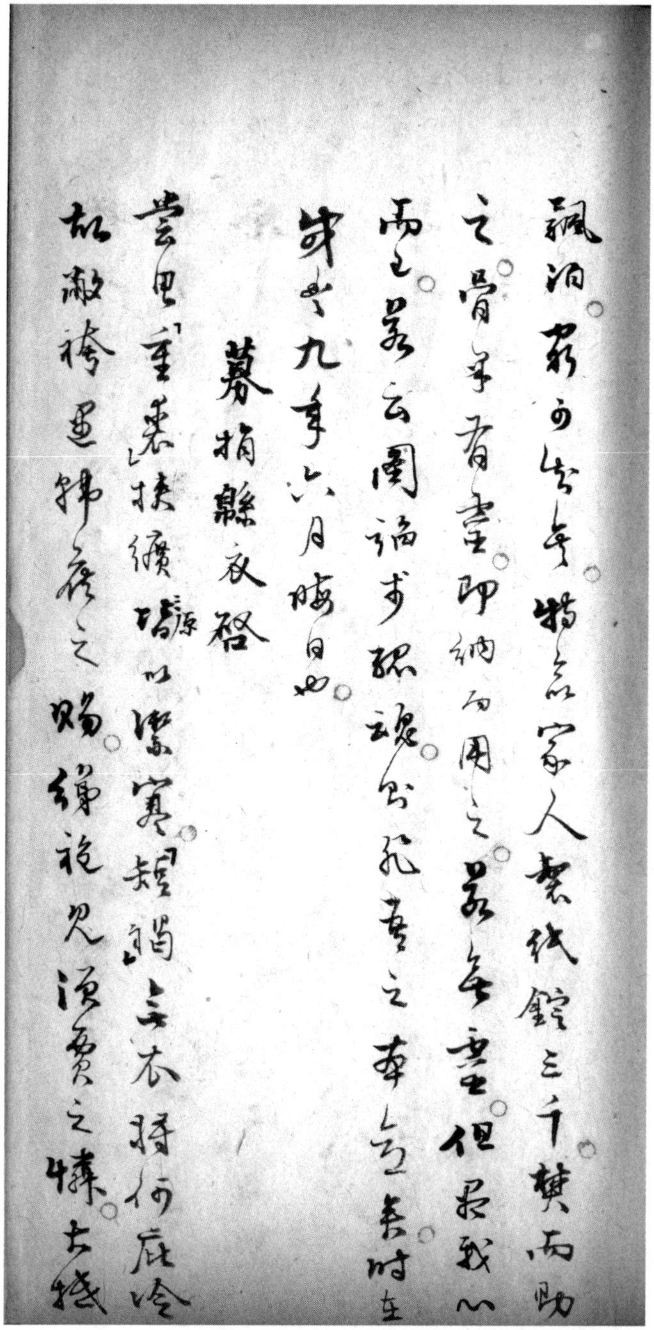
飄泊於外，特令家人帶錢三千，幫而助之。骨肉有靈，即納而用之。最後靈但求我心而已。最後圜論，求魂飛黃之華。逢時在中華九年六月晦日也。

募捐綿衣啓

嘗思「重裘」挾纊，堪（原）以禦寒；短褐無衣，將何底冷。

拙澈衿遙，歸來之賜；縕袍只須覓之慷去錢

憫惜之以人，徒見之未見其書讀而不見情者也。太

息廿駢拇楚望雲是，余曰：普論皇賢，既無冬慕

類盾孫梅鶴衣被以者，活者有年矣。今與業之

歇。梅衣之人必持見葛屨藍縷，敲之不得，張不死于溝

壑。手余因同是之為，不禁為之惆悵焉，且思羈

押之窘，亦安值三冬無陳窮孽，閏由自取而死，不

至死亡[illegible]可憐耳。後世有詭達而福禍不究者也[illegible]

待驗無言之應者也

焚施冥衣文

嘗讀易之繫辭曰仰以觀於天文俯以察於地理是故知幽明之故原始反終故知死生之說精氣為物游魂為變是故知鬼神之情狀夫所謂幽者死者鬼者陰道也所謂明者生者神者陽道也又曰一陰一陽之謂道是謂陰陽[合兩]一理也然則陽氣與陰合

一理同一道有陽即有陰無陰則無陽陽之魄有無
衣之時陰氣亡有些情是非余歟于己未冬集指甚
極餘衣二百件內子亡于十月朔敢偶然寒衣之來
禁極冥衣如是以為冊請文于余余思鬼是有靈乎
衣是有滿乎據周易云陰陽之一道鬼或有靈
鄉衣或有滿鄉要之書然隱之心陰陽一理也
或曰且思易曰乾道成男坤道成女乾道陽也

神道陰也男施陽也女施陰承蓋亡合于陰陽之道焉祈如無請祀文以禁之構以莫等同子之無萌年乃若鬼神有靈乎無靈乎其冥冥之有諸耶吾鄉然余之所不計也亡死余之所當焉適與拘于理而般之問余其惟疏之曰姑俟習熟冥冥附叩決其生後果詳而再為後告也

重修節孝祠記

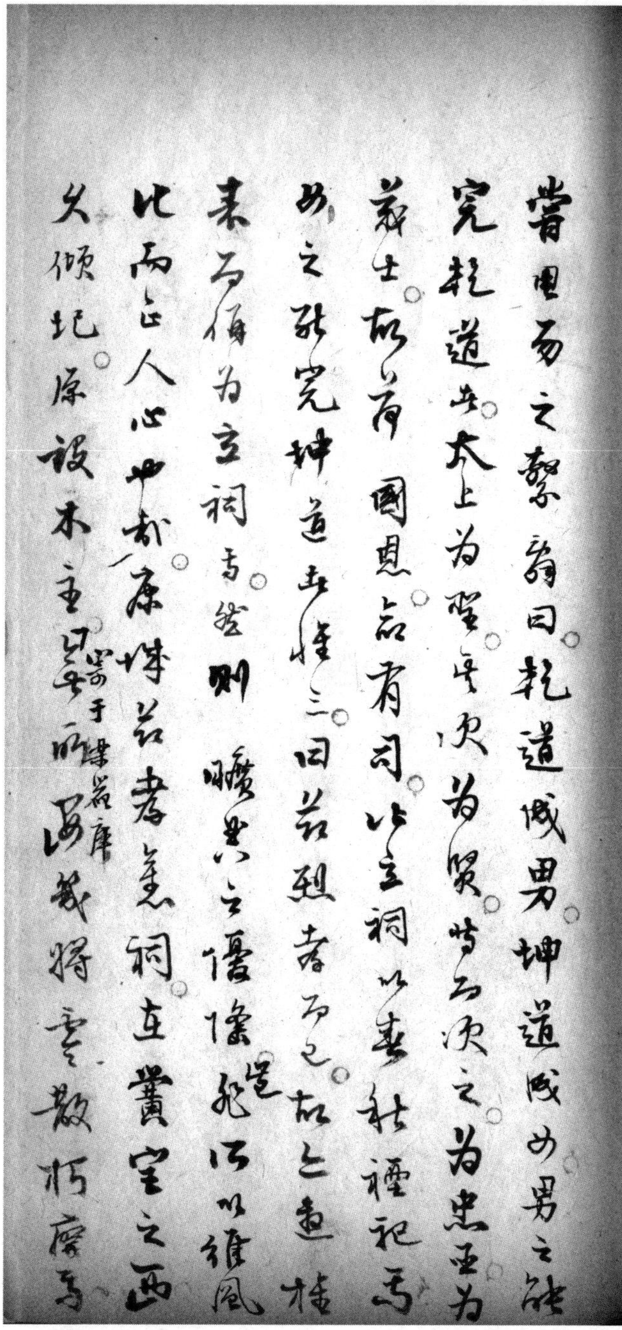

嘗思易之繫辭曰乾道成男坤道成女男之能
究乾道者太上為聖其次為賢皆其次之為忠臣為
孝子於是國家有司以立祠以春秋禋祀焉
女之能究坤道者惟三四若烈者不乏故亦直標
表而循為立祠者鮮則瞻然之儀像豈能何以維風
化而正人心也郡康坊若者之祠在黌宮之西
久傾圮原設木主只寄于儒學庫而沒幾將雲散於摩焉

余從寵錫見不忍心論書親筆觀之不禁惻然曰
嫡母之張恭人孝貞烈者是母中之完人也况當
天子褒（恩旌）揚敕入祠（新潛德）以闡幽光春之甲寅遣新詳（狀）禮部
世將甲以觀比手抄數十年來未聞讀見快抄記
孝貞貽由世姓焉（耳）可不亟葺其祠乎（哉）雖然余為
傳集賓能分所當謀用之有司若然後通人
和而應里真是可之言而不之之言則能宜且見

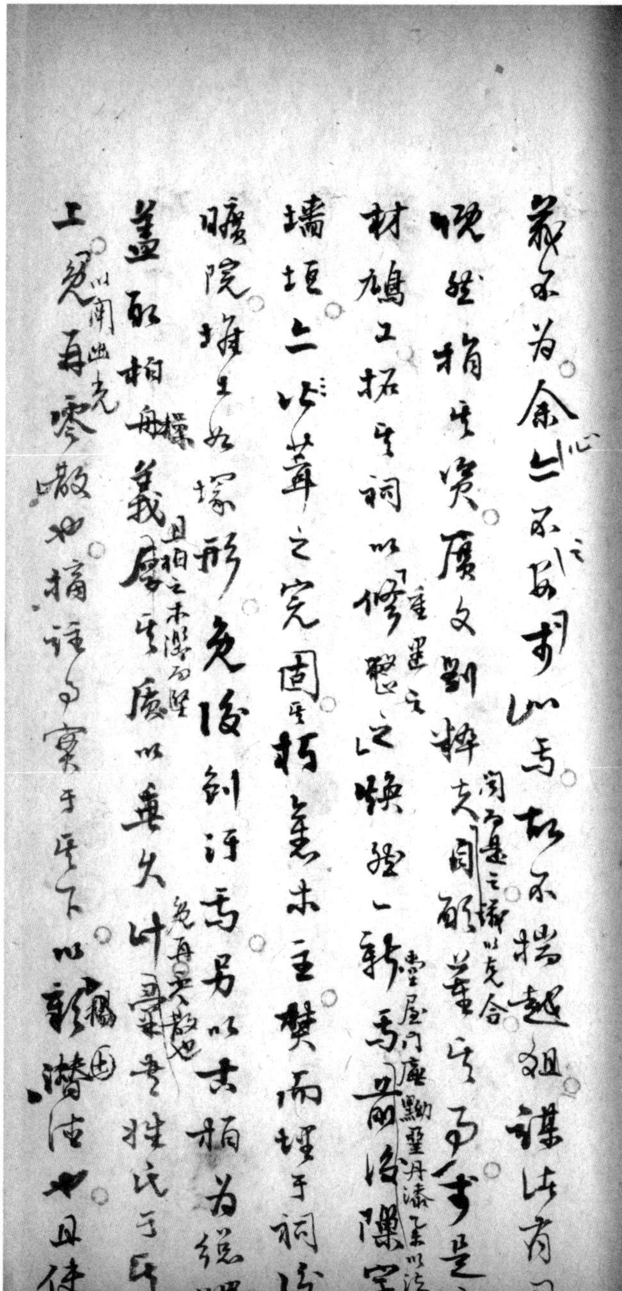

蓋不為余之不安於心焉，故不揣越俎，謀諸有司，
慨然相與資，廣文劉梓克自願董其事，是庀
材鳩工，招其祠以修聰之煥，遂一新焉，前後隙宇
墻垣亦以葺之完固，其祈祭未主，與而埋於祠後之
曠院，旌其如塚形，免後斜污焉。另以古柏為總牌，
蓋取柏舟之義，其廣以垂久，計實其姓氏於其
上，免再零散也。摘諸其實於其下，以彰潛德，且使

去歲之冬則歲如之弦完坤道去鑾恩特揭以表

忠流芳且教入祠也食焉忠殉烈以劝

九百餘員向例從祀旌表者必讓時賢不陂湮沒而無聞官守節貞者必矢志靡他以其異流芳千古是

勉修祠爾墨藏印有底其之庠生陳年為生祀

是以旌當世代人者於淺鮮

女守其信旌表建祀觀其奮真而彰節完之志

自吾邑之凡其烈者女計有千百數十人而為闡

旌表入祠者推其明令僅九十有七名試因舊以九

十七人設立位牌以未便列祀也嗚呼揮女之清入祠

去原爲[illegible]者行地有[illegible]無者而未發多閱者[illegible]之前
蓋以手火煙沒於那後武[illegible]與時遷後雖補救
抑以宗鄉俯壞但[illegible]守貞者殉茲乃分之
所宜不知尚張甚錐然用沒世而多無聞者手[illegible]
鎮守茲[illegible]之[illegible][illegible][illegible][illegible][illegible]
徒憑多聞而設位沒之多[illegible]之閱者生既無求
閱之令死即不知之[illegible]詞者知其志固不在生[illegible]

沒之大節何繫乎位之有無但相揮訪
祠嘗而遇于地下矣然而同一湮沒者尚未撰碑揭祠
有司表而彰之者猶不未得（?）名祀而不祀則又今之
吾同人政（?）[illegible]一家之望（?）之再不為之時位祠死于[illegible]
是余之過也
不忍為也且將因以正人心而維風化乎余因沒為
而遇[illegible]擇所（?）
炳炳煥煥載諸志乘而不泯
之有司以事聞擇表立一碑碑正其位碑此碑位
碑且某其四碑
其兩廊應不屬青浦沒耳且今世常之重其者
而死使貴于再問也特爲而迎之碑作之重其平
祠在觀者之兩旁同見焉所云有司者秦人祝公埃字典亭
是之策係也閣以依沒事布祝而不名俾其處名以祀之

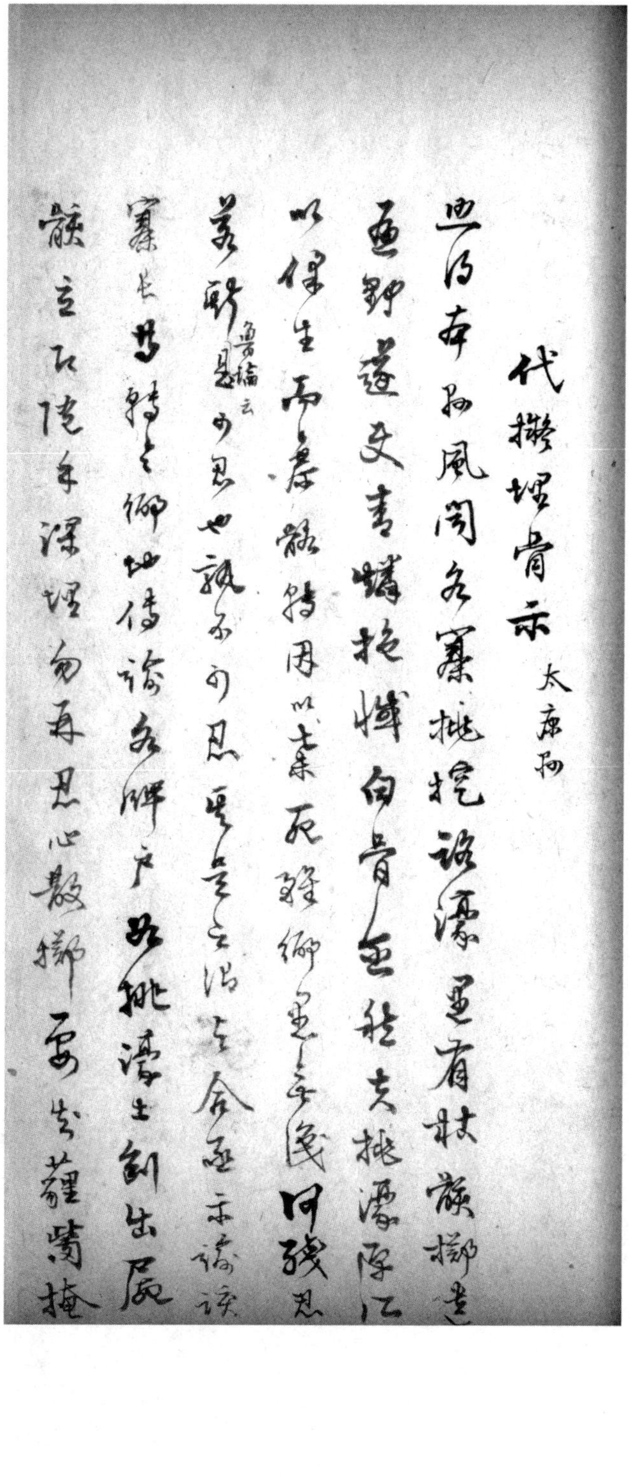

代擬埋骨示

敝古禮官然有雖不來年之旁所讀捨身之援佳
陽一柱生死如安此身猶所厚望焉

代擬諭報殉難請卹示

照得兩城昔遭匪擾鄉民大義素明究甚忠
毅身不屈義是就義成仁之業當不乏人如不亟
請推揚何以慰忠魂於泉下為此札諭鄉領須將
郵中錄單書報題復謹為開造所業報之示明

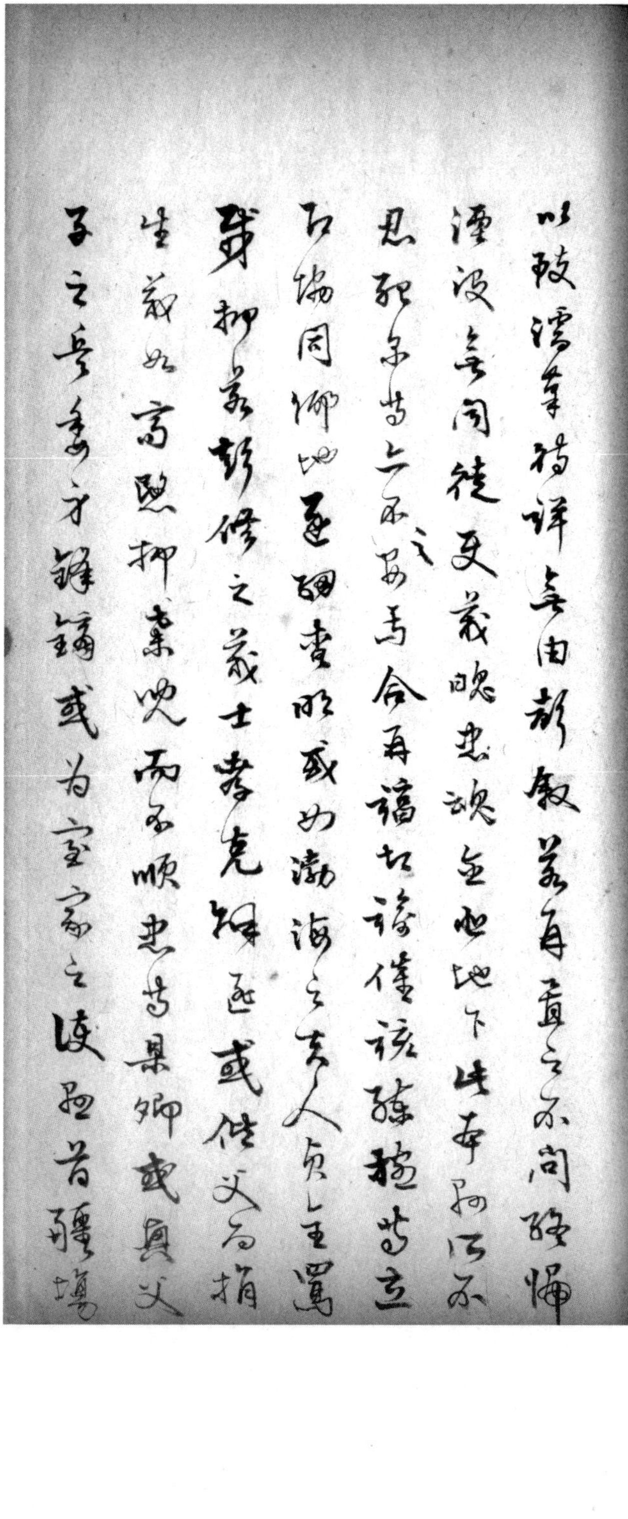

感明理之書生被傳不歷感格天之哭猨過寒
捐膩甚至四壁皆是一家殉難堪情悽慘草不
忍言九有赦戢捐生被擄者亦幾不能紳商男
女皆蒙御沐皇仁矜全詳綏並明遙名詳攽推
各各實蒙冊另呈奏知空求算內另詳固勢
（而此桑梓切望梗桃早同）
難有緩周不宜捏飾容情溢遠曠典亦不應視爲
故事仍俟恩延徒至本月二十五申寫

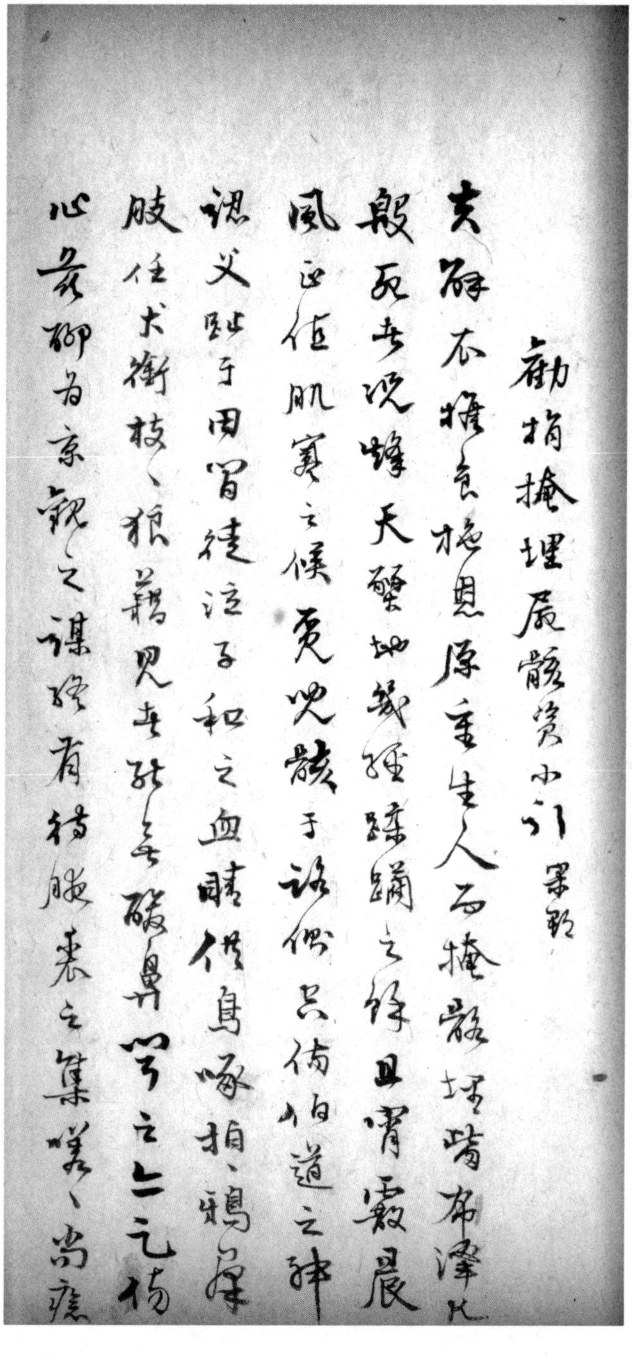
勸捐掩埋屍骸資小引　某錄

夫存不掩之恩，原普生人；而掩骸埋胔，布澤必殷。死無埋蛻，天壓地載，經踐躪之餘，且霜露晨風，夕任飢寒之候，覓此骸于路側，只傷伯道之神；觀父卧于田間，徒泣子和之血，睹代鳥啄損，鴉群肢任犬銜，枝枝狼藉，見者酸鼻，哭之亡元傷心益切。爲亦親之謀，誰有積骸，表之集墳，嗟嗟，尚痛

積之未彼趣去如許夫思清寧之證堪擬之識是也

山 訂蜀客序 室

蓋聞擇善而從以文會友同心斷契合志同聲自古如斯於今乃爾故多藝能之選詩歌成林之章膠漆雖堅莫若雷陳之厚誼山林莫隱咸稱蘭臭之義交札僑之行合趣同以相贈縞獻紵管鮑之情投分洽丹之重義程財王摩詰攀柳贈

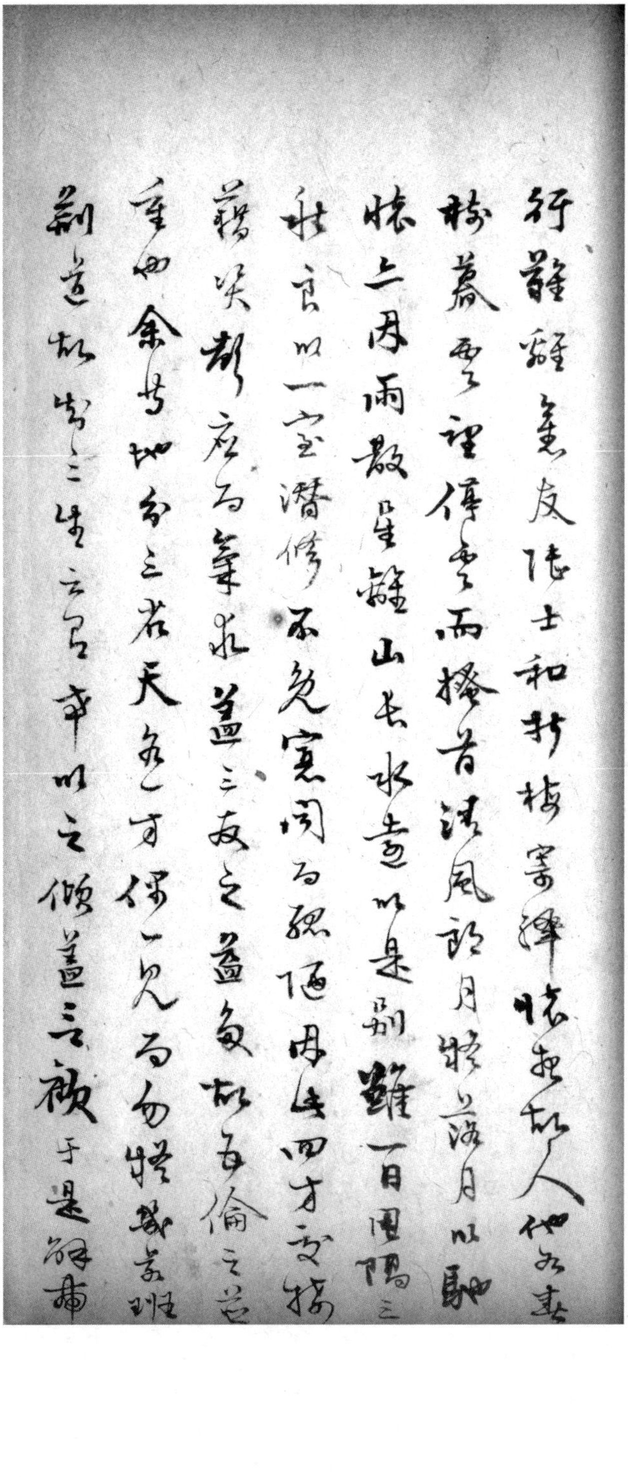

而披襟不廣忘年劇談筆論京華占歲笠宮於酎
矣則頻道共討安于拌血之盟設敵結義于桃園之
果由是筆案入籍從數畫籍此後針芥相投益
深飄澤攜手松石共話當如傳劫之思鶴携丹筆
以締交此淑聲公之羅蕉之園交聯至屢久宦共趣
切偲渭如讀如以筆交心堅金石句以乾餱之愆
陡手覆雨雲霧集時留停雁行比飛而友顧佃日

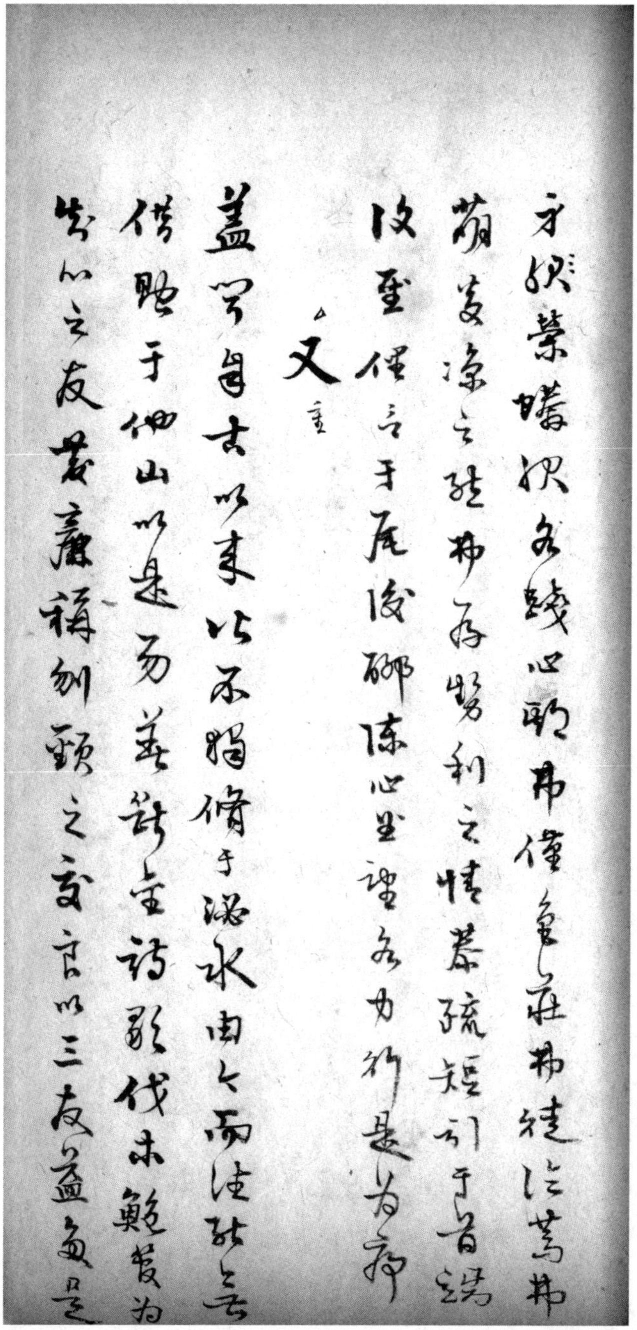

求識業增識多錢心明佛僅見在佛徒於萬佛
萌發源之發佛為勢利之情慕疏短引于首端
後至僅之于尾俟碑係心些謹為力行是為禱

又重

蓋聞自古以來以不獨僧于溪水由之而法跡已去
僧贈于佛山以是為美談舍詩歌伐木鮮發為
先以之友若蘆禪引頸之交言以三友之益為是

堪爲倫益書也余昔三生有幸一見無猜遂訂
叢譜之交設敎桃園之集於焉自序分纂列國
示後以所伊年直上鵬程仍披肝膽爲疏斷訂改
未得之深理克證勿徒善觀是爲序

代擬變通古法舉行鄉甲約禀 新鄉縣

竊思保甲之法原所以詰竊隱而緝奸宄法至善焉
雖然詰竊隱莫先于勸善緝奸宄莫先于比

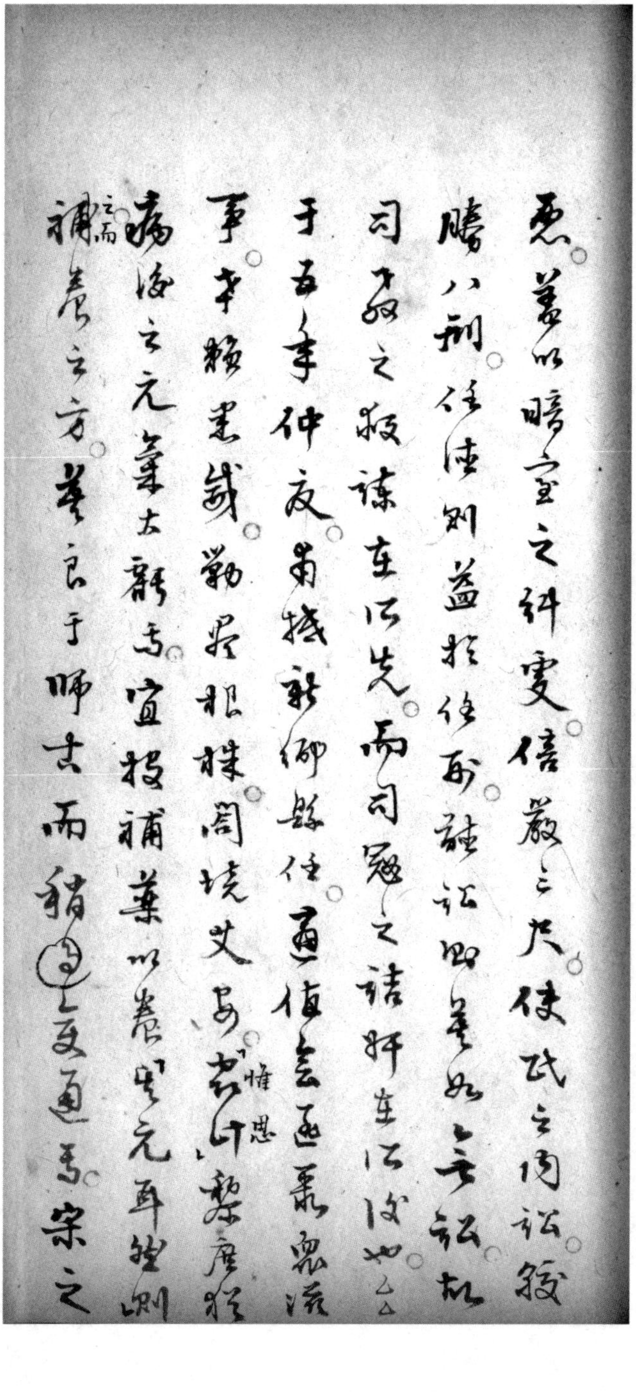
惡萬以臆定之科變信嚴之大使既之周詳殺
騰入刑任情則益於任所謂謀明蓋如是謀哉
司寇之職謀在得先而司寇之法按在得也
于五年仲夏甫接新鄉縣任適值去歲兇荒
事本難患哉勤恤根株閭境艾安哉惟思黎庶頗
瘠後之元氣大虧焉宜投補藥以養其元氣則
之而補養之方莫良于師古而稍變通焉宗之

蘇軾。不云乎華雖達于堅年方多傳于古人也
獨以師古爲通者何則。唯師儒主鄉黨法度
通曰鄉約。例之保甲。並行之。廼名之曰鄉甲約。一章陳
里鄉黨。擇乎宗族。無法。五家爲比。使之相保。以下
士一人爲比長。五比爲閭。使之相受。以中士一人爲閭胥
四閭爲族。使之相葬。以上士一人爲族師。五族爲黨
使之相救。以下大夫一人爲黨正。五黨爲州。使之相

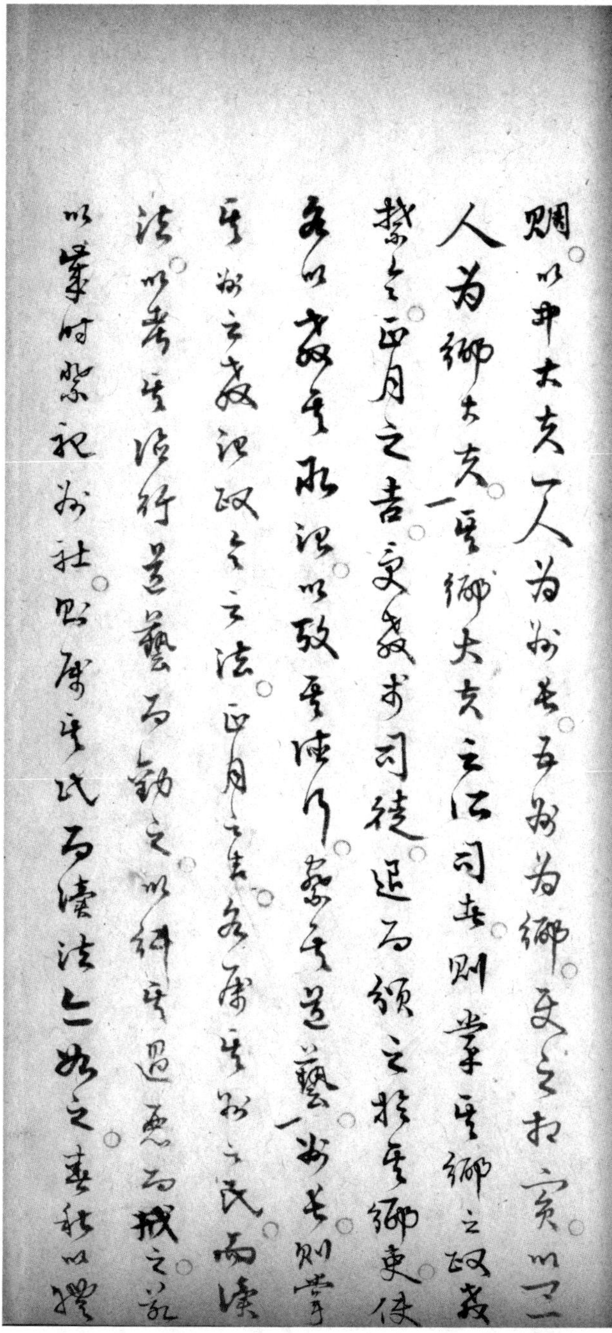

合氏。石射書齋。正筆以讀左法如初。一堂正。點筆
是堂之政。左右迎。及四時之景。月吉白。則唐氏石讀經
法。以阱戒之。春秋祭之如之。正筆唐氏讀法。石書是德
行是藝。一族師。以月吉唐氏石讀經法。其孝弟睦婣
有學者。春秋祭之如之。一閭胥則凡春秋之祭祀役政喪
紀之數。聚庶民比。則讀法書其敬敏任恤者。一族黨及
一所定。鄰里鄉黨。及讀法之制。是法至纖至悉。是習

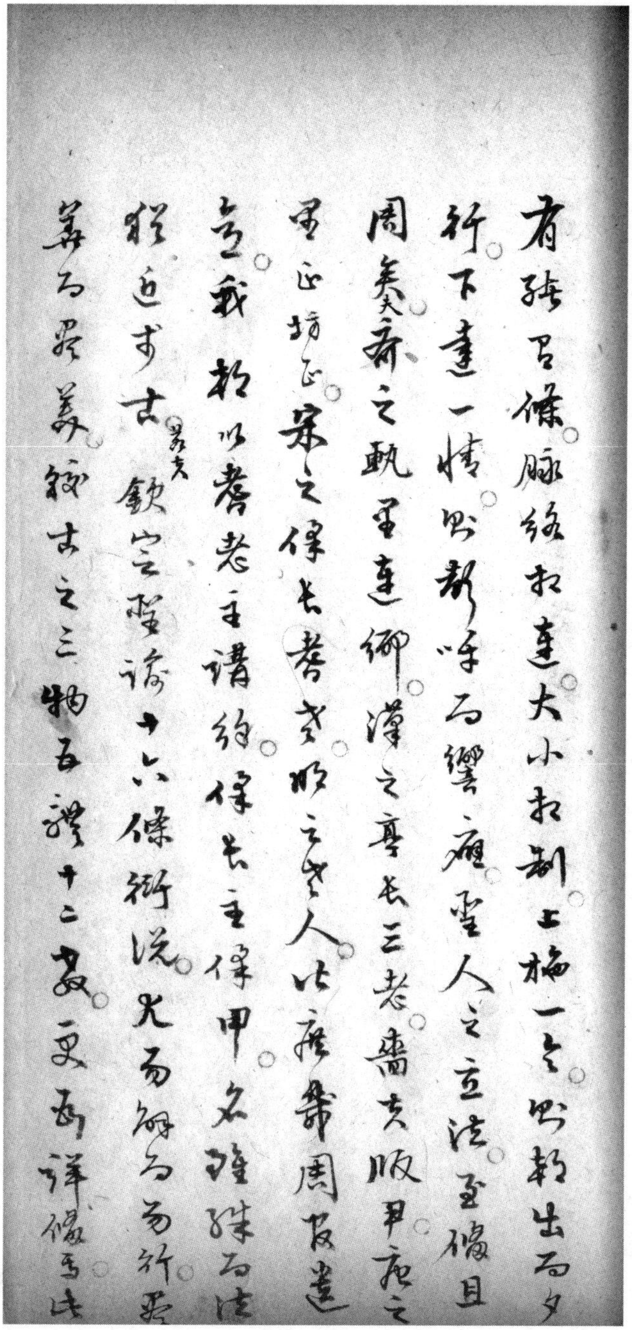

鄰比咸遵善之爲訓使咸家誦而户曉心維而力行
而長善而救失所不試而咸成以吏治蒸〻不至
于姦無固不在文網之密乎抑是之謂循良之吏師
實有循良之良築講 聖諭在矣一新邑城鄉計共三十
六都鄉有都各都約長都正各二人每鄉二保鄉約
長鄉正各二人本都每鄉冊籍大牛園主一約籍下有碶
每莊有一約每約各約長一保正每約冊十家爲一牌保

一云正鄉長亭長正必擇家道殷實正直爲所衆服
諸狀之紳衿不諳累貴生監等之屑是矣若教長
教正爲一教之長先當舉賢任以條奉禮由約印照
執照以爲任使須有志向善之士不肯自棄于不材
而見屏也每教再舉約副二人爲之佐每約再舉兩
行講方詞旨明暢者二人爲約講以司其記勸講過失
取諸教衆長正者行實衆之實正也以諸約長署正

亦即周官之族師也以保牌長兼即周官之比長閭胥
也分而任之者鄉各屯立約長專司教化勸講而毋
將之鄉約鄉鄰各正立置正專司詰奸巡緝而保甲之
保甲合而行之長長正選公舉和衷共濟毋以專
司而推諉以分任為易觀於保之鄉甲姓名鄉甲約
之原委也一為鄉約編造戶冊先查鄉約長鄉正
鄉正姓氏約長甲正次之牌長又次之其餘後開列牌戶不

從男婦老幼均列姓氏于冊內，如有他去及來者採取寄
住者，亦須告知長正鄉長，另記一冊，以備查。每于鄉衙中設立
鄉約，擬以每約亦設約所一處，屋院宜寬大，以便衆集
也。中設香案，供奉聖諭牌，上寫手列聖諭兩大字，下書
十六條，衙役侍從同觀而再閱，敬觀聖訓，悚然為
報，鼓（默然而）此之可還善，每約各立三簿，分紀善惡，改過也。
後于約正門首，仿申明亭制，各標彰善癉惡二牌，每

月分輪勸講二次屆期鄉約長暨同約長牌長公同

都里各正按冊點齊牌戶率至約所序長幼男女分

班行禮畢牌長各舉牌戶爲人之善惡聽約長質証詢明

分別勸戒由約講筆錄書之善惡各簿約長擇其善

多及有大善者書其名于彰善牌名下詳註善蹟以

示榮如有大惡及惡同多者書其名于癉惡牌名下亦

註惡蹟以示愧其或能改過者書之改過簿並注從

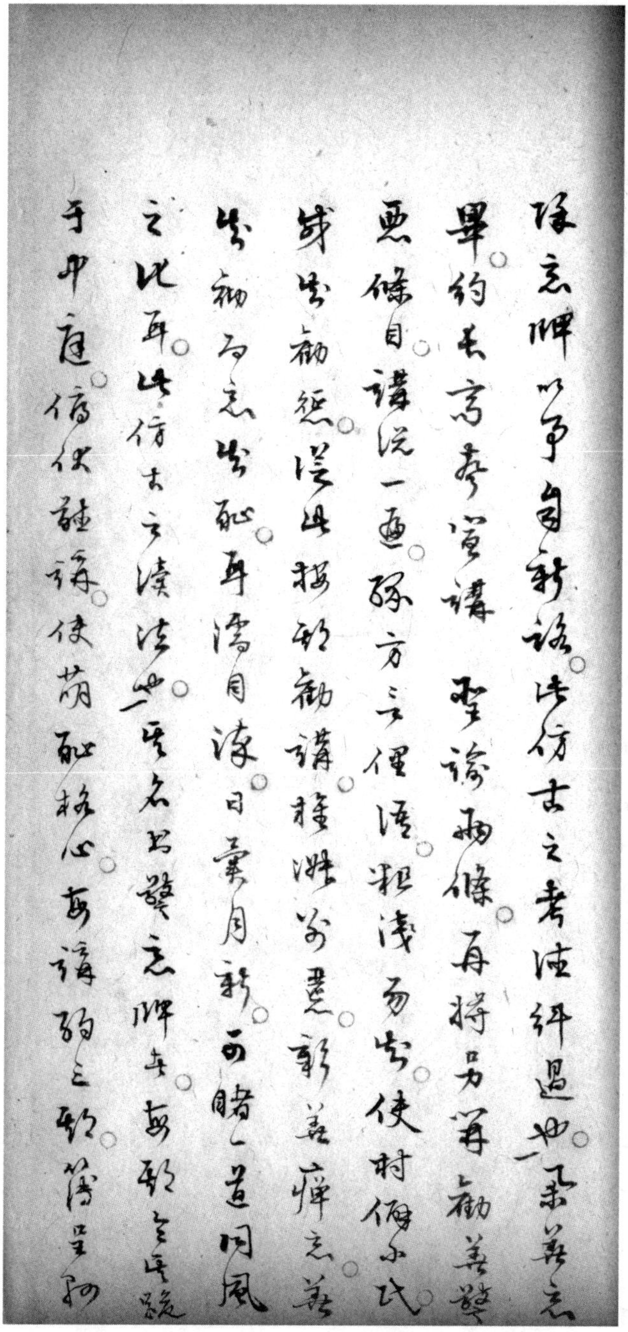
録惡牌，以啟自新路。此仿古之考德紀過也。集兼善惡
畢，約長高聲宣講聖諭兩條，再將另單勸善懲
惡條目講說一遍。隨方言俚語粗淺易曉，使村俗小民
咸曉勸懲。從此按所勸講，務使咸知彰善癉惡之義，
善皆勸而惡皆恥。再傳自讀，日新月新，可睹一道同風
之化耳。此仿古之讀法也。是名善惡之牌，無敢至毀
于中庭，備供誦讀，使萌恥格心，無論頑鈍之強梁

寬之次。如有歷善大善無。由敢從優獎勵。蓋有為之家
譁。約長勸戒不峻者。傳同長正押長人証。備究明確錄
務營責承。徵年則四例嚴辭。取得至我之求政。為後
誅之年。該長正齒。近在一方。為周百目。親閱鄉之原。如墨當
上。首之為力。而鄉巫之道。眾所昭彰。甫亡將惡必為示
弱。任情以自恣。備至藉公論私。書許度循者。則十目所
視。十年所指。將必舉報為攻之。以無一通。若徇私干。大抵式

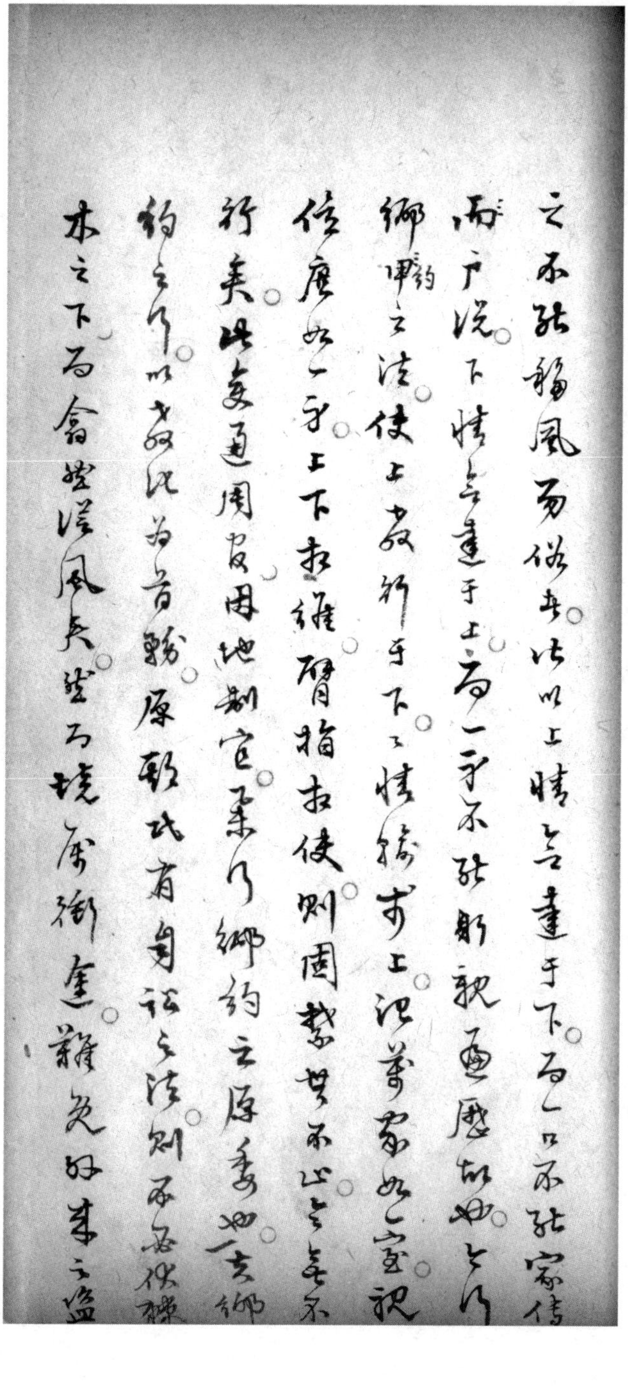

賠。賢愚不一。豈無怙惡之愚徒。亦宜防患于未然。方保
良民之安枕。故立保甲爲行之焉。保甲之要有三焉。
第教民各正。名因地方牌長。精查牌户。俾其編釋照江
得之要者一曰勤守望。分莊鑼大小。每夕酌出壯丁輪流
巡更。聞警則連聲更鑼以爲號。各牌户留丁守家。寺
赴救援。隣莊之無虞者。協擒伏截拏。獲賊遂難縱
如失救者。分别責懲。設或有遇火災者。亦必出而力救之。

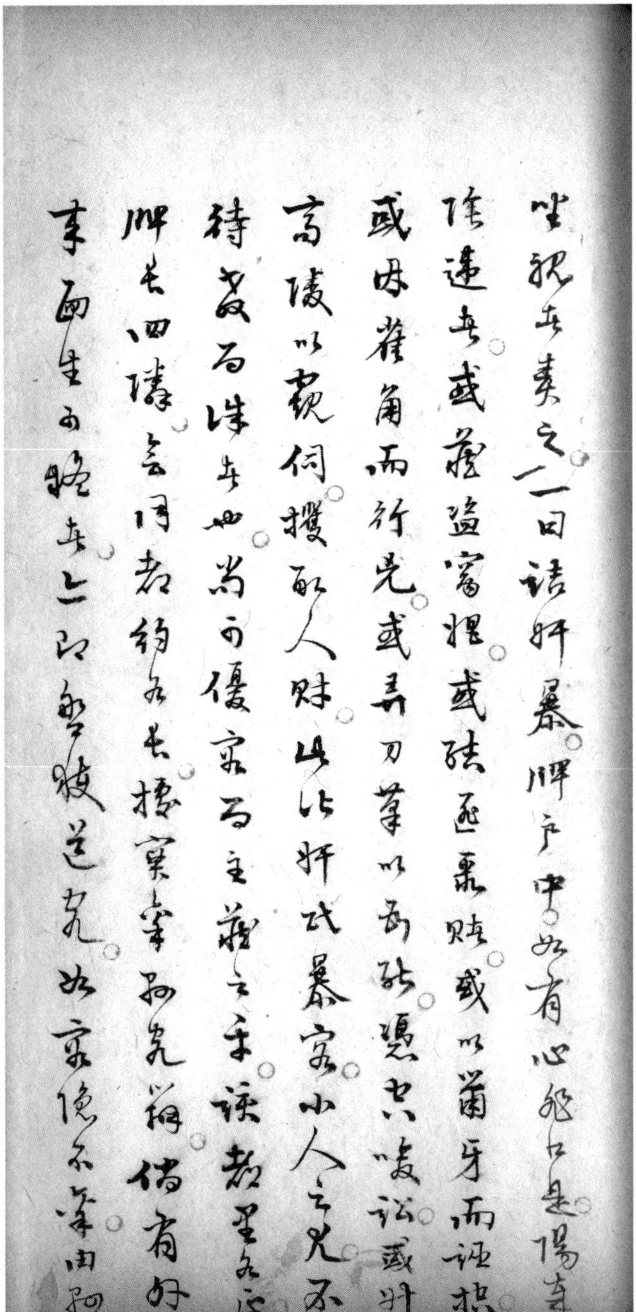

坐視無奈之一日諸軒暴押户中如有心般[illegible]是傷害
陰遣其或撬溢窗捏或強匿匪贓或以菌牙而誣扳
或夙雜角而行兇或弄刀筆以為號憑或唆訟或冊
高陵以觀伺攫取人財此此軒式暴家小人之尤不
待教而誅者也尚有優容為主藉之手誤教星丞正
押長四諸[illegible]同者約為長樣窠窜取充滿備有好
來面生可曉無亡以無挺送死如家億不諍由阿

附學職分經費覓脾长四儒一僚訊殷者罔名正辜
責承繳一一回慎並人移良为西甫大道行旅注事不
雅借達驛舟之驗鑽穴隙以相窺竊學者或伏学
募以察伺積書獎學因之獨力難支前塞遂无訴
此北所以慎並另窩地藏餘者罔名正脾长店々户人
学書則侯时措察詹卽值並援廻道有負遺揭箧
擔囊而趋矣立石鳴衆屬心救補殘缺並為主當吏

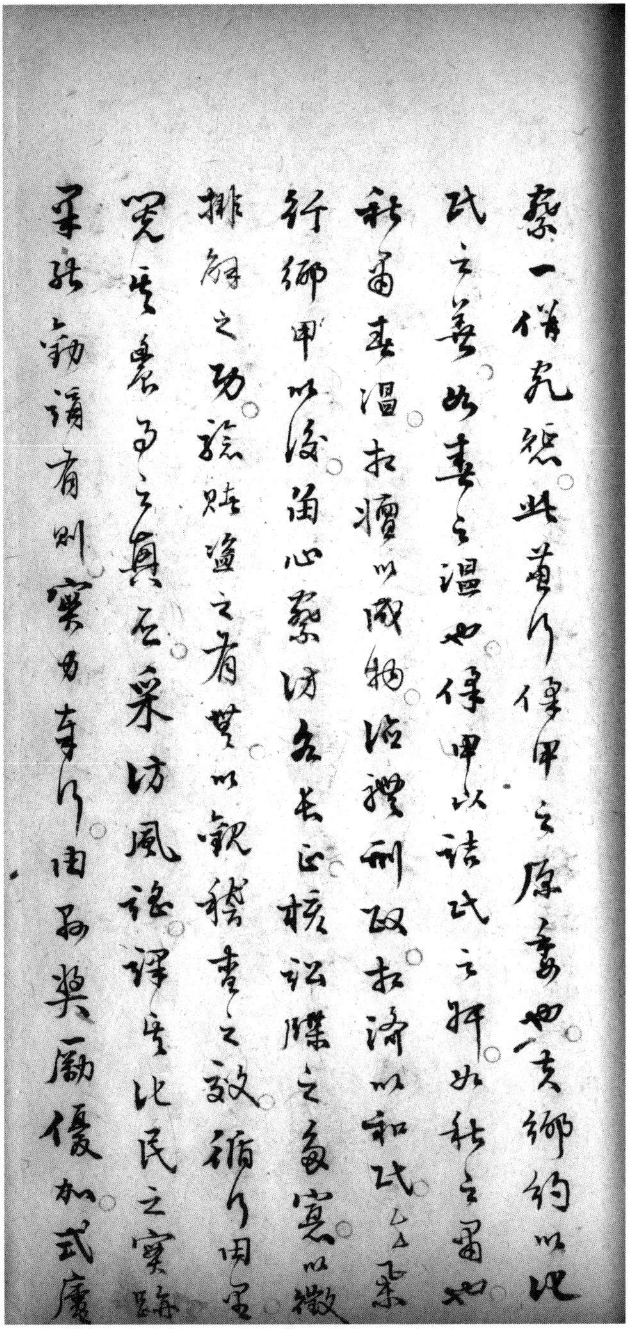
察一保究怨此舉行保甲之原委也夫鄉約以化
民之善也專之溫也保甲以詰民之奸所以豬之留也
秋留来溫扣櫝以識物治禮刑政扣濟以和民柔
行鄉甲以後留心察訪名長正核訟牒之委寃以徹
排解之功務踐盜之有無以觀豬書之效循行田間
究其農事之真否采訪風俗擇其比民之實跡
斧張勤請有則實力奉行由縣獎勵優加武廣

素聞。受有覊猾不善。未始衆心。或公報私仇。任情誣
捏。或串誘鄉里。縱援良民。或視為異文。捏節忠姦
許。約衆牌戶。頭名公舉。實經公撥。退以補牽。公
加督課。既行身率。自八月至今。已逾四載。年雖幸民之衆
不肯寬閔。未聞人要善人。星以善當。雖名登善牌
閭鄉。鄉以為榮。詠善惡牌。衆戶以為恥。以是見
感民爭父邪之兇。規神無為之人。戮笑。時則遷善

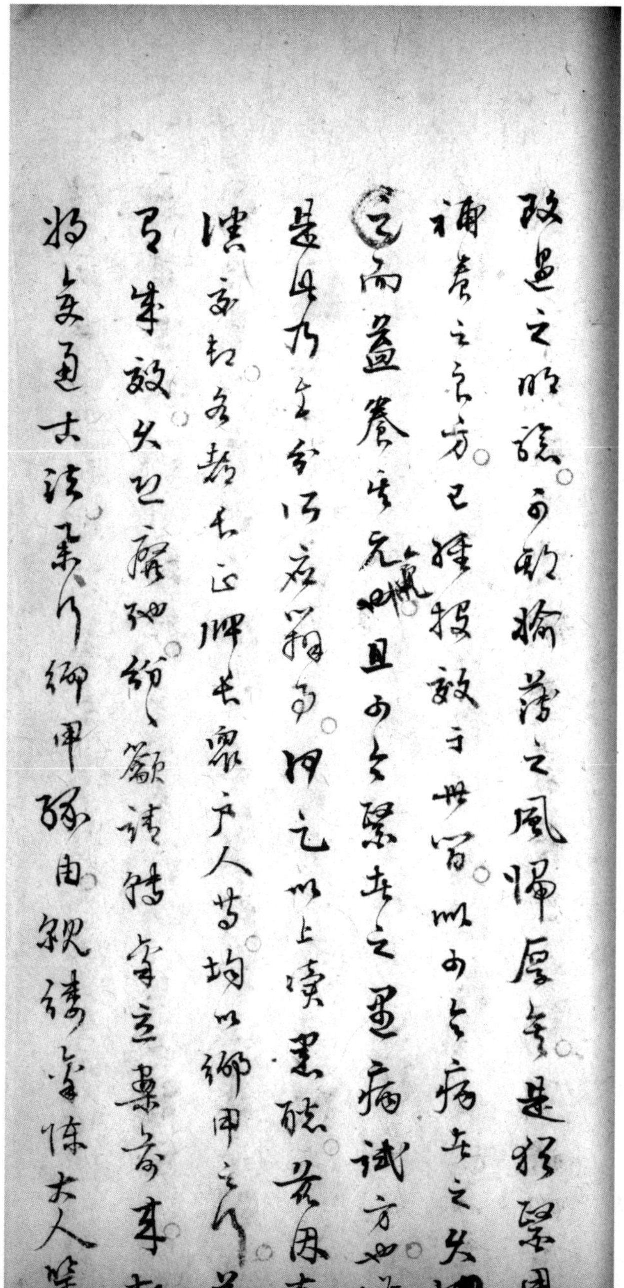
殊遇之明證可敦澆薄之風歸厚焉是猶望同
補養之良方已擇採數千冊贈以同人病者之失讀
之而益養其元氣且可以驅其之邪病試方也此後
是乃今分所以存籍者得之以上瀆宸聰蒙恩賞
賚而君為數者正御其眾戶人皆均以御用之最
可榮數次已摩地翰敬請鈞安並業希奉起
將來通士請業作鄉用瑕由親讀拿陳大人鑒

梭昔時刊行事程年上呈進覽備蒙恩准批示立
案俾新邑后氏永遠循行將見人富年康之福並
真仁讓之風以蒙大清萬年永盛無疆矣

氏撰稍增書院膏火並添設義學等

書以師道立而善人多學校崇而滋昌雖如今此氏等從
壹心向學手故古之教者家有塾黨有庠術有序國有
學記曰玉不琢不成器人不學不知道是以學之誠

躬行之為主。書院之義，學均補學校之不及，則是棫樸菁莪之盛有油然者矣。吾書院之所以養髦士兔碩迺以臻廓華之義，學之所以育童蒙，擬漸摩以栽培之，豫且以人之大倫，此根于天性，當其總角時，尚未漓天性，加教化而導使之讀書受教，循道德以明人倫，俾自致之，好仁義是習，禮樂是綱，少而勉之，長而安焉，則將無惡之之心油然而起，放僻邪侈之念無自而生矣。然在家道殷

富以及母守儒業無力延師教解親對課讀悟鄉出貴氏
日事窘狼且不貲爲孫爲生子弟請業請益時即有淺與字
志高身頗負笈從師無憂如力不從心竊幸康贍何以之困
猶聞湯以至老夫備也無時以理也且以幼慄將冒游手長
咫聞淺人倫拳等日益拘人之自益蔽孩不識聊備不理
行貴是即然則世有先頑愚民羅法網而莫之悔悟無
非由幼不讀書明理之故却由是徒之咫書院之心裁人村固不

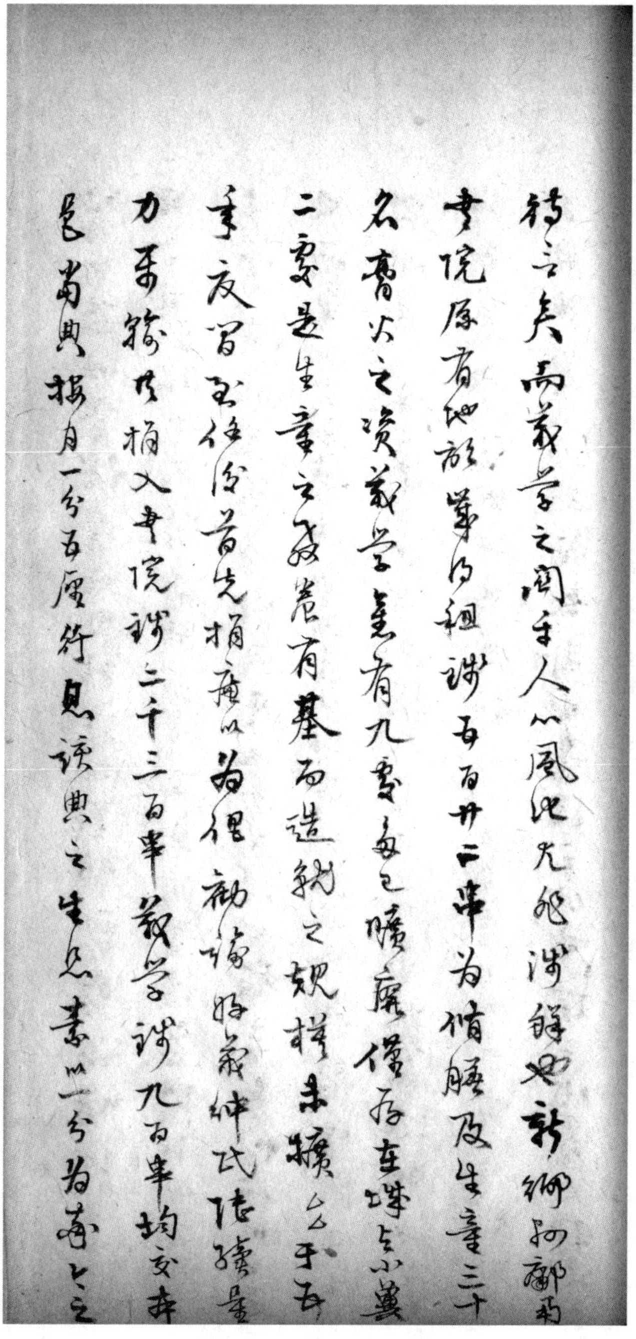

待之矣，而義學之關乎人心風化尤非淺鮮也。新鄉知郡[illegible]
書院原有地畝，算乃租錢五百廿二串為脩膳及生童三十
名膏火之資；義學舊有九處，每已頹廢，僅存在城之小冀
二處，是生童之義塾有基而造就之規模未擴。今于五
年冬署任後首先捐廉以為倡，勸諭好義紳民張鎮等
力籌捐，撥入書院錢二千三百串，義學錢九百串，均交殷
良當典按月一分五厘行息，該典之生息盡以一分為膏火之

所以加利者亦因急公集善計以一年之所入作之費之所需其
院則增給生童膏火五十名義學則分鄉酌中之地添設十
一處以古廟為學舍一切費由紳氏之首為公舉品學兼優之生
監延為塾師其收支一切紳氏照公正紳士為首為稽察經
理算賬按扣一次不假手胥吏當年承查存當生息不准放
紳義公提用至每逢書院課期親銜文以定甲乙分賞罰
以勵惰勤時于下鄉之便稽查義學課程驗收業致不為

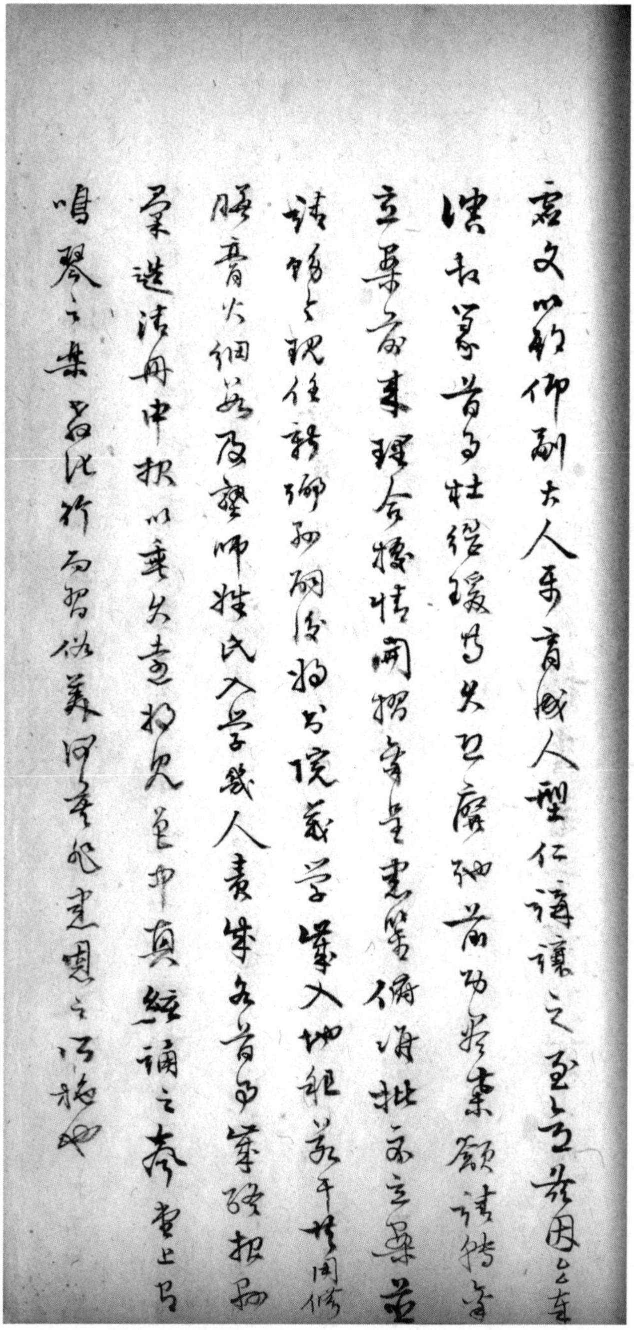

代擬指海收叢書氏序

書思恆將為政之在叢氏是取王制鄭寫現獨之先者此日吾鋒
癖誠跛躡併傳者此日吾叢我錢鏡之菁論書即存王制之
遺意吾大道之行也之世披氏至可得手將是新鄉原之
菁論並類存藏因之頃七祿敦南生息森根五百五十之兩之賦
四分四厘等計以入地租生息僅有一百八十餘兩為每之年集收額
守收叢書氏罕名而黎庶生首日繁書富不一些尚有藉人而未

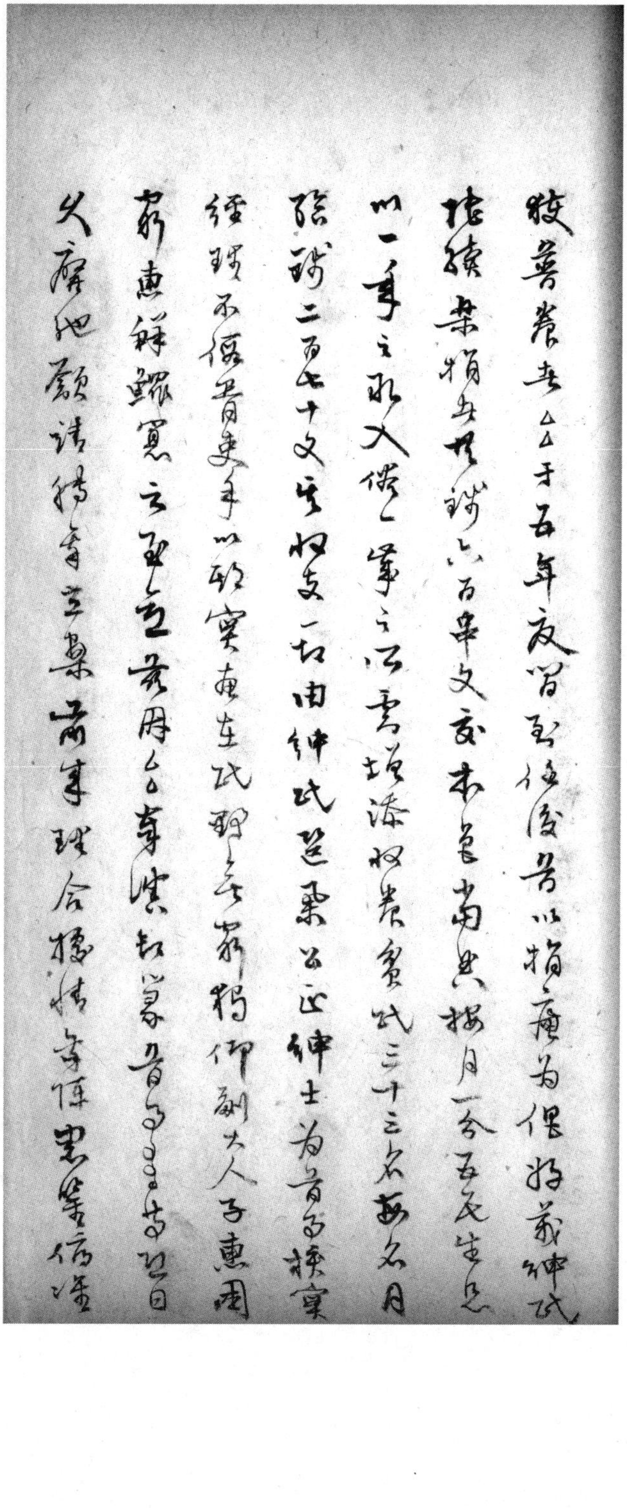

牧菴老△△于五年夏間到任後首以捐廉爲倡將前紳氏
捐續集捐共錢六百串文交本邑當典按月一分五厘生息
以一年之利入借算之可書堪添收貧民三十三名每名月
給錢二百七十文至收支一切由紳氏選舉公正紳士爲首各族實
經理不假胥吏手以歸實在在此時寄稿御副大人子惠周
前惠鮮鰥寡之至意並用公事懇求首爲……回
大府地顧請轉奏在案兩年理合據情等情專肅佈達

批示之案並飭現任新化縣碩汶責成首事認真收支前項
經費按季申報入原造款卷冊此銷冊一併詳報首事經理
庶為核實不得挪用苟本以來久無實為恩便

代擬籌防以安年 太康縣

竊照軍務近隣廉捻寇逼皖疆現當皖捻交作設使
入豫窮途西北必由平輿即是平輿為由皖入豫要途
西北之門户若不預為之籌防倘星皖捻於竄犯特平輿高

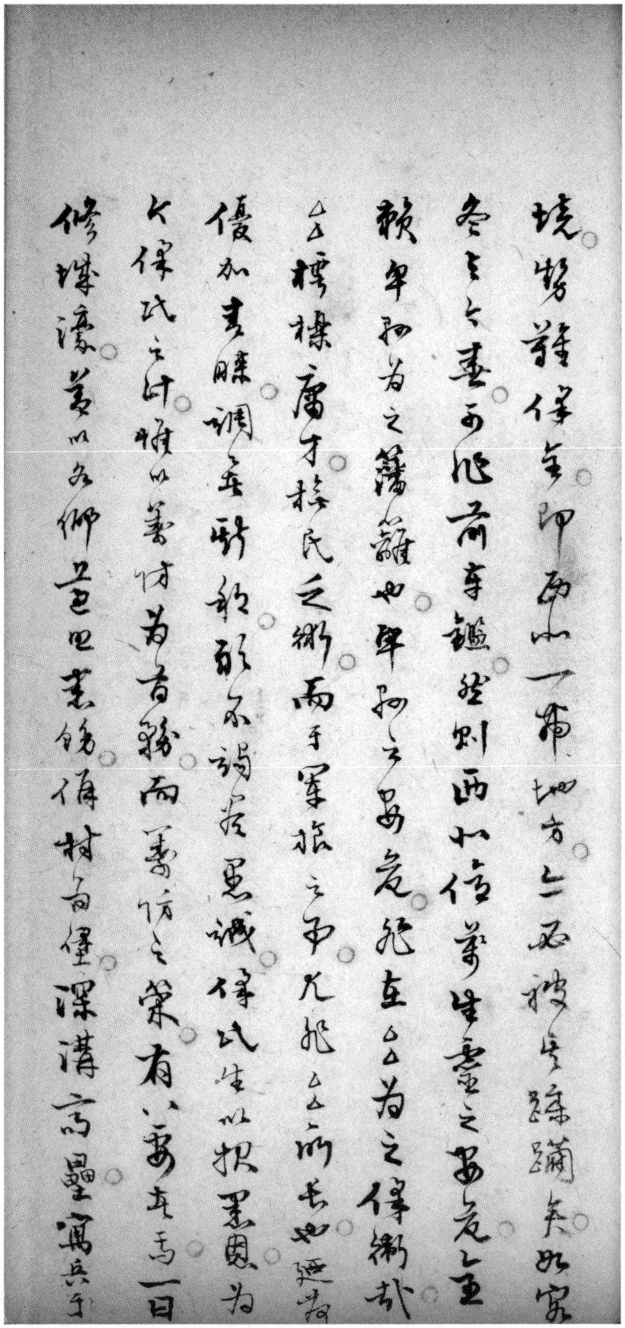
境势雄伟全印西北一带地方亦必被其蹂躏矣如窥
各省之要而服前事鑑然则西北信养生灵之安危之重
頼乎翔为之藩篱也乎翔之安危托在△△为之保卫哉
△△襟怀广才抚民之術而于军旅之事尤能△△所长也并称
优加书睐调在所较能不谒畏识保氏生以报君恩为
大保氏之计惟以蓄财为首务而蓄防之策有以安民为一日
修堞濠莫以为御工也巴善饬保村自保深沟高垒固兵守

衰守望相助，閭已不收實效，無疆相壕，為閭里普安之隱患。
度踰攘之地，在頻壕以衛之，濠久而以衛壕也（詩曰大師維垣，大邦維屏，正是之謂也），當於無事之秋
而任傾圮（干）為不修繕耶。計本年四月二十五日賊任後蔡在
城墻多圮毀，壕濠俱淤塞，當於五月初一日興工趕修城墻。其
人以城門為火所攻，並有七星池之法，費工較繁，現將裝城門
好，改閘一門，僅容一車出入，置有大石條以備，有事堵門，可免
火攻，需價廉而工省。若加之三面圍墻上挑垛，墻下均砌鑲

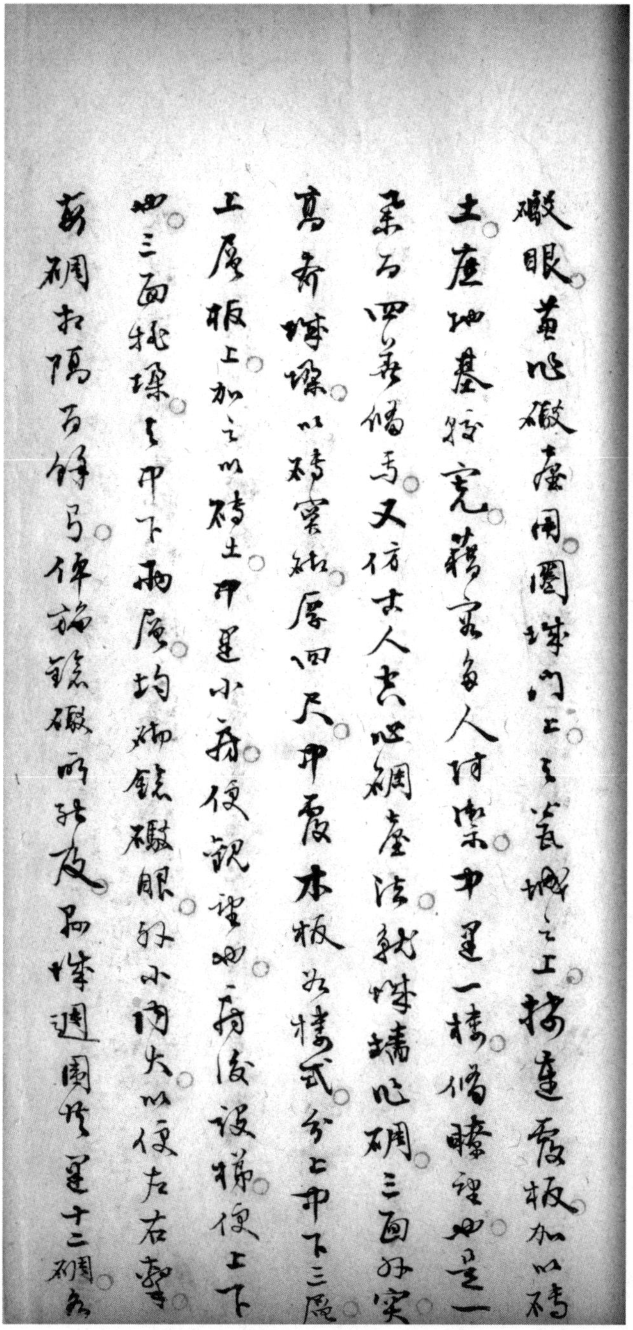

礮眼並心礮座周圍墻門上之差城之工搭蓋覆板加以磚

土座地基務宜精密多人時聚中建一樓備瞭望也是一

案可四五備焉又防守人者心碉座法就墻墉心碉三面好实

高齊墻垛以磚密結層四尺中覆木板照樓式分上中下三層

上層板上加之以磚土中建小房便觀望也一房後設梯便上下

也三面槍垛之中下兩層均擺銃礮眼又小門大以便左右擊

救碉相隔百餘弓俾槍銃礮所能及而墻週圍僅建十二碉為

僅亡付此以華土磚甃造之此識不能守衛當備焉明以用磚
料過多遠離籌備因援紳士之請以古人坊塔成法凡正四
圍直塔式務極名構毀免為賊據況太皇直塔古廟正係
淫祠奶奶廟此事亦載列祀典便使為賊所據而開遠眼如塔好
東南隅明時所建十二層磚塔此塔因名實如塔適當上
關係尤大李明李道改隔兩塔因此壞折表裂思在均請拆
毀以免患並不用磚料以修塔碉△△以紳士之言不為無見當

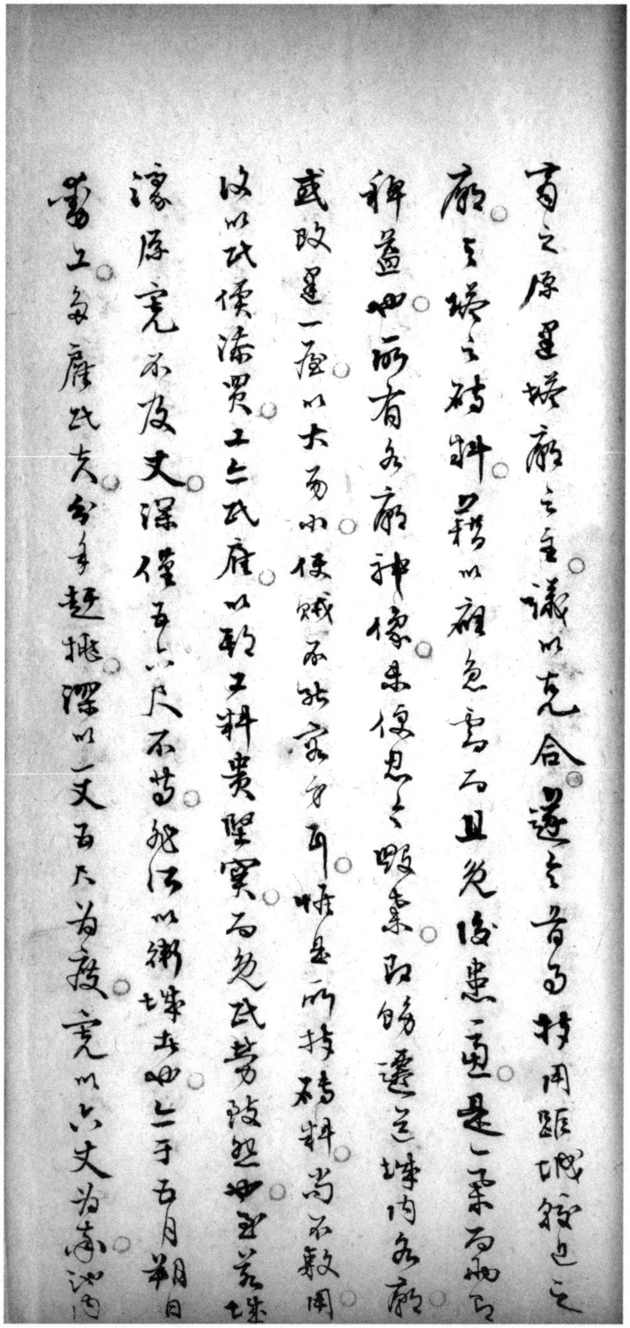

有之原建塔廟之主議以克合適之旨而特開距城數里之
廟之塔之磚料藉以粗急需而且免後患一舉是一舉而兩得之
稱蓋也所有各廟神像未使息之毀棄又防遠近塔內各廟
武政建一座以大而小使賊不能突至耳惟是所拆磚料尚不敷用
收以此便添買工匠以助工料貴堅實而免民勞肢體也至若堞
濠係寬不及丈深僅五六尺不苟能以衛堞者也二千五月朔日
督工多雇民夫分手趕挑深以一丈五尺為度寬以六丈為濠沿

用通氣眼，於已積水五六尺，內設暗穿，溶深及丈，皆用桐油煮
過葦糠，暗置池內，以設陷阱。挑濠土，即于埤墻外圍築牛馬墻，
墻上亦用磚砌垛眼，以表火墻，均砌有鎗礮眼，通籍之人，氣粹不及
入埤者，即可鎗通于墻內，不致為匪所擄掠，且城上之鎗，僅可以擊遠
之，以牛馬墻之鎗，能擊近之下，置可壞城之攻城根者，是則城之墻扣
依墻以埤為念，遠近相聲，上下有衛，洵保埤之最得力者也。若頃
工程均擬照冊，定成伸土益，隨時再審派，並飭興史等，日逐督工，約

于七八月間始可告蒇事。據聞牆堡堅厚，池濠寬深，未敢言

素有工夫，亦不能徒靡虛費也。二曰募練勇丁，夫壘所以衛也，策

所恃也。僱勇而爲之試守，濠馬發試之，以其守者不足恃，壯者

勢而已，豈究也哉。依舊之習，風鶴爲之驚，安能望其植而

走險哉，則惟兵之優，亡者鋒鏑，濃兵所能，而練之，守僅所

不遑。惟有募銳勇以備勦之，若遇賊來，所募之賊去所撤

之。平時既實訓練之賦，臨陣則有情見之勢，其技不讓，必

不齊紀律之不明膽氣之不壯一旦與賊交鋒勢必如鳥獸

之紛散也或誘之以金利鼓之以大義究之陣勢不收步

趨〻則開發而進〻開發而退爲望風於虜不敢交手由

是法之立至臨時募勇以充之數募兵募無勇以若貴攻與敵

勇以捍衛然當頗募另以簡快技藝也且以平時與麻叔

事〻畏途多係要隘宜防之地加之多經團練未經戰陣

兵之力雖拮据尚須勇爲之援是以募之勇勉爲品操

之防，又分要隘之堵，設為犄角之援，極其計之，練勇十哨尚
百五六千名，即不足以資捍禦，良以賊衆勇寡，則勢孤單寡，
力難抵敵也。况氏來離同年之處衆也，心之正也，凡悉之後，
與都司周新釗經時練募若于五年之云添募守城得力之
勇百名，派六品軍功孫良富管帶，又在許若訪團素帶兵
勇，迭次經戰，業經擒匪拔壘，殺賊，太康縣知團練之五品
藍翎候補把總李得坡募帶驍戰銳勇二百五十名，均于本月

年四月二十五日。隨同厶厶到和。又于五月初六日。揀同厶厶前赴坊
營附。前募民勇技藝稍精者。一百五十名。派五品藍翎候補
把總黃根誠爰帶。收于六月十一日。僉稍者司陳課真。者
勇二百名。持事集某面試。精強挑動某孫。厶厶當面試操
揀挑。均係慣戰技藝之勇。巡緝收用。俾之隨者司持奇技
者司以該隊時五較馬隊陵兩翼。並為追剿摘截之用。該
派募之。厶厶以守城之勇。固可無須馬隊。然遇賊竄入境

宜即迎頭截勦，方保闔境完善。不然則墻雖周守，而四鄉之已被殘傷矣。夫堡墻之有鄉村，猶樹木之有枝葉。枝葉傷則根本之無所庇。故周守堡墻為兵家之下策也。然以墻之周守也，固宜；鄉之保衛也，尤宜。於保衛鄉村，一聞警報，即宜預為出境迎勦焉。迎勦能以馬隊陵野，則不可。且遇迫截馳探，尤用馬勇。馬勇得力，是馬勇之不可不募也。故令保董召募，撲求馬戰之馬勇先于

六月十五日。募到五十名。又於七月初九日。募到五十名。各兵
率守請島。上歸陳君司特備。又令李隨ムム生備野造次
勒匯出力之卑陽和人。六名藍翎儘先提督劉振邦。募勇
敢戰鋭勇二百名。于六月十三日到防。此上統帶招募馬步各
勇一千名。又李保按陳振興二員統帶。洪貴林、龍劉振邦、孫
有富。及五品藍翎儘補千總李坊生統帶。蔡福、何金、李茂天。
蔡清林。五品藍翎儘先提督魏桐。藍翎五品補守備陳文其

八員分隊管帶以備弁以因材器使不以官階分高下
以勤功收實效也又募百長十名什長一百名書識三名照
役二十二名馬隊一百二十名馬夫一百二十二名以係精壯久歷
行間兵深長之以資捍禦也（詩曰修爾車馬弓矢戎兵用戒戎作[illegible]之誤也）三曰勤操演△△現募雖係選銳
之勇新勤為因操習器械不精進退步伐旗幟之
色不明金鼓之音不一眾人心力不齊佈陣之名不淺則
不壹為合之眾以之臨敵焉望有勝以之馭材安能固守

兵法不云乎卒宜狎習乎故厶厶酌通古法挑立陣式之兵
勇選日分操並募在籍三十名訓練各勇演習鎗礮刀矛
各技每二日統帶長合操一次每三日厶厶親身至同城守汎把
總神瑞等各操一次宣傳陣技精熟齊力一心其於戰守並著
出兵派六百名分赴各處隨護防並援各堡之危急留勇
四百名在城巡防並隨厶厶赴機堵勦時有虎柏將睹扶要路
而鄉練陸續集聚各願隨同出隊並有召撫民互援出誠

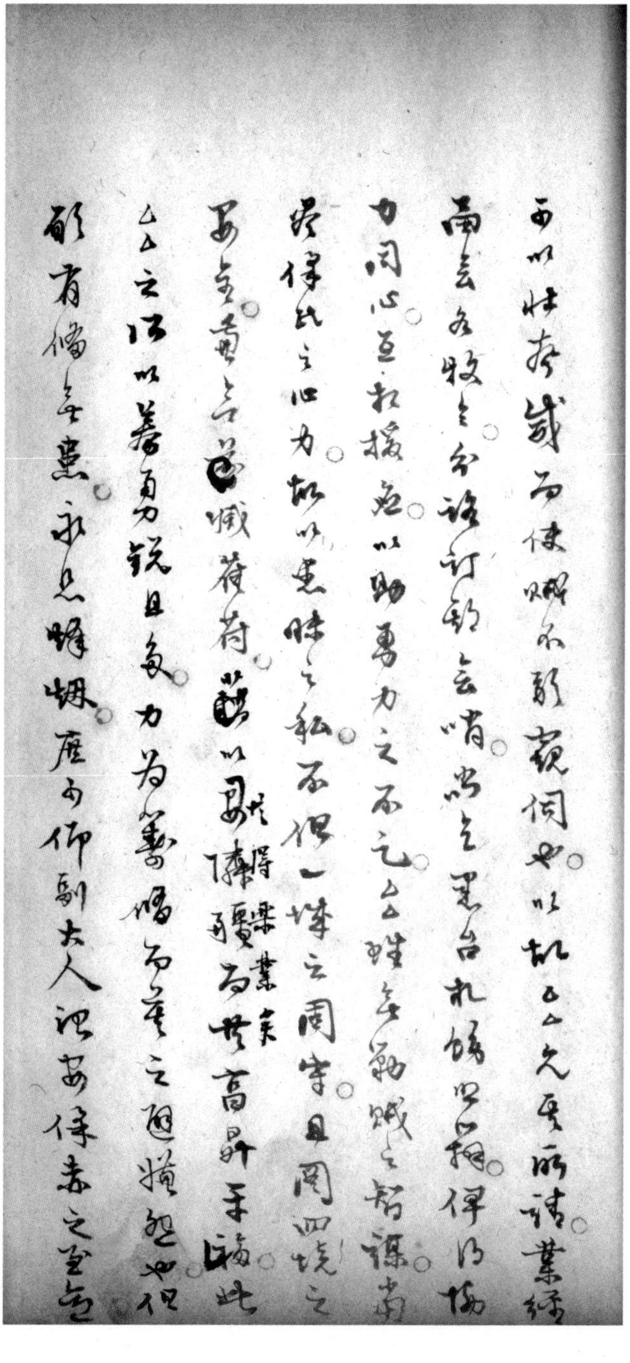

而以壯聲威，而使賊不敢窺伺也。以報△△之厚，所請業經
商之與牧之，諒訂鈞云，情出至誠，台孔殷，即擬俾得協
力同心，互相援應，以助勇力之不足。△△雖無殺賊之智謀，尚
冀俾既之心力，振以要時之私，不但一隅之周安，且固四境之
安全。貴之策，賊荷荷蔭以安得樂業矣，俾得為其高昇手福也。
△△之任，以養勇力，銳且多力，為義鄉尚存之題，猶望也。但
願有備無患，永息烽烟，庶可仰副大人保安保赤之至意

四曰籌經費夫籌防先以經費爲首要經費足强海內
以居備爲宜也是故魯論爲政之道足食宜先其兵卑
務兩稅征擾後武夜叔寬延坊軍稍而從緩公公精而皆安
籌餉短絀少半炊跋左支右絀也良以籌撥艱窘無蹤
靡定現經督撫籌撥甚少并無向鄰籌濟情殊迫之急切
研究今歲七八月間大股擾匪旋往西小寨擾此番犯同
前此現製重攜鐵抓亦攻堞堡再閱太境付備嚴密且亦

阻碍。先事探访。当经又接厶厶沭赴宅，详探报于本月十一日晚
据述孙蔡心刘狗等。私自要挟之故，将墙毁后再鸣
于十二日。戕害一股。图将墙。一股窝藏，据罕禄杜集等处均据
兵练击败。何某。虽闻后有不日出窝西小之说。当时核之恐
借大略相同。是皖据之后之出窝之后服证矣。当捉孙氏后
被逃接。惨目伤心，并无任其鲸吞。而莲孤。罪根毒
蓮氏思歼生灵。此心仍厶厶孙厶尚不息，且用以积患为

破舊情也歟。以是募勇以衛民生。預籌防以遏強寇。此
所謂防患未然也。至於募勇之所以要守禦者。亦此為口
食計。此先人不忘年壯之下。必有勇夫。然則募勇不先
為之籌經費。是可乎。但為軍火器械。在在急須籌備。
尤不可缺之物。前雖奉軍需局。備發鎗礮六千桿。尚不敷
用。現復顧匠分年添造。至鎗礮刀矛火藥器械衣旗幟等
件。上經逐一趕備。需費浩繁。亟宜預為此後之△△從偹籌議

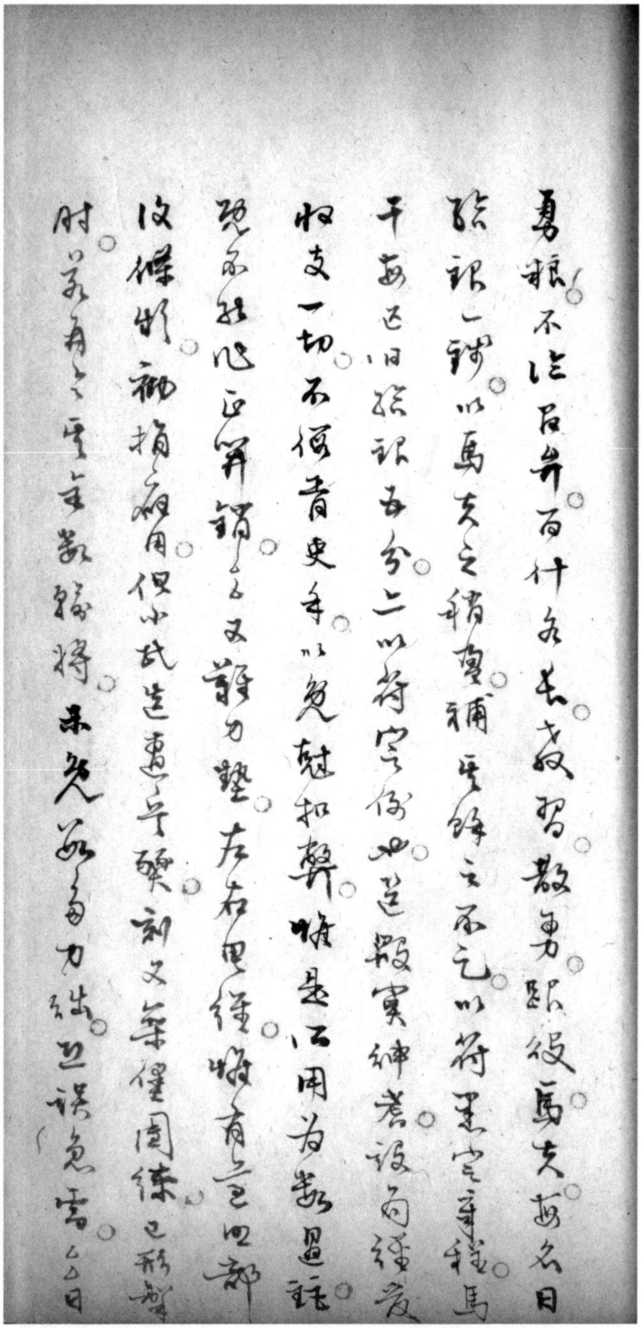
勇粮不給后并为什名长夜习教勇跟役马夫每名日
給銀一錢以马夫之精壮補勇额亦不乏以符某定章程马
干每名日給銀五分二以符定例如是毁實紳耆設局经发
收支一切不經胥吏手以免剋扣弊惟是江用为数過钜
现在難兆正餉销之又销力竭左右思维惟有查照部
收條捐输捐用但小民迭遭兵燹新又筑堡团练已形艰
時以前有之虽年数转将来免致每力以示谋急需之日

士紳等再會議，周覽廠地，約需十餘頃，雖然膏沃之產，每畝價值兩三串，能任持修造，衣食有資，應遷徙借伊甫之餘費，揮霍無為，另案撥給善募之急需，俾平價廠用，詢之陳撫軍，以為甚善，遂擇公正紳士專司其事，與建善廠地，數畝若干，為修道漲口之災餘，以示公業之年買，便歸勇糧，頃下廠用，此亦不得已之策，將廟安無慮，倘經費不敷，再行設法勸捐，尤注何處捐

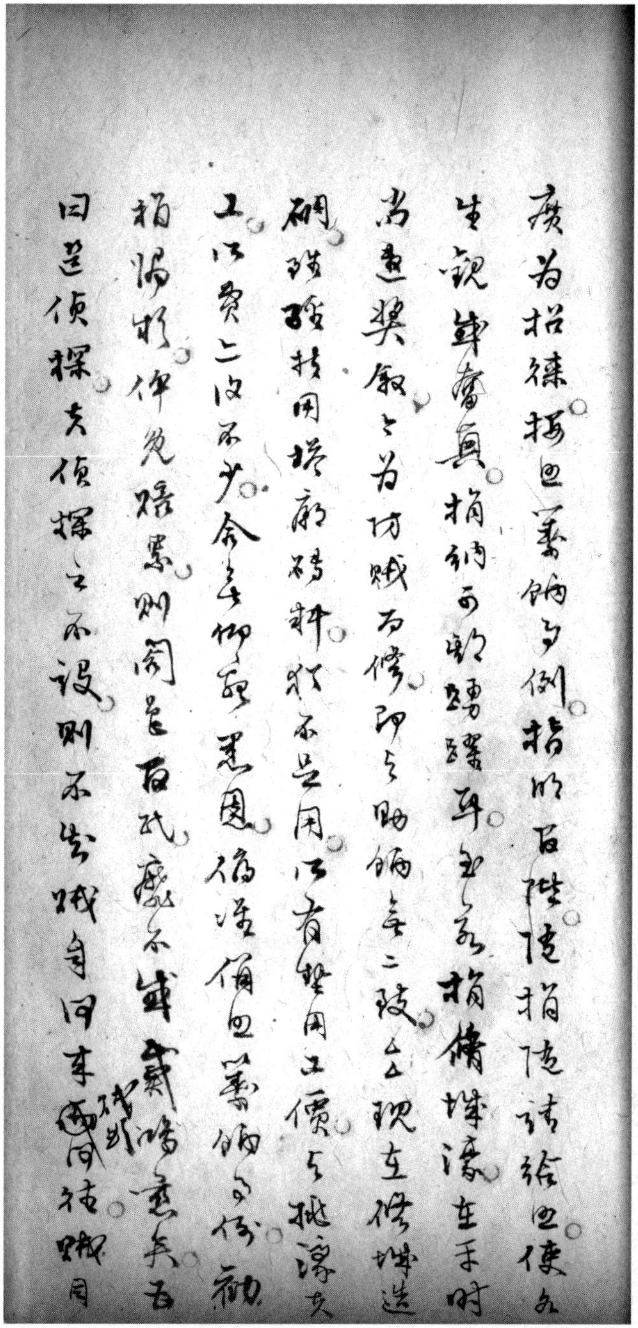
廣為招徠捐回籌餉之例指明日陞隨指隨請給回使各
生覩鉅資真捐納可踴躍爭先而捐備堪濠在手時
尚遲獎敘之為防賊而修即之所餉各二路△△現在修堪造
碉堡碉堡所用搭廠磚料犹不足用以有整用工價之挑濠夫
工以資之役不少今各州縣所思恩倘得僱回籌餉之借勸
捐歸將俾免擾累則閭閻自武廠不戰戰賊喝應矣否
回道偵探去偵探之不設則不告賊自何來西何往賊同
裁此

得人（猶宿）寡，則賊則莫辨，回方匿賊，則措手不及，如盲者
之行（崎嶇）險路，而無引導，徒倀倀然，躑躅于崇山邛耳。故周禮曰：
環人巡邦國，搏諜賊。吳志亦曰：宜遣間諜以觀其勢。是之
謂偵探，為偵探之先務也。然非慎擇健步為兼具膽與識
者，必不過道聽而塗說，藉以塞責耳，仍不足以為耳目之現
手。每隊中擇其膽力，諳道路，健且巧者十人，信給口糧，此
安營置寨，偵探賊頓，當賊之行蹤虛實，（藉）據以接濟內

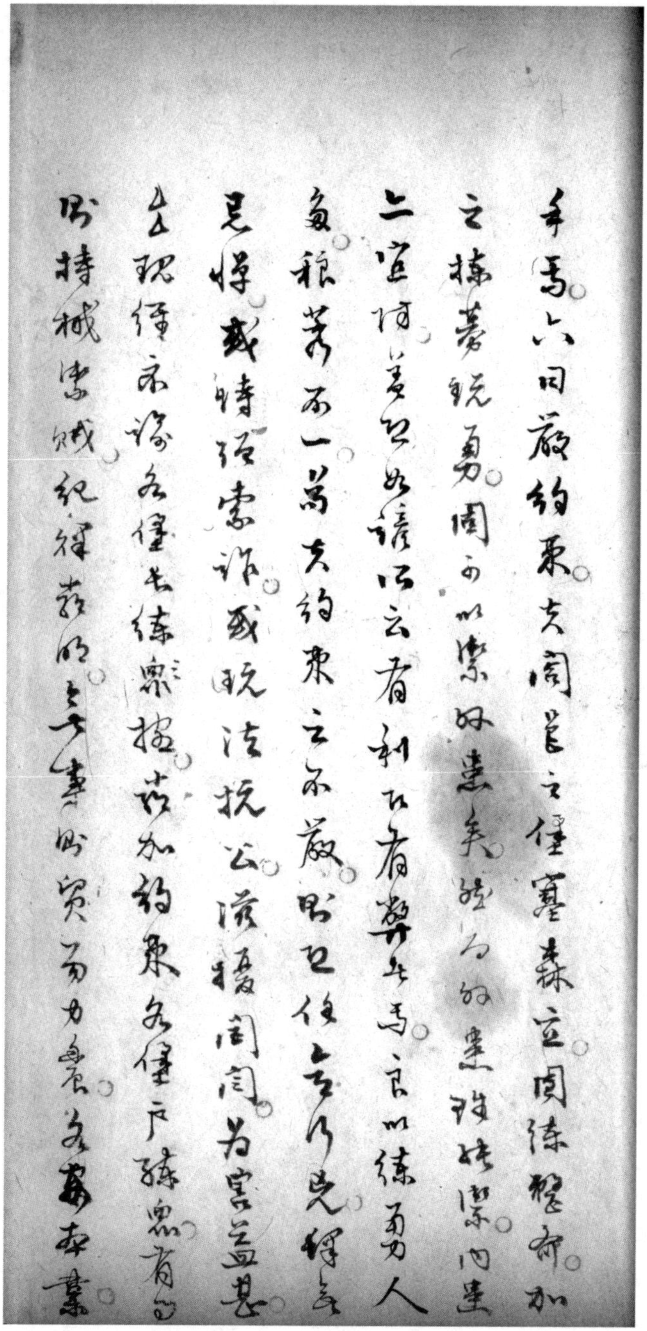

此時須而在殺據此情戮而好急争傷殺極合於憲法
而涉前怨以報以義爲勇者成兼勇名者前罪稍貴也
是犯者須以豐動極矣重然用而前怨所以圖強義勇出
原爲保全地方計並因此而轉爲地方患則將何以鄉劃其
性命七曰明賞罰嘗思軍法賞罰不踰時蓋以賞罰明
且速俾可鼓勵人才耳蘇軾以謂足善從而賞之以厚
乎犯而懲禁緩有不善從而罰之以威衆使人畏而爭先新

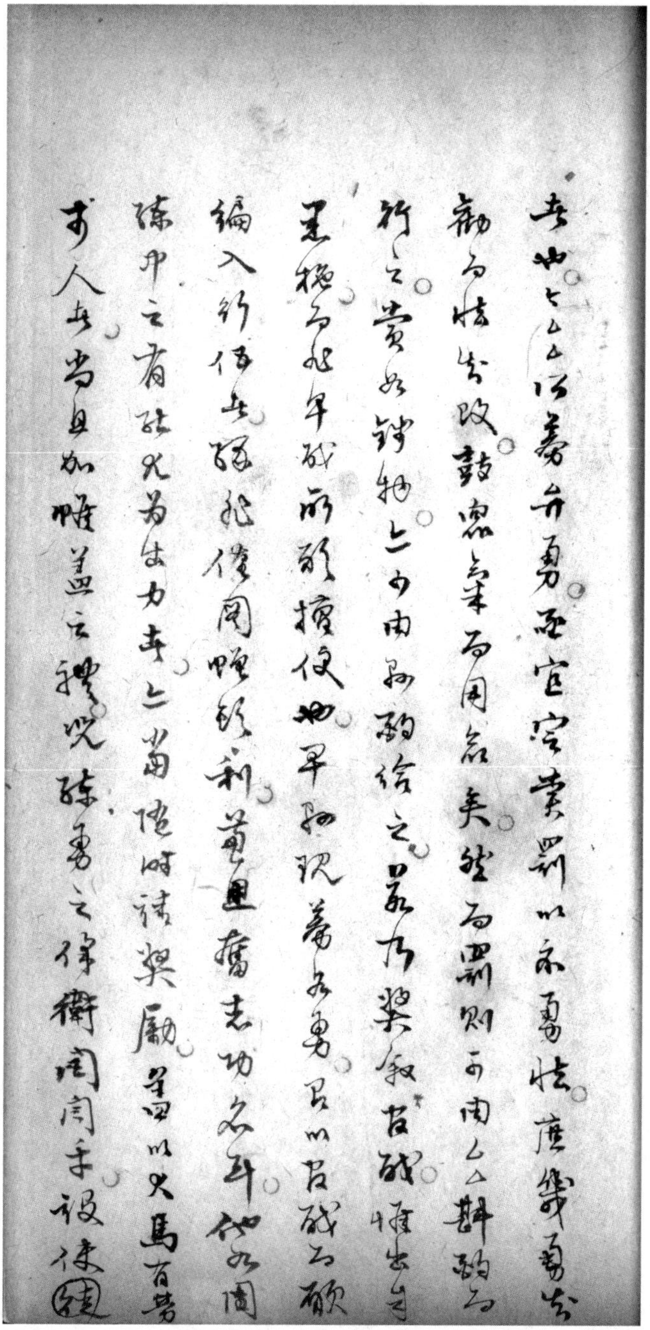

罰而無賞，能使以致忠，未以勸人。才無焉者，不忘乎罪疑惟輕，功疑惟重。傳曰：賞疑從與，所以廣恩也；罰疑從去，所以慎刑也。周書曰：記人之功，忘人之過。劉向曰：論大功者不錄小過，舉大美者不疵細瑕。蘇軾曰：可以賞，可以無賞，賞之過乎仁；可以罰，可以無罰，罰之過乎義。過乎仁，不失為君子；過乎義，則流而入於忍人。故仁可過也，義不可過也。由是觀之，則賞寧于罰，罰之緩可以緩且免，賞不可以遲且緩者焉。蓋如劉向所謂

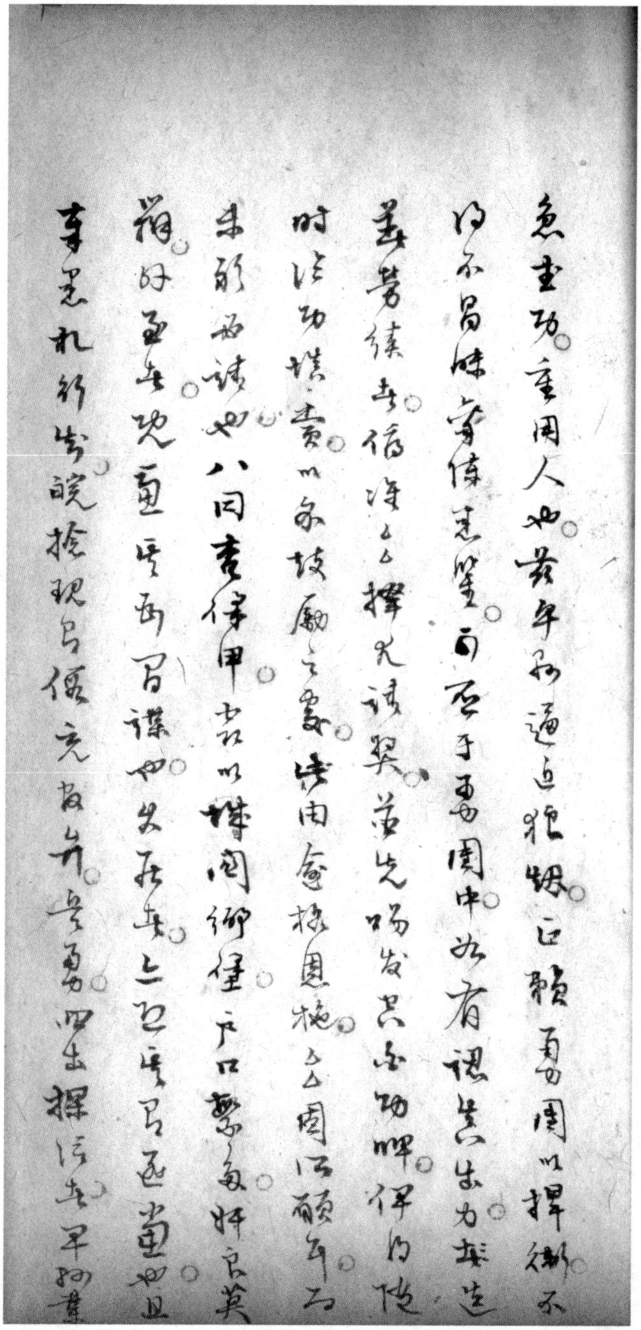

孫郎橋拜網二名。雖保長緝查之，送巡官。編保甲為清查之
使，過不能洞悉也。公議文武紳首及各鄉保長急行保甲之
法。議定十家為牌，立一牌長，董理團練之牌長。十牌為一甲，立一
甲長，董理團練之百長。聯保互結，編列戶冊，每家男婦大小
幾口、作何營業、田土若干、在該處何人保結，詳註清冊內。如有
一並形迹可疑者，保長查拿，據理究責。移文縣案，奉飭諭後敬詳
訓導劉學禮會議，赴鄉清查戶口。以下鄉之使，仍上陳明時隨

切飭查。照得向各牌戶。之收設腰牌者人發給一面。整腰牌
牌上一面書寫爲記。一面詳註牌戶姓氏年貌。便於查也。
已經事面生可疑。詰事應不明者。並細訊究。固勿許斂
頻疏縱之不准私自擅向外雜多遷之。無倘上結腰牌以
爲記。至家有可疑。雜民革倘不得干送入棚。便到已良民
逮拏及搜之干送入又查牌完漏。遞之現之附錄飭遞歷試
先期報視四面牌甲各共心保編列四面牌戶。該通報時由

四周畔岸。皆塘。方得入境。故附堡較近孫氏之願入柔堡者以先援
須堡未編入。該堡畔戶以便民與遷入堡。庶民免被滋擾。使
畔細無從混跡。即可免虞內患矣。以上要件八要之首款
所及。是否有當。理合據實稟請大人採示。並行飭遵。為此
庶籌防務。此尚需時因地而制宜。多屬積屠。不設槍礮等
壤。所有弁勇花名。合併呈冊。附呈鈞覽。

孟嘗君好客論

此係閣實小春建陽首所作，因三卷尾無餘處，故錄于是。

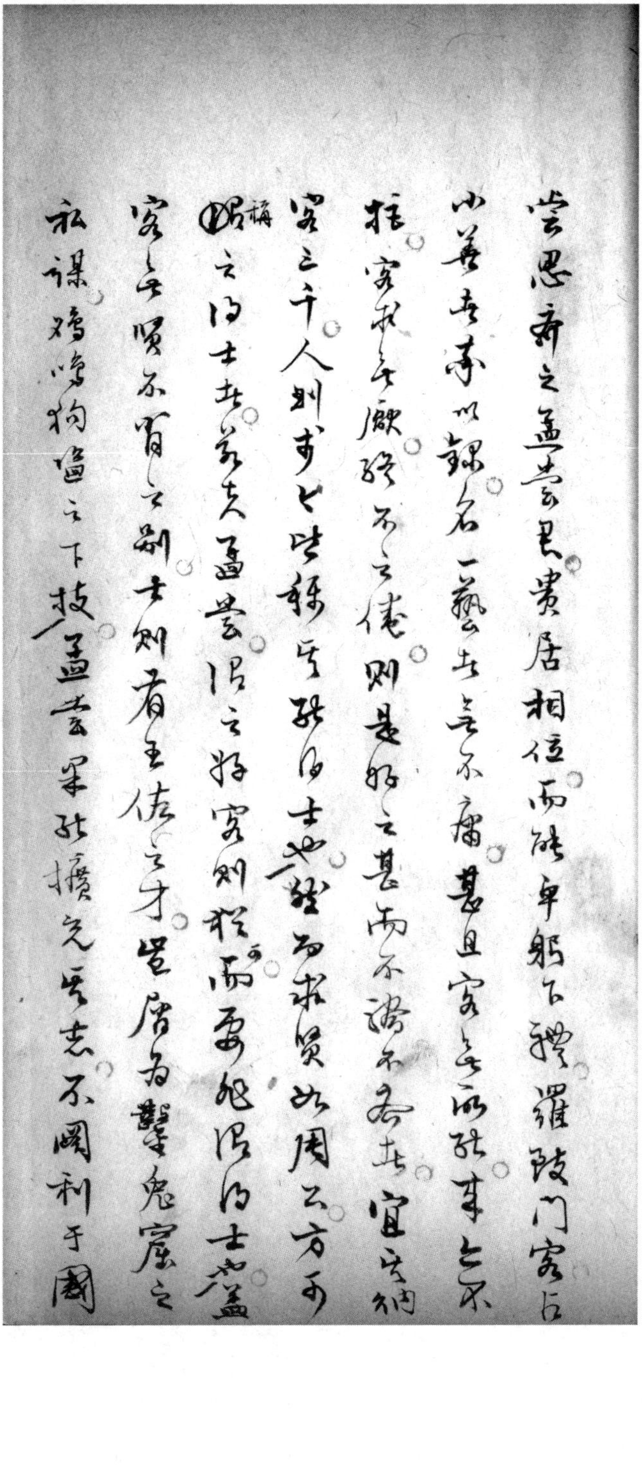

嘗思齊之孟嘗君貴居相位而能卑躬下士羅致門客百
小善者亦以錄名一藝者無不庸甚且容無所能者亦不
拒客視無厭終不倦則是能之甚而不諳不為者宜其納
客三千人則其上皆殊死於己士也雖為求賢如周公方于
哺（握）之得士者莫若孟嘗得之好客則招而安能得士之益
客無賢不肖之別者則有王佐之才豈肯為雞鳴狗盜之
私謀雞鳴狗盜之下技孟嘗卒賴擴免其志不闕利于國

君而私使其于國，託周公之風而欲能此擬之為國招
賢而遂於士，如是則使士焉而將本仁祀義緝席周旋
光以為落
則秦之禍不期免而自免矣，薛之國不求安而自安矣
佐君相之而王于天下，遂將直之門下私謀詭譎脫秦禍
何於私謀詭譎雞鳴走狗窟兔之為
保薛安而已。惜乎孟嘗志小，將私保以好客，藉勢傾天
下，市于道而便私國，未嘗少及于國家，故其門下之客不
過為三窟之謀，甚則雞鳴狗盜之力，而無一旦之偉也。雖則遂
嘗之門下亦謂之客耳，烏得稱其士也哉！謂門得其好客

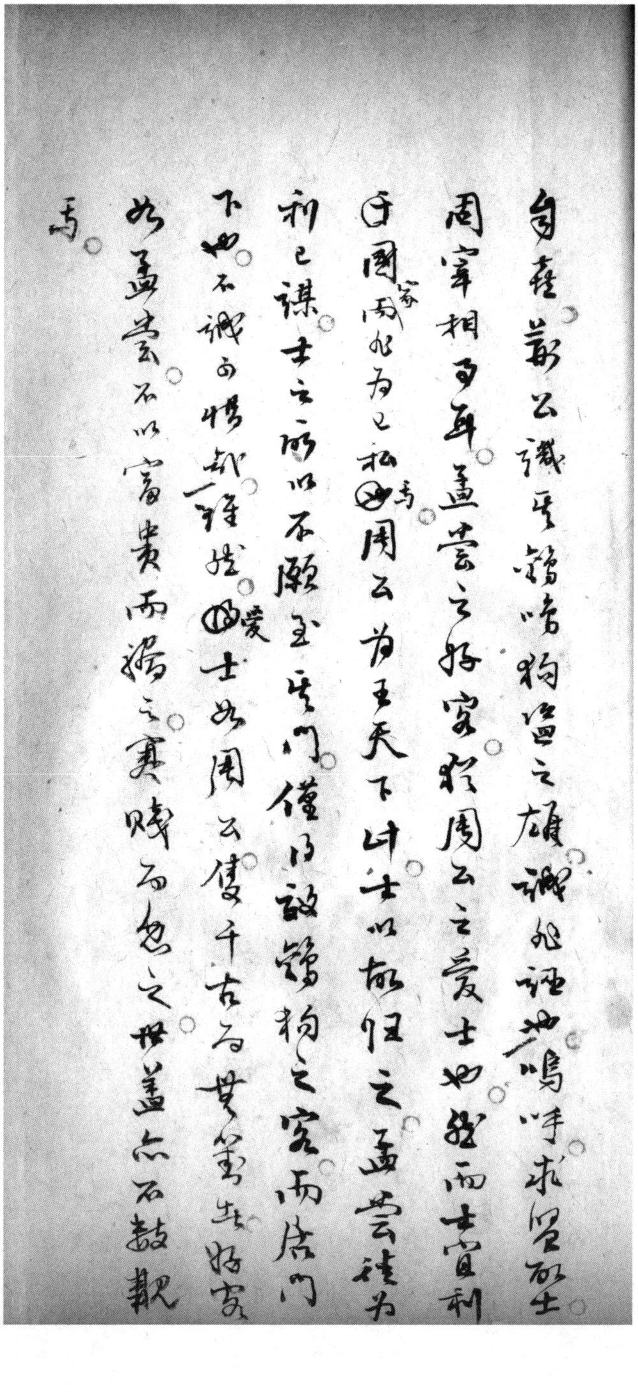

自孟嘗公識賢雞鳴狗盜之雄識始誣也嗚呼求賢好士
周宰相多年孟嘗之好客於周公之愛士也然而古宜利
于國家而為己私與周公為天下計士以報恆之孟嘗猶為
利己謀士之所以不願至其門僅以致雞狗之客而居門
下也不識可惜卻一律愛士如周公使千古為世稱其好客
如孟嘗不以富貴而擇之寒賤而忽之世蓋亦不鼓觀
焉

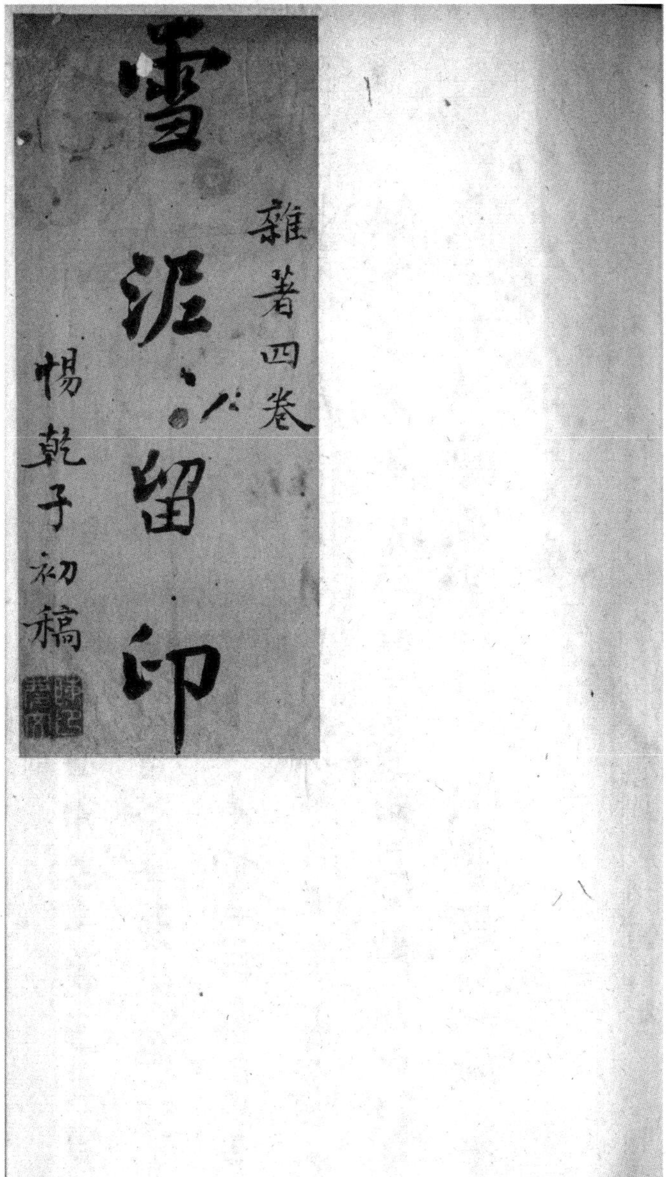

雜著四卷

雪泥留印

惕乾子初稿

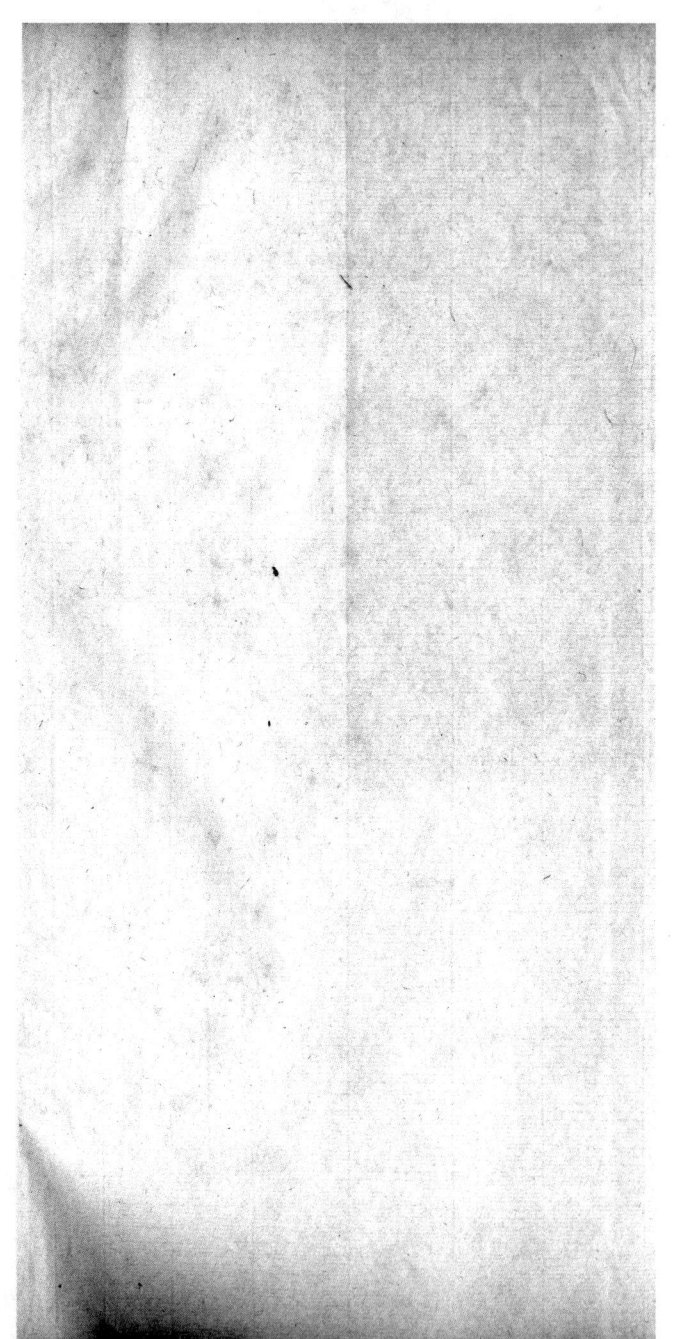

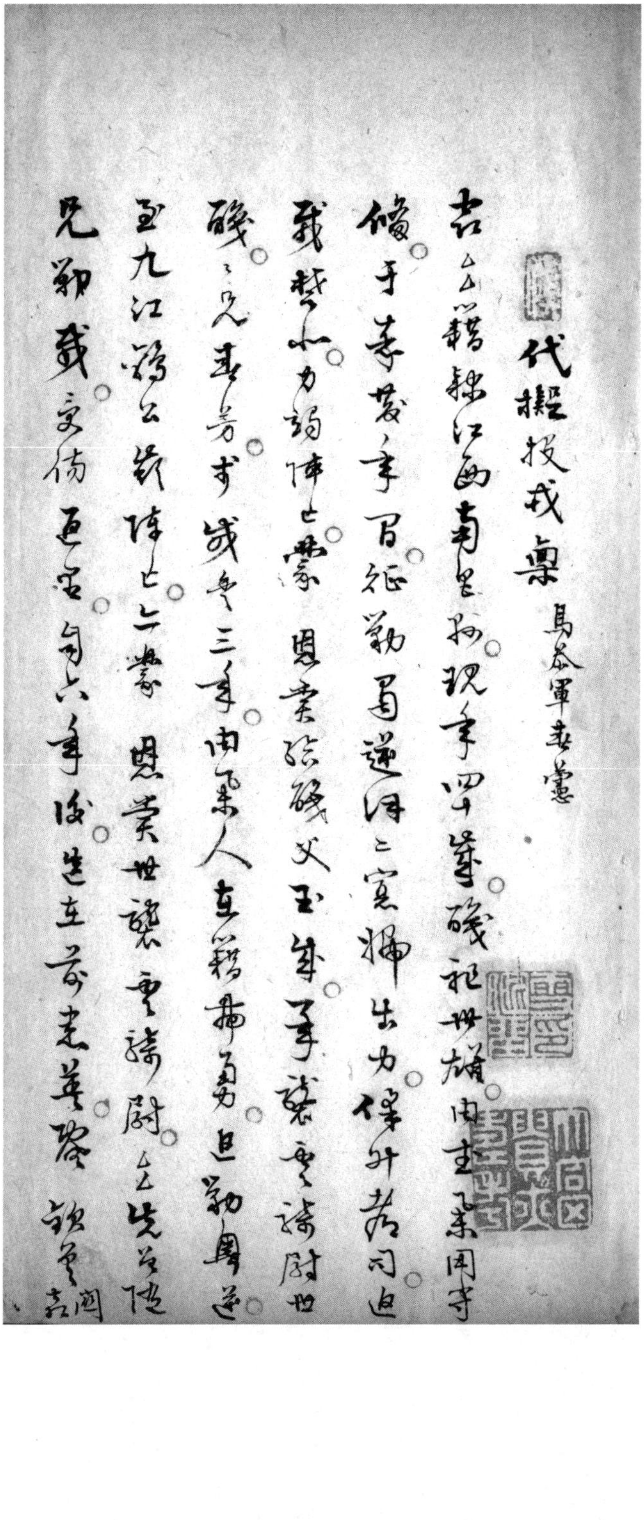

代擬投戎稟　馬參軍妻稟

名學再勇。屢勸宗耶一再成匪出力。者前是為保全
業載六品薦翎。詞文克彼諸灑。及鳳陽府知多坊。並稱賊
首作謗。常號為者袁保。以府經歷不作冀年月。然閒並
貴載蓋翮。至十年秋。因璐以在陳耶府次有疾。是須之
陳奇觀。蓋以必疾之念。長思磯家之氏。性節銓思。毋誌
兩年。先是曉典。雖惚攜騐之無力。當用火馬之獎
勞。況並未息狼戕。敵不動投蟻力。且先大帥作周甲帳。泣

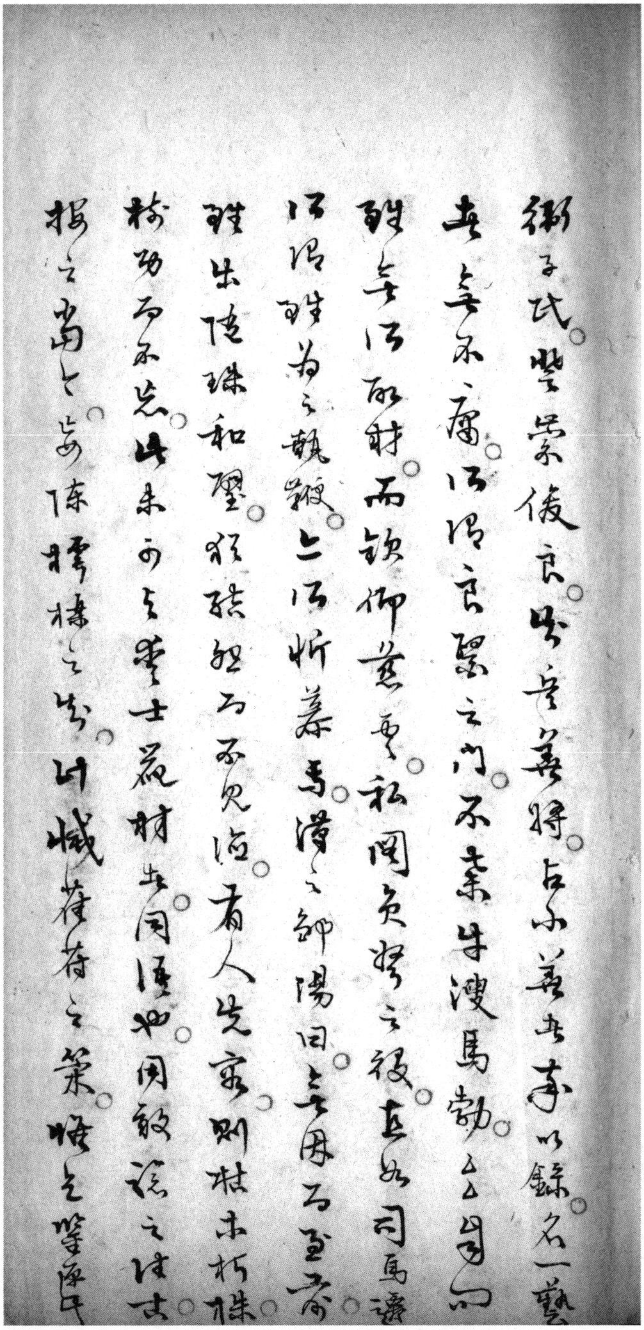

衛子氏。嘗榮俊良。與會善將。告以善舉事以錄名一藝
者無不屬。所謂良醫之門。不棄牛溲馬勃。公以問
雖無所取材。而欲御焉。私問負擔之役。其如司馬遷
所謂雖為之執鞭。亦所忻慕焉。讀之鄒陽曰。無因而至前
雖出隨珠和璧。祇怨結而不見德。有人先容。則枯木朽株
樹功而不忘。此未可與壯士論材者同日語也。因敢請之諸士
捐之當之後。無係標榜之嫌。此識權衡之策。將之學而已

私之爲試，詳擇焉。夫兵，凶器也；戰，危事也。強爲騎驕爲騎矣

在俛仰呼吸之間，使跌而不振，則悔之莫及。故兵自有

兵計出萬全，不輕爲之，以兵之戰也，然後萬全之術也

得也。以要勝之見，一曰得地形，二曰卒服習，三曰器用利而已。

故兵法曰：器械不利，以其卒予敵也；卒不可用，以其將予敵

也；將不知兵，以其主予敵也。古人注兵云：丈五之溝，漸車之

水，山林積石，經川丘阜，草木所在，此步兵之地也，車騎二不

[redacted]

第一土山邱陵曼衍而屬平原廣野此等之地也是
兵十不當一同く井谷平地通道周囲狭隘材良之地峡兵
道以鋒鏃為先務又兆也兵換用則可且是周攷翔覆尤稍守并力可是山險種之用
兵當以騎步兩軍而為表裏各用其長而且夫火戦之
林沙忽辨河莽荻沼也營謀以術及橋也法械以術破之也
強敵以術敵道也率破留之種陣之整節奈之前後
期之葩備察時擇地為稀無需擊雖選古之先兵

以擁眾為環攻之亦亡莫能勝故昔周瑜曉悉曹操
焚烏巢法遂敗曹兵孔明燒藤甲法能得全勝也近
用鎗礮尤為火器中之利擅長圍而戰無不勝法無不利
者而亦每因為鎗礮所誤是故何說凡鎗礮之不利也由
於用之不善也蓋如襄之田單用火牛為勝石虎用火
牛為敗同用火牛也一勝一為一敗是所用之如何耳為用
之如法功莫大焉是不知用之者甚至患焉良以兩陳

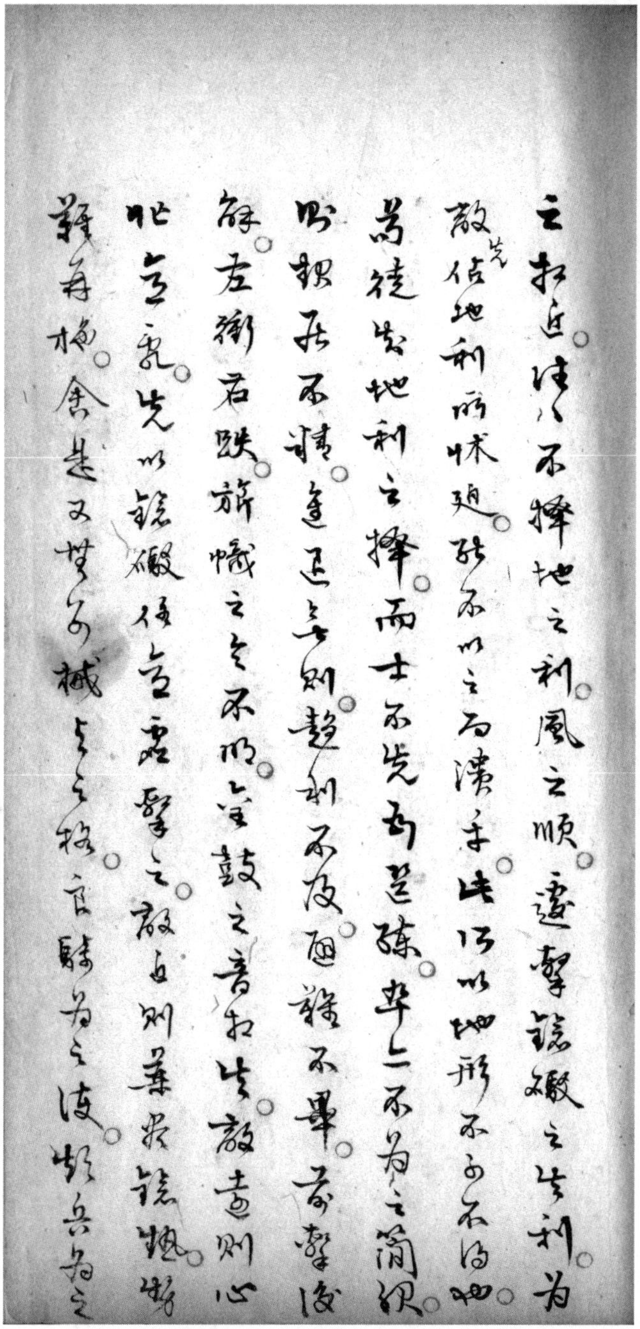
之救近法不擇地之利風之順逆擊鋒鏃之法利為
敵先佔地利所恃退路不以之為潰乎此以地形不可不得地
若徒占地利之擇而士不先為之蒐練卒亡不為之簡閱
則銳兵不精進退無則整刺不及困難不畢前擊後
解左衝右跌旌幟之文不明金鼓之音相此敵來則心
忙亂先以鋒鏃後亡擊之敵至則兼抱鋒鏃
雜御捨是又豈可械之精良皆為之演練兵為之

持能不如戰，蓋不為散手，且或敵施狡計，使人心先奪，驅
逐習陣術，先講我火器，發其方以精銃，笑撲奮擊破
亂其心者，損其一，用之不收，陣脚以卒，尤不可不知。習此
也。大凡人皆畏銃礮之聲，能使敵之耳駭，驕者而捉亂也。
動將長鎗鐮鈀狼筅也，堅甲利兵將能當也。草蜀未薦將
能支也。不思銃礮徒利于遠，近前若交敵近前，援倚危急
際，發以材長技而用之，加之堅甲鋭楯，拏錐弩錢，長鎗短擊之

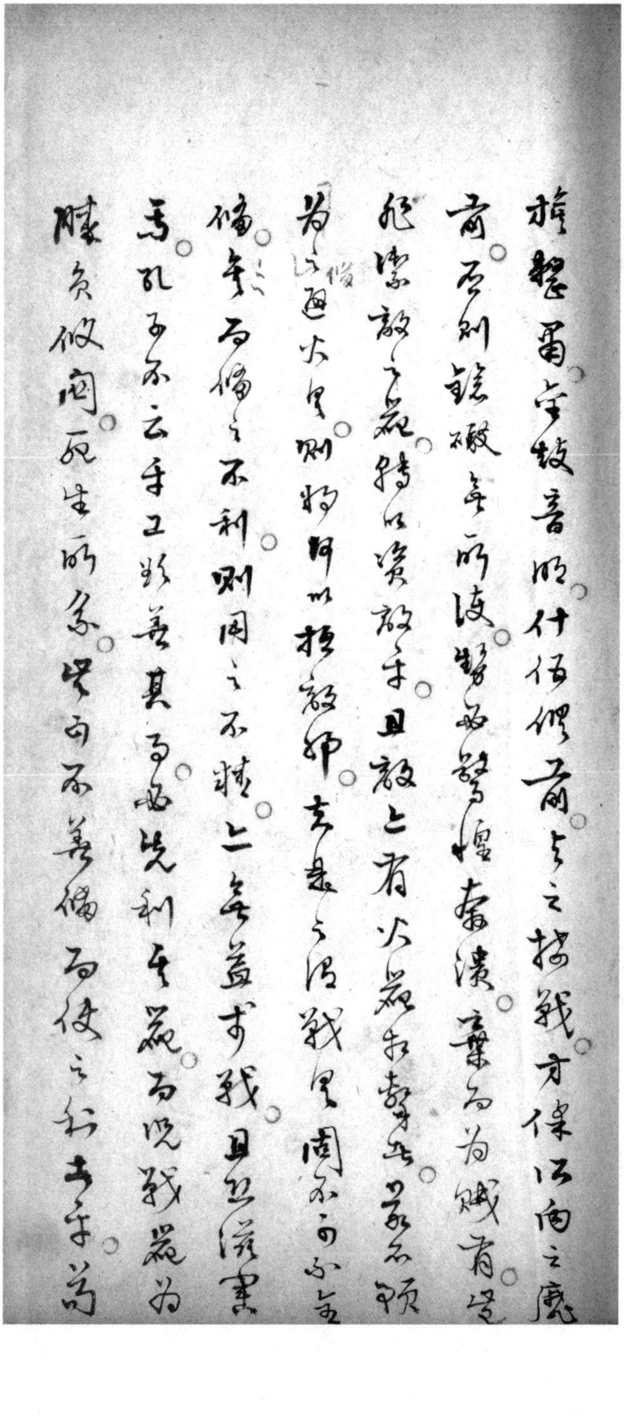

或委吏侵尅侮工價并且剝蝕物料以致鑄造不精使
用不利鎗礮則每發炸裂弓矢則不能中射兵刃則
易損損折楯甲則仍難當渡以之當敵是敵未交傷而先
已自敝矣此所以器用不可不利也強則以得仍絕解其奴
習器用利三者戰無不全要也兆領伍之萬全之術乎
雖然將得堅也兵將黨也堅兵不應用萬兵之不精
而後真病之難理此天下之拙器也特兵不真暇用兵之不

若爲徒負敵之難據也天下之庸物也雖出（是）我之所出若
年之術無在於物而不在乎兵也兵法不云乎有必勝之
將無必勝之兵是我之勝負視同乎兵之勇怯乃在將之計
若爲不可練則用兵亦無幕幕年之術若計能宜擇將
（可不慎选之時乎）之言勸用皖境殘孽屢擾隴氏遯邏韻帝之士胃有
若然所勝無何也甚以逆我之長技風雨飢渴不
（且可刊要採之奪其較法最爲雅待安倘遇更平易易而且速如此嫁之）
國傳地實此奇蒙收納城壘之氣難得無營船

困之而理徹。其氣以之爲至誠。加之（且以）逆於斜眼靜性。閒之
衛鋒鏑之氣。因直戮之。危者戈冒鏑。以後奔赴
死地者。以是强軍萃進。與死戀角逐。野地寡象之矣
勝負勇怯之分。蓋（之法 抵）觸（以）進則生。而退則死。故勇奮爲直遂
也。兵勇則有父以妻恐之顧慮。故棄生爲怯戰也。吾之
我無知焉。以誘人貪懷。以誠嚇。故兵勇之畏懼讖踹無
雖險堅古敵也。然不能越乃爲合之衆。而整散也。頑惡

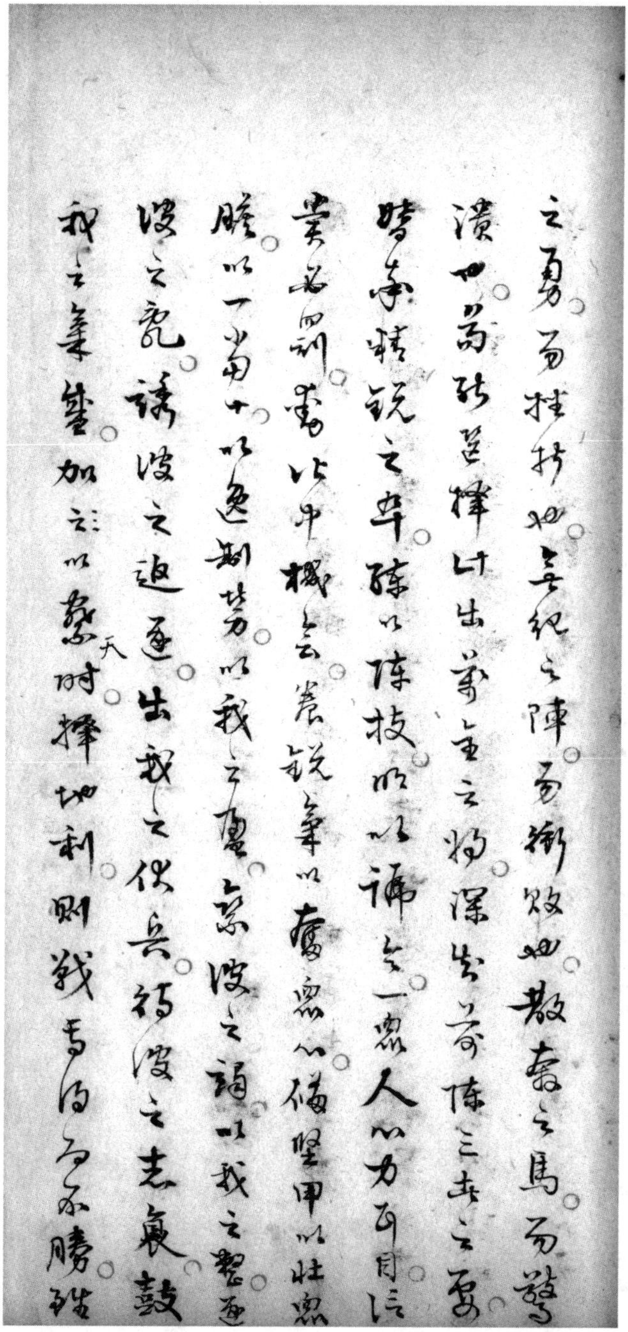

之勇而挂於也亡紀之陣而衝敗也散奔之馬而驚
潰也萬弦並撥什出萬全之物深出萬倍三軍之要
特在精銳之卒隨以陣技以以補之一衆人以力五月三
虞必罰賞以中機之密銳兵以奮衆以備堅甲以壯衆
勝以一當千以逸制勞以我之虛宗彼之詞以我之整逐
彼之亂誘彼之追逐出我之伏兵搏彼之志衰鼓
我之氣益加之以察天時擇地利明戰而得而不勝哉

塞上而以利衆。以亟學總之雜識條教。雖然，盡斷軍士。
祈賜以書雜之意。并公以短牘之憂。支餉公有煩費之
雜。置境公以擾害之亟。[丑]蹤強弱。人地生疏。在在致雜
而朝夕遷困餉絀。或失欠。或扣扣。兵雜鄉白。多以旗伙為
充役。或貴別業以營生。軍旅之事。非素之學也。以之詰敵
而望有功。此置陣之法以安生利。設遊弩之法以日熾
也。[固]愚[陋]昧之見。以為斷兵徒費而無益。莫如取[募]勇力為以裨

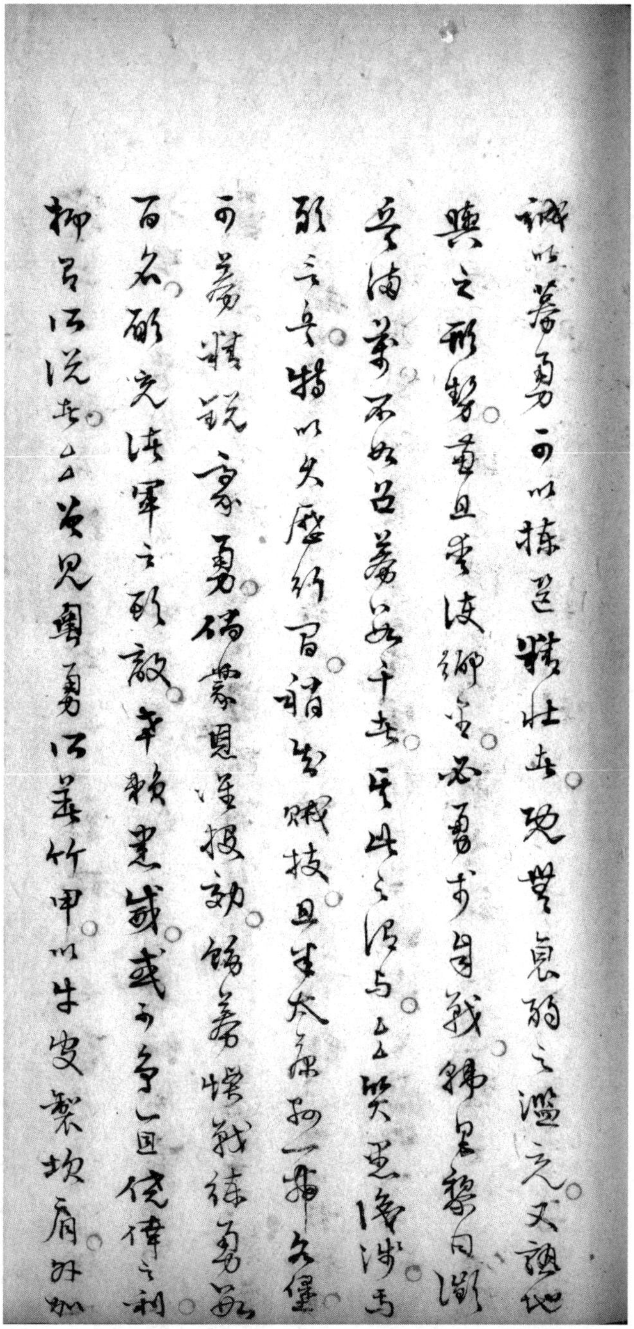

毛竹寸塊砥手工彈丸利丸以不入隙為策放之望甲諸試
而行之甄積有地陳為手寄一至羣蟻之以探志去恃左
實騎之每耳蓋蟻之蝶枝瑜海以之良驥馳疾逐發狂衛撲抄截圍
擊無兇寇沙兩翼之後馬又之平馳逐逐之良駒黯無雜之
之梳條故因是而陣潰陣如萬之軍雲支絲能煙雜備
良騎即篝尋者為馬上能為之以為御之劣馬古它之
搬以黑山華皮裘衣像態形名之曰態衣僕擁而上若試

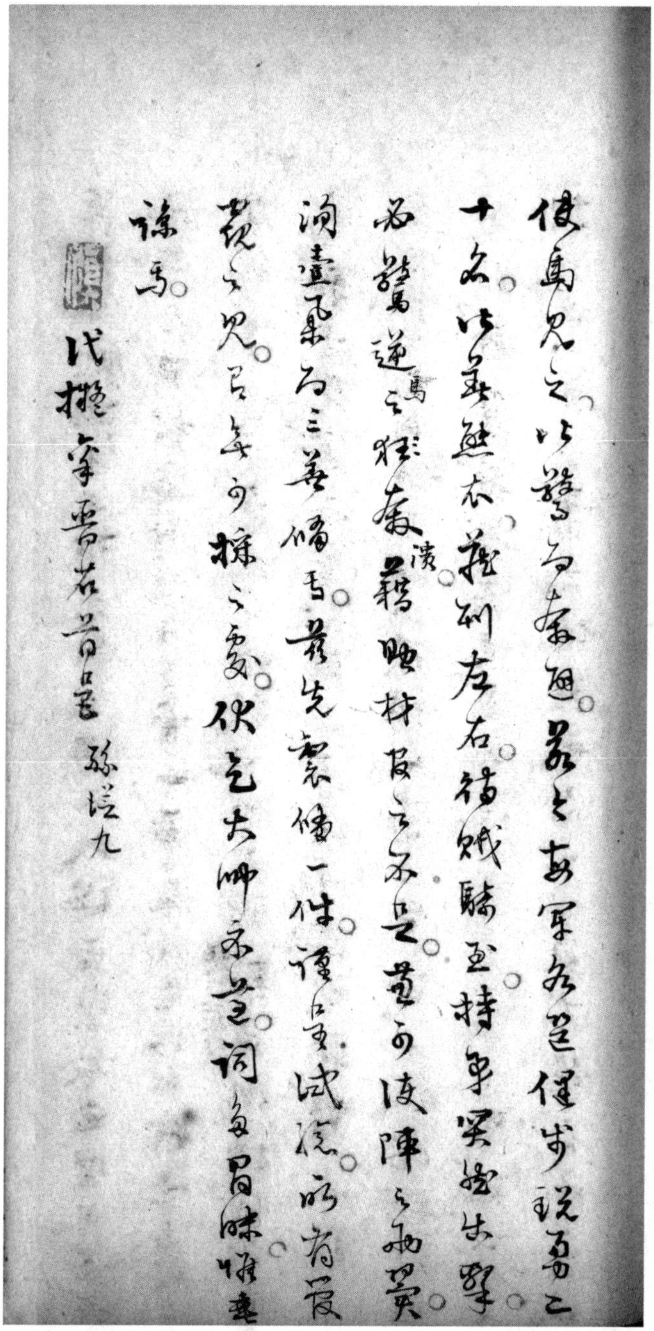

使馬兒之以驚而奔逸。若長安軍各營健步號馬之十名。皆其鮮衣撥刺左右，往來馳驟，互持爭哭喧出聲，而驚逸之（馬）狀，奔（潰）騎映林間，亦不足。貴可使陣之兩哭洵遠勝而上之善倘焉。若先袁備一件，謹白試從。所有發遊之兒皆無可揀之處。伏乞大帥示旨，詢每冒昧陳達

諭焉。

代擬李晉若箐　孫浩九

前年墨被出示詢系。以援寡氏李京春呈控姜氏挾
帶衣物請追。經領夢情。義倩出赴案據富時因。仰見
大老爺素不諳訟。一視同仁。祇取之錄。罔漾惶恐。惟望
定案。係在籍紳士涉訟。且同抱告代質。況所反不論太小究
庸孫為訟上。亦未便瀆瀆公庭。李氏質訟。故罪民控誠
若直要不行去取之。素實安許去看之。委員查覆去
有之。即看不肖之員。書出自豈。羞于怒矣。民控乃實

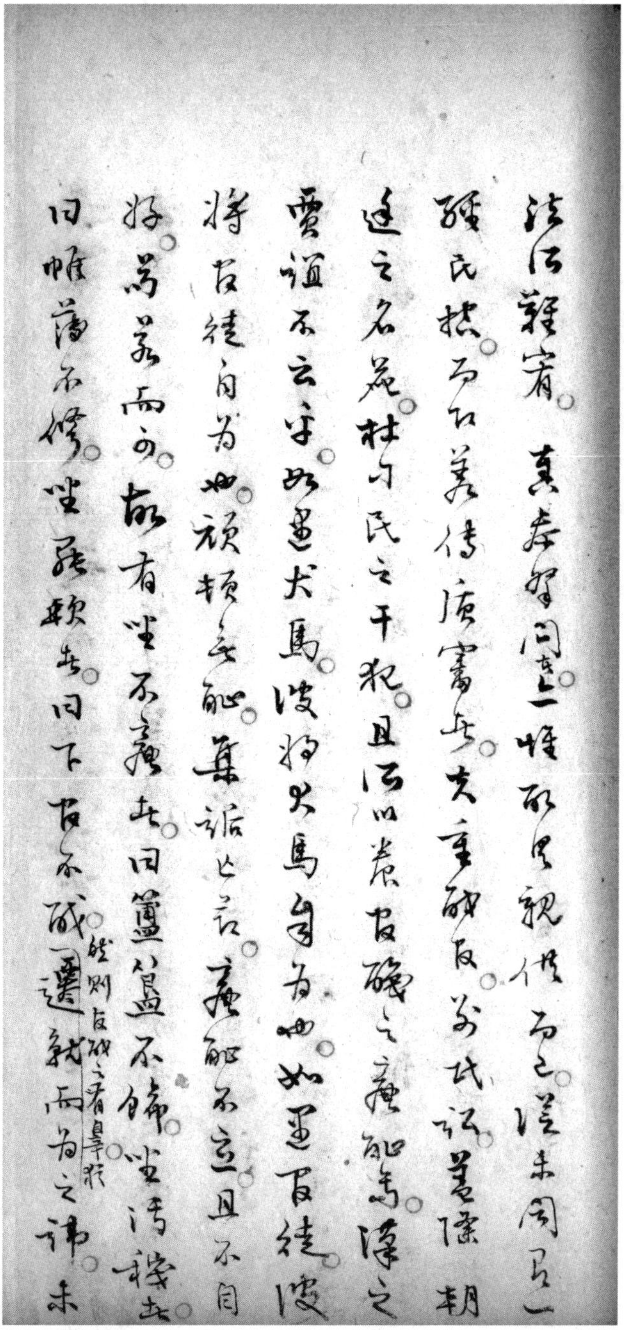

請問難肯。真香舒同志一樣取得觀仰而已，從未聞其一
種氏技而以善傳，唐寫本大章碑良多，今氏諸慕陳朝
述之名範杜氏之干祿，且以卷其碑之摹能為源之
貫道不云乎：如畫犬馬，彼將以馬身為也；如畫其徒，彼
將其徒自為也。如頑頓無能集諸家之言，摹能不立且不同
將為罪而可哉。故有些不摹者，因篇幅不能以繁稱者，
因幅篇不修些雜較者，因下其不識遷就而為之論，未
然則其碑之看來

作興正以講之要。先設廉恥揆義。以勵人之廉行哉。況茲士

被民李東森二擬詐誣許設。使其逸傳趙質在外未獲

負以是重經㨿。特以奉刑惟懞。濫及仕宦。未惠民詐誣印

尚涉訟庭。毋乃有倚恃律而撓大局乎。加之民胥役

之賊。不敢不斂眉而就執。又因徒為伍。不得不信者而

之情。太史公以云見獄吏則頭搶地。視徒隸則心惕息。

言不辱者。所謂強顏耳。且思同役倚僕一時之倖。或再補

理。以宥易於撫民者。從此漸長刁風。蠹吏忘悍。旦將控
正印于郡縣。自下而上之。藏道控。司控。院控。甚至京控而無
何居焉。且一不為者指控之後。案票拘傳。則畫筆依為
後已。此定達仁憲之倚數為寬心。懲一而戒後。必不以丹
牘之亦為安也。且以仁先大曜。哲鏡徹照。察衆之下情。早達
洞鑒。庶民之詭件。諒亦深悉。是則善傳厶之柔衷料
仁憲所不忍。而為[或]他所截焉。嘗聞聖訓。父子不證息。撫

論語之曰父為子隱子為父隱直在其中矣詩云君子
為民之父母由是言之則君之于民直父子之列而君之
于臣亦何異于此△△被氏評告蒙恩之惟理始於父
子未得私隱焉而況東來圖讒無理厚承恩義傳囑
於臣得甚於父子諒遇乎△△義不告身重被虐于非與
君恥為身難蓋亡臣得子不隱父焉者是以之是無及
公門而未敢達矣厚恩許詞而未敢呈之旅顧恩寮

而故杭也。亡兒因理要而後顯也。惟閱東家情有勢力之
友，從中為之主謀，故敢以兒子之命，揑子虛之詞，騰散匿
稟，誣捏傳訊。公公異路程而不之通，下情不能上達，且為胥
役傳催之擾，之之路同號文，被為民誣捏之冤，收伸不得
用，敢離親而寫遺命，代是備之任意，肇原為如詳禀
焉。緣前在吾蘇撫之敝太守陳某，幫曾項是手，處不出當
實況。故從其物，必值之云，我閱伊鄉友，豎記有涉太守其案

董氏縣守已逾二年積欠米麵各賬六十餘金無力歸償即
有太守遣物乃為作續業價廢用而當且已董氏脫免善
文物一手經理而訊董氏實因縣丞無度且于寒夜擄有
太守之子△△事後之處自行擇將文物于是生于鄉友至
賤憑縣屬人董彥來王生孟氏袁說合△△代還欠賬于
同治三年十一月留續娶董氏過門于歸一分人從其兒如采
幷有太守所遣衣物私將難掩衆人耳目柳且董氏采

尚有數千金遺物。詢諸儐數十金風通。而必待△△之代清
歸。既太守之子孫。現經由伊董氏收據。豈有不取遺物之理。其
來分厝好戕。出外據追。已屬可不干己。且董氏若守以為己事未
嘗過問。再遲數月。亦無異議。迨所文炳于六年五月初四日赴甘
云。佼情無庚詞。爾亦出據。抑未見太守故後。家務一切均由文炳
料理。董氏再據。又係文炳主持。乎太守有無遺物。東事府
南文炳理論。焉能問及△△。今直文炳于不理。而反訴告于△△屬

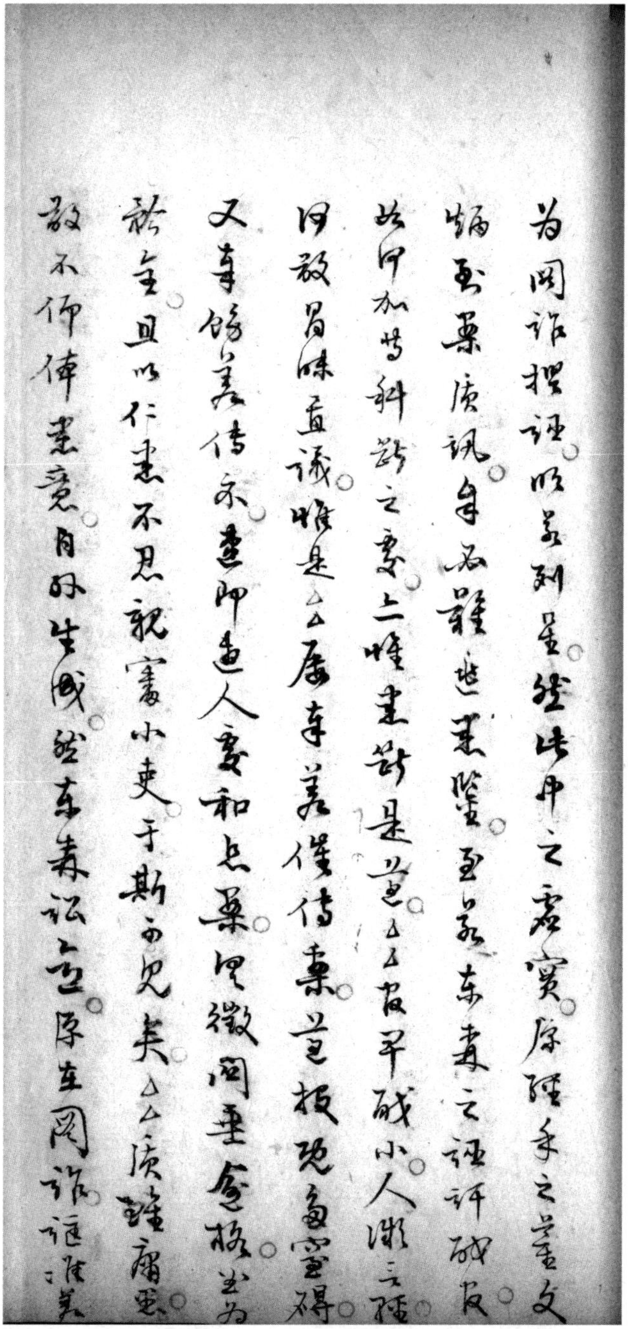

僑〻歸得立齋〻有友岡田雖且賠物償〻而為獄係縻

錢不得釋援寅上司〻〻如果惠人懷變正中律之條情必

更在奇窮哉〻〻雖鼓有手時報擊肘前為董氏構罪

急欠之屬桔挑焉駭再遜東森詐惡且恐其被屬証詐情

之雖目借再以財求和尤覊留哉況東森不逢太守之好哉竟

致出訟乃利將本太守之同姓董氏之姻族復乃紛紛致兄

〻〻續娶董氏原為育後計豈用其右人乃欺〔漁陶之〕詭語雜補

更漏屆卯韋類君豐而鏡詎料明破東方之怪俾吾某某之恥一俟西夏文物披度字跡不落石出雖文物已陸續美善赴甘肅某某業種寓活頃更逝四此景而延緩使文物回國再行核審之處仰乞大吉師批示祇遵

親恩罔極論

巍巍乎蕩蕩乎父母恩德也世皆知五岳之高亦不知父母之恩高乎岳也皆知四海之深不知父母之德深於海然則父母之恩

悽焉。宜有勤劬。當其懷子之初。如飲食之不減也。寢寐以
之不安。疾爾乎。而六脈漸和。孕爾乎。而六甲未報。望或
言之將信將疑。惝恍心目。謹護隱憂。遙聽投鼓。信孕兆疾。
而在一攫。膓腸謹訴。一旦子之在其腹也。渴矣哉。惟飲其之血。饑
矣哉。惟食其之精。其之形容乎是乎憔悴。氣體才是乎羸
弱。時雖十月。苦歷千辛。是以子獲來生也。已蒙其育之恩
感極矣。一則乎屬毛離裏也。其之生死在呼吸之間。危險

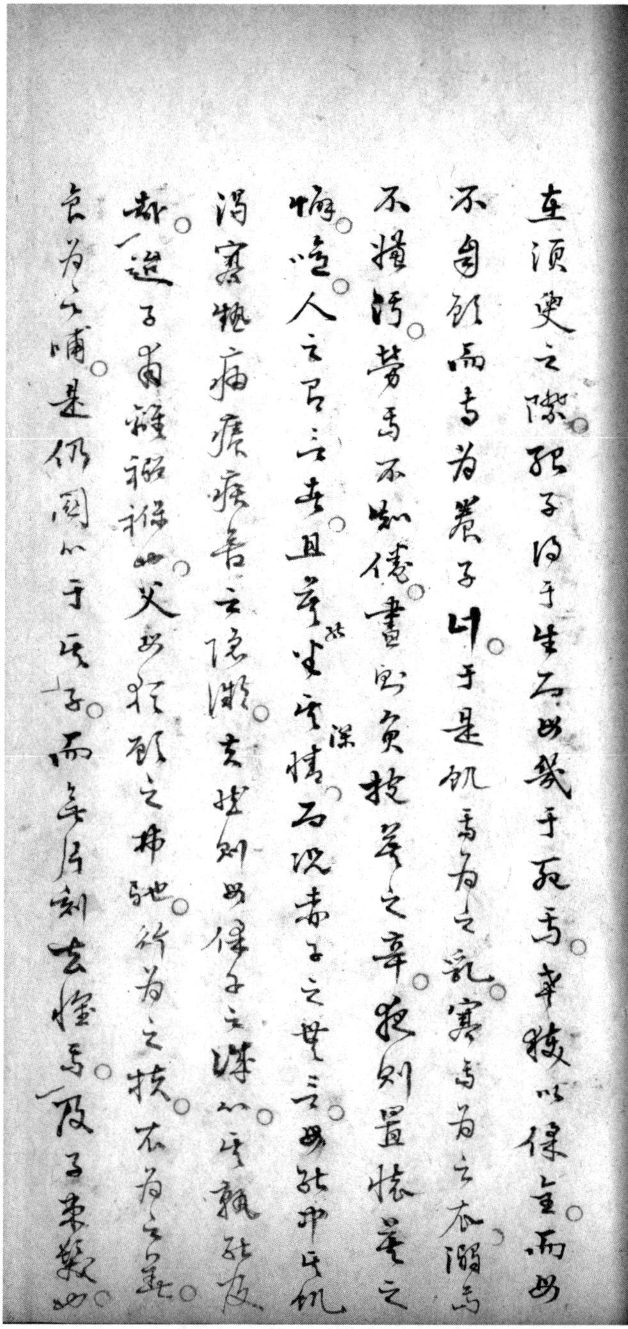
在須臾之際，致子得于生存必幾于死焉，牽援以保全而必
不自顧而焉為養子。叫于是飢焉為之乳，寒焉為之衣，溺焉
不擇污勞焉，不知倦，晝夜負抱蔭之辛，抱則置懷蓋之
悔。憐人之子之孝且慈（然）也，其（深）情而況赤子之惓之，必能抑其飢
渴寒熱痛疼痒等之隱微，去推知必保子之涕泣其顏能度
殺。造子者雖避禍，如父必於顧之，推施所為之扶，衣為之至
食為之哺。是仍因以于其子，而無尺刻去懷焉。一夜子末數也

視為詩師負笈以誦書。師嚴昔燬。旦三夜楚之難。堪師繼其後。改
憲學荒而廢業。久頓眠而書頃。良於侍門。而蒼儒困然。出紙牘
之深情。竟僅彼車小思而已。獻一章子。脈章也。采能如河東之鳳。
荀氏八龍。閬苑雲如掌上珠。倘不能傳於一經。之為課改業以
務子鄉。以此比如陶家之重子。雖無埒文才上品。羨吹簫且為
之此深責也。蓋視之于子。豈其賢不肖乎。要聽之為素之以為
薦而不即發。農無一子之友。冠也。又為詩求淵如以受室以為

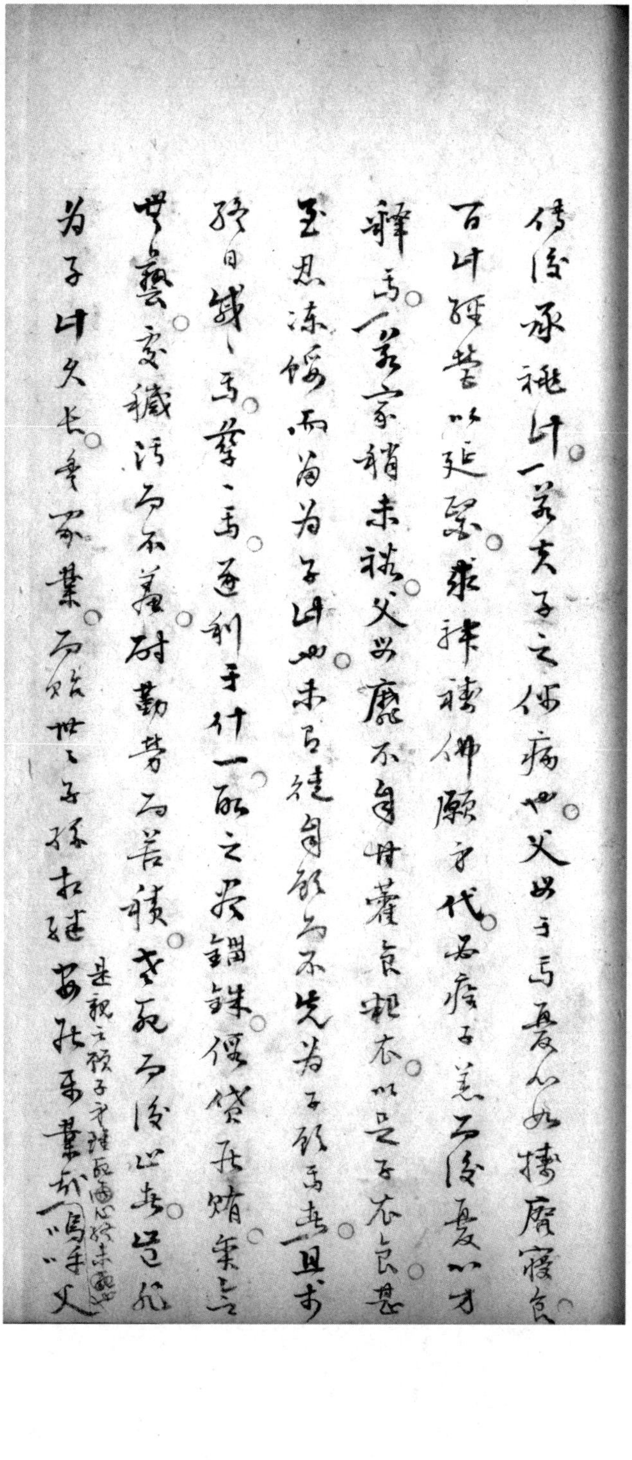

也
之學子所周焉淵乎不至焉易而不周世修而毋為子周公之言矣（或有害）
經然文也益於子之先兄有甚乎貴者也前子之幼焉則應之或夭
年之長等焉則應之廣材及之成業焉則應之家象乎或小
康焉則應之以憂家穿之厚焉所應未能貴倖接服備焉所
喜不壽遽至其焉應或嬰疾痛至逸焉應或瘦精辣良廿（攀蕤歆戕焉則遽難以位）
焉應之饑衣寒焉應其寒暖焉所應之維縶之棄弱焉則
應之不喜愚焉應都以之而應雜臻之竈焉智愚都以之而應

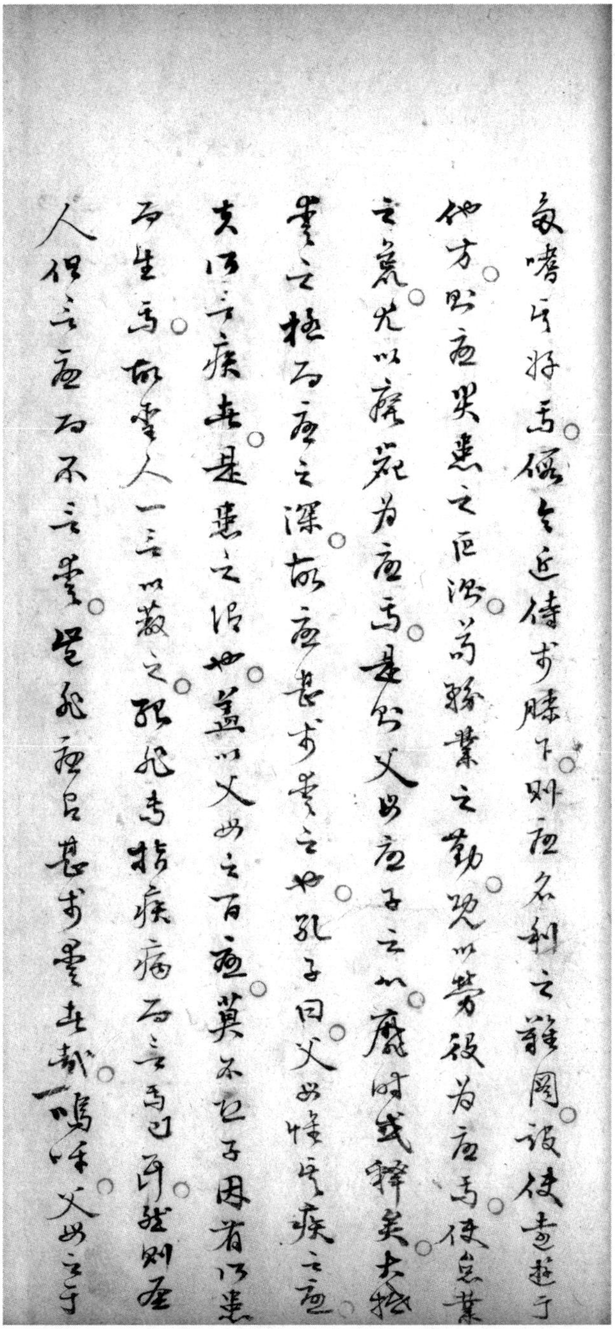

氣嗜所好焉。僅近侍於膝下，則無名利之難，罔設使遊子
他方，則在異邦之臣，溢尚務業之勤，况以勞役為慮焉，使忠業
之氣，先以疲苑為慮焉，是以父母之心以處，或憐矣。大概
書之極而慮之深，故慮甚於書之也。孔子曰：父母惟其疾之憂
其何之疾無是患之緣也。蓋以父母之百慮，莫不由子因有何患
而生焉，故吾人一之以敬之，既非焉指疾痛而之焉已耳，然則在
人但之慮而不之書，豈非慮只甚於書無哉。一嗚呼，父母之子

子生之育之拊之乳之撫之攜之保之抱之衣之食之教之誨之
業之家之費之產之業之而不以子係于懷長之為不以子苦
其謀無之而不以子甘于勞瘁而莫辭殷殷碌碌之當而畏懼
而應無也則是父母之恩德至無窮深無窮浩蕩難名也傷哉
有窮而父母之恩德無窮求盡其報而父母之恩德無窮去是
之恩父母之恩德若天之無不幬也如地之無不載也雖甚盛德
虙羲以加矣元帝嚳孔子嘗曰天地之大日月之明寧罄名言之

妙要以親恩亦可以見之深也嗟夫親之愛子果無比一微固未聞
呂慢其子爲業若而孝子之不敬敬觀焉是以文武之孝子
雖恩高于山德深于海而世波波無所聞蓋見之數焉蘭宮子泣
猶有孝于親者犯性名于世且以傳後也蓋見之鮮焉嗚呼吾聞良
馬之恩一飯之惠且當以報之況親之恩極無涯印寸草之心
尚雖報落葉畢竟其一乃家不思親恩以報孝狀耶於天地間
示家誡以求以何爲乎一夫問曰孝者親德子親諭力焉已矣如

亟焉不忠。兄焉不重。弟焉不敬。朋友焉不之信。夫婦焉不知和。士焉不收斂。農焉不安業。工焉不務勤。商焉不守義。兵焉不出死。吏焉不思政。惠民子道。小人學優而不仕。沒世而亡名。將兼利在身。不扶危救世。己出而為仕者。貪位而為祿。所實而世功。甚且為政焉不聽。雲民而集。賊殘陣焉亡無勇。偏負而亡身言之不忠信。行之不篤敬。以不正。身不修。家不齊。性不積。德易諂奢淫泆。罪刑行惡。以吞害人。或貽父母憂累者。呼叱淫之

不孝也一代如悵祿矣竊者已嘆親而祖因之厚養父母以與
先生而不告是名雖崇親爲實係（則爲）己祿什吾於人未必然矣
孝固也苟有聞者名而勉焉父母者此上求于好而孝於世人也
以子已親告而仕不於父母因侍親强而出仕於人必不違親也
生也（而遂歸于死）不告毛義爲親奉檄莊子以保及親而仕三釜勝于千鍾
之事也某行三者上以保之不孝也又子賤要恃于親不之嚴
責反雖拱之而上德同逆親者此尤不孝之物甚以保人而獸

以也。吾親其之重於子而急於親安此之誠，推其愛惡之心，以為親者
不忘吾用。子可以養吾者焉。抑未思親所者而量吾所於知學
諸子。養吾者又未必能可。蓋上行下效，擾何必能吾為不養親
者以養孝則吾子之耳濡目染，習以為常，能不先而效之乎。
是吾今之不養親，即教子之他日不養於吾也。吾今之不孝於親，
即教子之他日不孝於吾也。此猶商鞅作法自斃也。然則今之子
之養吾，必吾先養於親，而後可。奈何不思養吾親，而望子養

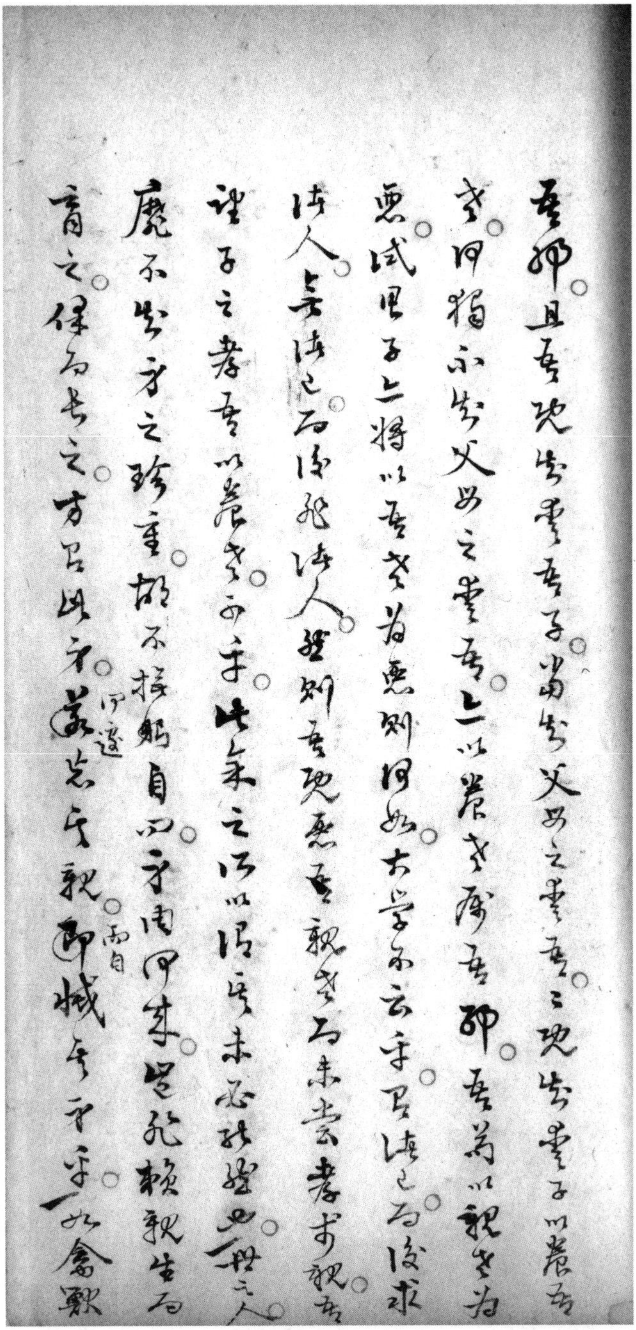

之言然也周年然后烏且以反哺羊且以跪乳者蓋天性焉然
況烏羊之無知然猶能孝天性以然孝道而以人而不如禽獸
乎嗚呼余少也不敏於未然親使為之及時圖報追悔之為
父母在雖趣老年已過而悔而晚為父母生不能養死以葬歟
亦而後無何思以奉衣之食乎嗚呼念我父母之所以生我育
我以遠業事而我去原所生身以孝親致葬以安親與家
以耀親揚名以顯親乃余也不肖以負父母望且未讀書而

學者家皆以為文章為實者從為之不足求者於所示官於
時時限而達辭其事業名義之學觀其所顯廢之間者役、
其達觀之生而能齊春以衆而觀之殺不能守課於定字
觀之紫不能因時以衆蘇處世人世一無所能清狂自倦悠
特仰慕高僑於地而若負疲之餘安且兼鳥集而歡洋歡、
余嘉惠之高也蕩蕩乎嘉惠之深也是以觀思之嘉惠同語而曰
問於也孔子曰生事之以禮死葬之以禮祭之以禮斯三禮者為觀之

要也乃年來發言之也是親者之可者莫我甚知年之不為知甚
焉特何以勉為人卿何以思報主卿蓋人之性也竊名惜陵
眼前而負親之道於殺之難收也是率本而賊其人命
以為卿之何以報卿一同治乙丑年十月初五日夜坐之夕寫於吾
之太世孫友善追思父母之恩理性不善之道惟之不及孝之
真也時若在天罔所眉耗也郭也歎為砥之歎一語說年之不
者世固莫義焉而親之愛子大抵同情所厚陳親恩藉以

明吾過而望其見悟焉。嗚呼。予有前而親恩不可終，詞已將
而親恩不可極。之有前而親待不可終。雖欲其之已親吾之
者。生吾來逮而終身事之覆撤。急親恩而及時以報稱之
如吾之不孝。道慎逮而猶之無補焉。也矣。

將色戒

萬物莫不有陰陽之分。二莫不有陰陽之交也。乾坤者天地
也。首分陰陽也。乾為天陽道也。坤為地陰道也。乾坤定而天地

位陰陽分而萬物成人為萬物靈賦於乾坤而象乎天地也男女者夫之陰陽之分也乾道成乎男天象也陽道也坤道成乎女地象也陰道也男女之交猶於天地之交泰也亦陰陽之交和也天地泰而四時順陰陽和而萬物育男女構而子孫生究其陰陽所以分而所以交者所以法天地將生也孟子曰不孝有三無後為大然所云為陰此者於不男女交之乎故夫婦並重首五倫是天地之大義焉一然夫婦接禮必之寢後以為理者雖後同室之

登而偕老宜家宜室而宜男是在德不在其色也其色為人之大
忌宜將是務去以故評先以將之言乃不可手然而言之不明其德
者且有甚者許久且見他人之色而亡其前聊思此移而不能
琴挑手如於如好才子之名寫崇紫雲杜牧路佳人之笑一時對
色之千載累識猶嘆嗟其色失其好名猶在從往好而應不
好好之不可以滅也則其敗壞人名若污辱人家聲識同于心可
忍乎是可忍也孰不可忍也且損其德懷德好其淫聊又如此而

多憂見事以之而不協其禍亦反目朋友亦不之交哉將械
三綱廢而貴是賤不敬乎人焉一夫君人之學稱保之盜況淫
人獨無廉恥不畏刑辟而誅戮乎哉武徽倚焉一而漏網
之耗無財錢墮其志氣疏其倫儀辱其門風客作因之為
篤保錢扶起之而不篤榮衛以之而消損疾病者是乎
叢生肱陽氣以得宜乎渡壁丹者無槁木黥然黑者為貴、
蓋飛金石之質因從魚思而為之牧賊已焉能延年益

壽手然毋以將息為是每無以將息為己意毋迷于
息以為將無以息宜廻之且不違本是乃將身從無地
將人之事而息試思人之將息者無要而則何如無歷
觀夫將息者廢不得有所環挾所以樓閣中如此之生者
乎家也此等士人所得至道貴義而罪淫者為部者為
以天道迺潤誕謾不見行而因果之說世尊不之信因
果不之信淫為萬惡首何無之擬卿一喉夫一補之安

六爻天地和陰陽蓋將生以傳後焉者即息之源奈何毀之無
恥狂徒猶息之肝臟湯湯焉以息為之將速乎道而私與為
六卿者天地所而四時遂陰陽遇而萬物繁男女淫而子孫
滅而不懼也乎哉且夫多之利于己而為損乎人者為且不可況
將于息者損己而損人即湯湯焉而為之覺乎孔子曰吾未見好
德如好色者也甚將無二心而後可以好之之念則有善惡之
分焉將為狂于德之心則名善念而為仁者矣魯論不云乎

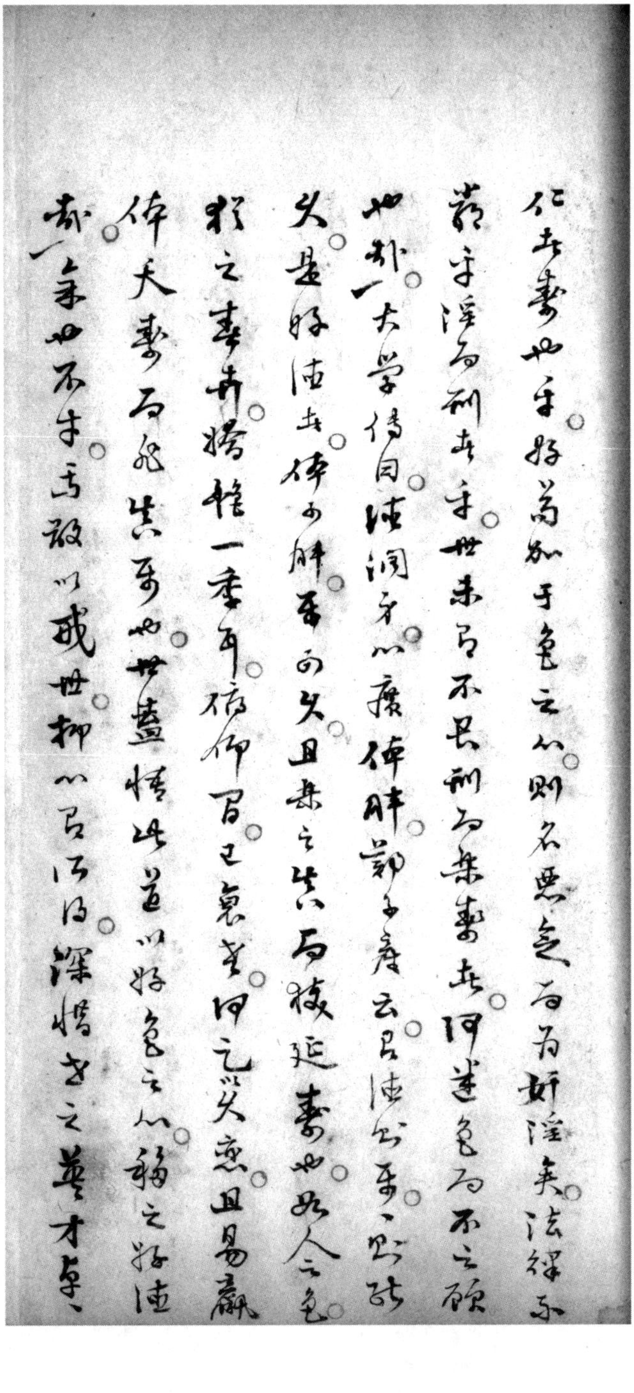

其。要浸遂風流以矜才粘。文爲狂思淫泆。無所適性。其擬焉。是用罪之以告世。用冀移其從而不以色爲務。悟乎道而性情是務焉。

貪雲記

晉之太原。屬邑多豺狼。不安山谷。摽虜日食人畜。以種其子孫。黨益繁。甚益甚。入城市以齧人。無衆之者。而畏之若民

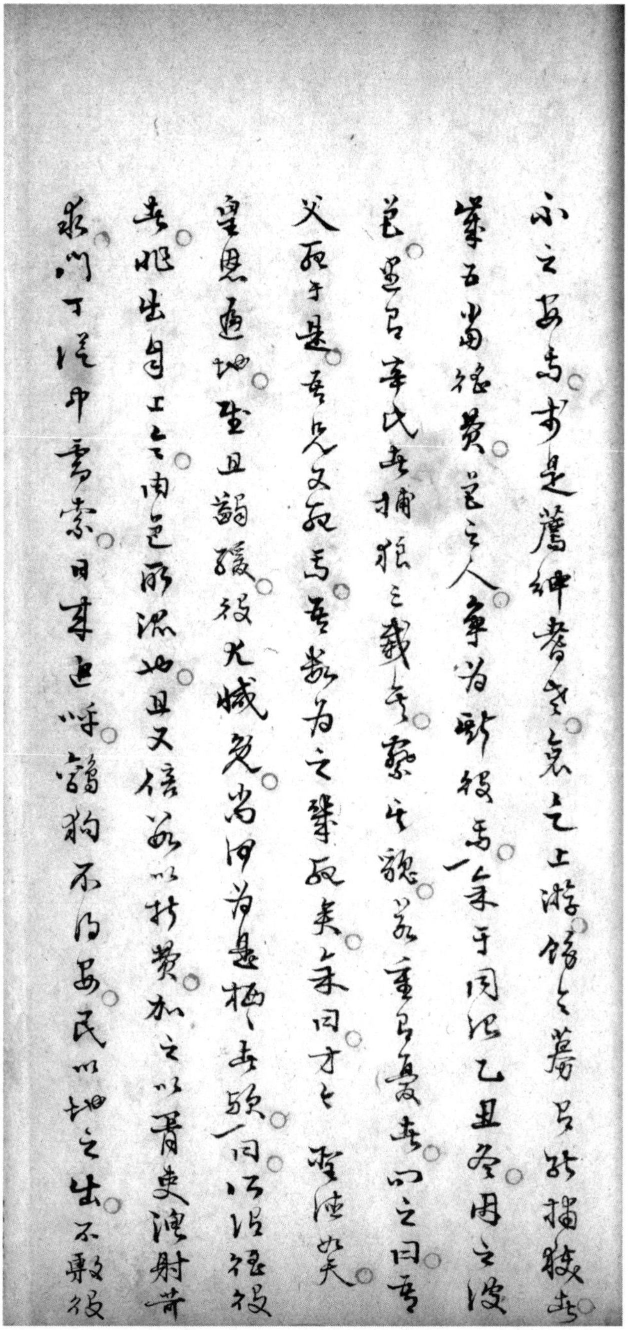

示之安焉者是鷹紳耆宿之上游饒々蔓只於猫貘也
業五當德貴邑之人專為欺役焉一年于同治乙丑冬因之沒
邑遇弓辛氏安捕狼之職年蒙兵魏蔑重且衰者以之曰吾
父死于是吾兄又死焉吾歎為之舉死矣之年同才之聖德矣
皇恩通地聖且韶撥役尤賊免當田為是極之安頭一同仍治德役
吾北出自上之南邑所派也且又信哉以於貴加之以胥吏濁射苛
求門丁從中需索日甚一日呼籲將不得安民以地之生不敢役

之入。冊之類沸涌雜而死者。相藉也。吾爲斯役。舉（祀）死者。不足
在也。已未家征役之深累。朝夕如長年。是狼之害人。量征役
之甚。故以其獵狼而爭不顧死也。能獨吾輩耳。雖然。吾猶爲
是死。不足較役。猶安。爲延緩生焉已耳。之之不禁淡淡之緩
下。之氣同而情之。亡其有如何。時見節之法嘆耳。嗚呼。孔子。同時
政猶乎寿。其甚之得甚。一年抗而之地。復迺復民。孫之苓之。良咄嗟

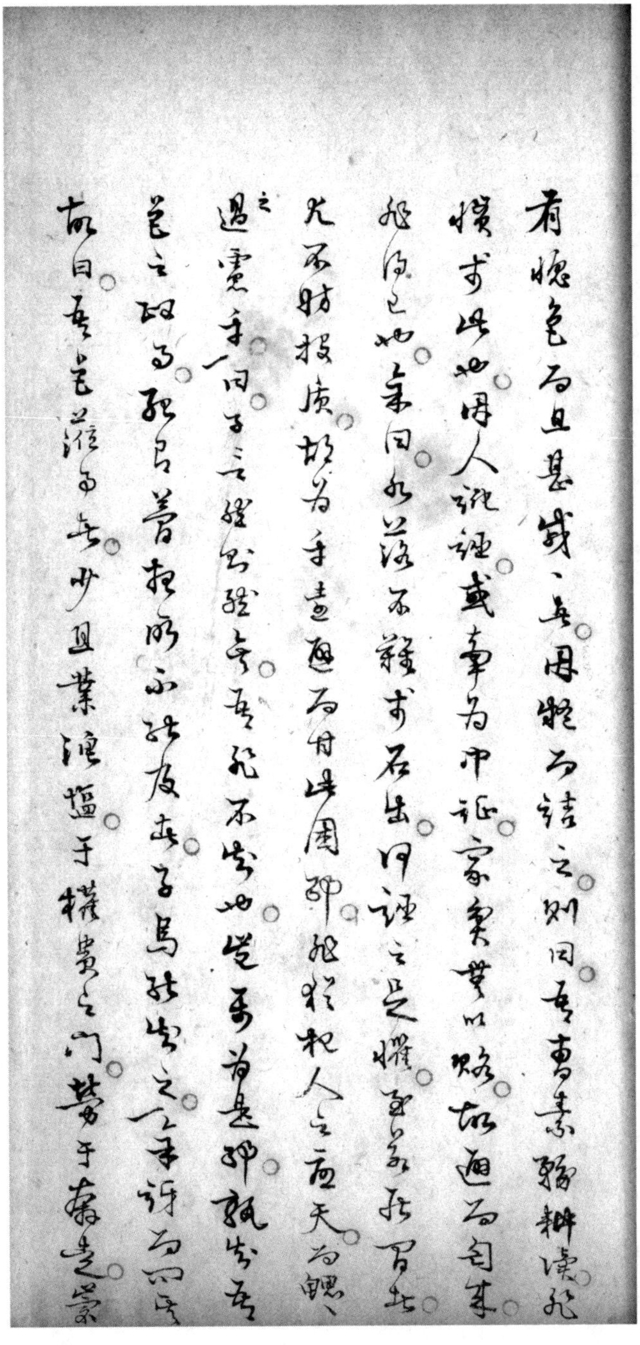

同年之先。用不後文辭而費無些廬焉。不半年吾邑。依然
逐什一之利。以俟賤為市。賤賤求利財。以親吾民。親富而與貧。
不憂民莫之安。但患貨不之足。以甚上下交征私。利法令遍、
此蓋大學所謂聚斂焉。大凡民之好訟者。不此情之辨獄。不究
焉之陳偽。詞弄盈真不之分。某好丑千不之釋。概先羅法網
假以待賭。近賭遂多之。吾體僞誣訟。奚貴之禁布貿然。交

易為逞強賄無加之以禮貌飢無施之以鞭箠片言
可折獄蓋胸臆與竹祝利為情不亡黎偏執為不容難如啞
並縱其武儉申以律政而申以正一尊于胥吏手如猫偃歲
侵牟萬民則尤甚一告傳押民亡飽人血上下人髓必使家敗
人亡而後已吾用以堪此故棄吾室家棄吾產業留質錢壹
本之哉友可依不得不蒙袂輯屨而去嘆其食雖將餓莩
之不免此吾押死野已後吾且死我一人吾家或可以存矣

於農之所布蕪無從是野佐蒔之無字遠而之他無識而以
生豈故生焉也夫士君子之學優而仕無當論此以救國揚名
以顯親所謂論世揚名無昔宜讀且明學而親宦達為利盜數
鄉故其語瑣叢峰以登徹孔舊自等業歲劉先明日言少許業家
所法呼之業新之懈拜文之稱不愧意君之論且亡不奈先
人矣乃義不思生民而使民以生是害民而非農民無地可食

豺狼食人以肥己，民至豺狼為仇也，則官紳乃豺狼之不害
閭，不然，食人之豺狼，君何為民之父母無老亡君良子民，卿豈不
然，象召當賭以楚民子卿，詩不云乎：布政優優，百祿是遒，
々詢對曰：不政優，能自來民百祿乎？一噫嗟！人性善不善，彼
何殊，君乃爲卿，良由少且不學之術也。蓋古無學而後入政，
未聞以政學者也。故子路使子羔為費宰，夫子曰：賊夫人之子。
禮以四十曰強而仕，五十曰艾，服官政。故鄭子產嘗語尹何少

不可爲是蘇子由少嘗進士願歸待從學爲政體則恩如尹
何才如子由政且未可況下者是執事與少未達吏事又能厚重矣
慎書棄市儈而貿于詭利以爲得人家貿體之情利是圖乎
所以致集衆而不喪農民也一無閑暴之魯恭之中牟爲鳥獸化
前穆之棲棘爲鳳凰集此以德政所致也郡國之豺狼乘于
新是其事之政之所致焉一群然世之碑宦惡毒是色于豺狼
執不見爲民通之民氏莠之民爲且害于爭播糧以民之之

是畏鄧州張氏之孫壽也錢謝恨尤甚矣嗚呼聘氏何辜
而遭此不識面目之鄭柳子厚同賦飲之毒甚乎嘆吾子之益深然
無俾其為從之人為自戒此不指其姓氏者以效君子隱惡焉

題張抱三參軍祖翁請仙降乩問嗣並乞命名書冊詩序

嘗聞神仙之說尚矣然未見神仙之形迹也雖見仙之親
書筆迹也况雖有其雜無求問理乙丑夏由考李君同
庚抱三兄出示手冊并述乃祖素以仁德稱卅年尚無後

因請唐仙田師降乩識以詞詞前之額錫嘉名「遯菴」仙出名 旧
之字古二叢頭亦以題曾雨丘者後自乃號品仲兼之人遂
以仙名為之名仙字為之字噫取而消之然筆墨肆手凡世
有請乩者靡不借人力而為之扶故名曰扶乩之仙師乩書
但以揭帳綴鈴濡毫擱筆扃戶響鈴而乩動鈴停始視而
書成不假之人力不賴之伽扶此固罕有聞而肆手寄矣
且發視乩書筆力蒼秀纖波濃點錯列有度骨直如王

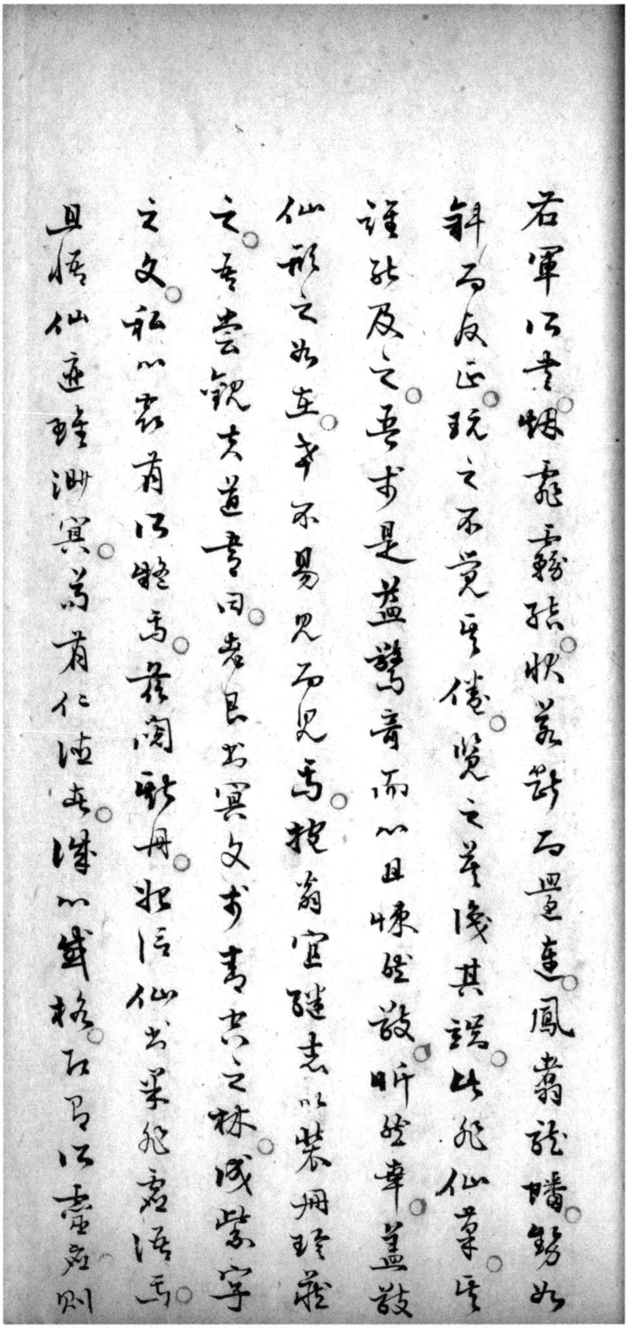

固仙人之所重隱者。人重仙而非仙重人矣。無亦克皇厥攸止
由陸陵不能力行能繼承也。古人云善人有後，其所以得至於
是接翁之所以林下映輝，芝蘭森茂者，皆能繼續所致耶。
於戲！吾於接翁既蒙先人之造澤，且能繼續之者，更將必有
以光前裕後者也。待予之頌禱也。偶占二律，並序數語，聊
應接翁囑。如不嫌其蕪，俾為世交，幸甚。

文許蘭譜序

蓋聞擇善而從以文會友同心所契矣志同道自古如斯
比々乃爾故易著斷金之語詩歌伐木之章膠漆雖堅
莫若雷陳厚誼山林共隱盛稱蕭韋善交札僑之紵
合趣同以故贈縞獻紵管鮑之情投合洽丹之重義經
財王摩詰贈柳贈行雜錄四友陳士和於梅峯擇棲想
故人他如春樹暮雲詩傳雲為播首清風朗月懷落月
以抱懷之丹兩般呈錄山長永志以表別方一日兩隔之秋

良以一室潛修，不免寡聞而孤陋。因此四方交接，靡資教（雅）爲氣
求善之友之益多，緣五倫之道垂，如余者地分之，若天各一方
俟一見爲快。悅哉吾班荊道故，與三生之良辛，以之傾蓋云
欽。于是解佩而投襟，不啻忘年；剖腹置論，乘車與戴笠
定膠耐久，刎頸遂訂交于杵臼之間；效結義于桃園之
桑中，莊全業入（如）雜詩數盡藉。此後針芥相投，益滋飄澤
援青松而誓信，當如信勁之理難搖；丹葦以締交，必似蘿公

之蘿蔦々周旋形至厚。久宜其勉切偲。需如淡水以成交
心堅金石。勿以乾餱之失德。手覆雨雲。翻此時盡列願
行些。兆面交友。願他日身榮鵲序。各踐以期。弗僨舊盟。
弗徒論篤。弗萌咨諒之誼。弗存勢利之情。恭疏短引弁
首諧。以賦俚言于尾後。聊陳心曲。諸各力行。是爲序。

又

蓋聞自古以來。諺不稍修于泌水。由々石徒。能々無借貼

求他山以是易著録金詩歌伐木鮑叔為苦心之友慶
廣稱刎頸之交蓋三友之益多賅五倫之道重如余芸之
生平一見無猜遂訂蘭交相視抃血歃生日序分雁列
周示腹心願他年直上鵬程仍披肝膽某疏短引復賦俚言
深望克終勿違善始是為序

陋室記

余于同治丙寅之夏由壽（揚壽）過豫適（在鄉）阻寇逢因賃孫姓隟宇（均生口宅在時塌林至[illegible]移）

数椽而处焉，室陋且隘，环堵萧然，惟古书数卷耳。有
友来劝曰：屋仓贱矣，盍迁高堂华屋以便骄富贵（安居且）
来往闾阎富贵者。予曰：噫（怀然），吾志有异乎是。吾富贵
在保命常乡不能居（不安之志），惟以孝为基，以忠为栋，仁义礼智
以为柱，诗书乐易以为垣，以信为门户，窗牖窗以文为（黑幼）
垩丹漆，镂书为花园，积德为家财，挂牢诸圣贤谈笑（此所谓记古不朽之大厦）
惟经史。此则余之所（识眼居）素志而未能得于万一，是（识则）亦可哀。

按时势以上言大厦将倾而以一身支之，诚可谓中流砥柱。

耳也。一世所稱萃友華廈，既無所宜居，彼當貴時人尤願無之所（徒求手好飾　願）
敢論交也。（所謂道不同不相為謀也，何陋之有）故吾安處是室，閉戶誦書，日對古人，樂而忘
貧。況不知吾陋陋也，然則予居此而是為屈，詐于己邵一夜
（且夫室所陋為人不之陋也，是所謂君子居之何陋之有，故人之陋也，室雖不陋而陋矣，所謂外金玉而內敗）
慕彼之[illegible]
（然則是予之陋識而陋，若彼室之陋于吾何所損，蓋即以陋室歉予，余之居是室也宜，奈何子不陋余而陋室耶）
世間[illegible]以為病瘕焉
友莫之對，印默默而去，因書而記之如此。
小帽一笑，[illegible]

言兵術（閑兵之要）

嘗思孔子曰仁不可為衆也，孟子曰今也欲無敵于天下而不以

仁是猶執熱而不以濯也又云以力服人者非心服也力不贍也
以德服人者中心悅而誠服也吾于是始悟用兵之術首宜
詐謀之計
修德行仁而非徒力取勝也故謂君子有不戰戰必勝矣
世之論兵者往往計度乎防勤而較勝人以力然而古之
者非不城之高池之深兵革之堅利米粟之多也而有善
而去之者何以故人勤之者將非不勇也兵非不強也人非
不衆也且多善為陳善為戰間有未及填然鼓接兵刃

而乃棄其民矣而甚者文其故是殆未得民心焉得民心

其術則曰唯德与仁夫所謂德者善己而及人夫仁之云

者視賢愛衆廣濟博施好惡順人而遇患難先于人利

祿後于衆所謂先天下之憂而憂後天下之樂而樂庶使

人心皆和悅誠服誠如是也則民于是乎可用哉亦可謂

長矣歟

以仁字德字作主眼高於頂力大於身

彥甫讀

圖書在版編目(CIP)數據

國家圖書館藏清人詩文集稿本叢書. 第七輯/陳紅彦主編.—北京：北京大學出版社，2019.10

ISBN 978-7-301-30813-4

Ⅰ. ①國… Ⅱ. ①陳… Ⅲ. ①中國文學—古典文學—作品綜合集—清代 Ⅳ. ①I214.91

中國版本圖書館CIP數據核字（2019）第208728號

書　　名	國家圖書館藏清人詩文集稿本叢書（第七輯）（全三册） GUOJIA TUSHUGUAN CANG QINGREN SHIWENJI GAOBEN CONGSHU（DIQIJI）（QUANSANCE）
著作責任者	陳紅彦　主編
策劃編輯	馬辛民
責任編輯	王　應
標準書號	ISBN 978-7-301-30813-4
出版發行	北京大學出版社
地　　址	北京市海淀區成府路205號　100871
網　　址	http://www.pup.cn　　新浪微博：@北京大學出版社
電子信箱	dianjiwenhua@163.com
電　　話	郵購部010-62752015　發行部010-62750672　編輯部010-62756694
印 刷 者	北京中科印刷有限公司
經 銷 者	新華書店
	720毫米×1020毫米　16開本　139印張　445千字
	2019年10月第1版　2019年10月第1次印刷
定　　價	990.00圓（全三册）